不随时光消逝的美

唐宋词名作析评

陈弘治——著

北京时代华文书局

图书在版编目（CIP）数据

不随时光消逝的美：唐宋词名作析评 / 陈弘治著 .
-- 北京 : 北京时代华文书局 , 2017.12
ISBN 978-7-5699-1945-5

Ⅰ . ①不… Ⅱ . ①陈… Ⅲ . ①唐宋词－诗词研究 Ⅳ . ① I207.23

中国版本图书馆 CIP 数据核字 (2017) 第 296953 号

不随时光消逝的美：唐宋词名作析评

BU SUI SHIGUANG XIAOSHI DE MEI TANG-SONG CI MINGZUO XI PING

著　　者 | 陈弘治

出 版 人 | 王训海
选题策划 | 爱智达人
责任编辑 | 周连杰　余荣才
装帧设计 | 棱角视觉
责任印制 | 刘　银

出版发行 | 北京时代华文书局 http://www.bjsdsj.com.cn
北京市东城区安定门外大街 136 号皇城国际大厦 A 座 8 楼
邮编：100011　电话：010 - 64267955　64267677
印　　刷 | 北京环球画中画印刷有限公司　电话：010-63706888
（如发现印装质量问题，请与印刷厂联系调换）
开　　本 | 880×1230mm　1/32　**印　　张** | 13.5　**字　　数** | 260 千字
版　　次 | 2018 年 1 月第 1 版　**版　　次** | 2018 年 1 月第 1 次印刷
书　　号 | ISBN 978-7-5699-1945-5

定　　价 | 55.00 元

‖ 凡例 ‖

一、为了便利初学者的学习和社会上一般青年的欣赏，笔者不揣浅陋，汇集前人的许多资料，综合各家的不同说法，融会个人几年来读词的一些心得，经过年余时间的整理，编写了这部书。

二、这部书是以作通俗读物为主的，因此，对于校字与注释都力求简单明了：异字只标列“一作 ×× 字”，而不征引所见版本；生字难词亦只作扼要解释，但求词意的疏通，不作繁琐的引证。

三、对于词篇内容的评述，也都尽量求其浅出明白。其间引用前人评论，概以精辟者为限，避免流于驳杂。至于与本词有关的掌故，则酌量收入，借此了解内容，并提高阅读兴趣。

四、书中诠解篇章作意及探究词中意境，或取前人的成说，或出自笔者自己的心得。关于前人的成说，若是多人的共同看法，概不加以注明；若属个别的特殊见解，则随文给予标出，不敢掠美。

五、评述每篇作品，所采方式不尽一致，有的逐句析说，有的通篇串解，更有详略悬殊很大的情形。这种凌乱的现象，并不是笔者自乱体例，而是尽量寻求最恰当的方式，使读者易于看出全篇脉络和作品的情况而已。

六、本书计选唐、五代、两宋作家六十余人，词篇二百四十余首，豪放婉约各体皆有，词家名作粗备于此。且每一名家之后，附列“余论”一项，简介其作品风格。如此，不但可以欣赏古人的优美作品，还可对其风格有更深入的认识。

七、文学作品不似科学著作，弹性颇大，每因各人环境、年龄、学识、阅历诸因素的差异，而有不同的感受和看法。笔者限于个人主观的取舍和感受，不妥的地方必然不少，衷心盼望贤达之士给予批评和指教。

八、本书末后附有常用词牌的平仄谱，这是纯为初学者练习填作的方便而设的。若能因此引发许多年轻朋友对古典文学的兴趣，那就是编写本书的最大收获了。

九、在编写本书过程中，唐圭璋、龙沐勋、陈匪石、胡云翼、郑骞、卢元骏、闻汝贤、鲁弓长、姜尚贤、王熙元、张梦机、陈满铭、赖桥本诸前辈师友的著作和意见，给我很多的帮助和启发，使我获益匪浅，并此敬致谢忱。

一九七六年八月写于台师大

目录

唐代词
001-036

五代词
037-098

‖北宋词‖

南宋词

唐代词

李白/张志和/戴叔伦/韦应物/王建/白居易
刘禹锡/温庭筠/皇甫松/段成式

忆秦娥 箫声咽/李白

箫声咽[①]。秦娥梦断秦楼月[②]。秦楼月。年年柳色，灞桥[③]伤别。　　乐游原[④]上清秋节。咸阳古道音尘[⑤]绝。音尘绝。西风残照，汉家陵阙[⑥]。

㊣㊟ ①咽：音叶，呜咽也。②秦娥句：秦娥，指秦弄玉。《列仙传》：“萧史者，秦穆公时人，善吹箫。穆公女弄玉好之，公妻焉。数年，吹箫似凤声，凤凰止其屋，公为作凤凰台。一旦，夫妻随凤飞去。”弄玉吹箫引凤之楼，后人称为秦楼。③灞桥：即灞陵桥，简称灞桥，在长安之东，横跨灞水。古时长安城人，送行至此，折柳赠别。④乐游原：在长安城南，地势高敞，四望空阔，可俯视城内。古时三月三日与九月九日，长安城内男女，皆爱到此登赏游玩，诗人多有题咏。⑤音尘：犹言音影。音为音信，尘为形迹。⑥陵阙：陵为古代帝王之坟墓，西汉诸帝陵多在长安附近。阙为宫殿外面一种城楼似之观门。

析评 此词旧题“秋思”，实为一首抒写伤离意绪之作。旨在感伤长安经过一次动乱后冷落萧条的景象。唐圭璋说：“词中所谓秦娥、秦楼、灞桥、乐游原、咸阳古道、汉家陵阙，皆秦中故事，此盖太白秦中怀古之作。”

上半阕借事起兴。起首“箫声咽”“秦娥梦断秦楼月”二句，写箫声呜咽，秦娥梦醒。这是作者借用弄玉深夜吹箫的故事为引子，移写自己“凄然”的情怀。接下“秦楼月”“年年柳色，灞桥伤别”三句，承上申述秦娥在静夜清幽的月色下，坠入沉思，想起了人世的悲欢离合。此处作者又借灞桥送别、折柳相赠的故实，移写自己“伤离”的意绪。

换头以下，即在追想长安的情景，寓有今昔之感。“乐游原上清秋节”“咸阳古道音尘绝”二句，是写从前热闹非凡的游乐胜地，如今事过境迁，虽是同样的清秋佳节，却显得异常冷落萧条，人迹荡然。末尾“音尘绝”“西风残照，汉家陵阙”三句，表现了在人迹荡然的长安，映入眼帘的，只有在萧瑟的西风中与将残的落日余晖里，映照着古代帝王的荒冢及残缺的宫城废墟而已。结尾三句颇似杜甫《春望》诗“国破山河在，城春草木深”的悲凉景象，这时作者的感受，不难想象，必如陈子昂《登幽州台歌》一样“念天地之悠悠，独怆然而涕下”了。

此词所抒写的，不仅是个人伤离的意绪，而且饱含着家国兴亡的感慨。上半阕所说的“弄玉吹箫”“灞桥赠别”诸事，是兴、也是衬，真正的重心乃在下半阕，其写作手法，在于以“古道”“西风”“残照”“陵阙”等名词，组成一种苍茫悲凉的意境，而在这种意境下，隐含着人生悲欢离合的缩影与历代兴亡的慨叹。诗人忧念故国之情，既沉挚又蕴藉，所谓“长吟远慕”“神在个中，音流弦外”，良非溢美！刘熙载《艺概》云：“太白《忆秦娥》，声情悲壮。”此言亦得之。

菩萨蛮 平林漠漠烟如织/李白

平林漠漠[①]烟如织，寒山一带[②]伤心碧。暝色[③]入高楼，有人楼上愁。　　玉阶[④]空伫立，宿鸟[⑤]归飞急。何处是归程，长亭更短亭[⑥]。

校注 ①漠漠：广大苍茫貌。②一带：犹言一片、一抹。③暝色：暮色。④玉阶：一作“玉梯”。⑤宿鸟：归巢之鸟。⑥长亭句：古者五里一短亭，十里一长亭。更，一作“连”。

析评 此词旧题“闺情”或“别意”。按二说皆可通：若视为“闺情”，则写闺中少妇伫盼其良人归返的一种幽怨愁思；若视为“别意”，则写一位漂泊者久客思归的愁情。兹就前说为解：

起首“平林漠漠烟如织，寒山一带伤心碧”二句，先描绘出一幅深秋苍郁溟蒙的暮景，虽未写出什么离情别绪，但是由平林的广漠、烟雾的迷蒙，已反映出伊人心境的苍茫；

由寒山的苍绿，已衬托出伊人心境的幽郁了。下接“暝色入高楼”句，把广漠的境域收缩到单一的实体——高楼上，使主体渐趋突出明显；由此再引出底下“有人楼上愁”的人事来。

换头承前结，“玉阶空伫立”写伊人的痴心伫盼，“空伫立”三字已泛滥出无限的伤心与怅惘。“宿鸟归飞急”则补足上句，说明其伫立之目的在于期待那浪迹天涯的游子之归返。继之以“何处是归程”，便很自然地点出了“望归”的主题。末句更以“何处是归程，长亭更短亭”，加深伊人一片空虚怅惘的愁思与幽怨。

此词若从全篇的设境遣意看，上半阕的写法是由远而近，下半阕是由近而远，正合乎一个望归者的心情，而这种心情又全从景物引起联想与对比的，作者在浅淡的描景与深邃的抒情中，取得了相互调和的发展，所以能把愁思与幽怨写得极为蕴藉，极为淡远。尤其结尾二句，更具有苍茫无尽的余韵。

余论 《菩萨蛮》《忆秦娥》二词，是否出自李白之手，虽见仁见智，迄无定论，但其气象，颇似太白；论其本身之艺术，仍有极高的价值。陈廷焯《白雨斋词话》云：“《菩萨蛮》《忆秦娥》两阕，神在个中，音流弦外，可以为词中鼻祖。”刘熙载《艺概》云：“太白《菩萨蛮》《忆秦娥》两阕，足抵少陵《秋兴》八首。想其情境，殆作于明皇西幸后乎！”吴梅《词学通论》以为：“词至太白而繁情促节，长吟远慕，遂使前此诸家悉归笼化，故论词不得不首太白也。”诸说俱称有识之论。

渔歌子　西塞山前白鹭飞/张志和

西塞山[①]前白鹭飞，桃花流水鳜鱼[②]肥。青箬笠[③]，绿蓑衣，斜风细雨不须归。

校注　①西塞山：《西吴记》：“湖州磁湖镇道士矶，即志和所谓‘西塞山前’也。”湖州今属浙江省湖州市。又：湖北省大冶市东亦有西塞山。②鳜鱼：巨口细鳞，体中淡黄带褐，有黑斑，味甚美。③箬笠：竹笠。

析评　此为一首咏本意之词。所谓“本意”，即以调名为题目，词的内容与词调的含意一致。本词内容在叙写渔家潇洒闲逸的生活。

起笔二句先描绘当前的景物，作者运用其生花妙笔轻轻勾勒一下，立即使字句之间充满了江南春天的画面美。“西塞山”“白鹭飞”，是远景；“桃花”“流水”，是近物；而“鳜鱼肥”却是诗人的想象。首句静中有动，次句动中有静。这样美的环境，已够激发人们的向往，唤起人们的美感了，然而作者还觉得它太单调了些，又在这画面上设饰些人物的装点与风雨的陪衬——青箬笠，绿蓑衣与斜风细雨——使其美得更加生动，更加具有生命。“青箬笠，绿蓑衣”写渔人的装束，色泽鲜明；“风”是“斜”的，“雨”是“细”的，更有一种艺术感与朦胧美。处在这种美的境界中，当然不欲匆遽离去，故云“不须归”，三字充分表现出渔人对大自然的爱恋与浓厚的兴趣。

本来，渔人的生涯并不如诗人所刻画的那般美丽，但作者利用高度的写作技巧，抓住春光的特征，使自然景物的色彩与人生高洁的情感取得了一致的融和，使一切富有了生命的气息，成为一种令人神往的桃源仙境，所谓“笔底生花”，真是当之无愧。我们试闭目凝神，一幅海阔天空、逍遥自适的“烟波垂钓图”便不期然地涌现于我们的脑海中了，所谓“诗中有画”，真是一点也不错啊。

附其他四首：

钓台渔父褐为裘，两两三三舴艋舟。能纵棹，惯乘流，长江白浪不曾忧。（其二）

霅溪湾里钓鱼翁，舴艋为家西复东。江上雪，浦边风，笑着荷衣不叹穷。（其三）

松江蟹舍主人欢，菰饭莼羹亦共餐。枫叶落，荻花干，醉宿渔舟不觉寒。（其四）

青草湖中月正圆，巴陵渔父棹歌连。钓车子，橛头船，乐在风波不用仙。（其五）

余论 张氏这五首词，把渔人自得其乐、不忧愁、不叹穷、不觉寒、不羡仙的自由自在的生活情形，具体地表露无遗，同时也写出了人生高洁的思想，写出了作者恬淡潇洒的人格，令人读来有一种轻快飘逸的感觉。沈辰垣谓其“甚有逸思”，黄蓼园称其“笔墨入化，超然尘埃之外”，诚不为过。刘大杰《中国文学发展史》说：“张志和虽也做过小官，后来厌恶那种烦琐，便放浪江湖，自号‘烟波钓徒’，日与山水渔樵为友，他这种爱自由、爱自然的人生观，反映到文学上，正与王维、孟浩然等人所代表的自然诗派相合，因此在渔父词里充分地表现出他的潇洒出尘的人格，和那种恬淡闲雅的作风。”

调笑令 边草/戴叔伦

边草，边草，边草尽来兵老①。山南山北雪晴，千里万里月明。明月，明月，胡笳②一声愁绝。

校注 ①兵老：一作“共老”。②胡笳：乐器名。胡人卷芦叶吹之。今所传者，木管三孔，两端施角，末翘而哆，长二尺四寸。

析评 此为写边愁之词。这里借“边草”“晴雪”“明月”，构成一幅边地荒旷空阔的画面；再用“胡笳”这种悲凉的边声装点其间。一个戍人置身在这种环境里，会引起他什么样的感情呢？那只有肝肠“愁绝”了。作者在词中以“草尽”反透“兵老”，以“明月”增强“愁绝”的气氛，且由于“边草，边草”与“明月，明月”这一重叠顿挫的节奏，使得感情一层深似一层，在音节上也显得急切而哀转，我们读至此，亦不禁要为当时的戍人“愁绝”了。

调笑令 胡马/韦应物

胡马，胡马，远放燕支山[1]下。跑沙跑雪独嘶，东望西望路迷。迷路，迷路，边草无穷日暮。

(校)(注) ①燕支山：又名胭脂山，在今甘肃省张掖市，是古代边防要塞，故古诗有“失我胭脂山，令我妇女无颜色”之词。

(析)(评) 此词在吟咏边情。起笔三句先叙边景：“胡马”一词为全篇之主，“燕支”说明地点，但文学作品中的时空经常是借代之词，不必过于拘泥，只因加上了“远放”二字，所以竟显得非常真切。“跑沙”句以下折入边情：燕支山下，沙雪无垠，边草连天，在这当中，胡马迷路而东西张望，独嘶于大漠落照之下。作者以“沙”“雪”“边草”“日暮”组成一种情境，这情境是何等的寂寞与苍莽啊！“边草无穷”

是“东望西望路迷”的具体化，用以加强情境空旷的感觉；而“迷路，迷路”又是“跑沙跑雪独嘶”的注脚，由这一顿迭使全词形象化起来。词中既没有征夫远戍的个人伤感的情调，也不带着万里行役的凄苦色彩，却处处饱含着一股豪迈苍莽的感情，完全合乎唐人边塞派的风格。

调笑令 河汉/韦应物

河汉①，河汉，晓挂秋城漫漫②。愁人起望相思，江南塞北别离。离别，离别，河汉虽同路绝。

校注 ①河汉：即银河，又名天河或天汉。②漫漫：状空间或时间无涯际貌，此处状空间。

析评 此写闺妇（或边塞戍人）的愁思。词中由天空的银河引起了闺妇（或戍人）的“相思”，更由银河隔绝牛郎织女联想到人世的“别离”。起笔由晓景写起，“秋城”点出时令与处所。“愁人起望”是即景生情。“塞北”句申述所思之事；“江南”“塞北”对举，显出隔离之远。末以“河汉虽同路绝”作结，言一南一北所见河汉虽同，而两地辽远，隔山阻水，形同路绝。无限凄怨，溢于言表。

调笑令 团扇/王建

团扇①，团扇，美人病来遮面。玉颜憔悴三年，谁复商量管弦！弦管，弦管，春草昭阳②路断。

校注 ①团扇：圆形扇子。古时宫内多用之，故又称宫扇。班婕妤《怨歌行》："新裂齐纨素，鲜洁如霜雪。裁为合欢扇，团团似明月。出入君怀袖，动摇微风发。常恐秋节至，凉飙夺炎热。弃捐箧笥中，恩情中道绝。"②昭阳：汉宫名。王昌龄《长信怨》诗："奉帚平明金殿开，暂将团扇共徘徊。玉颜不及寒鸦色，犹带昭阳日影来。"

析评 此为摹写失宠美人哀怨的一首宫词。词中隐括了班婕妤《怨歌行》与王昌龄《长信怨》的诗意，因为这两篇诗的内容都在写失宠宫女的哀怨，所以作者取它为张本，但却无斧凿痕迹。所谓"团扇，团扇，美人病来遮面"，即寓有班诗中"爱弛情绝，秋扇见弃"的意味。"玉颜"句承上文美人爱弛而来，下续"憔悴三年"四字，不仅写出失宠时间之久，而且刻画出美人失宠后的凄惨。"谁复"句一问，自慨身世之寥落，充满了无限的凄怆与哀怨。结句"昭阳路断"四字扣入正题，点出宫怨；上着"春草"一词，表现出她独自幽居深宫而无人过问的情景，虽未说怨而怨情自见。此句融情会景，语悲而意婉，深得风人之旨。

调笑令 胡蝶/王建

胡蝶，胡蝶，飞上金枝玉叶。君前对舞春风，百叶桃花树红。红树，红树，燕语莺啼日暮。

析评 这是一首用比兴之法写成的宫词，内容在叙述宫女得宠的情状，但也隐含着泰极否来的悲哀。本来王建的作品，无论是诗或词，所表现的内容与风格大都是一种宫体式的艳体，但此首却写得格外蕴藉，音调也非常明朗。作者在这首词里以蝴蝶为喻，“胡蝶”的“飞上金枝玉叶”不正象征着“美人”的“备受荣宠”吗？故下文才有“君前对舞”之语。“君前对舞”下着“春风”二字，充分显出了她那得意的形象。继之以“百叶桃花树红”作陪衬，状其专宠一时的盛况。结句“燕语莺啼日暮”才稍稍隐示出花无常红，盛极必衰的微意来。

忆江南 江南好/白居易

江南好，风景旧曾谙[①]。日出江花红胜火，春来江水绿如蓝。能不忆江南？

校注 ①谙：音安，熟悉之意。

析评　此下所选白氏《忆江南》词三首，皆歌咏本意，旨在叙写江南风光之美。本首以“风景”为描绘的对象。

起首二句是总提，由总提中拈出“风景”来。但“风景”这个概念名词所包含的范围太广泛了，于是作者更进一层，再由整个“风景”这一概括的内容中抽出“江花”与“江水”来浓缩范围。接着又从“江花”“江水”中选取了日出时的江花与春来时的江水这两项最具代表性最足动人的美丽时刻加以描绘，更以“红胜火”“绿如蓝”加以饰色，使得江南涂上了鲜明的色彩之美，既点染春的特征，复给人以生趣盎然的气息。这样，江南就自然地在人们的记忆中留下了深刻而难忘的印象，所以结尾说：“能不忆江南？”

其二　江南忆，最忆是杭州

江南忆，最忆是杭州。山寺月中寻桂子，郡亭枕上看潮头。何日更重游？

析评　此首以“杭州”为其叙写的对象，写法与上首相同。首二句先从空间上把广阔的江南，集中到忆“杭州”这一个点上。“山寺”二句承上补实。在忆杭州的时候，作者选择了“山寺寻桂”“郡亭看潮”两件文人雅事来写：前者能给人一种悠然出尘的逸韵，后者则能激发人雄伟壮阔的胸襟。这种雅趣是令人回味无穷的，当然足以使人想再重温一次了，故末句云“何日更重游”，表露出对它无限的留恋之意。

其三 江南忆，其次忆吴宫

江南忆，其次忆吴宫[1]。吴酒一杯春竹叶[2]，吴娃双舞醉芙蓉。早晚复相逢！

校注 ①其次句：忆字一作“是”。吴宫，江苏省苏州市西南十五公里有吴王宫。江浙一带古为吴地，因称该地宫殿为吴宫。下文“吴酒”“吴娃”同此。②竹叶：酒名，世称竹叶青，今浙江省绍兴一带酒中尚有此名。

析评 此首以“吴宫”为叙写的对象。起首二句开门见山，明点吴宫（指苏州），这是江南繁盛的文物之都。然而作者在这里抛开一切不写，却选了两件雅俗共赏的游乐事情来着笔——喝一杯当地名产的竹叶青酒，看一场当地美女醉芙蓉般的起舞，这也是人生不亦快哉的乐事之一！凭此就使人生有无限的陶醉了，无怪作者要以坚毅的口吻说：“早晚复相逢”——迟早定要再来一游了！

余论 俗语说：“上有天堂，下有苏杭。”江南自古称为佳丽之地，说到它，就令人有一种好花媚春的联想，一种风物宜人的温馨。此三首词，作者皆以无限的热情，歌颂江南的美丽，写出他对江南的思慕，辞简而意赅，充满着新鲜活泼的生命气息。刘大杰《中国文学发展史》说：“这种作品，一面是有音乐的效能，一面是又有诗的艺术的生命的。”真是一段赏识深切的话。又本调三阕，写法相同，由此亦可悟出为文的浓缩精炼法。

长相思 汴水流/白居易

汴水①流，泗水②流，流到瓜州③古渡头。吴山点点愁。

思悠悠④，恨悠悠，恨到归时方始休。月明人倚楼。

校注 ①汴水：河名，由河南省之郑州、开封、归德北境，经江苏省徐州市，合泗水入淮河。②泗水：源出山东省泗水县，入江苏省境，经沛县至淮阴县入淮河。③瓜州：亦作瓜洲，在今江苏省扬州市，长江北岸，当运河之口，乃长江之沙碛，以其状如瓜字，故云。自唐开元以来，为南北襟喉之处。④悠悠：绵绵不绝貌。

析评 此篇亦咏本意。旧题“别情”，盖写游子之别情或闺妇相思之情。兹就前者为解：

全词用的是象征性的写法。起首二句的“汴水”“泗水”，一条象征着“思”，一条象征着“恨”，且以流水之长象征相思之长。“瓜州古渡头”是汴泗汇合入淮之处，但这儿也只不过用来隐喻“思”与“恨”的集结，及两者的不可分解而已。“吴山”本不解情，只因游子心中有着无限的思与恨，通过移情作用，也“点点”都成“愁”了。

下半阕“思悠悠，恨悠悠”二句，直承上阕“汴水”“泗水”而来，流水不断地东去，“思”“恨”亦绵绵而无绝期，故以“悠悠”来形容它。“恨到归时方始休”，是说唯有到了能回去的那一天，此恨才可消释。然而归期未卜，故唯有在明月下凭栏怅望故乡——“月明人倚楼”，而愁思无限了。

此词皆在一个“思”字上做工夫，上半阕全是写景，但景中蕴涵着情；下半阕全是写情，而写情之中也融入了景。尤其每阕的尾句，悠扬而有情致，甚得言有尽而意无穷之妙。

忆江南　春去也/刘禹锡

春去也，多谢洛城①人。弱柳从风疑举袂②，丛兰浥③露似沾巾。独坐亦含颦④。

校注　①洛城：即今河南省洛阳市之省称。城，一作“阳”。②袂：衣袖。③浥：音邑，湿润也。④含颦：犹言含愁。颦为蹙眉之状。

析评 这是一首写怀思的词。刘勰《新论》有云:“春，女思；秋，士悲。”春天，本是个怀思的季节，何况又值“春去”的时候，更能平添怀思者的一份愁绪。因此，看见了弱柳的随风摇曳，就联想到它像人在悲伤时举袖掩脸的情态；见到了丛兰浤露的样子，就联想起它有似人儿泪下沾巾的情状。此处“弱柳从风疑举袂”与“丛兰浥露似沾巾”都是拟人化的写法，这种写法发生在情感饱满、物我交融的时候；透过这两句，我们可以想象到作者情感的深厚，亦可体会到诗人在春天里睹物生情的敏感。并且因为睹“弱柳从风”“丛兰浥露”而生“疑举袂”“似沾巾”的情感，因此才有下文“独坐亦含颦”那种深沉的愁思表现出来。况周颐《餐樱庑词话》云:“刘梦得《忆江南》‘春去也’云云，流丽之笔，下开北宋子野、少游一派。唯其出自唐音，故能流而不靡，所谓风流高格调，其在斯乎！”

竹枝词 山桃红花满上头/刘禹锡

山桃红花满上头，蜀江春水拍山流。花红易衰似郎意，水流无限似侬愁。（其一）

杨柳青青江水平，闻郎江上唱歌声。东边日出西边雨，道是无晴还有晴。（其二）

析评　这两首《竹枝词》，都是模拟民歌而写的，作者在序中曾说："含思婉转，有淇澳之艳音。"可知它的性质与意境全都是因袭民间的情歌了。第一首起笔二句先写花、写水，次二句再由花与水的联想而生情；以山花之易衰喻郎心之易变，以江水之无限喻侬愁之盛多。前二句就地取材，语句生动；后二句借物喻情，取譬佳妙。第二首亦先由当前的景物"杨柳"与"江水"叙起，次句再接入人事，末二句复就当前的事物作一微妙的譬喻——"晴"字是双关语，除指"日出"外，还双关到"感情"上，亦即一面关顾"东边日出西边雨"说晴雨的"晴"，一面却又关顾上句"闻郎江上唱歌声"说感情的"情"。我们读了这二首《竹枝词》，尚能深深地感受到当时的"含思婉转"之艳。

菩萨蛮　小山重叠金明灭/温庭筠

小山①重叠金明灭，鬓云欲度香腮②雪。懒起画蛾眉，弄妆梳洗迟。　照花前后镜，花面交相映。新帖③绣罗襦④，双双金鹧鸪⑤。

校注　①小山：小山屏之简称，亦称屏山，此处指帷屏而言。古人帷屏与床榻相连，屏上多画金碧山水，亦有迳作山字形者。日光照耀，山形忽明忽暗，故曰金明灭。②腮：脸颊。

③新帖：帖，熨妥帖之意。④罗襦：罗衣。短衣曰襦。⑤鹧鸪：鸟名，似鹑而大，背苍灰色，有紫斑点，腹前有白圆点，其鸣声如曰“行不得也哥哥”。

析评 此词写一美人晨起化妆的生活情态。首句“小山重叠金明灭”，先从写景起笔，描绘晨曦初现与画屏相映生辉之状，明丽之色现于笔端。盖古者帷屏与床榻相连，欲写屏内之人，先描屏上之景。“鬓云欲度香腮雪”句，写美人初醒娇卧未起、乱发掩盖在其脸上的情形。此处写乱发，用以呼起下文“弄妆”之意。“懒起画蛾眉，弄妆梳洗迟”二句，承上写美人初起娇慵的情态，为一篇之枢纽；欲起则“懒”，弄妆则“迟”，美人之娇慵可以想见。

换头以下，全从“弄妆”衍生而出：“照花前后镜”见其装扮之仔细，“花面交相映”则妆成之象，且寓寄着孤芳自赏之意。末后“新帖绣罗襦，双双金鹧鸪”二句，则自起床、化妆、照花，直写到穿衣。但须知此二句是借物写意，美人换了衣服后，见罗衣上成双的鹧鸪，乃陷于缠绵悱恻的沉思，而其怨情不待明言即可知矣！

此词由景写到人，由帷屏上日光的明灭闪烁，写到屏内之人的懒起、梳洗、弄妆、穿衣，层次井然，内容虽只写一美人的晨妆，却能从寻常的事物、寻常的动作中，写出伊人无限的怨情绮思，表面看来似不经意，而其实针线绵密；其观察之细微、描写之精美，实大有不可及之处。俞平伯《读词偶得》云：“此篇旨在写艳，而只说‘妆’，手段高绝。”

菩萨蛮　水精帘里颇黎枕/温庭筠

水精[①]帘里颇黎[②]枕，暖香惹梦鸳鸯锦[③]。江上柳如烟，雁飞残月天。　藕丝[④]秋色浅，人胜[⑤]参差剪。双鬓隔香红，玉钗头上风。

校注　①水精：即水晶。②颇黎：同“玻璃”。一作“珊瑚”。③鸳鸯锦：锦衾之绣有鸳鸯图案者。④藕丝：状其衣裳。温氏《归国谣》“舞衣无力风敛，藕丝秋色染”可证。⑤人胜：人形之首饰，剪彩缎为之，着于钗上。李商隐《人日》诗：“镂金作胜传荆俗，剪彩为人起晋风。”

析评　此首写美人的娇困及其婀娜多姿的情态。首二句“水精帘里颇黎枕，暖香惹梦鸳鸯锦”以想象中最明净的境界起笔，本是写“枕”与“衾”，但因用“水精”“颇黎”“鸳鸯锦”等词，遂唤起一种极华丽的意象。中间着上“暖香惹梦”一语，蓦地幻化出一幅美人娇困的素描，“暖香”乃入梦之因，着一“惹”字而神情全出。这是写帘里的情景。下接“江上柳如烟，雁飞残月天”二句，忽然宕开，从帘里转写到帘外，且由华丽转为凄清，意谓：“帘内之情秾如斯，江上之芊眠如彼”（俞平伯语），此处以外界景物寄托深闺遥怨，意象凄美。

换头以下，写其妆成之象：“藕丝秋色浅”状其衣裳，“人胜参差剪”状其首饰。末二句“双鬓隔香红，玉钗头上风”，又推进一层，由妆饰见其情态：“双鬓”一语下接“香红”，香红指所簪之花，是以形容词代替名词，中间着一“隔”字，则两鬓簪花如画，气味馥郁如闻如见；“玉钗头上风”着一“风”字，则步履之际钗头上参差之人胜袅袅翩翩，颤摇于和风骀荡之中不言可知，而其人之婀娜多姿亦可仿佛其一二了。

此词全以诸名物的色泽及其所组成的意象取胜。上半阕所标举的名物，如“水精帘”“颇黎枕”“暖香”“鸳鸯锦”“烟柳”“残月”，其色泽或为明或为暗，或为浓或为淡，皆于矛盾中见和谐，似相反而实相成；下半阕以“藕丝”“人胜”“双鬓”“玉钗”诸名物，与“秋色”“香红”诸颜色，“参差剪”“头上风”诸情态词，唤起人的意象，激发人的幻想，可谓精微高妙！

菩萨蛮 蕊黄无限当山额/温庭筠

蕊黄①无限当山额②，宿妆③隐笑纱窗隔。相见牡丹时，暂来还别离。　　翠钗金作股④，钗上蝶双舞。心事竟谁知，月明花满枝。

校注　①蕊黄：黄色花粉，用以妆饰面颊。②山额：指眉额。③宿妆：夜妆。④翠钗金作股：用金子作股的翡翠头钗。

析评 此词写一美人追念过去与意中人短暂相聚、随即别离的相思情怀。前两首皆以物为开端，以妆为结束，此则以妆为起笔。

上半阕起句“蕊黄无限当山额”，先说她眉间涂饰着无限的黄色花粉，足见其华贵和摩登。“宿妆隐笑纱窗隔”是说隔着纱窗隐约闻其笑声，由此可揣度其间必有男士在内。故下文道出“相见”二字，叙明彼此的相聚；下接“牡丹时”三字，显出他俩相见是在一个牡丹盛开的春天。不明说“春天”，而说“牡丹时”，使人另有一种富丽温馨的感觉。“暂来还别离”是写他俩相见不久又要分离的情形，其中着一“还”字，一片惜别的深情跃然纸上。以上所写，皆是追忆昔夕的情境。

下半阕乃正写其怀人的情思：“翠钗金作股，钗上蝶双舞”二句，仍由妆饰写起，说她发上的首饰是以金作股的翡翠钗子，钗饰并非金雀，而是一双翩翩飞舞的蝴蝶。结尾“心事竟谁知，月明花满枝”二句则融情会景，点出伊人的心事。读者不难想象到，伊人在梳妆的时候，见了钗上的双蝶，一种形只影单的孤独感早已涌现于心中，而其怀人的深情亦必蕴藏于心灵深处了。以“月明花满枝”反透伊人怀念之情，妙在含蓄浑厚，而不流于浅露。

菩萨蛮 翠翘金缕双㶉鶒/温庭筠

翠翘[①]金缕双㶉鶒[②]，水纹细起春池碧。池上海棠梨[③]，雨晴红满枝。　　绣衫遮笑靥[④]，烟草粘飞蝶。青琐[⑤]对芳菲，玉关音信稀[⑥]。

校注　①翠翘:《山堂肆考》云:“翡翠鸟尾上长尾毛曰翘，美人首饰如之，因名翠翘。”②㶉鶒:水鸟名，似鸳鸯而稍大，其色多紫，故又称紫鸳鸯。此指金钗之作㶉鶒形者。③海棠梨:即海棠。昔人于外来之品物每加“海”字，犹今人对于舶来品多加一“洋”字。④靥:音页，脸上酒窝。⑤青琐:指宫门。琐，连环也。⑥玉关:玉门关之简称。诗词中所谓玉门关多泛指塞外而言。

析评　此首写美人的春恨。起笔亦由妆饰写起，“翠翘”“㶉鶒”皆为妇女头上水鸟形的钗饰。“水纹”以下三句，突转入写景，由首饰上假的水鸟联想它飞渡到春天的池塘上，又说起池塘上春花的烂漫来。这是静物感情化的运用。既云“翠翘”，又云“春池”，非仅止于联想，同时亦隐示美人游春之景，故下半阕“绣衫遮笑靥”上承“翠翘”句而出，“烟草粘飞蝶”上承“水纹”句而出。“青琐”以下点明春恨缘由。“青琐”是宫门的代称，“玉关”是情人行役所在的代词;“青琐对芳菲”有良辰美景虚设之意，“芳菲”一词乃从上阕“海棠梨”生出。最后以“音信稀”三字作结，点清题旨，申明作意。

菩萨蛮　杏花含露团香雪/温庭筠

杏花含露团香雪，绿杨陌上多离别。灯在月胧明，觉来闻晓莺。　　玉钩褰[①]翠幕，妆浅旧眉薄。春梦正关情，镜中蝉鬓[②]轻。

校注　①褰：音千，提举之意。②蝉鬓：《古今注》："魏文帝宫人莫琼树，始制为蝉鬓，望之缥缈如蝉翼然。"

析评　此首写美人的春思。起笔二句由远处泛写，取残更清晓之景；其关合本题，均在有意无意之间。"杏花团香雪""绿杨陌上"是春意甦醒之象，此与王昌龄《闺怨》诗"忽见陌头杨柳色，悔教夫婿觅封侯"取意相同。"灯在月胧明，觉来闻晓莺"二句，写其在下半夜恍惚醒来之光景；此时室内残灯尚在，窗外月色朦胧，莺声烦乱，美人心中想必有如金昌绪《春怨》诗所谓"打起黄莺儿，莫教枝上啼。啼时惊妾梦，不得到辽西"之情涌起矣！

换头"玉钩褰翠幕"写晨起之象；"妆浅旧眉薄"写宿妆之象，即另一首所谓"卧时留薄妆"之意；"镜中蝉鬓轻"写晨妆之象；"春梦正关情"点明题旨，对镜妆梳而关情断梦，怨情之深不难想象得知。

菩萨蛮 南园满地堆轻絮/温庭筠

南园满地堆轻絮，愁闻一霎[①]清明雨。雨后却斜阳，杏花零落香。　　无言匀[②]睡脸，枕上屏山[③]掩。时节欲黄昏，无憀[④]独倚门。

校注　①一霎：犹言一阵。霎为极短暂之时间。②匀：使之均也。③屏山：指帷屏而言。古人帏屏上多绘金碧山水，亦有迳作山字形者，故云。④无憀：即无聊。憀，通“聊”字。

析评　此首刻画出一位美人在春日黄昏时愁情无赖的形象。起笔提出“满地堆轻絮”与“一霎清明雨”组成一种惨淡的景象，已足反映出伊人心境的怅惘，这是主观的情与客观的景相交融的表现。“清明雨”之所以令人“愁闻”，是因为它容易使一个孤独之人联想到“清明时节雨纷纷，路上行人欲断魂”的情景。下接“雨后却斜阳，杏花零落香”二句，陆续写景，这里作者取了一个与上文相反却可相调和的雨后明丽的景致，组织配合，形成一种意境，使读者自己去领略其中的情意。由“斜阳”的残晖、“杏花”的“零落香”，可以形成一种怎样的意境呢？那就是引发人产生“美人迟暮”的感触了。此时的光之残晖，“香”之“零落”，不正是美人自身的写照吗？以上皆是由景透情的写法。

下半阕才直叙人事。“无言”一词由前文“愁”字引出，是愁情的形象化；心中有愁，故匀脸而无言。“枕上屏山掩”

亦是“愁”的烘托，欲写屏内之人，兼写周遭之景以作陪衬。结尾“时节欲黄昏，无憀独倚门”二句，明示篇旨，并点时令；“黄昏”二字呼应“斜阳”，“无憀独倚门”则活绘出伊人空虚怅惘的一幅小像。

菩萨蛮 竹风轻动庭除冷/温庭筠

竹风轻动庭除①冷，珠帘月上玲珑影。山枕②隐浓妆，绿檀金凤凰③。 两蛾④愁黛浅，故国吴宫⑤远。春恨正关情，画楼残点声。

校注 ①庭除：庭阶。②山枕：枕头之绣有山形图案或作山字形者。③金凤凰：指金凤钗。④蛾：形容美人之眉毛。⑤吴宫：指吴馆娃宫而言。吴地习俗以美女为娃，吴王夫差纳西施，建吴馆娃宫以居之，后世因以吴宫借称为美人所居之所。

析评 此词为温氏十四首《菩萨蛮》中的最末一首，内容在述宫怨，盖为十四首之总结束。

起首“竹风轻动庭除冷，珠帘月上玲珑影”二句，先从外景着笔，以清淡雅洁的句子，写出晚凉清幽的景致。“山枕隐浓妆”叙其入晚无聊，凭枕闲卧。下文“绿檀金凤凰”加上句词意，“绿檀”二字承“山枕”而来，明言其为檀枕；

“金凤凰”三字承“浓妆”而来，明言其为金凤钗。“故国吴宫远”写幽思之远；用“吴宫”二字，明点是宫词。末尾二句，写出怨情：所谓“画楼残点声”，则天将明矣，其幽怨之深可知。

按孙光宪《北梦琐言》载：“宣宗爱唱《菩萨蛮》词，令狐相因假温飞卿手，撰二十阕以进。”《乐府纪闻》亦载此事。今《花间集》所收十四首，或即当日呈进者之残存，若然，则其述宫怨更属当然。温氏《菩萨蛮》词，其写作手法是：将许多可以调和的颜色、景致、物体等放在一处，使其组织配合，形成一个意境、一个画面，让读者自己去领略其中的情意。不过，他涂上去的颜色过于浓艳，摆进去的珠宝过于繁多，所以读他的词，初读几首觉得艳丽可喜，多读下去则便有一种与一位满身珠宝、满脸脂粉的娼妓并坐的感觉了。

更漏子 柳丝长/温庭筠

柳丝长，春雨细，花外漏声迢递①。惊塞雁②，起城乌③，画屏金鹧鸪。　　香雾薄，透帘幕④，惆怅谢家⑤池阁。红烛背⑥，绣帘⑦垂，梦长⑧君不知。

校注　①漏声迢递：漏声，更漏之声。迢递，绵邈悠长貌。②塞雁：

塞上雁鸟。③城乌：城上乌鸦。④帘幕：一作“重幕”。⑤谢家：唐李德裕镇浙日，悼亡妓谢秋娘，用隋炀帝所作《望江南》词，撰《谢秋娘》曲，其后词人遂以“谢娘”“谢家”为妓女妓馆之别称。一说谢家为“王谢之家”的谢家，用以称豪华大族的人家。⑥背：谓转移烛台方向，使光不直射。⑦绣帘：一作“绣帏”。⑧梦长：一作“梦君”。

析评 此下所选温氏《更漏子》三首，皆以鲜明的丽句写相思的柔情。本首是写春思——透过春天的景物，写一位孤寂女人怀念行役在外的意中人。

起笔“柳丝长，春雨细，花外漏声迢递”三句，先铺写春日凄寂的景象。其细微处是把柳丝的形貌与春雨的声音，都以委婉的笔致描绘出来了。这是一种空寂的景况，而这种景况之所以被渲染出来，主要是那迢递漏声的刺激作用。“花外”二字显示出伊人住处的佳丽，“漏声迢递”一语则使人感到一种孤寂生活的情调。底下“惊塞雁，起城乌”，即惊起塞雁城乌之意，此二句是虚写，也是由漏声所引起的想象，隐示伊人所思念之人为行役在远方。下接“画屏金鹧鸪”一句是实写，点出伊人所萦思之事乃属于艳情，而这种艳情是由眼前画屏上的金色鹧鸪鸟所唤起的。

下半阕“香雾薄，透帘幕”二句承前结，直写伊人所居室内之景——香雾浮动迷蒙，透过层层帘幕。接以“谢家池阁”一语，写其居室的豪华；上用“惆怅”二字，则伊人长夜寂寞难耐之苦，不言可喻。惆怅之余，愈复无可聊赖，于是“红烛背，绣帘垂”，欲于睡梦中忘此难耐之苦，然而睡梦中仍亦不得解脱，故有“梦长”的感觉。梦而着一“长”字，则怀人之深长、梦境之委曲，可以想见。续以“君不知”三字，流露出怨情，但怨而不怒，令人无限低回。

此词上半阕首三句从感觉上着笔，次三句从想象上着笔，角度虽有不同，但都能适切地表现出相思的意象。下半阕写情，不用直笔，而以景透情，使怨情自然而然地流露出来，诚如周济《介存斋论词杂著》所说的“酝酿最深”了。

更漏子 星斗稀/温庭筠

星斗稀，钟鼓歇，帘外晓莺残月。兰露重，柳风斜，满庭堆落花。　虚阁[①]上，倚阑望，还似去年惆怅[②]。春欲暮，思无穷，旧欢如梦中。

㊀校㊀注 ①虚阁：空虚的楼阁。②惆怅：一作“怊怅”。

析评 此首写的是暮春季节里那种百无聊赖的相思柔情。起首二句提出“星稀钟歇”，表示漏尽更残，而伊人的孤寂未眠已溢于言外。“帘外晓莺残月”承上而来，是补述语；“晓莺”原是一种春的象征，然而下接“残月”二字，却又使人联想到人生的缺陷，这已经足以暗示生活的失常了。底下“兰露重，柳风斜，满庭堆落花”三句，复写出暮春衰残的景象，加深其愁云惨雾的气氛。由“残月”设想到“露重”，由“风斜”设想到“花落满庭”，凡此，皆为下文抒情先铺设一个适当气氛的景况。

下半阕直叙人事，使主题渐趋明朗。“虚阁上”着一“虚”字，则其孤寂可知；登阁凝望，而惆怅之情仍似去年，则其相思之绵长可以想见。“春欲暮，思无穷”二句，收结上文。“旧欢如梦中”一句，则抚今追昔，对美好时光的消逝发出无限的感叹和追恋。

一般说来，温词铸语造境的技巧，其特征在于客观的现实与主观的心情能够取得一致的交融，而又各有脉络可寻，本首即如此。

更漏子　玉炉香/温庭筠

玉炉香[①]，红蜡泪[②]，偏照画堂秋思[③]。眉翠[④]薄，鬓云残，夜长衾枕寒。　　梧桐树，三更雨，不道离情正苦[⑤]。一叶叶，一声声，空阶滴到明。

校注　①玉炉香：玉炉，精美的香炉。古人置香炉于室中，以为薰衣炙手之用。香，一作“烟”。②红蜡泪：蜡烛熔化，下流如泪。李商隐《无题》诗：“蜡炬成灰泪始干。”红蜡，一作“红烛”。③画堂秋思：画堂，此处指装饰华丽的内室。

秋思，谓秋思之人。④眉翠：古人以黛绿画眉，故云眉翠。⑤不道句：不道，犹言不解。离情，一作“离愁”。正苦，一作“最苦”。

析评 此首写秋思——透过秋天景物写孤寂女人凄清的苦情。起首三句先由室内景物着笔：“玉炉香”是衬，“红蜡泪”是主，“偏照画堂秋思”是主语的引申补述。从炉香的缭绕、残烛的垂滴，充分表现出凄凉的情调。因为“玉炉”“红烛”“画堂”诸词，虽然显示伊人住处的华丽、物质生活的美好，然而“泪”与“秋思”却是感情上与精神上不足的一面。“眉翠薄，鬓云残”二句，承上“照”字引出，写出伊人的容饰，而由容饰的淡残不整，反映出伊人心境的孤寂凄苦。“夜长衾枕寒”则刻画出伊人形单影只、孤枕难眠的情形；“夜长”二字直与开端两句相呼应，然后乃知玉炉香袅、红蜡泪垂，正是此人夜长之所见，而情景之凄寂、秋夜之漫长，从而可知。

下半阕“梧桐树，三更雨，不道离情正苦”三句，与前结有岭断云连之妙，是作者借外景映衬伊人凄苦的心境。“梧桐”一语，一面点“秋”，一面教人想到西风梧叶的凋零，想到秋天最易惹人悲愁的情味。“三更”是“夜长”的具体感觉，更何况是下雨的夜晚，于是“梧桐树”“三更雨”组合起来，就造成了一种“秋雨梧桐落叶”或“疏雨滴梧桐”的冷清情境了。作者在此能将所要抒发的情意，找到一个相称的客观景物作映衬，构成一个耐人回嚼的想象，以加深伊人凄苦的心境，这是本首词的特点。结尾“一叶叶，一声声，空阶滴到明”三句，复由“夜长”引起，配合梧桐夜雨，使情思更加深远。至此，教人想象到那不眠的人儿，在痴迷的苦思中，听着数着窗外的雨声和叶声，由三更到天明。这无情的声音，不仅在空阶上滴着，同时也在伊人的心坎上滴着！而伊人默默地隐忍着、承受着离情之苦，不难想象得知。

温氏这三首《更漏子》，词中所写的离情相思，可以说都是娼妓思妇的代言代诉。

梦江南 梳洗罢/温庭筠

梳洗罢，独倚望江楼①。过尽千帆皆不是，斜晖脉脉②水悠悠。肠断白蘋洲③。

校注 ①望江楼：泛指江边高楼。②脉脉：含情不露貌。③白蘋洲：地理上虽确有其地（在霅溪之东南），但此处只是泛说，指生长有白蘋草之水中沙洲。

析评 此词写一位痴于爱情之女子，伫盼其意中人归返的一段深情。由“梳洗罢”三字可知她从早晨一起来就在盼望，由“斜晖”一词可知她一直盼望到夕阳西沉。在这一段漫长的时光中，她独自凭倚在“望江楼”上，痴痴地凝望着，眼里心中除了江帆而外，再无旁注。“过尽千帆皆不是”的“千”字，不仅形容江帆之多，更主要的是暗示其精神之专注、等待之情深，因为每艘经过的船只她都没有轻易放过；“皆”字不仅形其等待之情苦，更显示其失望之情甚，因为她好不容易才见到一艘艘的江帆驶近，却都见不到船只上有她所伫盼的意中人。千帆过尽，而人儿杳然，唯见暮色苍茫之中，悠悠江水之外，映入眼帘的只有一片孤寂荒凉的“白蘋洲”而已，怎不令她伤心而为之“肠断”呢？“斜晖”句足见其望之失，“肠断”句足见其情之苦。此词写伊人由情痴而生失望，由失望而生悲苦的心理变化，极尽曲折细腻之能事，真可说得上“一往情深”了。

余论 温庭筠，字飞卿，并州祁（今山西省祁县）人。少敏悟，工辞章，才思清丽。他是晚唐第一位以全力从事于词之创作的专家。唐人词皆附诗以传，词之有专集，自庭筠开始。其词有《握兰》《金荃》二集，惜皆不传。所幸孙光宪《北梦琐言》云：“温词有《金荃集》，盖取其香而软也。”尚可想见其风格。今存词六十余首，散见于《花间》《尊前》诸集。他的词，除了描写女人的姿态与恋情外，找不到其他表现人生社会的思想与意识，这一点未免是他作品中的一项缺失。但他的那些描写女人姿态与恋情的闺帷作品，却写得极其婉雅，在写作上亦多持冷静的观点，作客观的描摹，而其观察之细微，描写之精美，实有他人所不可及之处。且其笔法，大半祖述风骚，意在笔先，神余言外，写怨女思妇之怀，往往于一草一木发之，而发之又若隐若现，欲露不露，反复缠绵，错落有致，犹有怨悱不乱的遗意。胡仔《苕溪渔隐丛话》云:“庭筠工于造语，极为绮靡。”刘熙载《艺概》云：“温飞卿词，精妙绝人，然类不出乎绮怨。”周济《介存斋论词杂著》称其如“严妆美妇人”，王国维《人间词话》谓其词品似“画屏金鹧鸪”，皆为精确的评论。盖温词中，无论写容色、写服饰、写器用、写景物，大都喜用藻丽的句子，依仗一些“金”“玉”“锦”“绣”等富丽的字面拼凑而成，故温词风格，大抵可以“浓艳”“富丽”概之。虽有淡雅者，但毕竟太少了。

梦江南　兰烬落/皇甫松

兰烬[1]落，屏上暗红蕉[2]。闲梦江南梅熟日，夜船吹笛雨潇潇，人语驿[3]边桥。

校注　①兰烬：谓烛烬也。火余曰烬，此指枯了的灯芯。②蕉：芭蕉之简称。③驿：指驿站或驿亭。旧时以骑传达文书，其中途更代处曰驿站，歇脚处曰驿亭。

析评　此下所选皇甫氏《梦江南》词二首，都是作者抒写他对江南往事的萦梦和怀思。起笔二句先铺设一个适合于梦境氛氤的室内景物——灯残屏暗。更由屏上的“红蕉”触起了往事的萦思。“闲梦”句扣入题旨，且点明怀思的时节。“夜船”二句则承写所怀思的事情。夜雨潇潇、船中吹笛、桥边私语，这是多么富有诗情画意的场面啊！作者在这里用简略的笔触，描绘出一个动人的境界，内容虽属侧艳，然而情味深长，殊具朗爽之致。

梦江南 楼上寝/皇甫松

楼上寝，残月下帘旌[①]。梦见秣陵[②]惆怅事，桃花柳絮满江城，双髻[③]坐吹笙。

校注 ①帘旌：帘幕。②秣陵：即今南京市。③双髻：头上结着双髻的少女。

析评 此首一开始即指出“寝”字，以伏下文之“梦”。次句“月下帘旌”一语，足见其长夜不眠、萦思之深；上用“残”字形容，以残景反衬心境的凄婉。接着以“秣陵惆怅事”点出心境凄婉的缘由。复以“桃花柳絮满江城，双髻坐吹笙”补实上句所谓的“惆怅事”，这也就是作者日夜所萦思、寝时所梦见的秣陵往事了。刘大杰《中国文学发展史》说他“善用最清丽的字句，来写红情绿意的场面，而其中又寄寓着哀怨的感慨，虽侧艳而不淫靡，确是成功之作。《梦江南》意境更高，设境遣词尤胜，诚可与温飞卿比肩。”的确，皇甫氏词在《花间集》中，用笔清疏，时出凄婉，不似其他作者，专以艳丽见长也。

闲中好 闲中好/段成式

闲中好，尘务不萦心。坐对当窗木，看移三面阴。

析评 此词吟咏本意，题目就代表它的内容。首先作者开门见山，即以无限欣慰的语气说出了“闲”中之“好”。但这不过是一句笼统的赞词而已，故随即又在次句补实“闲中”之所以“好”的缘故，乃在于心灵上没有尘杂事务的萦绕干扰。由于没有“尘务萦心”，因此才有底下那种坐对窗前，细细观赏大自然景象的闲情逸致。“坐对当窗木，看移三面阴”二句充分表现出闲时悠然的心情。本来，太阳运转而使树荫移动位置，是件极平常的事，但作者在这儿却能用浑朴的文字，写出这样清隽的内容，实在是难得的一首小词。

五代词

王衍／李存勖／韦庄／薛昭蕴／牛峤／毛文锡／牛希济／李珣
顾夐／鹿虔扆／欧阳炯／和凝／孙光宪／冯延巳／李璟／李煜

醉妆词　者边走/蜀后主王衍

者边走，那边走，只是寻花柳。那边走，者边走，莫厌金杯酒。

析评　孙光宪《北梦琐言》载："蜀主衍，裹小巾，其尖如锥。宫伎多衣道服，簪莲花冠，施胭脂夹脸，号醉妆。衍因作《醉妆词》。"由这段记载我们已可见出王衍的"君不君"了，而词中所表露的，这边走来、那边走去，都不外"寻花柳""金杯酒"这种美人醇酒的荒淫生活，无怪乎朝纲不振，享国日浅了。

忆仙姿　曾宴桃源深洞/后唐庄宗李存勖

曾宴桃源①深洞，一曲舞鸾歌凤②。长记别伊③时，和泪出门相送。如梦，如梦，残月落花烟重。

校注 ①桃源：虽确有其地（今湖南省桃源县），但此处只是借用陶渊明《桃花源记》的典故而已。②舞鸾歌凤：形容歌舞的美妙姿态，有如鸾凤一般。此四字一作“清歌舞凤”。③别伊：一作“欲别”。

析评 此为作者被俘后的一首回忆词。由词名“忆仙姿”来推测，词中盖在追忆那些姿态美妙的宫伎妃子们。

前四句是回想过去的事情：一二两句写其君臣上下，恬嬉娱乐的情况；“桃源深洞”状其宴乐场所是在一处像桃源仙境般的深宫曲房中，“舞鸾歌凤”形容那些宫伎妃子们歌舞姿态的美妙。三四两句追忆当日被俘离宫时与宫妃们依恋难舍的情形，与李后主的“挥泪对宫娥”颇为相似；用“长记”二字，显示出当时情景所留给他的印象之深刻难忘。末三句是写作者目前心中的感受：“如梦”一语表示往事已如梦一般的过去而成空了，重叠一次可加深其感慨；结尾以“残月”“落花”自比，以“烟重”托出惨云愁雾般的沉重悲痛的心绪，则作者此时孤独地在异国无限落寞的情境，可以想见。明陈霆云：“庄宗早年甚英果，晚乃溺于情欲，不胜其宴昵之私，见其《如梦令》（《忆仙姿》）云云，详味词旨，所谓亡国之音哀以思者也。”“哀以思”三字，评得极为中肯。

思帝乡 春日游/韦庄

春日游，杏花吹满头。陌上谁家年少足风流？妾拟将身嫁与一生休。纵被无情弃，不能羞。

析评 唐俗，新科进士多游宴杏园，此词盖为作者成进士时，游宴杏园，抒写当时的感遇而作，词中体现了作者当日春游酣畅之乐。起首二句，“春日”点明季节，“游”字具有骋目畅怀之乐，“杏花吹满头”是写在春风骀荡中露出一副酣痴的样子。接以“陌上谁家年少足风流”，用侧笔婉转地写出自己的年轻潇洒、风流倜傥。“年少”“风流”正是伊人所憧憬的人物，“足”字有令人艳羡之意，故下文说：“妾拟将身嫁与一生休。纵被无情弃，不能羞。”这是由女人心中的暗自羡慕，愿托终身，即使被无情所弃，亦不反悔，反衬出自己游宴杏园时的春风得意，真是善于往自己的脸上贴金。“妾拟”以下，把伊人心事和盘托出，似有不吐不快之感。小词作决绝语而妙者，此为其首选。贺裳《皱水轩词筌》说：“小词以含蓄为佳，亦有作决绝语而妙者，如韦庄‘谁家年少足风流，妾拟将身嫁与一生休。纵被无情弃，不能羞’之类是也。”

菩萨蛮 红楼别夜堪惆怅/韦庄

红楼[1]别夜堪惆怅，香灯半卷流苏[2]帐。残月出门时，美人和泪辞。　　琵琶金翠羽[③]，弦上黄莺语[④]。劝我早归家，绿窗人似花。

校注　①红楼：本为富贵人家眷属所居，后世转为妇女居处的通称。②流苏：《决疑要录》："流苏者，缉鸟尾垂之，若旒然。凡旌旗帐幕之类，皆饰之以为美观。"今者多以丝线为之，南方仍称为流苏，北方则谓之穗子。③金翠羽：琵琶捍拨上之饰物。④黄莺语：形容琵琶声音之清晰悦耳。

析评　韦庄《菩萨蛮》词五首，俞平伯《读词偶得》以为"实一篇之五节耳"，郑骞先生《词选》亦谓："此五章一气流转，语意连贯，选家每任意割裂，殊有未妥。"是五首有其连贯性，盖为韦庄晚年在蜀追忆平生旧游之作，即所谓"留蜀后寄意之作"（见张惠言《词选》）。首从当年离开洛阳叙起，次叙其漂泊江南时的生活，末后方点明对洛阳的追念。

作者在洛阳时，必有所欢之人，故此词首句便从"离情"入题，一起笔就写出离别伊始的满纸离情。"红楼"乃离别之所，"别夜"是离别之时，"堪惆怅"三字则充满了对离别之往事的回思。次句"香灯半卷流苏帐"写室内景物，以映衬离情之惆怅——帷帐半卷、香灯掩映。此句造境极妙，以景透情，饶有余味，这是一种使人益增缱绻之思的景象，于是所有的春宵缱绻之情便都化而为离别的惆怅之感了。继之由"夜"字生出"残月出门时"二句，而别夜苦短，去者难留，美人泪随声下矣！"美人和泪辞"这一句用侧笔，颇为高妙，不说自己心中的依恋，偏说美人泪眼相送的凄婉，假如说“我辞美人”，便流于直率突兀了。换头以下述其初衷：“琵琶金翠羽，弦上黄莺语”二句，借物喻情，写美人在离别时内心的凄怨。“金翠羽”言琵琶之饰；“黄莺语”写琵琶之声，同时亦象喻美人凄怨的声音。接以“劝我早归家”一句，明言其叮咛之语，而使情意加深一层；“早归”二字是一章的主脑。于是由琵琶的催归、声音的清怨，引起“绿窗人似花”的怀念，说明远行的游子如何能不因眷念家中美人而早作归计？

本词情意真挚、造语自然，能于闲婉平淡中透露出无限情致，无怪乎况周颐《蕙风词话》说他能“运密入疏，寓浓于淡，花间群贤，殆鲜其匹”了。

菩萨蛮 人人尽说江南好/韦庄

人人尽说[1]江南好，游人只合[2]江南老。春水碧于天，画船[3]听雨眠。　垆[4]边人似月，皓腕[5]凝霜雪。未老莫还乡，还乡须[6]断肠。

校注　①尽说：一作“尽道”。②合：作“宜”“应”解。③画船：彩饰雕画之游艇。④垆：亦作炉，即酒肆。累土而成，用以安放酒瓮以卖酒之处。⑤皓腕：洁白的纤手。⑥须：一作“空”。

析评 此首与以下两首，都是写远游江南以后的情况。起笔“人人尽说江南好，游人只合江南老”二句，即道出作者对江南风光的眷恋，大有可以终老此乡之概。但这些话，不由自己的口中直叙，却自别人口中轻描淡写地说出，用笔曲折，情意婉转。次四句都是承“江南好”三字衍出：“春水碧于天”写江南景色之美，“画船听雨眠”写生活之美，“垆边人似月”写人物之姝，“皓腕凝霜雪”是对上句再作细腻的描写，此数句构成了一幅秀丽的“江南风情画”。结尾“未老莫还乡，还乡须断肠”二句，以感慨悲凉作结，盖“莫还乡”“须断肠”是极痛心之语，其中隐含着中原鼎革离乱，返乡后事事物物皆有足以使人伤心肠断的隐衷。作者思乡的殷切，透过一层写出，即所谓寓写其思乡情意之苦，犹冀老而返乡也，故谭献《词辨》云：“强颜作欢快语，怕肠断，肠亦断。”

菩萨蛮 如今却忆江南乐/韦庄

如今却忆江南乐，当时年少春衫薄。骑马倚斜桥，满楼红袖[1]招。　　翠屏金屈曲[2]，醉入花丛宿。此度见花枝，白头誓不归。

㊎校㊟注 ①红袖：“美人”之借代词。②屈曲：即屈戌，亦作屈膝，门窗或屏风上之环钮。

析评 此承上首而来，上首既说明不还乡的苦衷，此首又竟甘愿终老他乡，词意更觉凄然。上首写“江南好”是人家说的，此首言“江南乐”是自己说的。当年之乐，当年不自知，如今回忆，江南正自有乐处，故云“如今却忆江南乐”。“当时年少”是写回忆中的江南乐事，“春衫薄”三字，可以想见作者当年春衫飘举的翩翩美少年风度。接下四句皆就“当时年少”写其浪漫的生活：当日满楼红袖相招，而必说“骑马倚斜桥”者，盖“骑马”始益增其年少之英姿，“斜”字始益显出一份旖旎之情致；“翠屏金屈曲”写其宿处的华丽及屏障的曲折回护；“醉入花丛宿”的“花丛”二字，一语双关，不仅指庭园的清丽幽深，亦暗示美人的群聚之多。末尾“此度见花枝，白头誓不归”二句，为一篇的枢纽，说出一种决心，有勉强挣扎之苦；“见花枝”三字承上文“花丛”而来，上用“此度”一语，则非前度之在江南可知。这两句乃在欲归不得、悲苦至极时，故作的决绝无情语，盖作者已自知终老难返故乡矣！因此下章乃有以沉醉忘怀一切之事。

菩萨蛮 劝君今夜须沉醉/韦庄

劝君今夜须沉醉，樽前莫话明朝事。珍重主人心，酒深情亦深。　须愁春漏[①]短，莫诉金杯满。遇酒且呵呵[②]，人生能几何。

校注　①春漏：犹言春宵。漏为古时计时之器。②呵呵：笑貌。

析评　前面三首由早归而说到不得早归，更说到白头誓不归，此首忽然旷达起来，章法上似乎不能绾合，实则本首不过是在无可奈何的心情下，聊以解嘲而已。开头二句即揭出及时行乐之意，“醉”字是由上章“醉入花丛宿”而来；“樽前莫话明朝事”是伤心人语。“珍重主人心，酒深情亦深”二句与李白《客中行》诗“但使主人能醉客，不知何处是他乡”之意相似，是用风流蕴藉的笔调，抒写沉郁潦倒的心情。

换头以下仍承前结，从“酒”字落笔。“须愁春漏短，莫诉金杯满”二句，竟自我劝醉，而以珍惜短促的春宵、莫以金杯过满为辞，其强颜欢笑的心情宛然可见。结尾“遇酒且呵呵，人生能几何”二句，更以强颜欢笑的口吻，为苦短的人生发出及时行乐的旷达辞，欢笑中有泪痕，旷达中寓深悲。盖中原离乱，欲归则势有所不能；西蜀遇我恩厚，欲去则情理有所不许，人处此境，真是到了山穷水尽的地步，故转出结尾的悲慨来。所谓“人生能几何”，实有将“年少”“白头”种种字样一笔勾销的气象。

这首词写出了诗人多少思乡之苦衷，勉强想要求欢自醉的低回往复的情意，我们读了这词，心目中自然显现出一个满腔悲愤、故作旷达语的酒徒的影像来。

菩萨蛮 洛阳城里春光好/韦庄

洛阳城里春光好，洛阳才子[①]他乡老。柳暗魏王堤[②]，此时心转迷。　　桃花春水渌，水上鸳鸯浴。凝恨对残晖，忆君君不知[③]。

(校)(注) ①洛阳才子：韦庄自称。②魏王堤：即魏王池之堤，魏王池在洛阳城南，为东都游赏胜地，唐贞观中以赐魏王泰，故名。白居易有《魏王堤》诗云："何处未春先有思，柳条无力魏王堤。"③不知：一作"不归"。

(析)(评) 张惠言云："此章致思唐之意。"起首"洛阳城里春光好，洛阳才子他乡老"二句，即对洛阳流露出一片呼唤的心声，充满了一片眷恋的情意。这两句表面上看来似是故乡之思，骨子里却是故国之思。"柳暗魏王堤"直承首句"春光好"作具体的描写，"暗"字正写柳之浓密。"此时心转迷"则承接第二句而来，盖当年的洛阳才子，此时在"他乡老"，回忆昔日洛阳的美好时光，岂有不满心迷惘者乎？我们读到此，心目中自然显现出一个睹物怀人、自伤落魄的游子的形象。

换头“桃花春水渌，水上鸳鸯浴”二句，是写眼前的春光，亦即蜀地的春光。拈出“鸳鸯”二字，似有以鸳鸯的偶居不离反衬自红楼别后竟乃终老他乡不复重聚的悲慨。结尾二句写其衷心苦忆的悲情；所谓“凝恨对残晖”，乃对唐朝国祚的日落西山表露出幽怨至极之情，“凝恨”正写其一往情深，专注不已；“忆君君不知”则是返乡无期所申诉的一点心声。

吴梅《词学通论》云：“端己《菩萨蛮》四章（当是五章），拳拳故国之思，最耐寻味。”的确，韦庄的这些词，都是甚有家国之思的。他虽避难于蜀，为王建的僚属，但他不忘“洛阳”和故乡的情绪是极为明显的。韦庄的词，可以说大多是在这种思乡与忆所恋的情调下写成的。以下我们就来欣赏他那“忆所恋”的词作吧！

荷叶杯 记得那年花下/韦庄

记得那年花下，深夜。初识谢娘[①]时。水堂[②]西面画帘垂，携手暗相期。　惆怅晓莺残月，相别。从此隔音尘[③]。如今俱是异乡人，相见更无因。

校注　①谢娘：此处借以代称所恋之人。唐李德裕镇浙时，悼亡妓谢秋娘，撰《谢秋娘》曲，其后词人遂以谢娘为妓女或宠姬之别称。②水堂：庭院中筑有池塘的豪华房屋。③音尘：犹言音影。隔音尘即音信全无之意。

析评　此下所选韦庄《荷叶杯》二首，一说是感怀宠妾之词，一说是悼亡之词，但无论如何，总是一种爱情上的葛藤及绵绵无绝期的离恨。本首上半阕是回忆两人初相识的过程。其中写出了相遇的地点、相见的时间与相会的情境；时间是在“深夜”，地点是在“花下”，情境是“水堂画帘垂，携手暗相期”，“携手”句写出了两人亲昵的情态，加深了刻骨铭心的印象。

下半阕写分别后的悲况：以“晓莺残月”写别时之景，以“惆怅”写别时之情；“晓莺残月”四字正由前文“深夜”接出，足见相会时间的短促；在悲伤失意的情况下，不觉已到了彼此分别的时候了。接下写其别后音讯隔绝、相见无期，而原来“暗相期”的佳期从此也无法得以实现了！结尾“如今俱是异乡人，相见更无因”二句，语悲意婉，无限哀凄。

荷叶杯　绝代佳人难得/韦庄

绝代佳人难得，倾国[1]，花下见无期。一双愁黛远山眉[2]，不忍更思惟。　闲掩翠屏金凤[3]，残梦，罗幕画堂空。碧天无路信难通，惆怅旧房栊[4]。

校注 ①倾国：李延年《北方有佳人》："北方有佳人，绝世而独立，一顾倾人城，再顾倾人国。宁不知倾城与倾国，佳人难再得！"此处"绝代佳人"句即用这个典故。②远山眉：《西京杂记》："司马相如妻文君，眉色如望远山，时人效画远山眉。"③翠屏金凤：绘有金凤图案的翠屏。④栊：窗也。

析评 此首写分离后的感伤。起笔"绝代佳人难得，倾国，花下见无期"三句，以无限伤感的口吻，写出了作者对美人相思而无由相见的深挚情感。次二句"一双愁黛远山眉，不忍更思惟"，追忆当时美人双眉不展的情景，令自己不忍再度回思。

换头"闲掩翠屏金凤，残梦，罗幕画堂空"三句，承接前意，写其午夜梦回，人去楼空，佳人不在，但见翠屏闲掩，无限怅惘。末尾"碧天无路信难通，惆怅旧房栊"二句，写其相思而无由相见，唯有愁对旧房，空怀悲伤失意而已。汤显祖《评花间集》云："韦词《荷叶杯》，情景逼真，自与寻常艳语不同。"

女冠子 昨夜夜半/韦庄

昨夜夜半，枕上分明梦见。语多时。依旧桃花面[①]，频低柳叶眉[②]。　半羞还半喜，欲去又依依。觉来知是梦，不胜悲。

校注 ①桃花面：《妆台记》："隋文帝宫中，梳九真髻红妆，谓之桃花面。"又《解醒录》："御史中丞祝公，尝为妻合脂与粉调以涂之，号桃花面。"②柳叶眉：世以柳叶喻美人之眉，盖言其细长柔媚也。蜀后主《甘州曲》有"柳眉桃脸不胜春"之语。

析评 此写相思之深情于梦中。起首"昨夜夜半，枕上分明梦见"二句，点明是梦。次三句"语多时""依旧桃花面，频低柳叶眉"，记梦境相见之情形，且言伊人娇美依旧。

换头二句承前结，续写梦中境况："半羞还半喜，欲去又依依"，充分刻画出伊人羞怯爱恋的情态。结尾"觉来知是梦，不胜悲"二句，言其醒后不胜悲伤。

杨湜《古今词话》云："韦庄以才名寓蜀，蜀主建羁留之。庄有宠人，姿质艳丽，兼善词翰，建闻之，托以教内人为词，强夺去。庄追念悒怏，作《荷叶杯》《小重山》诸词，情意凄怨，人相传播，盛行于时。姬后闻之，遂不食而卒。"作者希冀失去的爱情之复活，在这首词中充分地显示出来了。

应天长 别来半岁音书绝/韦庄

别来半岁音书绝，一寸离肠千万结。难相见，易相别，又是玉楼花似雪。　　暗相思，无处说，惆怅夜来烟月。想得此时情切，泪沾红袖黦[1]。

校注 ①黦：音月，谓色著湿变斑也。

析评 此在感伤今日的落寞。起笔“别来半岁音书绝，一寸离肠千万结”二句，离别只半岁而寸肠已万结，则其愁思之深可想而知。下接“难相见，易相别”，充满了无限的感慨，此二句与李商隐《无题》诗的“别时容易见时难”同一机杼。何况又值“玉楼花似雪”的时候，益增人对往日欢情的追念，同时更体现出今日心中的悒怏。

换头“暗相思，无处说，惆怅夜来烟月”三句，写其无处可诉的苦情，唯有在夜里对着烟月，暗自惆怅而已。末二句“想得此时情切，泪沾红袖黦”承上之意，言情到深处，亦只有让泪水流满衣襟了。

郑骞先生《词选》注云：“飞卿托物寄情，端己直抒胸臆，此为温、韦最大异点。”在以上这些词里，我们可以直接感到蕴藏于作者胸臆中的深切情意。

浣溪沙 夜夜相思更漏残/韦庄

夜夜相思更漏残[①]，伤心明月凭栏干，想君思我锦衾[②]寒。

咫尺画堂深似海，忆来唯把旧书[③]看，几时携手入长安。

校注 ①更漏残：夜将尽之意。②锦衾：织锦的被子。③旧书：旧的书信。

析评 此首亦感伤今日的落寞。上半阕三句，直写望月伤心。“夜夜”二字见其相思已非一日，下接“更漏残”一语，益见相思之绵长。“想君”一词是相思的根源，也是“锦衾寒”的缘由。“锦衾寒”三字写其孤枕难眠，不由本身立说，而为对方设想。

下半阕“咫尺画堂深似海”写相见之不易，所谓“侯门一入深如海”也。“忆来唯把旧书看”写落寞的心绪，“旧书看”三字暗示新近书信的断绝，亦见其情思的深笃。结句“几时携手入长安”，以无限悲痛的心情吐露出何时共返故乡，重温旧日生活的愿望。

此词情真语挚，一往情深，故汤显祖评云：“‘想君、忆来’二句，皆意中意、言外言也，水中着盐，甘苦自知。”

以上这些词，或为忆往，或为伤今，都是表现爱人被夺以后那种缠绵曲折的失恋深情，作者所用的都是最浅近、最质朴的文字，没有一点浓艳的颜色，也没有一点珠宝的堆砌，完全出于白描，因而成就了他那高远的词格。

余论 韦庄，字端己，长安杜陵（今陕西省西安市）人。唐诗人韦应物之后。少孤力学，疏狂不拘小节。其词今存五十余首，散见于《花间》《尊前》诸集。但在词风上却一抛温庭筠的浓艳与富丽的气息，带着疏淡秀雅的笔调，以情词闻名。他的词善用清新婉丽的语句，描写真挚缠绵的情思，深入浅出，于男女相思外兼写身世之感，充满新鲜的生命与真切的感情，是作者生命与身世的整个表现，不像温词那样专写宫女歌妓的男女相思，只像一帧华丽而没有明显个性与生命的美人图。韦庄的作品都是出于个人生活的切身体验，所以在情感方面表现得格外真切，在修辞造句上也无须凭借金玉锦绣那些富丽字眼的装饰，而出于清淡的白描，反而显得更具真情实感、更自然了。陈廷焯《白雨斋词话》云："韦端己词，似直而纡，似达而郁。"况周颐《蕙风词话》称其"尤能运密入疏，寓浓于淡"。周济《介存斋论词杂著》亦有"淡妆"与"初日芙蓉春日柳"之喻。王国维《人间词话》言其词品似"弦上黄莺语"。皆属精确的评论。大抵言之，温、韦虽古来并称，但温词多客观，韦词多主观；温词浓艳富贵，韦词清丽秀雅，这是两人在词风上非常明显的界限。然而，温丽密而韦清疏，各擅胜场，难以轩轾。

浣溪沙 倾国倾城恨有余/薛昭蕴

倾国倾城①恨有余，几多红泪泣姑苏②，倚风凝睇③雪肌肤。　吴主山河空落日，越王宫殿半平芜，藕花菱蔓满重湖。

校注　①倾国倾城：喻佳人。李延年《北方有佳人》："宁不知倾城与倾国，佳人难再得。”②姑苏：一名姑胥，地名，亦台名，今属江苏省苏州市。《越绝书·吴地传》：“胥门外有九曲路，阖闾造以游姑胥之台。”③凝睇：凝神注视。

析评 这是一首写佳人遗恨的宫词，写得极为深婉。首句“倾国倾城恨有余”劈空突起，揭示主旨。次二句“几多红泪泣姑苏”“倚风凝睇雪肌肤”，刻画出多少红颜薄命的佳人“倚风凝睇”、涕泪满脸的可怜形象。“姑苏”一词点明佳人遗恨之处。

下半阕由“姑苏”衍出，“吴主山河空落日，越王宫殿半平芜”二句，写山河宫殿日落荒芜的景象，教人联想到历史盛衰的无常。末句“藕花菱蔓满重湖”，更由湖中藕花菱蔓的满布反映君去国亡后的寥落与冷寂，颇有元稹《行宫》诗“寥落古行宫，宫花寂寞红”之概。

此词上半阕直写其事，下半阕由景透情，更见佳人恨情的深邃。

望江怨 东风急/牛峤

东风急，惜别花时手频执，罗帏[1]愁独入。马嘶残雨春芜[2]湿，倚门立。寄语薄情郎，粉香和泪泣。

校注 ①帏：帷帐。②春芜：春草。

析评 此为闺中怨别之词。词中首四句是回忆从前离别的情景：起笔“东风急”三字，明点时令，暗写景物，寓有风狂花落、时不我予之慨。“惜别花时手频执”写其离别时沉默无语，两手频握，语虽浅近，情至深厚。“罗帏愁独入”写当时的心境，“愁独入”三字令人想见其孤寂之凄。“马嘶残雨春芜湿”写独入罗帏后始终不能入眠，是由闻“马嘶”“残雨”见“春芜湿”来反映伊人的起望行人。这种由残雨、草湿、人去、马嘶所组成的意象，是一种多么哀伤悲凉、多么凄迷惝恍的情景！“倚门立”以下三句，转写离别后愁怨交织的心情，其中“粉香和泪泣”五字，更活画出一位泪水洗面的美人儿的形象。

况周颐《餐樱庑词话》云：“昔人情语艳语，大都靡曼为工。牛松卿《望江怨》云云，繁弦促柱间有劲气暗转，愈转愈深。”郑文焯《评花间集》称其“文情往复，杂写景中，致足讽味。”皆具独到之见，足供吾人参考。

醉花间 休相问/毛文锡

休相问，怕相问，相问还添恨。春水满塘生，鸂鶒[1]还相趁。　　昨夜雨霏霏[2]，临明[3]寒一阵。偏忆戍楼人，久绝边庭[4]信。

校注　①鸂鶒：水鸟名，似鸯鸳而稍大，其色多紫，故又称紫鸳鸯。②霏霏：雨雪密貌。③临明：接近天亮。④边庭：有二义：一为泛指边地，一为边外之官署。

析评　此写闺妇春日的愁思。起笔“休相问，怕相问”二句，立即深婉地写出一个孤寂女人生怕别人触动其感情的心理。因为“相问”之后，唯有增添她心中之恨，故第三句云：“相问还添恨。”而这种心理之所以产生，乃由于她羞见池塘里成双的水鸟相逐相随所引起的，因而底下便用“春水满塘生，鸂鶒还相趁”二句，说明“怕相问”的根源。

换头“昨夜雨霏霏，临明寒一阵”二句，虽是写景，实际上是由写景之中反衬出伊人的长夜不眠与心境的凄凉。结尾二句，“偏忆戍楼人”点出所思之人，“久绝边庭信”说明所恨之事。

此词深婉疏朗，虽情景不奇，写出正复不易，无怪乎况周颐《餐樱庑词话》要说它“语淡而真，亦轻清，亦沉着”了。

生查子　春山烟欲收/牛希济

春山烟欲收，天淡稀星①小。残月脸边明，别泪临清晓。

语已多，情未了，回首犹重道：“记得绿罗裙，处处怜芳草。”

校注 ①稀星：一作“星稀”。

析评 此为叙写男女惜别之词。起首二句先从写景着笔，铺设一个晨光朦胧的氛围。所谓“春烟欲收，天淡星稀小”，这形象所蕴蓄的朦胧的感觉，乃是由离人的泪眼表现出来的，同时这种朦胧的形象也与离人的泪眼最相配合了。下接“残月脸边明，别泪临清晓”二句，写月光与泪珠相映，是以景来反透离人的凄苦之情，刻画入微，情致动人。

换头“语已多”是虚拟，“情未了”是实写，两句表现出离别时依依不舍的神情。由于心中郁结，欲说无从，千言万语，倾诉不尽，因此最后又回头叮咛了两句：“记得绿罗裙，处处怜芳草。”这两句，一语双关，意即“触目芳草，长忆罗裙”之意，这是希望行者因“芳草”而唤起“绿罗裙”的联想，但却表现得很蕴蓄而有情致。这种写法，与王维《送别》诗“春草明年绿，王孙归不归”同一机杼。

这首词不过短短四十一字，但这四十一个字之中的每一个字都显得清新而无雕琢气，同时又真切地表达了深挚的情感。其写离别之状，离人之情，写两人情意缠绵，写他日相逢芳草等等心理，深刻曲折，精工细美，是一首难得的小词，称之为“清丽婉切”，实不为过。结尾二句以联想结情，尤具其独到之处。

南乡子 乘彩舫/李珣

乘彩舫[①]，过莲塘。棹歌[②]惊起睡鸳鸯。游女带香偎伴笑。争窈窕[③]，竞折团荷遮晚照[④]。

校注 ①彩舫：画船。②棹歌：亦作櫂歌，边划船边唱歌之意。③窈窕：美好之貌。陈奂《毛诗传疏》：“窈言妇德幽静，窕言妇容闲雅。”④晚照：傍晚时分的阳光。

析评 这是一首描写地方风物的小调，充分表现出南国风光的绮丽和游女们活泼天真的姿态。

起笔“乘彩舫，过莲塘”二句，立即勾勒出南国夏景的特色：由“彩舫”与“莲塘”二语，令人想象到南国充满诗情画意的美丽，上用“乘”“过”二字，更让人感到有一种充满青春气息的轻快生活。第三句“棹歌惊起睡鸳鸯”，描写更是栩栩如生：“棹歌”之放荡与睡稳之“鸳鸯”，两相对照，一动一静，暗示出歌唱者的内心对幸福恬静生活的感触，其中着一“惊”字，尤活绘出一幅轻灵的动态美。“游女带香偎伴笑”这一句中，用“香”“笑”二字，更把那些天真烂漫的少女们的举止情态，刻画得毕露无遗，且使一片宁静的莲塘忽地热闹而有生气起来。下接“争窈窕”一语，又使人看见了她们追追逐逐的动态。结尾“竞折团荷遮晚照”七字，把少女们那种纯朴无邪的娇憨和天真可爱的举动，都惟妙惟肖地刻画出来了。

周草窗云："李珣、欧阳炯辈俱蜀人，各制《南乡子》数首，以志风土，亦竹枝体也。"则这个调子，原本以描写地方风物为主，它的佳处全在真切，并且饶有清气，使读者如看一幅亲切的地方风物图。

诉衷情 永夜抛人何处去/顾敻

永夜抛人何处去？绝来音。香阁掩，眉敛，月将沉。争忍[1]不相寻？怨孤衾。换我心，为你心，始知相忆深。

校注 ①争忍：怎忍。争，通"怎"字。

析评 此词宛如看见一位痴情的少女，在尽情地倾诉她的情怀。起句"永夜抛人何处去"中，伊人在长夜漫漫里不能忍受凄寂生活的被"抛"的感觉，与"何处去"的迷惘，全由次句"来音"的断绝所致。继之以"香阁掩，眉敛"写她意绪的无聊和愁恨的深辽，使这一情态从容地过渡到残夜"月沉"的景物上去。本来，"月将沉"以下三句的枢纽全在"怨孤衾"三个字上，但作者先用这一转渡，由残夜月沉的点染，以照见伊人的孤衾独拥，再以"争忍不相寻"来责怪所欢的无情，于是不言怨而怨情自见。结尾"换我心，为你心，始知相忆深"三句，全从"怨"字生出，出语虽平俗，情致却深厚。王士祯《花草蒙拾》称之为“自是透骨情语”。王国维《人间词话》亦云：“词家多以景寓情，其专作情需绝妙者，如牛峤之‘甘作一生拼，尽君今日欢’，顾夐之‘换我心，为你心，始知相忆深’。此等词求之古今人词中，曾不多见。”

况周颐《餐樱庑词话》云：“顾夐艳词多质朴语，妙在分际恰合。”又云：“顾太尉，五代艳词上驷也，工致丽密，时复清疏。其体格如宋院画工笔折枝小帧，非元人设色所及。”可见顾词风格之一斑。

临江仙　金锁重门荒苑静/鹿虔扆

金锁[①]重门荒苑静，绮窗[②]愁对秋空。翠华[③]一去寂无踪。玉楼歌吹，声断已随风。　烟月不知人事改，夜阑[④]还照深宫。藕花相向野塘中。暗伤亡国，清露泣香红。

校注　①金锁：本为门上的装饰，此处借指宫门。②绮窗：已装饰的窗子。③翠华：天子的旌旗车服，以翠羽为饰。此处用以代称天子。④夜阑：夜将尽。

析评　此写故国衰亡的悲惨景象及国亡后内心的痛楚。起首二句先叙宫苑寥落的残景。“金锁”“绮窗”反映出昔日宫殿的豪华富丽，但下用“荒苑静”“愁对秋空”，忽然由万般繁华中坠入了萧索惨淡的境地。“翠华一去寂无踪”“玉楼歌吹，声断已随风”三句，转入人事，写君去国亡后凄凉的景象。所谓“歌吹”“声断”“随风”，充满着一种茫然的苦凄之情，使有心人不禁为之呜咽。

换头以下，写故国的悲恸、黯然神伤的情怀。拈出“烟月”“深宫”“藕花”“野塘”“清露”“香红”等词，构成一幅惨淡凄清的画面，唤起无限痛楚的回思。说“人事改”，则境遇之变迁可知；说“夜阑”，则心境之沉寂可知；说“藕花相向野塘中”，说“清露泣香红”，一切景物寥落得多么可怕啊！这些句子都教人从景物上照见诗人的深情。

此词全首看来无一处黏着感情，而感情都从景物中体现出来。上半阕句句形成今昔的对比，下半阕以盛衰相互衬映，往昔既有“金锁”“绮窗”“翠华”“歌吹”的繁华隆盛，今日又有“荒苑”“秋空”“寂无踪”“声断随风”那样的寥落衰飒；既有永远不变的“烟月”、年年开放的“藕花”，又有变异了的“深宫”之寂，难耐的“亡国”之痛，两者相反相成，因此才有这样凄婉的词。许昂霄《词综偶评》云：“曰不知、曰暗伤，无情有恨，各极其妙。”《栩庄漫记》云：“此阕之妙，妙在以暗伤亡国，托之藕花无知之物，尚且泣露啼红与上句烟月还照深宫相衬，而愈觉其悲惋。”《古今词话》引倪云林云：“鹿公高节，偶尔寄情倚声，而曲折尽变，有无限感慨淋漓处。”足以想见其人品与词格。

江城子 晚日金陵岸草平/欧阳炯

晚日金陵[1]岸草平，落霞明，水无情。六代[2]繁华，暗逐逝波声。空有姑苏台[3]上月，如西子[4]镜照江城。

校注 ①金陵：又名建业、建康，即今江苏省南京市，六朝相继建都于此，曾繁盛一时。②六代：指吴、东晋、宋、齐、梁、陈六朝。③姑苏台：在今江苏省苏州市。④西子：即西施。越国美人，勾践献之吴王夫差，吴亡后，归范蠡，二人同泛五湖而去。

析评 这是一首金陵怀古的词。傍晚临眺，触景生情，感慨今昔，遂使历史兴亡，齐涌心头。所谓“岸草平”“落霞明”，固然是晚登金陵城所见之景，但“岸草”一词已寓有新旧代谢的寄意，“落霞”一词亦寓有变幻无常的意思。更由于流水的无情，滔滔不返，使得六朝盛极一时的繁华，在日月的消长中，暗随“逝波”之声而烟消云散，怎不教人感到历史在动荡中的盛衰之浩叹！于是产生了结语“明月空照江城”的哀感。末三句与刘禹锡《石头城》诗的“山围故国周遭在，潮打空城寂寞回”同样是对盛衰无常的叹息。

浣溪沙 相见休言有泪珠/欧阳炯

相见休言有泪珠，酒阑[1]重得叙欢娱。凤屏鸳枕宿金铺[2]。
兰麝[3]细香闻喘息，绮罗[4]纤缕见肌肤。此时还恨薄情无？

校注　①酒阑：犹言酒酣，阑乃将尽之意。②凤屏句：凤屏鸳枕，绘绣着凤凰的帷屏和鸳鸯的枕头，皆言其成双。金铺，门上的饰物，用以衔环，以金为铺首，极言其华丽。③兰麝：麝，即麝香，此云兰麝，是其幽静之气仿佛如兰也。④绮罗：精细丝绸的衣服。

析评　此为一首写男女别后重聚的艳词。起笔“相见休言有泪珠，酒阑重得叙欢娱”二句，立即表现出重见时悲尽喜极的深情，并且反映出及时行乐的意绪。第三句“凤屏鸳枕宿金铺”，提出“凤屏”“鸳枕”，暗示成双的艳情；下接“金铺”二字，见其居处的华丽；中间着一“宿”字，表现出两人鱼水云雨的昵情。

下半阕“兰麝细香闻喘息，绮罗纤缕见肌肤”二句，承前结“宿金铺”而来：喘息闻细香，纤缕见肌肤，软香温玉的情境呼之欲出。结尾“此时还恨薄情无”轻轻一问，无限温存，溢于言外。

全词之中，写两心之相印，两情之交织，细腻香艳，近于淫靡，故况周颐《蕙风词话》云：“自有艳词以来，殆莫艳于此矣！”胡云翼《词史》云：“刻画儿女的情态，极藻艳之能事。”

江城子　二首　竹里风生月上门/和凝

竹里风生月上门。理秦筝，对云屏。轻拨朱弦，恐乱马嘶声。含恨含娇独自语：今夜约，太迟生！（其一）

斗转星移玉漏频。已三更，对栖莺。历历花间，似有马蹄声。含笑整衣开绣户，斜敛手，下阶迎。（其二）

析评　这两首词，表面上虽是两阕，实际上词意是连贯的，它写的是闺人期待所欢的情态。

第一首起句“竹里风生月上门”，即指出期待的时间是从入夜月亮初升的时候就开始了。接着以“理秦筝，对云屏”写其在闺帷里弹筝静候的情形。以“轻拨朱弦，恐乱马嘶声”更进一步地写其精神之专注于谛听人儿的到来，此二语描写入微。由于久待未来，心生焦灼，因而才有下文“今夜约，太迟生”含恨又含娇的怨语。

第二首一开始，拈出“斗转星移玉漏频”，显示伊人已由前半夜等待到后半夜了。继之以“已三更，对栖莺”，点明时候，兼写心境之孤寂凄苦。正当伊人感觉孤寂凄苦之际，蓦然“历历花间，似有马蹄声”，露出了一道曙光，所欢终于来到庭院外了。于是转忧为喜，转悲为乐，不由自主地整衣开门，冲出阶下，含笑相迎了！

此词由初时的怡心静待，写到久候不来的心含怨语；由深夜的孤寂难耐，写到所欢来时的笑颜相迎，把伊人期待时的整个曲折变化的心理过程，都真切而自然地写出来了，无怪况周颐《餐樱庑词话》要说：“写出柔情蜜意，真质而不涉尖纤。”《旧五代史》说和凝“长于短歌艳曲”，于此可见一斑。

浣溪沙　蓼岸风多橘柚香/孙光宪

蓼岸风多橘柚香。江边一望楚天[①]长。片帆烟际闪孤光。

目送征鸿[②]飞杳杳，思随流水去茫茫。兰红[③]波碧忆潇湘[④]。

校注　①楚天：泛指荆楚一带的天空。②征鸿：远飞的鸿雁。③兰红：兰是木兰舟的简称，以其为彩舟，故云兰红。④潇湘：湖南省境内的潇水与湘水，世称潇湘。

析评　这是一首送行词，词中抒写怀人的情思。起笔先由景物写起。首句“蓼岸风多”与“橘柚香”，点出初秋的季节。次句“江边一望楚天长”写所见的远景，已含有辽阔苍茫之感。“片帆烟际闪孤光”则为望中所得的印象，带有一种怅然的意绪，情寓景中，而不流于单调。

下半阕“目送征鸿飞杳杳，思随流水去茫茫”二句，是写送行后的情思。“目送征鸿”“思随流水”，一片深情，悠然入化，下用“杳杳”“茫茫”两形容词，更觉有一缕淡淡的幽思萦回于心灵。末句“兰红波碧”写旅人乘舟远去，下接“潇湘”二字说出旅人所往之地，中着一“忆”字，点出怀人的情思。

汤显祖评孙光宪《浣溪沙》云：“乐府遗音，词坛丽藻，好书不厌百回读。如此数词，亦应尔尔。”细味此词，确有乐府的遗响音调。

余论 五代十国的词人，大抵可分为两群：一群以温庭筠为首，和他接近的有牛峤、欧阳炯、顾夐、和凝诸人；另一群以韦庄为始，而以李后主为压轴，和他接近的有牛希济、李珣、鹿虔扆、孙光宪诸人。这两群人的异点，约有三种：就地域上论，第一群以西蜀为主，第二群则重在南唐；就内容上论，第一群多限于男女相思，第二群则于男女相思外兼写身世之感；就辞句上论，第一群喜浓艳，第二群尚清疏。但这两群人也有他们相同之处：一为常用本意，二为不讳艳冶，三为不尚工巧，四为不避复句。（节录陆侃如《中国诗史》）

谒金门　风乍起/冯延巳

风乍起①，吹皱一池春水。闲引鸳鸯香径②里，手挼③红杏蕊。　斗鸭阑干④独倚⑤，碧玉搔头⑥斜坠。终日望君君不至，举头闻鹊喜⑦。

校注　①乍起：突起。②香径：花径。③挼：以手搓揉曰挼。④斗鸭阑干：此处指阑干之作斗鸭形状者。“斗鸭”盖言阑干之华饰耳。⑤独倚：一作“遍倚”。⑥搔头：簪之别名，妇女头饰。⑦鹊喜：《开元天宝遗事》：“时人之家，闻鹊声皆以为喜兆，故谓之灵鹊报喜。”世俗因以鹊噪为喜兆。

析评　此词刻画一位痴于爱情的女子在春日里那种闲愁无聊、孤寂空虚的形象。

起首“风乍起，吹皱一池春水”二句，由所见的景色写起，是写景，亦是写情，由景引入情——由一池春水泛起了涟漪，使得伊人的心田中也泛起了一阵涟漪，这阵涟漪便是底下四句所要形象化的闲愁孤寂之感。“闲引鸳鸯香径里，手挼红杏蕊”二句，是从举动上刻画伊人闲愁无聊的心境。其中以“鸳鸯”反映其空虚，以“红杏”暗示其艳情，既不流于肤浅，亦不失之艳冶。

换头“斗鸭阑干独倚，碧玉搔头斜坠”二句，更进一层地从神态上刻画其孤寂空虚之感。用“独倚”二字，可想见其孤寂而有所盼望；用“斜坠”二字，绘出了伊人殷殷慵慵的相思。“终日望君君不至”承上点出全词之旨。至此，方使人想到，上文的“闲引鸳鸯”于“香径”是表面，而“望君”“君不至”的心情才是真意；“手挼红杏蕊”虽似出于无心，其实却是一心在“终日望君”啊！末句“举头闻鹊喜”是一个翻腾，在正自以思念为苦之际，勉强作一时的自我宽慰，这是一种无奈心情的“苦中带笑”的表现。

长命女　春日宴/冯延巳

春日宴，绿酒[①]一杯歌一遍，再拜陈三愿：　一愿郎君千岁，二愿妾身长健；三愿如同梁上燕，岁岁长相见。

校注　①绿酒：即醽（音灵）醁酒。醽湖水绿，酿酒甘美，故名。醽湖在今湖南省衡阳市。

析评　这是一首摹写女子许愿的词。在春日良辰的欢宴中，许下了三个愿望。其实第一愿与第二愿不过是宾、是个陪衬而已，真正内心所最希冀的愿望是在第三愿。燕子平常多双飞双栖，因此作者取它作譬喻，希望自己与郎君能够如同梁燕一般，日日相守，白头偕老。白居易《赠梦得》诗云：“前日君家饮，昨日王家宴。今日过我庐，三日三会面。当歌聊自放，对酒交相劝。为我尽一杯，与君发三愿：一愿世清平，二愿身强健，三愿临老头，数与君相见。”本词自此脱出，而较胜耳。

采桑子 花前失却游春侣/冯延巳

花前失却游春侣，独自寻芳。满目悲凉，纵有笙歌亦断肠。　林间戏蝶帘间燕，各自双双。忍更思量，绿树青苔半夕阳。

析评　此为一首春日感怀词，抒写失伴后的孤寂与悲凉。这种感触，是由林间戏蝶与帘间双燕所引起的。起笔提出“失却游春侣”五字，是全词的枢纽；上用“花前”一词，暗示其对冶游的惆怅。“独自寻芳”“满目悲凉，纵有笙歌亦断肠”三句，正承“失侣”而来，申述其惆怅之情。本来，春天给人一种情趣盎然的感觉，但是对于一个失侣的孤人，这种万物萌生的时候，也正是生命与感情觉醒的季节，因而引起了更多伤离的意绪，于是乃有“满目悲凉”之苦情。“纵有笙歌”句，又进一层反衬其凄苦，“笙歌”本是赏心悦目的，如今听了反觉肠断，则其黯然神伤之情不言而喻。

下半阕“林间戏蝶帘间燕，各自双双”二句，以戏蝶与飞燕的翩翩飞舞，各自双双，反衬自己的孤单与空虚，是羡！是妒！实有此两种可能的心理，故有下文“忍更思量”的话。末以“绿树青苔”与“夕阳”组成一种迟暮荒凉的景象作结，无限怅惘，溢于言外。

采桑子 小堂深静无人到/冯延巳

小堂深静无人到，满院春风。惆怅墙东，一树樱桃带雨红。　　愁心似醉兼如病，欲语还慵。日暮疏钟，双燕归栖画阁中。

析评 这是一首抒写寂寞春愁的词。可与前首并看：前首的春愁是由于“失却游侣”，此首的春愁则由于“静无人到”；前首是凄凉于“肠断笙歌”，此首则惆怅于“樱桃带雨”。而两首的后半阕，更同是夕阳时候，见双双归燕，衬托出他那独自寻芳的无奈心情。本词中的“愁”“醉”“病”“慵”，都是由此生起的。冯氏的这些词，不但韵逸调新，缠绵敦厚，而且直是情辞悱恻，可群可怨呢！

鹊踏枝 谁道闲情抛弃久/冯延巳

谁道闲情抛弃[①]久？每到春来，惆怅还依旧。日日花前常病酒[②]，不辞镜里朱颜瘦。　　河畔青芜[③]堤上柳，为问新愁，何事年年有？独立小桥风满袖，平林新月人归后。

校注 ①抛弃：一作“抛掷”。②病酒：犹言困酒。谓因饮酒过量而生病之意。③青芜：青草。

析评 此词写春日惆怅之情。亦即写内心恍如有所失落又恍如有所追寻的一种极其迷惘的情意。首句即以反诘的语气，写出这种愁情的无法排遣。所谓“闲情”，是一种不可确指的情思，下着“抛弃”二字，是指对闲情有意寻求解脱所作的挣扎和努力，“久”字见其挣扎时间的悠长，上用“谁道”二字反诘，则“闲情抛弃久”五字所表现的挣扎和努力就全徒然而落空了。故下面接着说“每到春来，惆怅还依旧”，以见惆怅的永在长存，触处皆可撩起。“日日花前常病酒，不辞镜里朱颜瘦”二句，以殉身无悔的口吻说出了始终不渝的心志。“花前常病酒”见其借酒浇愁反为酒困，上着“日日”二字见其被困之久；而“朱颜瘦”则正是日日病酒的必然结果，其上用“镜里”一词，似有一份反省惊心之意，然而冠以“不辞”二字，却表现出依然一往情深、虽殉身而无悔的决心。

换头“河畔青芜堤上柳”，由前面“每到春来”接出，寓意高远，表面在写春景，实际上是以景物作感情的衬托。故下面引出“为问新愁，何事年年有”两句，由年年的河畔草青，年年的堤边柳绿，借触发的作用，道出了年年有的“新愁”来。愁之新生，犹草之重绿，作者用反诘的语气表出，不但显得委婉，也使得首句那种遣愁不去的心情洋溢于纸上。结尾“独立小桥风满袖，平林新月人归后”二句，写出惆怅的神情，并以“人归后”三字作结，暗示其无所归依之感，究竟为何而愁，在此稍稍吐露一点消息。在所有的人都归去后，他一个人却独自伫立在小桥上，让寒风吹拂着衣襟，这时候四周是一片平林，天空悬着一轮清月，其境其情，凄苦可知。此外，从前文所写“河畔青芜”的颜色鲜明来看，当是白日景象，而结句“新月人归”乃是月升人定的时候，则诗人承受着满袖风寒在小桥上独伫的时间之长久，也可以想见了。

鹊踏枝　几日行云何处去/冯延巳

几日行云何处去？忘却[①]归来，不道春将暮。百草千花寒食[②]路，香车[③]系在谁家树？　泪眼倚楼频独语。双燕来时[④]，陌上相逢否？撩乱[⑤]春愁如柳絮，悠悠梦里无寻处。

校注　①忘却：一作“忘了”。②寒食：《荆楚岁时记》：“冬至后一百五日，谓之寒食。”寒食节在清明节前后。③香车：喻华贵之车。④来时：一作“飞来”。⑤撩乱：一作“掩乱”。

析评　此首写思妇的春愁。但也可能是作者借思妇的情思，写他自己内心中一片失落之感的一首比兴词。

起句以“行云”喻出游在外的意中人，意中人不在的时间不过“几日”，便有“何处去”的焦灼，足见伊人凝望心情的深切了。因此才有下文“忘却归来，不道春将暮”的埋怨之辞。“春将暮”三字是双关语，言外有青春将逝之意，语意含蓄，怨而不怒；“不道”二字，更活绘出无可奈何的心境。“百草千花寒食路，香车系在谁家树”二句，点出倚楼人的内心活动。面对着繁花缛草的佳节良辰，而意中人的车儿却不知停驻在何方？此处“系在谁家树”五字乃出于想象，而词语深婉，有如实境，并且呼应篇首“何处去”三字。

换头“泪眼”写相思之深挚，“倚楼”写凝望之殷切，下接“频独语”则显现出伊人冷冷清清、喃喃自语的一片惨淡情境。“双燕来时，陌上相逢否”二句，是追思往昔，同时也是对未来的一种寄望，寄望当双燕飞来时，能再相逢于往昔相遇的“陌上”。作者不用直接口吻叙述，而以反诘语气出之，更见其委婉。然而这种寄望能否实现，则尚未卜，因而上述的“百草千花”“双燕来时”，无一不触景伤情，愁上加愁，故有下文“撩乱春愁如柳絮”叙其春愁的纷繁，“悠悠梦里无寻处”叙其内心的失落之感。结尾把一片真情倾泻无遗。陈廷焯《白雨斋词话》云：“词情悱恻，可群可怨；忠厚恻怛，蔼然动人。”谭献云：“行云、百草、千花、香车、双燕，必有所托，依依梦里无寻处呼应篇首。”

鹊踏枝 六曲阑干偎碧树/冯延巳

六曲阑干[①]偎碧树。杨柳风轻，展尽黄金缕。谁把钿筝[②]移玉柱[③]？穿帘海燕双飞去。　满眼游丝兼落絮。红杏开时，一霎[④]清明雨。浓睡[⑤]觉来莺乱语[⑥]，惊残好梦无寻处。

校注　①六曲阑干：指有六道弯曲处的阑干。犹高雄市澄清湖上之桥有九道弯曲，而谓之九曲桥。②谁把钿筝：谁把，一作“谁抱”。钿为金花，以金花饰筝，故云钿筝。③玉柱：琴瑟上系弦小木柱之美称。④一霎：犹言一阵。言其时间之短促。⑤浓睡：一作“浓醉”。⑥莺乱语：一作“慵不语”。

析评　此首写春日午睡醒后“好梦惊残”所泛起的一种怅惘的情怀。这种情怀或许带有思远念旧的特殊意义在内。

全词是用逆叙法写成。首三句写醒后所瞥见的春日景色，这种景色便是：贴近曲阑处有一片碧树，轻风拂动着杨柳，柳絮在阳光照耀下展现出一缕缕金黄色的丝絮。接下“谁把钿筝移玉柱”“穿帘海燕双飞去”二句，除写所见外，兼写所闻。“钿筝移玉柱”是蓦地传来了筝声，“海燕双飞去”是惊走了帘间的双燕，用“谁把”二字反诘，寓意深远，隐含着出乎意料的“惊”意。

换头三句又写所见景物。满眼的“游丝”“落絮”以及“红杏开时”惨遭一阵“清明雨”的无情侵袭，处处皆深寓着

“残”意。末后“浓睡觉来莺乱语，惊残好梦无寻处”二句，转写内情，点明“惊残”，以与上文的外景相糅衬。浓睡觉来，莺语烦乱，好梦惊残，无处寻觅，心之怅惘可想而知。此词对怅惘情绪的描写、心理活动的刻画，无不精妙入微，婉曲以达，故谭献评云：“金碧山水，一片空蒙，此正周氏所谓有寄托入、无寄托出也。”冯煦《阳春集·序》亦云：“冯正中《蝶恋花》（即《鹊踏枝》）诸作，其旨隐，其词微，类劳人思妇、羁臣屏子，抑郁怆怳之所为。”

余论 冯延巳，字正中，一名延嗣，五代广陵（今属江苏省扬州市）人。其词在宋初已多散佚，宋仁宗时陈世修辑录得一百十余首，名为《阳春集》，并称其“思深辞丽，韵逸调新”。其实冯词亦以白描见称，与韦庄相似，不过他在写情方面，较之韦庄要更曲折、更深入，同时又更含蓄罢了。在他的作品中所表现出来的，没有明显的怨恨与追悔，也没有明显的希望与期待，只是把一切的苦痛默默地隐忍着、承受着，因此冯词读来显得格外缠绵委婉、沉郁顿挫。他的风格我们可以用“思深辞丽，婉约清新”八个字来概括。在唐五代词人中，冯氏对于后代的影响最大，北宋初期的词家，几乎无不受其影响。陈廷焯《白雨斋词话》云：“冯正中词，极沉郁之致，穷顿挫之妙，缠绵忠厚，与温、韦相伯仲也。”刘熙载《艺概》云：“冯正中词，晏同叔得其俊，欧阳永叔得其深。”王国维《人间词话》云：“冯正中词，虽不失五代风格，而堂庑特大，开北宋一代风气，与中后二主词皆在《花间》范围之外。”又云：“正中词品，若欲于其词句中求之，则‘和泪试严妆’殆近之欤！”皆为最佳的评论。

山花子 菡萏香销翠叶残/南唐中主李璟

菡萏[1]香销翠叶残，西风愁起绿波[2]间。还与韶光[3]共憔悴，不堪看。　　细雨梦回鸡塞远[4]，小楼吹彻玉笙寒。多少泪珠何限恨[5]，倚栏干。

校注　①菡萏：音汉旦，荷花之别名。②绿波：一作“碧波”。③韶光：一作“容光”。④鸡塞远：鸡塞即鸡鹿塞，《汉书·匈奴传下》云：“又发边郡士马以千数，送单于出朔方鸡鹿塞。”此处泛指边塞远方。此三字一作“清漏永”。⑤多少泪珠句：此七字一作“簌簌泪珠多少恨”。

析评　这是一首写秋恨的词。据《十国春秋》说，此词是李中主在北苑（南昌）曲宴时所作，赐给乐部歌人王感化的，后来李后主在南京即位，王感化把它献给后主，后主看了非常感动。因为这首词中，带有怀念远人（指留守南京的李后主）的意味在内。

起笔二句从景物的凋残写起，中间已含有无限悲秋之感。

盖“菡萏香销”与“翠叶残”，已烘托出一个景物萧索的秋天，而“西风愁起”，更有一份难以为怀的意绪，无怪乎王国维要说“大有众芳芜秽，美人迟暮”之感了。底下“还与韶光共憔悴，不堪看”二句，触景伤情，由景物的凋残，联想到自己年华的虚度与容颜的憔悴。荷花既凋残，人面亦憔悴，无论是人或物，视之都足令人凄然而悲，故有“不堪看”这凄然欲绝的伤怀语。以上都是人物双写的笔法。下半阕别开一境，转写怀人之愁。“鸡塞”一词借喻所怀之人的处所，梦中咫尺，醒后天涯，自己梦寐萦思的人既远在“鸡塞”，而“梦回”时又是“细雨”惨然的凄境，这该是怎样一种凄凉的生活情调！而独处小楼，唯有吹笙以寄恨，但风雨楼高，笙声吹彻，笙簧却依然寒凝，悲恨无从化解，亦无从寄出，自然除却泪珠而外，便只有无语空倚栏干了。结尾“多少泪珠何限恨，倚栏干”，承吹笙寄恨以申述悲恨，婉切真挚，余韵不尽，无怪后主看了要非常感动了。

摊破浣溪沙　手卷真珠上玉钩/南唐中主李璟

手卷真珠[①]上玉钩，依前春恨锁重楼。风里落花谁是主，思悠悠。　　青鸟[②]不传云外信，丁香[③]空结雨中愁。回首绿波三峡暮，接天流。

校注 ①真珠：真珠帘之简称。②青鸟：《汉武故事》：“七月七日，忽有青鸟飞集殿前。东方朔曰：‘此西王母欲来。’有顷，王母至，三青鸟夹侍王母旁。”后人因借称传递消息之使者曰青鸟。③丁香：一名鸡舌香，花蕾可制油。李商隐《代赠》诗：“芭蕉不展丁香结，同向春风各自愁。”

析评 此首为抒写幽居春恨之词。首句由“手卷真珠”平平叙起。帘而必曰真珠，其用意在唤起一高华之景。其所以卷帘者，则图借楼外景物消释胸中愁恨也。故此句看似平淡，实已含着无限幽怨。次句“依然春恨锁重楼”承上，明示欲图销恨而春恨依然；“锁”字半虚半实，锤炼精当。下文“风里落花谁是主，思悠悠”二句，更从“依然春恨”宕开，推原心头之恨所以依然未销者，则以见帘外春风飘转残红，落花无主，而心共悠悠耳。

换头承前结“思悠悠”而来。所思者何？云外之人也。云外之人既杳无音信，而眼前又平添一层细雨蒙蒙的景色，则凝愁空结，春恨愈深矣。“丁香结”三字喻凝愁不展，是借景喻情的笔墨，中间着一“空”字，更觉其凄绝。末后“回首绿波三峡暮，接天流”二句，以暮景作结，由景物中托出幽恨来。亦即由江天茫茫、水流无穷，反映出悠悠此恨、不能自已之意。唐圭璋云：“此首直抒胸臆，清俊婉转，其中情景融成一片，已不能显分痕迹。”而结尾更具“言有尽而意无穷”的余韵。中主词流传下来的，虽仅止三四首，但从这里所选的两首中，已很能看出他那种委婉哀怨的风格与伤时感事的心情了。

一斛珠 晚妆初过/李煜

晚妆[①]初过，沉檀[②]轻注些儿个。向人微露丁香颗[③]。一曲清歌，暂引樱桃[④]破。　　罗袖裛[⑤]残殷色可，杯深旋被香醪涴[⑥]。绣床斜凭娇无那[⑦]，烂嚼红茸[⑧]，笑向檀郎[⑨]唾。

校注　①晚妆：一作“晓妆”。②沉檀：即沉香与檀香，并可作妇女口香之用。③丁香颗：丁香，一名鸡舌香，花蕾有芳香性，可制丁香油，叶椭圆而尖，诗家常用以形容美人之舌。“颗”字状其舌头之小。④樱桃：喻美人娇小红润之嘴。白居易诗云：“樱桃樊素口，杨柳小蛮腰。”樊素唇美，小蛮腰细，故白氏云然。⑤裛：音邑，通“浥”，沾湿之意。⑥香醪涴：香醪，芳香之醇酒。涴，音卧，污染之意。⑦娇无那：犹言娇煞。那，通“奈”字。⑧红茸：红绒线。嚼红绒线为一种天真幼稚之遗习，益以见其娇态。⑨檀郎：情郎之美称。晋诗人潘安仁，小字檀奴，多才思，美姿容，每出，妇女争掷果赂之。后世妇女因称其情人为檀郎。

析评　此词纯为咏大周后（昭惠）而作。大周后是一位风流摩登的少妇，能歌善舞，尤工制曲填词，是一位才艺兼备的女人。此词反映出她那娇憨的形象，几乎全着眼在一张嘴上。起首“晚妆初过，沉檀轻注些儿个”二句，写佳人晚妆之后口注沉檀，带有一种诱发作用。“轻注些儿个”五字，无论写使用动作或使用数量，都给人一种细腻隽永、活泼生动的感觉。接下“向人”句中，用“微露丁香颗”五字，佳人的娇羞样子全完表露出来。“一曲清歌，暂引樱桃破”二句，写佳人口引清歌。“樱桃”之为物，细圆红润，这里用来形容佳人的嘴唇，下用一个“破”字来形容她唱一曲清歌时小小朱唇张开的样子，殊为雅妙。

换头“罗袖裛残殷色可，杯深旋被香醪涴”二句，写佳人饮酒时的情态，说她樱唇上涂的口红被酒化开了，酒杯的边缘沾上了红斑，修长的罗袖拂着酒杯时也染上了殷红的颜色。“绣床斜凭娇无那”，写其醉态，是那么娇憨、那么的美。结尾“烂嚼红茸，笑向檀郎唾”二句，写佳人口唾红绒，更惟妙惟肖地刻画出她撒娇的样子，多活泼、多天真、多柔媚、多有趣，不就是一幅自然生动的美人图吗？

唐圭璋云：“通首自佳人之颜色服饰以及声音笑貌，无不描画精细，如见如闻。”

菩萨蛮 花明月暗笼轻雾/李煜

花明月暗笼轻雾[①]，今宵好向郎边去。刬袜[②]步香阶，手提金缕鞋。　　画堂南畔见，一向偎人颤[③]。奴为出来难，教君恣意怜[④]。

㊣㊟ ①笼轻雾：雾霭迷蒙之意。②刬袜：旁边开口的袜子。开口

之袜而未曾系上，形容其匆忙的样子。③一向句：向，通“晌”字；一向为片时之意。颤，胆怯颤抖的样子。④恣意怜：尽情爱抚，略无抗拒也。

析评 此首在咏小周后。小周后为大周后的妹妹，《南唐书》说她“警敏，有才思，神采端静”，是一位比大周后容貌尤为秀丽，情态尤为纯真的少女。后主偷偷地爱上了她，这首词是写他们暗中幽会的一段艳史。

起笔先点夜景。在月色朦胧，足以辨认道路而又不易为人窥见的夜晚，给予这位情窦初开的少女一个幽会的好时光，那真是再“好”没有了，“好”字很能传出她那心花绽开的兴奋心理。“刬袜步香阶，手提金缕鞋”二句，写她匆遽离开自己的卧房赶去幽会的形态，充分刻画出小周后小心翼翼、怕人发觉的神情。令人仿佛已看见她手提金鞋，以袜代步的神态了。“画堂南畔见，一向偎人颤”二句，写她到了幽会的场所，投在后主的怀里那种情怯发抖的样子，这真把少女羞怯的情态，曲尽微妙地写出来了。结尾“奴为出来难，教君恣意怜”二句，写纯真的爱情真切地由她的心灵深处流露出来，这和六朝的情歌“感郎不羞赧，回身向郎抱”同样是大胆作风的表现，但由于蕴藏真情，故描写虽细腻，而不流于淫浅。

玉楼春 晚妆初了明肌雪/李煜

晚妆[①]初了明肌雪，春殿嫔娥鱼贯列[②]。凤箫[③]吹断水云间[④]，重按《霓裳》[⑤]歌遍彻。　　临风[⑥]谁更飘香屑，醉拍阑干情味[⑦]切。归时休放[⑧]烛花红，待踏马蹄清夜月。

校注　①晚妆：一作“晚装”。②鱼贯列：如鱼贯而排列。③凤箫：一作“笙吹”。④水云间：“水云”二字，可视为“水”与“云”两个自然界景物的名词；亦可形容其地之远离尘俗，如苏轼诗：“高情犹爱水云乡。”⑤重按《霓裳》：《霓裳》为盛唐有名舞曲。据陆游《南唐书·昭惠传》载：盛唐时《霓裳羽衣曲》，乱离之后绝不复寻，昭惠后得残谱，以琵琶奏之，于是开元天宝之遗音复传于世。⑥临风：一作“临春”。⑦情味：一作“情未”。⑧休放：一作“休照”。

析评　此词写江南盛时宫中春日歌舞的盛况。起句叙嫔娥之美：“晚妆初了”可知，其肤乃日益鲜明，故曰“明肌雪”，着一“明”字显出了肤色晶莹鲜丽的光彩。次句叙嫔娥之众：所谓“嫔娥鱼贯列”，描绘将举行歌舞盛会之象。“凤箫吹断水云间，重按《霓裳》歌遍彻”二句，叙春殿歌舞之盛。“水云间”三字固可视为形容其地之远离尘俗，亦可视为歌声所闻空间之辽远，上用“断”字形容它，则有一种歌声缥缈之感。《霓裳》是唐玄宗时有名的舞曲，安史之乱后，久已失传，大周后觅得残谱，加以整理，以琵琶奏之，复传于世，故曰“重按”；“歌遍彻”三字则有自首章歌至末章之意，着此一语，则其热闹非凡的盛况可以想见。

下半阕“临风谁更飘香屑，醉拍阑干情味切”二句，更深一层地叙述歌舞盛会中香气之氤氲与人之狂欢陶醉。后主宫中设有主香宫女，负责“焚香”“飘香”的工作，在歌舞正浓时，临风撒下沉檀香的屑末，可见后主在物质生活上的享受，不仅满足视觉与听觉，还要注意到嗅觉。“醉拍阑干”状其醉后的狂态，“情味切”显示他在声色宴饮上的满足。结尾“归时休放烛花红，待踏马蹄清夜月”二句，转出踏月之意，叙其宴罢而归时的余兴雅趣，更进一步地追求心灵上的享受，意境尤为超拔，令人想见他在清月之下骑马而归的风流潇洒的神态。其所以“休放烛花”者，盖点烛则人气重，不若在清辉月色下来得一片空灵。

本词前写起驾出宴之乐，后写凤辇归来之乐；前数句洋溢着欢乐热闹的气息，末两句表现出心灵意境的高远，后主真是一位懂得生活情调的人！

后庭花破子　玉树后庭前/李煜

玉树[1]后庭前，瑶草[2]妆镜边。去年花不老，今年月又圆。莫教偏，和月和花[3]，天教[4]长少年。

校注　①玉树：喻名贵之树。②瑶草：香草。③和月和花：一作“和花和月”。④天教：一作“大家”。

析评　此词在赋永葆青春的心愿。本来，后庭有玉树，镜边有瑶草，已经是富和贵了。可是，若花不常开，月不常圆，这未免又是人生美中不足的地方。现在既花开满枝，月明如镜，足以称得上花好月圆而人富贵，应当没有什么遗憾了。但却又恐日后的情形未必能如现今一样，于是乃仰天祈祷：但愿好景长在，莫教有所偏缺，像花不老、月又圆一般，人也永葆青春、一如今日一样年少。此等心愿，比起“花长好，月长圆，人长寿”更为美满，因为长寿不如年少啊！

破阵子　四十年来家国/李煜

四十年来家国，三千里地山河。凤阁龙楼[①]连霄汉[②]，玉树琼枝作烟萝。几曾识干戈？　一旦归为臣虏[③]，沈腰潘鬓[④]消磨。最是仓皇辞庙[⑤]日，教坊[⑥]犹奏别离歌。垂泪对宫娥。

校注　①凤阁龙楼：指雕饰龙凤的华丽宫殿。②霄汉：云霄天河，形容其高耸。③臣虏：一作“臣仆”。④沈腰潘鬓：《梁书·沈约传》载沈约与徐勉的信中说自己：“老病百日数旬，革带常应移孔。”后人因以“沈腰”为腰瘦之代称。潘岳年衰，感秋而作《秋兴赋》云："斑鬓发以承弁（帽）兮。"后人因以"潘鬓"为衰老之代称。⑤辞庙：庙指宗庙，辞庙即离开故国告别宗庙。⑥教坊：指皇宫中的音乐机构。

析评 此首为后主北上后追赋当日辞庙情状之作。上半阕写当年江南的豪华生活，下半阕骤然转入被虏后的憔悴与哀愁。

起首"四十年来家国，三千里地山河"二句，以时间空间相对并起，"四十年"与"三千里"对举，包含了悠长的时间和广大的空间，笔调苍劲，气魄雄浑，有着无限眷恋故国山河的深沉情意。"凤阁龙楼连霄汉，玉树琼枝作烟萝"二句，写当年壮丽豪华的故国宫殿。"凤阁龙楼"与"玉树琼枝"对举，下用"连霄汉"三字形容宫殿的高耸云霄，"作烟萝"三字形容珍贵物品的繁多，南唐宫廷的奢华生活环境可想而知。生活在这种环境中，怎会了解战争之为何事？故有下文"几曾识干戈"之语，"识"字用得好，充分表现出苟安纵乐的南唐君臣，从来不懂得战争，更没有经过战争，这中间蕴藏着多少辛酸和苦楚，后主在这里似乎有些追悔之意。由于他的苟安纵乐、不识干戈，所以才落得肉袒出降，归为臣虏的凄凉下场。

换头用"一旦"二字骤转，并遥接上阕的奢华生活而作今昔的对照。所谓"归为臣虏"，则从前的一切都坠入了痛苦的深渊。"沈腰"喻瘦，"潘鬓"喻老，年华随着囚虏生活而消磨，此时的痛苦不言而喻。末后"最是仓皇辞庙日，教坊犹奏别离歌""垂泪对宫娥"三句，忽忆当年临别时最惨恸的事：当年金陵陷落之际，后主哭庙，宫娥哭主，哀乐声和悲哭声合成一片凄惨的景象；今日的痛苦与当年亡国的悲惨，交织成一道苦网。其心境不难想见！

此词之外，《渡中江望石城泣下》："江南江北旧家乡，三十年来梦一场。吴苑宫闱今冷落，广陵台殿已荒凉。云笼远岫愁千片，雨打归舟泪万行。兄弟四人三百口，不堪闲坐细商量。"几乎是同样悲凉的心情，同样凄厉的调子。梁绍壬《两般秋雨庵随笔》云："南唐李后主词'最是仓皇辞庙日，教坊犹奏别离歌。垂泪对宫娥'讥之者（按指《东坡志林》）曰：'仓皇辞庙日'，不挥泪对宗社，而'挥泪对宫娥'，其失业也宜矣。不知以为君之道责后主，则当责之于垂泪之日，不当责之于亡国之时。若以填词之法绳后主，则此泪对宫娥挥为有情，对宗庙为乏味也。此与宋蓉塘讥白香山诗谓忆妓多于忆民，同一腐论。"

虞美人　春花秋月何时了/李煜

春花秋月[①]何时了，往事知多少？小楼昨夜又东风，故国不堪回首月明中。　　雕栏玉砌[②]应犹[③]在，只是朱颜[④]改。问君能有[⑤]几多[⑥]愁，恰似[⑦]一江春水向东流。

校注　①春花秋月：喻良辰美景。②雕栏玉砌：雕饰花纹的栏杆，玉石砌成的庭阶。喻华美的宫殿。③应犹：一作"依然"。

④朱颜：有三解：一说指容貌。一说本是山河，因归宋不敢直言耳。一说是指宫女。⑤能有：一作“还有”，一作“都有”。⑥几多：一作“许多”。⑦恰似：一作“恰是”。

析评 此首为后主归宋后感怀故国之作。词中充满着沉痛的愁绪。一起笔即从过往春花秋月中的无限欢娱，想到今后身世的凄凉，而发出对整个人生感到破灭的沉痛哀叹，引出无限的愁绪。所谓“春花秋月”乃指昔日快乐美满的宫廷生活，下接“何时了”三字反诘，显示了这种生活已如梦一般地逝去而结束了（但也有人以为此句是日日以泪洗面，遂不觉而厌春秋美景太长之意）。以前美满的宫廷生活既已成为泡影，而今岁岁花开、年年月满，前视茫茫，能无回首？故有次句“往事知多少”的悲痛之语。所谓“往事”，即指下文“故国不堪回首”的往事。“小楼昨夜又东风”承接起句，同时也是触发起句悲感的根源。正当他在哀叹着“春花秋月”何时逝去的时候，小楼昨夜又吹起了一阵“东风”，他追忆前尘，再度忆起了江南的故国。这时的故国，必已面目全非，所以有下句“不堪回首”的哀愁，尤其在“月明”之下，这种哀愁益深。就章法说，三与一、四与二隔句相承，一二与三四情境互发。

换头以下写回忆故国的今昔之感。“雕栏玉砌应犹在，只是朱颜改”二句，承前“不堪回首”，但却又在回首。这两句写悬想故国的情形，揭示了“物是人非”之意。“应犹”二字是悬想之词，具有摇曳生姿之致，若直作“依然”，则反觉乏味。物是人非对一个亡国之君而言，当然是件无限愁恨的事情，因此末后二句乃以问答语吐露胸中万斛愁恨。“恰似一江春水向东流”，是以明喻的手法来形容自己愁绪之多，直而无尽，情深于词，传诵千古。

后主词常用“东”字，这首便用了两个，大约暗指“江东”之东，很有些追怀故国以谋恢复之意，宋太祖即为了李后主词中“小楼昨夜又东风”及“一江春水向东流”之句，疑心他暗中策划图谋异动，所以蓄意要杀他，因此到了这年的七夕，才有用牵机药将他毒死的事。后主虽死，却留下不少委婉曲折、如怨如慕、如泣如诉的抒情词。

子夜歌 人生愁恨何能免/李煜

人生愁恨何能免，销魂[1]独我情何限！故国梦重归，觉来双泪垂。　　高楼谁与上[2]，长记秋晴望。往事已成空，还如一梦中。

校注　①销魂：指别恨。江淹《恨赋》：“黯然销魂者，唯别而已矣！”②谁与上：“与谁上”之倒装句。

析评　此亦后主归宋后萦思故国之作。词中充满着失望与怅惘之情。起首“人生愁恨何能免，销魂独我情何限”二句，将古往今来的人生和自己的一生加以对照，以见其愁恨之深。

这两句意思是说：人生虽不免有愁恨，但这愁恨唯我独深！作者用此语气表出，便觉婉转有致。继以“故国梦重归，觉来双泪垂”二句，补实上文“销魂”之情，说出了“梦归故国，及醒悲伤”的事实来。

换头宕开，“高楼谁与上，长记秋晴望”二句，写近况的孤苦。高楼独上，秋晴空望，而故国杳杳，欲归不得。着“谁与上”三字，其孤苦可知；着“长记”二字，足以想见其对故国萦思之深。末尾“往事已成空，还如一梦中”二句收合，写内心的怅惘，充分表现出其失望之情。

后主在这首词中，肯定了牵愁带恨的人生，从这里可以看出他在北国的全面心境。此外，这首词上半阕写梦归故国，梦是真而梦境是假；下半阕写往事如梦，往事是实而梦是虚。梦中入幻，醒时如梦，虚实颠倒，又更感触到人生的虚幻，无怪乎后主要说“销魂独我情何限”了！

清平乐　别来春半/李煜

别来春半，触目愁肠断。砌①下落梅如雪乱，拂了一身还满。　雁来音信无凭，路遥归梦难成。离恨恰如②春草，更行更远还生。

校注　①砌：庭阶。②恰如：一作“却如”。

析评 此词在写离恨，亦即后主北上后感怀故旧之作。起句“别来春半”，点明时间；次句“触目愁肠断”，写出愁情。“砌下落梅如雪乱，拂了一身还满”二句，即承“触目”二字写实。落花纷纷，人立其中，却无感觉，俨然是一幅花前痴立的小影。这两句写花里愁人，描摹生动，极尽其妙。

换头“雁来音信无凭，路遥归梦难成”二句，遥承“别来”二字而来，举“雁来”二字衬出无信，举“路遥”二字衬出无梦；“无信”是一层，“无梦”又是一层，层层深入。结尾“离恨恰如春草，更行更远还生”二句，又融会“情”与“景”，以春草为喻，说出悠长无尽的离恨。眼前景，心中恨，交织融合，意味深长。

唐圭璋云：“此首即景生情，妙在无一字一句之雕琢，纯是自然流露，丰神秀绝。”俞平伯云：“似梦之不成，乃路远为之，何其委婉欤！”又云：“于愁则喻春水，于恨则喻春草，颇似重复，而‘恰似一江春水向东流’，以长句一气直下，‘更行更远还生’，以短语一波三折，句法之变换，直与春水春草之姿态韵味融成一片，外体物情，内抒心境，岂独妙肖，谓之入神也。”

相见欢 无言独上西楼/李煜

无言独上西楼，月如钩。寂寞梧桐深院锁清秋[①]。　　剪不断，理还乱，是离愁。别是一般滋味在心头。

校注 ①寂寞句：是说他被羁囚在一所幽深的庭院里，那里植满了枝叶繁密的梧桐树，在秋天中关住了秋色，阴森寂寞得可怕。

析评 此首写别愁，词情最凄婉。起笔由叙事直起，“无言独上西楼”立即刻画出后主的愁容，并且摄尽了凄婉之神。下接“月如钩”与“寂寞”句，画出了后主所处的愁境——天空新月如钩，庭院桐荫深锁。着一“锁”字，则清秋美景不入、人无良辰，可想而知。

下半阕即景生情，借物喻愁，以“剪不断，理还乱”来形容愁之繁多。末句的“别是一般滋味在心头”，是说这种滋味非身历其境的人不能领略得知，因为后主由南朝天子成为北地囚虏，其所受的痛苦、所尝的滋味，自与常人不同。心头所交集者，不知是悔、是恨、是悲、是凄，欲说无从说起，并且也无人可以倾诉，所以说是“别是一般滋味”。这种无言之哀，更胜于痛哭流涕之哀！（取唐圭璋说）

黄昇《花庵词选》评云：“此词最凄婉，所谓‘亡国之音哀以思’也。”实为一针见血之论。

相见欢 林花谢了春红/李煜

林花谢了春红①，太匆匆。无奈②朝来寒雨③晚来风。

胭脂泪，留人醉，几时重？自是人生长恨水长东！

校注 ①春红：春天的红衣。指红色的花瓣。②无奈：一作“常恨”。③寒雨：一作“寒重”。

析评 此亦为后主北上后感念旧事而作的一首伤别词。首先从惜花写起，触景生情。所谓“林花谢了春红”，言外有“好景不长”之意。下接“太匆匆”三字，极传惊异之神，隐含着“没想到这么快速”之意。“无奈朝来寒雨晚来风”，说出林花所以速谢之故，并传怨恨之神，言外有“无力护花”“无计回天”之意。上半阕貌似写花、写惜花，实则写人写其身世。因为南唐的亡国，后主的“归为臣虏”，是他意料之外的，所以有“太匆匆”的感叹。他在北国朝夕以泪洗面，受尽了折磨，所以有“朝来寒雨晚来风”的悲愤。这些话都是人物双写、语义双关。

下半阕转写人事，而以林花之易落触及人生之易别，以花之不得重上枝头联想到人生之难于重逢，因此才有“胭脂泪，留人醉”的追忆与“几时重”的感伤。所谓“胭脂泪”，乃指美人之泪，盖由上阕“春红着雨”联想而出。后主对于昔日宫廷生活的眷恋，情思之深于此可见。结尾以水之必然长东，喻人之必然长恨，语最深刻，又是一种“无奈”的心情，而冠以“自是”二字，尤能揭出人生悲苦的意蕴。后主的词，肯定了牵愁带恨的人生，在此亦可得一佐证。王国维《人间词话》云后主：“俨有释迦、基督担荷人类罪恶之意”，盖指此而言。

浪淘沙令 帘外雨潺潺/李煜

帘外雨潺潺[1]，春意阑珊[2]。罗衾不耐[3]五更寒。梦里不知身是客，一晌[4]贪欢。　独自莫凭栏，无限江山[5]。别时容易见时难。流水落花春去[6]也，天上人间。

校注　①潺潺：形容雨水之声。②阑珊：衰残貌。③罗衾不耐：罗衾，丝绸的被子。不耐，抵不住。耐，一作“暖”。④一晌：片刻。喻极短暂的时间。⑤江山：一作“江关”。⑥春去：一作“归去”。

析评　此首写梦回故国、醒后凄然的惨淡心境。词中充满着凄婉哀绝之情，殆为后主自知不久于人世之笔。

上半阕用逆叙法。起首三句写午夜冻醒时，帘外寒雨潺潺，春意衰残，已充分表现出心境的黯淡凄凉。接着“梦里不知身是客，一晌贪欢”二句，追忆梦中情景。作者梦中回到故国，那里有华丽的宫廷、娇艳的妃嫔，河山仍旧、风物依然，享受了片刻帝王生活的欢娱，而却不知自己是置身北国的一个囚客，这是一种多么令人怅然凄楚的事！

换头三句宕开一笔，惆怅今昔，无限悲怆。何以说“独自莫凭栏”呢？因为凭栏则见无限江山横亘于前，又将引起无限的伤心啊！这与“心事莫将和泪说，凤笙休向泪时吹”同样是悲愤已极的话。“别时容易见时难”一句，说出过去与今后的情况：过去“别易”，今后“见难”。后主自知今后相见无期，而下世料将不久，故结尾“流水落花春去也，天上人间”，二句承接着申述“不久于人世”，亦即“长恨”之意。“春”字除回应前文“春意阑珊”外，另隐含着指“人生的美好时光”之意，这个时光，已经“去”了，去到了另一个世界，这个世界不是在人间，而是在天上；言下之意，即只有魂归西天，才能重拾旧日的欢情了。所谓“天上人间”，即白居易“天上人间会相见”之意。作者以“流水”“落花”“春去”三者隐示出“人亦将亡矣”之意，并合一处作结，肝肠断绝，遗恨千古。（取唐圭璋之说）

《西清诗话》云：“南唐李后主归宋后，每怀江国，且念嫔妾散落，郁郁不自聊，尝作长短句云云，含思凄婉，未几下世。”可作本次注脚。

浪淘沙 往事只堪哀/李煜

往事只堪哀，对景难排。秋风庭院藓侵阶。一桁[①]珠帘闲不卷，终日谁来！　　金锁已沉埋[②]，壮气蒿莱[③]。晚凉天静月华开。想得玉楼瑶殿[④]影，空照秦淮[⑤]。

校注 ①一桁：犹言“一排”。桁，音杭，一作“行”，一作“任”。②金锁已沉埋：喻雄心壮志丧失殆尽。③壮气蒿莱：豪气委于草莽之意。④玉楼瑶殿：喻华丽的楼阁宫殿。⑤秦淮：指秦淮河，为当时南唐歌舞游乐胜地。

析评 这是一首后主北上后在北国遥念金陵之词。词中充满着凄咽幽怨之情。起首“往事只堪哀，对景难排”二句，总括全篇，直抒作者对前尘往事所流露出来的沉痛哀感，“哀”字贯穿以下全部的往事和现实。“秋风庭院藓侵阶”，补实上句“难排”之“景”——秋风瑟瑟，苔藓满阶，令人不难想见的寂寞情境。“一桁珠帘闲不卷，终日谁来”二句，极致落寞孤独之哀——整日闭门垂帘，无人可与为欢，这与当年“春殿嫔娥鱼贯列”之盛相比，不啻天壤之别。

下半阕由个人的意绪，念及故国的沦亡。“金锁已沉埋，壮气蒿莱”二句，自叹当年的英豪意气已尽，同时也隐含着图谋恢复的壮志至此全已落空之意。“晚凉天静月华开”，写月出夜景。末后二句因月生感，写出一种对过去一切无可挽回的怅惘和悲哀——遥想当日豪华的宫殿楼阁，如今唯有空自在月光下映照于冷清的秦淮河边了。“玉楼瑶殿影，空照秦淮”充分写出失国后的凄惨景象。本首上半阕写白昼凄清的状况，下半阕写晚凉凄清的状况，语意惨然，哀思弥切。

余论 李煜，字重光，南唐中主李璟第六子。为人心慈情厚，多才善感，酷好书画文词，尤妙于音律，善于填词。他的词，由于一生际遇的不同，在风格上也明显地刻画出前后两期的分野。他在位之时生活奢华，以帝王之尊寄情于深宫的清歌艳舞、宫妃的缠绵恩爱中，因而在前期也写了不少香艳的作品，不过这些作品仍然气格清隽，笔意馨逸，比起《花间集》中鸳鸯蝴蝶的艳词来，要显得空灵超拔得多。及至国亡身辱，因为生活环境的剧烈变化，不免感怀身世，因此词格也由清隽婉约急转直下，变为悲壮凄厉，处处流露着沉痛与哀伤的感情，凄凉怨慕，令人不忍卒读。这时感慨加深了，题材亦加广了，白描的手法也更来得自然生动，所以王国维《人间词话》说："词至后主而眼界始大，感慨遂深，遂变伶工之词而为士大夫之词。"吴梅《词学通论》曾指出："读李后主词，当分为两类。正当江南隆盛之际，虽寄情声色，而笔意自成馨逸，此为一类。至入宋后诸作，又别为一类。其悲欢之情固不同，而自写襟抱，不事寄托则一也。"诚然，后主的词，无论写艳情、写身世之感，常能糅合两种不同的风格，表现得水乳相融，使雄奇中有幽怨、豪放中有婉约。同时，他的词全用素描，不加雕饰，词句是那么清浅，描写是那么自然，音调是那么协调，意境是那么深远，故王国维称赞他说："温飞卿之词，句秀也；韦端己之词，骨秀也；李重光之词，神秀也。"周济《介存斋论词杂著》亦谓："毛嫱、西施，天下美妇人也，严妆佳，淡妆亦佳，粗服乱头，不掩国色。飞卿，严妆也；端己，淡妆也；后主，则粗服乱头矣。"《渌水亭杂识》云："《花间》之词如古玉器，贵重而不适用；宋词适用而少质重；李后主兼有其美，兼饶烟水迷离之致。”余怀《玉琴斋词序》云：“李重光风流才子，误作人主，至有入宋牵机之恨。其所作之词，一字一珠，非他家所能及也。”真是佳评如云，不胜枚举。后主词之所以备受推崇，只要我们细读他的作品，便可发现并不是没有原因的！

北宋词

晏殊/范仲淹/欧阳修/张先/宋祁/邓肃/叶清臣/张昇/王安石/晏几道/柳永
苏轼/黄庭坚/秦观/贺铸/王观/张舜民/李之仪/谢逸/周邦彦/李清照

踏莎行 小径红稀/晏殊

小径红稀，芳郊绿遍，高台树色阴阴见[1]。春风不解[2]禁杨花，濛濛乱扑行人面。　翠叶藏莺，珠帘隔燕，炉香[3]静逐游丝转。一场愁梦酒醒时，斜阳却照深深院。

校注　①高台句：高台，指楼阁。见，同“现”字。②不解：不知。③炉香：古时文人常在室中用炉子燃烧檀香，借以增加幽深恬静的情调，是风雅生活的一种。

析评　此词旧题“春思”，是作者写他在春日佳会宴游之余的一点闲愁。“梦回酒醒，生迟暮之感”即其主要内容。

起首“小径红稀，芳郊绿遍”二句，“红稀”是花渐少，“绿遍”是草渐丰、叶渐茂；这是一种已近暮春的景象。接下“高台树色阴阴见”，是说楼阁在茂密的树林中隐隐地显露着；“树色阴阴”四字，表现出暮春静谧的形态。底下“春风不解禁杨花，濛濛乱扑行人面”二句，续写暮春的静谧：

春风吹杨花，乱扑行人面，看来像是又动又乱，但皆轻盈而无声，所以仍觉其静，这是用“动而越形其静”的一种表现手法。

换头“翠叶藏莺，珠帘隔燕”二句，莺老燕来，亦无非暮春景物，但作者在这里却说“莺藏”“燕隔”，则其静何如！接下“炉香静逐游丝转”，转写室内景物，亦是动而越形其静。结尾“一场愁梦酒醒时，斜阳却照深深院”二句，点出题旨。至此方知，原来作者心中的愁，乃是梦回酒醒，见庭院斜阳，生迟暮之感而引起的。而前面所写的一切景物，不过是薄暮的前奏而已。

这阕词，从篇首开始便由远而近、由外而内的一路写景下来，其中除“静逐”与“愁梦”二语明白点出“静”“愁”之外，其他都是从写景中烘托出这一份极闲雅的清愁，而且是穿插地叙写，所以令人读来只觉一种明婉流丽之美，尤其词中所用“阴阴”“濛濛”“深深”诸叠字，更有轻纱笼月、助静侵愁之妙，难怪沈谦《填词杂说》要称道结尾两句，说它比“夕阳如有意，偏傍小窗明”更自神到了。

黄蓼园云：“元献此阕，首三句言花稀叶盛，喻君子少小人多也。高台句指帝阍。‘东风’二句言小人如杨花轻薄，易动摇君心也。‘翠叶’二句喻事多阻隔。‘炉香’句喻己心郁纡也。斜阳却照深深院，言不明之日，难照此渊衷也。”可备一说，以作参考。

浣溪沙　一曲新词酒一杯/晏殊

一曲新词酒一杯，去年天气旧亭台①。夕阳西下几时回？
无可奈何花落去，似曾相识燕归来。小园香径②独徘徊。

校注　①亭台：一作“池台”。②香径：花径。

析评　此词旧题“春恨”，是晏殊的名作之一，内容在抒写他对流光之易逝而不可追寻的愁闷心情。

上半阕先说他对过去生活的眷恋。起句“一曲新词酒一杯”，即由作词饮酒写起。我们知道：作词饮酒乃古代文士艺术生活中不可或缺的事情，他们的全部精神和生命都寄托在那上面，有了它生活才有意义，生命才有光辉。可是这种事情不能常保其有，尤其在时间巨轮的转动下，逐渐地随之成为过去的陈迹。曹丕《与吴质书》曾经说过：“动见瞻观，何时易乎？恐永不复得为昔日游也！”因此，对流光的消逝，多愁善感的诗人不免会产生惆怅之感，晏殊也不例外，所以在他看到“同样的天气”“同样的亭台”，而流光却已逝去了一年的时候，便发出了惋惜的呼声：“夕阳西下几时回？”

下半阕写他对流光无情所产生的无奈之情与眼前生活的愁闷。“无可奈何花落去”，慨时序之代谢、好景之不长；“似曾相识燕归来”，感万物之无情、时光之不可追寻。这两句写尽人力渺小、岁月不留的人生共有之悲哀，意致缠绵，语调委婉，是千古共赏的名句。结尾“小园香径独徘徊”，写他在落花的香径上孑然一身地徘徊着，感到生活寂寞苦闷。

晏殊的词，工巧流丽中带有凄婉的味道。本篇透露出他在富贵生活中偶尔产生的一些苦闷，但由于他能面对现实，对人生能有一份圆融的观照，故其词虽时露淡淡哀愁，终不作激情凄楚语。

浣溪沙 一向年光有限身/晏殊

一向年光有限身，等闲离别易销魂。酒筵歌席莫辞频。

满目山河空念远，落花风雨更伤春。不如怜取眼前人。

析评 这首所抒写的不过是“伤离”与“念远”的一份情感，但它所给予读者的除去情感上的感动外，却另有着一种足以触发人、启迪人的思致。因为它所触动的不仅仅是读者的感情，更触动了读者有关整个人生的一种哲理思想。譬如“酒筵歌席莫辞频”这一句，似乎带有很低沉的“伤离”情调，但在末尾却说“不如怜取眼前人”，则除伤春之情而外，更使读者想到人生在世，对一切不可挽回的事物伤感之徒劳，所该珍惜把握的是“现在的一切”，结得如此超脱高远。这就是晏殊的词在感伤中含有的一种旷达的怀抱、一种明决的面对现实的理性了，有人把晏殊归为“理性诗人”，道理即在此。

浣溪沙 小阁重帘有燕过/晏殊

小阁重帘有燕过，晚花红片落庭莎①。曲栏干影入凉波。
一霎②好风生翠幕，几回疏雨滴圆荷。酒醒人散得愁多。

校注 ①庭莎：庭前生长的莎草。②一霎：犹言“一阵”。

析评 本词为作者抒写自己在一场热闹过后的一些闲情淡愁。全词的枢纽在末尾的“酒醒人散得愁多”一句上。因为酒既醒，人既散，所居的“小阁”便觉得分外空虚。于是重帘间的过燕，晚庭里的落花，凉波中的栏影，乃至于翠幕上的一阵好风，圆荷上的几回疏雨，都尽入他的眼帘。大自然的这些情景，在此一阵寂寞之感袭来时，便足以增添他的许多愁丝了。这愁丝，乃是一种莫名的闲愁。因为对于一个人来说，当热闹或得意的场面过去，抑或当日月逝于上、体貌衰于下的时候，或多或少都会产生“时移事去”或“乐往哀来”的一点伤感，更何况是灵心善感的词人呢？伤感的产生，原不必要有什么人事上的巨大变故，仅自然界的盛衰递嬗，便已足可令人体会到“无常”的人生，而为之流露笔底了。晏殊一生富贵显达，他的作品往往都是吟咏佳会宴游后的一些闲情淡愁，没有激情，也没有烈响，乃至被人讥为富贵得意之余的“无病呻吟”，而不能欣赏其“温润秀洁”的词风，实在是太过于主观，也太不幸了。

清平乐 春去秋来/晏殊

春去秋来，往事知何处。燕子归飞兰泣露，光景千留不住。　酒阑人散草草，闲阶独倚梧桐。记得去年今日，依前黄叶西风。

析评　本词为秋日伤怀之作，类似古代文士“悲秋”的意味。上半阕伤流光之无情：本来，春去秋来，时序递嬗，原是自然现象，但词人之感，恒敏于常人，对此无情之景，往往触发起无限的伤往情怀，而自然界中的一草一物，亦往往触处皆成愁，于是“归燕”“秋兰”，一与自己的感情相触，则露珠也成为悲秋的“泪水”，燕子的归飞也联想到流光似水、“千留不住”了。“燕子归飞兰泣露”，以景喻情；“光景千留不住”，则表现出一个生活空虚的人，对光阴的流逝所发出的深情叹息！

下半阕以景托情：由“梧桐”“黄叶”“西风”等深秋景物，进一步反映出一个生活空虚的人对人生无常的伤怀。“酒阑人散草草”，写人生聚散的无常；“闲阶独倚梧桐”，苦茫茫人世之无侣。“记得去年今日，依前黄叶西风”，则对人生往事表露出无限的迷惘与惆怅。

清平乐 金风细细/晏殊

金风[①]细细，叶叶梧桐坠。绿酒[②]初尝人易醉，一枕小窗浓睡。 紫薇朱槿[③]花残，斜阳却照阑干。双燕欲归时节，银屏昨夜微寒。

校注 ①金风：秋风。②绿酒：酒之一种。③紫薇朱槿：紫薇，花紫红色，自夏日开花，接续至八九月，故又名百日红。槿，亦称木槿，有花红紫白等色，朝开夕萎。

析评 这首词抒写的是秋季里一点淡淡的、凄清的情怀。起首“金风细细，叶叶梧桐坠”二句，先由秋气的萧索说起。由于秋气的影响，使得作者的心绪不佳，所以接着“绿酒初尝人易醉，一枕小窗浓睡”二句，便写作者以“饮酒”“睡眠”来排遣心绪，亦即借饮酒睡眠等举动来表现内心的落寞之感。

换头“紫薇朱槿花残，斜阳却照阑干”二句，续承前意，写小睡醒来所见黄昏残景。结尾“双燕欲归时节，银屏昨夜微寒”二句，是写此时心中所生的凄清之感。在这里，作者以“双燕欲归时节”暗点秋天，因为燕子春向北来，秋复南返。“银屏”二字，借物喻人，以“银屏昨夜微寒”写自己对秋意的感受，更令人回味无穷。

叶嘉莹说：“在这一首词中，没有我国诗人所一贯共有的‘伤离怨别，叹老悲伤’的感伤，它所表现的只是在闲适的生活中一种优美而纤细的诗人的感觉。对于这种词，我们不当以‘情’求，也不当以‘意’想，而只当单纯地体会那一份美而纯的诗感。大晏的此种作品，其佳处亦仅在于它所给人的一种闲静优美的‘诗意的感觉’而已。”（《迦陵谈词》）

蝶恋花 槛菊愁烟兰泣露/晏殊

槛菊愁烟兰泣露[1]，罗幕轻寒，燕子双飞去。明月不谙[2]离恨苦，斜光到晓穿朱户。　　昨夜西风凋碧树，独上高楼，望尽天涯路。欲寄彩笺兼尺素[3]，山长水阔知何处！

校注　①槛菊句：庭园里的菊花笼罩在雾气里，像正含着愁一般，兰草也像在露中饮泣。②谙：悉知。③彩笺兼尺素：彩笺和尺素都是指书信，重复地说，表示怀念很切。

析评　本词为怀念远人之作。起首“槛菊愁烟兰泣露，罗幕轻寒，燕子双飞去”三句，写菊花之“愁”、兰草之“泣”、罗幕之“寒”、双燕之“去”，已涂抹了一层淡淡的清愁和孤寂的环境。下接“明月不谙离恨苦，斜光到晓穿朱户”二句，点出怀人的离愁，并以明月不解离人之苦，偏偏照进窗来，直到天晓，增添了层层离恨。

换头“昨夜西风凋碧树，独上高楼，望尽天涯路”三句，写因怀念远人而望眼欲穿。“西风凋碧树”，此境已够寥落不堪了，更何况是“独上高楼”“望尽天涯”呢？其孤寂之感、离情之深，都包含在这三句景物描写之中了。最后“欲寄彩笺兼尺素，山长水阔知何处”二句，才把怀念的殷切、书信的难通等苦闷的情感抒写出来。全词含情凄婉，思绪沉着，无怪王国维《人间词话》中要把“昨夜西风凋碧树”三句喻之为古今成大事业大学问者的第一境界了。

吴处厚《青箱杂记》载：“晏元献公虽起田里，而文章富贵，出于天然。尝览李庆孙《富贵曲》云：‘轴装曲谱金书字，树记花名玉篆牌。’公曰：‘此乃乞儿相，未尝谙富贵者。’故公每吟富贵，不言金玉锦绣，而唯说其气象。若‘楼台侧畔杨花过，帘幕中间燕子飞’‘梨花院落溶溶月，柳絮池塘淡淡风’之类是也。”所谓吟咏富贵，不言金玉锦绣，而说其气象，本词上半阕即是如此。

蝶恋花 帘幕风轻双语燕/晏殊*

帘幕风轻双语燕，午醉醒来，柳絮飞撩乱。心事一春犹未见，馀光落尽青苔院。　　百尺朱楼闲倚遍，薄雨浓云，抵死遮人面。消息未知归早晚，斜阳只送平波远。

析评　这首词写的是念远思归之情。上半阕先从写景入题：午间酒醉醒来，望着窗外，轻风吹动着帘幕，双燕正呢喃细语，柳絮纷乱地飘飞，“馀光”落满了遍长青苔的庭院。由这些景致，引起“心事一春未见”的愁绪。所谓“一春未见”，则其心事闷在胸中，闷了一个春天可知。

换头以下，写其醒后寂寞无聊，登楼远望，而薄雨浓云遮住了自己远望的视线，唯有在落日残晖下，目送平波流向远方。由此引出“消息未知归早晚”的念远思归的主题来。此词亦极具“格调娴雅”的特色。

诉衷情 芙蓉金菊斗馨香/晏殊

芙蓉[1]金菊斗馨香，天气欲重阳[2]。远村秋色如画，红树间疏黄[3]。　　流水淡，碧天长，路茫茫。凭高目断，鸿雁来

---

* 编者按：本词的作者存疑，一说为晏殊，一说为欧阳修，本书保留作者的观点。

时，无限思量。

校注 ①芙蓉：有二义，其一指荷花，其一为芙蓉。此处当指后者，秋季开花，色淡红或纯白。②重阳：农历九月九日为重阳节。③疏黄：稀疏的黄叶。

析评 本词为重阳节即景之作。起笔“芙蓉金菊斗馨香，天气欲重阳”二句，由“芙蓉”与“金菊”这两种季节性花卉的争妍斗香，点明天气节令又将到“重阳”的时候。次二句“远村秋色如画，红树间疏黄”，接着写所见的景色。远处的村庄，在秋色的映照下，红红的枫树间杂稀疏的黄叶，色泽鲜明，音调明朗。

换头“流水淡，碧天长，路茫茫”三句，续承前意，写望尽天涯，但见流水淡澄，碧天长远，而路茫茫。结尾“凭高目断，鸿雁来时，无限思量”三句，是由上文“路茫茫”而生出目断天涯的怅惘。意思是说：值此鸿雁飞来时节，凭高远望，不禁撩起无限的情思。

晏殊这位词人，由于他一生没有什么重大的不幸遭遇，因而也就没有什么忧恨悲苦去扰乱他的心怀，在他的作品中所表现的，很多都是偶为外物所触激发出的灵感，而将这点灵感表现出来的一刹那的情感。这种情感，有时婉柔而富诗意，有时蕴含着一种淡淡的凄清情调，本篇即是其中一例。这种作品，其情思是极其温和婉柔的，只是稍乏沉郁顿挫而已。

玉楼春 绿杨芳草长亭路/晏殊

绿杨芳草长亭路，年少抛人容易去。楼头残梦五更钟，花底离愁三月雨。　　无情不似多情苦，一寸还成千万缕。天涯地角有穷时，只有相思无尽处。

析评　此为春日怀人之作。面对绿杨芳草春景，感到楼头残梦夜钟，联想起远在天涯海角的意中人，是本词的主要内容。

篇首由离别时的情景叙起，用“绿杨芳草”说明分别之时，“长亭”说明分别之地，皆出自追忆。“年少”一词是指伊人之意中人，少年人充满雄心壮志，追寻前程，每每轻于离别，故用“抛人容易去”点明匆遽离她而去。离人轻别，而在居人则有无限幽怨，故次二句“楼头残梦五更钟，花底离愁三月雨”，接着写别后伊人的孤寂愁思。此处以“五更钟”唤醒残梦，以“三月雨”引发离愁，意致凄然，且提挈起下文的“多情苦”来。

下半阕写愁思之恼人苦人，全用对比的手法。“无情不似多情苦，一寸还成千万缕”，首先以离人的“无情”反衬自己的“多情苦”，因而才有“一寸”之间而成“千万缕”乱丝般的愁绪。结尾“天涯地角有穷时，只有相思无尽处”二句，以天地的“有穷”反衬自己相思的“无尽”，更能显示出绵绵之情。此与白居易《长恨歌》“天长地久有时尽，此恨绵绵无绝期”之境界相若，总见情思之苦耳！而妙在景真情挚，感人深远，却无怨怼口角。

破阵子 燕子来时新社/晏殊

燕子来时新社[1]，梨花落后清明。池上碧苔三四点，叶底黄鹂一两声，日长飞絮轻。　巧笑东邻女伴，采桑径里逢迎。疑怪昨宵春梦好，原是今朝斗草[2]赢，笑从双脸生。

校注　①社：指春社。这个节日在立春后、清明前。②斗草：古代妇女常用草来做比赛的游戏。梁宗懔《荆楚岁时记》：“五月五日，四民并踏百草，又有斗百草之戏。”

析评　此词旧题“春景”，是作者用轻淡的笔触，刻画春夏时节的景色及少女们活泼快乐的生活景象。

起首“燕子来时新社，梨花落后清明”二句，先点明时令，从春之来临写到春之将暮。“燕子来”乃春临之象，“梨花落”为春残之景，故其下各接以代表初春与暮春的“新社”“清明”两个节令。下面“池上碧苔三四点，叶底黄鹂一两声，日长飞絮轻”三句，则从写景中由暮春渡到初夏。因为“池上碧苔”尚留残迹，是暮春的景象；黄鹂鸣于春夏之交，故“叶底黄鹂”暗示春夏之交；“日长飞絮轻”更是初夏之景。

下半阕叙写人事，刻画少女们的生活。“巧笑东邻女伴，采桑径里逢迎”二句，写少女们活泼快乐的笑容。结尾“疑怪昨宵春梦好，原是今朝斗草赢，笑从双脸生”三句，很敏锐地描绘出少女们游戏时兴高采烈的神情，令人读来“如闻香口，如见冶容”（《词综偶评》语）。在这里，我们看他所描绘的女性是何等的轻柔细腻，通篇不着一句俗艳语，却将小儿女的情致神态写得如画一般，看了令人倍感温馨，这便是晏词抒情和雅的地方。

山亭柳 家住西秦/晏殊

家住西秦[①]，赌博艺随身[②]。花柳上，斗尖新[③]。偶学念奴[④]声调，有时高遏行云[⑤]。蜀锦缠头[⑥]无数，不负辛勤。　数年来往咸京[⑦]道，残杯冷炙漫销魂[⑧]。衷肠事，托何人？若有知音见采，不辞遍唱阳春[⑨]。一曲当筵落泪，重掩罗巾。

校注　①西秦：指今陕西一带，春秋战国时属秦国，故云。②赌博艺随身：依靠一点随身的小技艺谋生。③花柳上二句：在男女爱情上别出心裁，编唱新词来博取听众。④念奴：唐玄宗时唱女，以善歌著名。⑤高遏行云：形容声调激越。《列子·汤问》篇：“秦青抚节悲歌，声振林木，响遏行云。”遏，阻止。⑥蜀锦缠头：蜀锦，蜀地的名产织锦。缠头，古者舞时以锦缠首，舞罢常以锦缎赠舞者，后遂以为赏赐歌舞者费用之代称。⑦咸京：咸阳。在今陕西省西安市西北。⑧残杯句：残杯冷炙，指剩余的食物。漫销魂，谓徒然伤心。⑨阳春：古代格调较高的歌曲名。宋玉对楚王问：“其为阳春白雪，国中属而和者，不过数十人。”

析评　此词题下原注“赠歌者”，郑骞先生云：“同叔罢相后，历知颍州、陈州、徐州、永兴（今属陕西），此词云西秦咸京，当是知永兴时作。时同叔年逾六十，去国已久，难免抑郁，此词慷慨激越，所谓‘借他人酒杯，浇胸中块垒’者也。”而他所以要披上一个“赠歌者”的题目，因为有些人喜欢将自己不如意的事，血淋淋地显示给别人看，如李后主；有些人则不然，他们宁愿将它隐藏起来，即使宣泄也不直露，只借着一件不相干的故事，作间接的叙述，感情冷静的人往往如此。晏殊是一位感情冷静的词人，因此他借“赠歌者”的题目，先把感情的距离推远了，然后才冷静地将自己心中的郁积，借别人的故事而宣泄出来。

当然，这个题目并不是凭空加上去的，而是确有以为西秦的歌者，此歌者的身世曾唤起作者深切的共鸣。于是，郁积已久的情怀捉住这个机会一泄而出，因而带有一种慷慨激越的情调。但是，这个机会对身世一向富贵显达的晏殊来说，是不容易遇到的，因此像本词风格的作品，在《珠玉词》中也就显得特殊而少见了。胡云翼说：“这首词写一个红歌女因年老色衰，被上层社会的公子哥儿所遗弃而没落的悲剧。在《珠玉词》中，这是比较具有现实意义的作品之一。”胡氏所说“具有现实意义”，这话是不错的，但是前半段的话却只说到它的表面而已。本词上半阕写歌者的身世、技艺，以及年轻时走红的状况；后半阕写她老迈后没落的悲剧。词中指出“若有知音见采，不辞遍唱阳春”，与上文“蜀锦缠头无数，不负辛勤”作一今昔的对比，无限感慨充溢词表，而此时作者内心之情亦可想而知了。

余论 晏殊，字同叔，抚州临川（今属江西省抚州市）人。宋仁宗时期官至宰相。平居好贤，当世知名之士，如范仲淹、韩琦、欧阳修等皆出其门。卒谥元献，后人因称为晏元献。他是北宋初期重要词人之一，今传《珠玉词》一卷。《宋史本传》称他：“文章瞻丽，诗闲雅有情思。”晏殊在政治上是个富贵显达的人，诗酒构成了他一生艺术生活的中心。叶梦得《避暑录话》说：“元献公性喜宾客，未尝一日不宴饮。每有嘉客必留，亦必以歌乐相佐，谈笑杂出……酒稍阑，即罢遣歌乐，曰：‘汝曹呈艺已遍，吾当呈艺。’乃具笔札，相与赋诗，率以为常。”这段记载，正好说明他的诗词作品产生的环境，他那珠玉般的小词，大部分就产生在这种酒后歌残的浪漫环境里。他的词受冯延巳的影响很深，没有摆脱五代婉丽词风的窠臼。《珠玉词》最可取之处是工于造句，它的许多名句，都是经过苦心刻画而又显得十分自然的；在写景方面，具有这种特色的作品也很多。但是，字句的工丽不足以掩饰作品内容的贫乏，《珠玉词》中很多词篇都是佳会宴游之余的吟咏，读起来含情凄婉、音调和谐，而内容却是十分单调。其余的作品，也大都只表现出一种雍容富贵的气派、一种娴静幽美的诗感，而缺乏深刻沉郁的实质。王灼《碧鸡漫志》云：“晏元献公长短句，风流蕴藉，一时莫及，而温润秀洁，亦无其比。”《四库提要》

云："殊赋性刚峻，而语特婉丽。"冯煦《蒿庵论词》（即《宋六十一家词选·例言》）云："词至南唐，二主作于上，正中和于下，诣微造极，得未曾有。宋初诸家，靡不祖述二主，宪章正中。晏同叔去五代未远，馨烈所扇，得之最先，故左宫右征，和婉而明丽，为北宋倚声家初祖。"这是离开思想内容而谈他的风格，晏词的风格，诚如其所言。

苏幕遮 碧云天/范仲淹

碧云天，黄叶地，秋色连波，波上寒烟翠[1]。山映斜阳天接水，芳草无情，更在斜阳外。　　黯乡魂[2]，追旅思[3]，夜夜除非，好梦留人睡。明月楼高休独倚。酒入愁肠，化作相思泪。

校注　①寒烟翠：一作"含烟翠"。②黯乡魂：谓旅客在外，思归不得，久思而魂魄飘忽，心神颓丧也。乡魂，一作"芳魂"。③追旅思：羁旅异地的愁思紧逼着缠扰不休。旅思，一作"旅意"。思，读去声。

析评　此下所选范仲淹词三首，皆在写边愁，是作者镇守陕西延安时写下的抒情词。本首抒写他在秋天里思念家乡的情怀，亦即张惠言所说的"去国之情"。

开头"碧云天，黄叶地，秋色连波，波上寒烟翠"四句，先把深秋郊外的景色，作了概括的素描：天空有秋云，地上有落叶，再向远处眺望，只见水波也荡漾在秋色里，波上的烟雾还带着些寒意。在这里，作者除了以“碧”“黄”“翠”三字，来形容“秋云”“落叶”“寒烟”，构成一幅形象鲜明的秋景外，第一、二句先写秋色，第三句由秋色生出波来，第四句又由波上生出寒烟。句法的层递缠绵，至此已到极点。但他还不肯罢休，再由“山映斜阳天接水”一句，婉转深入，继续缠绵下去，把读者的心思引得既深且远，直到“更在斜阳外”，才结束词意，真是匪夷所思！“山映斜阳天接水，芳草无情，更在斜阳外”，是续写秋的黄昏远景。因为暮景才能陷入沉思，才更增加人的愁氛。这三句所写的黄昏远景是：远山，映照着斜阳；远水，接连着天空；而无情的芳草，更连绵到斜阳之外，无边无际。这一连贯的写景，把深秋“纵”“横”面的景色都收罗其中了。但在这写景中已带入了思乡之意，因为“芳草无情，更在斜阳外”暗示了故乡与自己远隔千里，由此导出下文“黯乡魂，追旅思”的愁思来，故沈谦《填词杂说》云：“‘芳草无情，更在斜阳外’，虽是赋景，情已跃然。”

换头承前结，落到自己的情思上。“黯乡魂，追旅思”二句，是说令人凄然的乡思之情，紧逼着客居异地的愁思涌起于心底。“夜夜除非，好梦留人睡”是说乡思愁苦，夜夜难以成眠。不说睡不得，而说除非好梦，反言越切！（取沈际飞说）

结尾“明月楼高休独倚”“酒入愁肠，化作相思泪”三句，由于乡愁浓重，作者警醒自己休去倚高楼。因为明月高楼独倚，只有更增添思归之情，而借酒浇愁，亦只有愁上加愁！“酒入愁肠，化作相思泪”，不但造句新奇，也把心里的感触形象化了。

本词写景多入丽语，写情柔婉缠绵；前段写景，后段写情，在章法上分得很清楚，但在句法上却是极尽曲折婉转之能事，上下一气呵成，不能逐字分开，实为一首针缕绵密的好词。

黄蓼园云：“文正一生并非怀土之士，所为乡魂旅思以及愁肠思泪等语，似沾沾作儿女想，何也？观前阕（即前段）可以想其寄托。开首四句不过借秋色苍茫以隐抒其忧国之意……第二阕（即后段）因心之忧愁不自聊赖，始动其乡魂旅思，而梦不安枕，酒皆化泪矣，其实忧愁非为思家也。”此说亦可资参考。

渔家傲　塞下秋来风景异/范仲淹

塞下①秋来风景异，衡阳雁去②无留意。四面边声③连角起。千嶂④里，长烟落日孤城闭。　浊酒一杯家万里，燕然未勒⑤归无计。羌管悠悠霜满地。人不寐，将军白发征夫泪！

校注　①塞下：指西北边地。当时作者镇守在陕西延安。②衡阳雁去：今湖南省衡阳县南衡山有回雁峰，相传雁飞至此不过，遇春而回。《埤雅》：“鸿雁南翔，不过衡山。”③边声：边地悲凉之声，如马鸣风号之类。④嶂：像屏障一般的山崖。嶂，亦作“障”。⑤燕然未勒：燕然山即今蒙古境内之杭爱山。《后汉书》载窦宪大破匈奴，登燕然山，令班固作铭，勒石记功而回。勒，刻也。燕然未勒，即功业未成之意。

析评 在这首边愁词中，作者写出了征夫思家的心情和不立功不完成任务绝不返家的决心。通过这首词，我们可以看到在边塞为国家负起防卫任务的戍军，入秋以后在孤城里极其凄苦孤寂的生活景象，以及把任务看成高于一切的工作态度与为国忘家的深厚爱国思想。

上半阕先描绘边塞入秋以后的景物。起首“塞下秋来风景异，衡阳雁去无留意”二句，写边塞秋来的酷寒凄苦。作者以“风景异”三字，概括地指出边塞秋天肃飒的景象；接着以雁鸟毫不留恋西北边塞反映出边地的酷寒凄苦；“衡阳雁去”回应“秋来”，并伏下文乡愁之根；“无留意”重复说明上句所点染的处境，及在穷塞中人对时序的感觉。下面“四面边声连角起”“千嶂里，长烟落日孤城闭”三句，补实首句塞下风光之“异”。四面边声与角声，固然是写风光之“异”，但同时也表现出征人的羁旅客情，因为“边声”连着“角声”，此起彼落，足以使羁旅者闻之而悲；况在重峦叠嶂中、长烟落日下，一座孤城映照于荒漠间，更增添一份苍凉之感，所以“长烟落日孤城闭”，一方面写出风光之“异”，另一方面也写出征人豪情壮怀中的一片悲凉感。这三句词，写四周环境的险峻岑寂，写千山环抱中一座孤城的荒凉景象，是何等逼真的一幅塞上写景图！而且，“长”“落”“孤”“闭”等字，也下得非常精练妥当。下半阕由出征之远、边地生活之寂寥，写到事业未成、欲归无由的苦闷。首先，“浊酒一杯家万里”一句，写征夫的乡愁，把酝酿了许久的思乡病清楚地表达，这时作者脑海中必交织着返家团聚与完成任务孰重的考量。然而问题决定了，而且决定得非常正确，于是下句“燕然未勒归无计”，表达出了他那“匈奴未灭，何以家为”的决心。但思家之情终不能免，所以接下“羌管悠悠霜满地”，即写因为思家而不能入寐，深夜里听着悠悠羌笛，望着满地霜华的情境。结尾“人不寐，将军白发征夫泪”二句，表达出征夫的苦况。所谓“将军白发”的“白发”并不是牢骚之语，而是为了家乡、为了完成任务，思考着如何立功回家的劳碌表征；所谓“征夫泪”的“泪”字，也不是儿女情态的眼泪，而是爱国与思乡的真情流露。彭孙遹《金粟词话》特别指出这一句说：“苍凉悲壮，慷慨生哀。”即是此意。

这首词，写出一个人在极端凄苦中仍然秉持着国家高于一切、任务重于一切的坚贞情操。沈谦评其“有排荡之势”，李攀龙说它“形容秋塞之情，诵之令人兴怨”，都能指出它的优点；而魏泰《东轩笔录》云：“范文正守边日，作《渔家傲》乐歌数曲，皆以塞下秋来风景异为首句，述镇边之苦，欧阳公常呼为‘穷塞主之词’。”“穷塞主”之称，岂有当乎？

御街行 纷纷坠叶飘香砌/范仲淹

纷纷坠叶飘香砌[①]。夜寂静，寒声碎[②]。真珠帘卷玉楼空[③]，天淡银河垂地。年年今夜，月华如练[④]，长是人千里。　愁肠已断无由醉，酒未到，先成泪。残灯明灭枕头攲[⑤]，谙尽[⑥]孤眠滋味。都来[⑦]此事，眉间心上，无计相回避[⑧]。

校注　①香砌：有落花香味的台阶。②寒声碎：寒风吹动落叶发出轻微细碎的声音。③真珠句：真珠，即珍珠。玉楼，指华美的楼阁。全句意思是说：珠帘高卷，楼阁空寂。④月华如练：月之光华像素色丝绸那样洁白。⑤残灯句：是说深夜里残灯忽明忽暗，人睡不着，枕头斜在一边。攲，音漪，歪斜也。⑥谙尽：犹言尝尽。谙，知也。⑦都来：算来。⑧回避：一作“违避”。

析评　此词写羁旅之愁思。上半阕由秋之夜景，撩起他羁旅怀乡的心绪。起句“纷纷坠叶飘香砌”，先从秋之萧索落墨，有秋至凄凉的感觉。接着以“夜寂静，寒声碎”，写秋夜的沉寂，反映一个羁旅者难以入寐、辗转反侧地听着阶前细碎落叶声的心境。底下“真珠帘卷玉楼空”一句，更加深了秋夜寂静所给予作者的孤寂感；“天淡银河垂地”，又从写景中表达出作者的远望凝思，此与李白《静夜思》“举头望明月，低头思故乡”同一情境。因此才有下文“年年今夜，月华如练，长是人千里”这种月长圆而人长离的怅恨。

下半阕完全着重于写离情之凄苦。首句“愁肠已断无由醉”，言离愁之深非酒可解；次二句“酒未到，先成泪”，言借酒浇愁，而愁上加愁，此与《苏幕遮》“酒入愁肠，化作相思泪”意同，而愁又过之。底下“枕头敧”三字，写孤眠不寐、辗转反侧的情景，其上用“残灯明灭”作烘托，更显出凄苦悲凉的气氛；“谙尽孤眠滋味”，则见其孤枕难眠之久而深。结尾“都来此事，眉间心上，无计相回避”三句，写其愁常涌于心头、现于眉间，无法免除。李清照词“才下眉头，却上心头”即脱胎于此，而青出于蓝耳。

此词写得淋漓沉着，极有情致。由于作者能把当日的环境和内在的情绪一一写出，故能真切动人。李攀龙云：“月光如昼，泪深于酒，情景两到。”寥寥数语，确能指出本词的优点。

余论　范仲淹，这位“先天下之忧而忧，后天下之乐而乐”的伟大政治家，当他坐镇在陕西延安边疆时，威望十足，羌人称他为“龙图老子”，西夏人说他“小范老子胸中自有数万甲兵”，相戒不敢侵犯。他留下的词不多（只有六首），但他的边塞词，纯写自己悲凉的怀抱，突破了词限于男女与风月的界线。他那以国家为重和豪壮的胸襟，也确实为苏辛词开拓了新的境界。所以王易《词曲史》说：“至范仲淹，更不限于绮情，并兼气势挥洒、议论宏肆之长矣。其《御街行》《苏幕遮》，情语入妙；而一观其《渔家傲》，则又极骀荡之致；《剔银灯》，更议论慷慨，导苏辛之先路矣。”因为他的作品，有“柔情”与“丽语”，也有“遒动骨力”与“排荡之势”，实兼长婉约与豪放两种风格。

踏莎行 候馆梅残/欧阳修

候馆[①]梅残，溪桥柳细，草薰风暖摇征辔[②]。离愁渐远渐无穷，迢迢[③]不断如春水。 寸寸柔肠，盈盈粉泪[④]，楼高莫近危阑倚。平芜[⑤]尽处是春山，行人更在春山外。

㊀校注 ①候馆：可以登临观望之楼馆。《周礼·地官》：“五十里有市，市有候馆。”②草薰句：花草香气曰薰。江淹《别赋》：“闺中风暖，陌上草薰。”征辔，即征鞍。御马之索曰辔。③迢迢：长远的样子。④粉泪：明指流泪者为闺中伊人。⑤平芜：平地上一望无垠的青草。

析评 此为抒写离愁之作。词中借着春天的景色，引发出一片念远的情思。

上半阕写别时的情景。起首“候馆梅残，溪桥柳细”二句，先叙别地的时物形象；“梅残”“柳细”是说梅花凋谢了、杨柳正吐露着细芽，这正是初春时分；其上加“候馆”“溪桥”二词，说明送别的地点。紧接着“草薰风暖摇征辔”一句，暗用江淹《别赋》之语，点出远离之别，“摇征辔”

三字，状别离远役的神情，极为形似。结拍“离愁渐远渐无穷，迢迢不断如春水”二句，承上明示“离愁”，并以春水比喻愁思之无穷。“迢迢”二字正见其长远，“渐”字更体现了离人越远去则送行者的愁思越递增的微妙感情。

下半阕写离别后送行者的情思，全从上文“离愁”二字引出。“寸寸柔肠，盈盈粉泪”二句，仍由离愁的加深说起：柔肠寸断，粉泪盈盈，显现出一个伤心人儿的形象，此情此景，铁石心肠亦必为之感动。而“楼高莫近危阑倚”，更有一份触引愁思的警惕与喟叹。结尾“平芜尽处是春山，行人更在春山外”二句，写送行者登楼远望而不见离人，只可想见那人已去远，远在春山之外，更发挥了诗的含蓄作用，委婉地表达了闺中伊人对远役者的思念，这种情思意境，唯有待想象去领会了。

欧阳公词，以此首最为婉转。李攀龙云：“春水写愁，春山骋望，极切极婉。”王元美云：“‘平芜尽处是春山，行人更在春山外’此淡语之有情者也。”诚为得当之论。

蝶恋花　庭院深深几许/欧阳修

庭院深深几许？杨柳堆烟，帘幕无重数。玉勒雕鞍[①]游冶处，楼高不见章台路[②]。　雨横风狂[③]三月暮。门掩黄昏，无计留春住。泪眼问花花不语，乱红飞过秋千去[④]。

校注 ①玉勒雕鞍：玉制的马勒口，雕饰的马鞍。指华贵的车马。②章台路：汉朝长安有章台街。《汉书·张敞传》：“时罢朝会，走马章台街，自以便面拊马。”本形容张敞之风流自赏，后世遂以走马章台为冶游之意。一说章台街是妓女居住的地方，后来“章台”便成为妓女住所的代称。③雨横风狂：即风狂雨骤之意。④乱红句：乱红，谓零乱的落花。

析评 此为一首惜春之作。写的是由残春的幽寂所引起的一种生活上的寥落空虚之感。篇中带有感伤春暮、追怀过去游乐生活的几许感情。

起句“庭院深深几许”，先用反诘语气写出庭院的幽寂，引发人一种春深似海的感觉，一种无限幽邃。接下“杨柳堆烟，帘幕无重数”二句，便把庭院的残春之景具体化地写出来了：柳烟堆叠，像帘幕似的重重掩映着，使庭院显得分外幽邃寂静，这也就是庭院之所以使人感到“深深”的缘故了。“玉勒雕鞍游冶处，楼高不见章台路”二句，是由“杨柳堆烟”而来，写通向“章台”游冶的地方也被烟柳所迷失，楼高不见去路。本来，春深似海已够令人横生寂寞了，现在脑海中又浮现了过去的游冶之乐，但此时却望不见游冶的去路，于是，一种怅然若失的心情便油然而生了。

换头以下，深含伤春与惜春之意。“雨横风狂三月暮”“门掩黄昏，无计留春住”三句，“雨横风狂”固然是“三月暮”的实况，但在感情上却是愁到极点、恨到深处的一种表现，何况又值一个“寂寞黄昏、重门深闭”的境况，这又是一番无计度芳春的寥落和“无计留春住”的伤怀之感了。结尾“泪眼问花花不语，乱红飞过秋千去”二句，是深一层的写法，充分表现出“无计留春”之情已到了恍惚迷离的程度。“花不语”三字，蕴藏了多少说不出的恨意；“飞过秋千”，更增添一份寥落空虚之感，结果剩下的仍不过是庭院深深而已。上文“楼高不见”在写人，此处“乱红飞去”是写花，貌虽两事，实则作者人花并在一处落笔。春既将归，良辰瞬逝，眼见花事阑珊，佳人缥缈，难怪多情的词人要为之潸然泪下了。

这首词，虽然内容不脱男女风月之事，没有什么特别深刻的意义，但其艺术技巧确有可取之点，如“泪眼问花花不语，乱红飞过秋千去”，可以说达到了情景交融、浑然一体的境界。以“浑成”见长，已成为历代文人对这首词的公认评价了。毛先舒评这两句说：“因花而有泪，此一层意也；因泪而问花，此一层意也；花竟不语，此一层意也；不但不语，乱红飞过秋千，此一层意也。人愈伤心，花愈恼人，语愈浅而意愈入，又绝无刻画费力之迹，谓非层深而浑成之耶？”确能道出个中三昧。

玉楼春　尊前拟把归期说/欧阳修

尊前[①]拟把归期说，欲语春容先惨咽。人生自是有情痴，此恨不关风与月。　　离歌且莫翻新阕[②]，一曲能教肠寸结。直须看尽洛城③花，始共春风容易别。

㊟校注 ①尊前：酒前。酒杯曰尊。②阕：歌一曲也。③洛城：即今河南省洛阳市。

析评 此为叙写别情之作。起首“尊前拟把归期说，欲语春容先惨咽”二句，先写饯别时的心情。在手握离尊、将别未别的时候，就预约起归期来，这种凄楚的滋味，其难受的情形是可想而知的：“拟”字还停留在心头上，“惨咽”则已见之于事实，“欲语”并非真的无语，而是多少要说的话都哽在心里而已；这是从内心写到外表。接下“人生自是有情痴，此恨不关风与月”二句，则是把自己融入情痴中，像春蚕作茧愈缚愈紧，而却不知茧之缚身，其实今后情痴，正将关乎风月呢！

下半阕毕竟有从茧内向外探的意思。“离歌且莫翻新阕，一曲能教肠寸结”二句，遥承篇首，写别离的哀愁。“肠寸结”颇有愁结已到不能解脱的程度。然而人生究竟怎样方能达到自然无碍的境地呢？在诗人看来，只有历尽人间的喜乐悲苦，直到百年心事归平淡，然后才不为外界事物挑动感情，也才不致念念于对“春光”的留恋了，所谓“直须看尽洛城花，始共春风容易别”，就是这个意思。

此词所写的是一种离别的痴情。作者不乏叙心情，却在上下阕中各杂入两句议论，这是欧公对悲苦的现实带有一份遣玩意兴所表现的一种“豪宕”情怀，让人于平淡中见曲折，于淡语中见深情。王国维《人间词话》云：“‘人生自是有情痴，此恨不关风与月。直须看尽洛城花，始共春风容易别’于豪放之中，有沉着之致，所以尤高。”道理即在此。

诉衷情 清晨帘幕卷轻霜/欧阳修

清晨帘幕卷轻霜，呵手试梅妆[①]。都缘自有离恨，故画作远山长[②]。　　思往事，惜流芳[③]，易成伤。拟歌先敛[④]，欲笑还颦[⑤]，最断人肠。

校注　①呵手句：冬天梳妆，手指硬冷，呵气使之灵活。《太平御览》引《杂五行书》：“宋武帝女寿阳公主，人日卧于含章殿檐下，梅花落公主额上，成五出花，拂之不去。经三日，洗之乃落。宫女奇其异，竞效之，今梅花妆是也。”②故画句：特意把眉画作长长的远山形。葛洪《西京杂记》：“文君姣好，眉色如望远山，时人效画远山眉。”③流芳：流水年华。④敛：敛容，表示庄重的样子。一作“咽”。⑤颦：蹙眉。

析评　此词旧题“眉意”，是作者对歌女生活表示同情的一首词。起首“清晨帘幕卷轻霜，呵手试梅妆”二句，写她为了生活，在寒冷的冬天一大早就起来打扮的情形。“卷轻霜”与

"呵手"，都可以想见天气的寒冷与生活的凄苦。"都缘自有离恨，故画作远山长"二句，是由她所画眉毛的形状透视她内心饱含"离恨"的隐衷。因为古人多用山水表示离情别意，所以这里说"故画作远山长"。

换头"思往事，惜流光，易成伤"三句，是"离恨"加深一层的叙写。"思往事"是回忆过去不幸的际遇，也是离恨的根源；"惜流光"是想到未来年老色衰后的悲哀，两者交织，构成了心中的"伤"与"恨"。底下"拟歌先敛，欲笑还颦"二句，透露了歌女强颜卖笑的生活苦闷。最后，以"最断人肠"一语，深深地流露出同情之意。

南歌子　凤髻金泥带/欧阳修

凤髻金泥带①，龙纹玉掌梳②。走来③窗下笑相扶，爱道画眉深浅入时无④。　弄笔偎人久，描花试手初。等闲妨了绣工夫⑤，笑问鸳鸯两字怎生书⑥。

校注　①凤髻句：是说髻子梳成凤凰式，用泥金带子把它束起来。这是指高贵妇女束发的饰物。金泥，用金屑为泥，饰于物上。②龙纹句：是说玉制掌形的梳子，上面刻着龙的花纹。这是高贵妇女的用品。③走来：一作"去来"。④画眉深浅入时无：朱庆余《近试上张水部》诗："洞房昨夜停红烛，待晓堂前拜舅姑。妆罢低声问夫婿，画眉深浅入时无？”⑤等闲句：等闲，轻易。绣工夫，指女红。⑥笑问句：怎生，怎样。鸳鸯两字，一作“双鸾鸯字”。

析评 此词旧题“闺情”。内容在写一位新嫁娘亲昵夫婿的娇媚情态。起笔“凤髻金泥带，龙纹玉掌梳”，先从伊人的发饰说起。“凤髻”“龙纹”“金泥”“玉掌”，寥寥数语，已描绘出一位高贵绝尘的美人。此时伊人的夫婿正在窗下静静地欣赏她的梳妆，伊人梳妆完毕，不自觉地走了过来，相扶相依，并且笑着问夫婿：“眉毛深浅画得时髦否？”闺中昵情如闻如见，呈现于吾人眼前的真是一对神仙伴侣！

换头“偎人”承上“笑相扶”而来。伊人的“弄笔”“描花”，原是为了“试手初”——表现一下自己的“绣工夫”，但因这么一“偎”，早已不知天上人间，当然更无心再刺绣了，反而娇俏地问着夫婿“鸳鸯”两字怎生书写。在这里，他们的心心相印，种种恩爱，百般温存，尽在此语之中；在这里，他们虽以鸳鸯自比，实则胜似一对鸳鸯。

这首词，刻画人物的动态，极其形似；描写闺中的昵情，极为秀逸。实为一首乐而不淫的艳词。

长相思 深花枝/欧阳修

深花枝，浅花枝，深浅花枝相并时。花枝难似伊。 玉如肌，柳如眉，爱著鹅黄金缕衣。啼妆[1]更为谁。

校注 ①啼妆：《后汉书·五行志》："桓帝元嘉中，京都妇女作愁眉、啼妆。啼妆者，薄饰目下，若啼处。始自大将军梁冀家所为，京都歙然，诸夏遂皆仿效。"

析评 本词纯为以女人为主题的一首言情之作。词中首三句写花，第四句即从"伊"字托出人面，由花与人面相映，显示出人比花娇之意来。换头以后，全写人面，而佳人"玉肌""柳眉""啼妆"，遂动作者爱怜之心，乃至问其为谁如此，大有"锦瑟华年谁与共"（贺铸《青玉案》）之趣，足见欧公自谓"人生自是有情痴"的情怀了。（取卢元骏先生说）

临江仙 柳外轻雷池上雨/欧阳修

柳外轻雷池上雨，雨声滴碎荷声。小楼西角断虹[1]明。阑干倚处，待得月华生。　燕子飞来窥画栋，玉钩垂下帘旌[2]。凉波不动簟[3]纹平。水精双枕，傍有堕钗横。

校注 ①断虹：残虹。②帘旌：门窗上的帘幕。③簟：竹席。

析评 这首词《白香词谱》题作“妓席”，据《野客丛谈》云：“欧阳永叔任河南推官，亲一妓。时钱文僖公为西京留守。一日，宴于后园，客集而欧与妓皆不至，移时方来。钱责妓云：‘末至何也？’妓云：‘中暑，往凉堂睡觉，失金钗，犹未见。’钱曰：‘若得欧推官一词，当为偿汝。’欧即席赋此，座皆击节，命妓满觞送欧，而令公库偿钗。”细玩本词内容，与此说相合，大约是在描写该妓夏日午后凉堂小睡的情景。起笔“柳外轻雷池上雨，雨声滴碎荷声”二句，写夏日雷雨交加的情况。这里摹写雨点敲打荷叶所织成的声音，着一“碎”字，尽将美妙的雷雨交响曲和盘托出。下面紧接“小楼西角断虹明”，写雨后天晴的景色，晶莹婉丽；“小楼西角”点出断虹的方向。“阑干倚处，待得月华生”二句，写伊人小睡醒后凭栏伫望月亮的升起，以衬出伊人心情之孤寂。

换头“燕子飞来窥画栋，玉钩垂下帘旌”二句，写画堂的寂静。帘幕下垂，燕子窥梁，蕴藏着无限深沉的情致，“窥”字尤能传出燕子的神情。结尾“凉波不动簟纹平”“水精双枕，傍有堕钗横”三句，写伊人起身后的床景——竹席平铺，双枕旁边，有钿钗横着。不假雕饰，自成绝唱，可谓极尽艳丽雅致之能事，难怪王国维《人间词话》说：“词之雅郑，在神不在貌。永叔、少游虽作艳语，终有品格，方之美成，便有淑女与倡妓之别。”

傅庚生以为此词“写居人之伫归客。前阕文章由一‘待’字运思，后阕则借一‘窥’字虚写。人徙倚于阑干曲处，由雷雨之会待到虹明月出，帘旌空垂，双枕虚设，反侧辗转，钗堕旁横。此词似宜作如此解，觉情景相称，而雅致无穷也。”解说极为精辟，可以自成一说。

浪淘沙　把酒祝东风/欧阳修

把酒祝东风，且共从容，垂杨紫陌洛城[1]东。总是当时携手处，游遍芳丛。　聚散苦匆匆，此恨无穷。今年花胜去年红。可惜明年花更好，知与谁同？

校注　①紫陌洛城：紫陌，有紫花之陌路。一说古时文人泛指京师郊野之路曰紫陌。洛城，洛阳城之简称。

析评　此为春日怀人之作。起首二句“把酒祝东风，且共从容”，由东风之起，引发春日相与从容流连的申祝。次三句“垂杨紫陌洛城东”“总是当时携手处，游遍芳丛”，追忆过去从容流连的往事。当时洛阳城东路上，花叶低昂，携手遍游，其乐何似！然而，今年东风起处，花红胜去年，虽欲把酒申祝，相与从容共处，但其人已杳，聚散匆匆，无限之恨起于胸中，遂不胜其惆怅了，故接下云：“聚散苦匆匆，此恨无穷”。末尾三句“今年花胜去年红”“可惜明年花更好，知与谁同”，更见一往情深，喟叹无穷。到明年花红更好，而其人不返，空负良辰。令人读之也不禁为之黯然销

魂了。(取卢元骏先生说)

朝中措 平山阑槛倚晴空/欧阳修

平山阑槛[①]倚晴空，山色有无中[②]。手种堂前垂柳[③]，别来几度春风。 文章太守[④]，挥毫万字，一饮千钟[⑤]。行乐直须年少，尊前[⑥]看取衰翁。

校注 ①平山阑槛：平山，即平山堂，欧公任扬州郡守时所作，在郡城西北五里大明寺侧，建堂负高，遥眺江南，诸山皆拱揖槛前，山与堂平，故名。阑槛，《说文》段注：“谓凡遮阑之槛，今之阑干是也。”②山色句：谓山色若隐若现。王维《汉江临眺》诗：“江流天地外，山色有无中。”③手种句：张邦基《墨庄漫录》：“扬州蜀冈大明寺平山堂前，欧阳文忠公手植柳一株，谓之‘欧公柳’……薛嗣昌作守，相对亦种一株，自榜曰‘薛公柳’，人莫不嗤之。嗣昌既去，为人伐之。”④文章太守：作者自喻。⑤千钟：钟为盛酒器，千钟言其酒量之大。⑥尊前：即酒尊前之意。

析评 此词题下原注“平山堂”，叶梦得《避暑录话》云：“欧阳文忠公在扬州，作平山堂，壮丽为淮南第一。堂在高冈，下临江南，数百里真、润、金陵三州，隐隐可见。公每暑时，辄凌晨携客往游。”由此看来，这首词当是欧公“暑时携客往游”之作。词中充分写出了饮宴自适之乐。

起首“平山阑槛倚晴空，山色有无中”二句，是写在晴空下所见平山堂前的景色。隐隐可见江南数百里的山光水色之美，尽在“有无中”三个字表现出来了。接下“手种堂前垂柳，别来几度春风”二句，写出作者对这一草一木的顾惜与爱恋。

换头以后，折入宴游之事。“文章太守，挥毫万字，一饮千钟”三句，表现出他那工文善饮的豪情。结尾“行乐直须年少，尊前看取衰翁”，有把握现在、及时行乐之意。

《苕溪渔隐丛话》引《艺苑雌黄》云：“平山堂望江左诸山甚近，或以谓永叔短视，故云‘山色有无中’。东坡笑之，因赋快哉亭道其事云：‘长记平山堂上，欹枕江南雨，杳杳没孤鸿，认取醉翁语，山色有无中。’盖‘山色有无中’非烟雨不能然也。”按：以为永叔短视固然可笑，以为“山色有无中”非烟雨不能然，亦非正解。欧公本词已明言“倚晴空”，且《避暑录话》亦谓其“堂在高冈，下临江南，数百里真、润、金陵三州，隐隐可见”，“山色有无中”乃是江南数百里隐隐可见之意，非烟雨也。

采桑子　轻舟短棹西湖好/欧阳修

轻舟短棹西湖好[①]，绿水逶迤[②]，芳草长堤，隐隐笙歌处处随。　　无风水面琉璃[3]滑，不觉船移，微动涟漪[4]，惊起沙禽[5]掠岸飞。

校注　①轻舟句：轻舟短棹，谓便巧小舟。西湖，此处西湖是指安徽省阜阳市西北之湖泽名，湖长十里，广二里，为颍河合诸水汇流处，晏殊、欧阳修、苏轼相继为守，皆尝宴赏于此，与杭州之西湖并称。②逶迤：曲折长远的样子。③琉璃：宝石名，青色如玉，晶莹透明，与水晶相似。④涟漪：风吹时所起的水纹。⑤沙禽：指水鸟。

析评　欧公《采桑子》共有十三首，是他晚年退居颍州西湖时所作。此下选录三首。从这些词中，我们可以看见故国河山的美丽，以及作者内心的莹洁脱尘。

本篇以非常轻快的感情，描写西湖春天之美。这种轻快的感情，不止从“轻舟短棹”的游艇荡漾上流露出来，也不止从“琉璃滑”的晶莹湖水上流露出来，它还从长流的“绿水”与曲岸的“芳草”等淡淡的视觉中、从天籁似的“隐隐笙歌”的细微听觉中表现出来，更从“船移波起”“沙禽掠岸”等动中有静的画面上表现出来。它不用鲜艳的色彩来涂抹，却能使人感到一种恬适之美、一种愉悦之感。（参考鲁弓长说）真可媲美张志和的《渔歌子》。

采桑子　画船载酒西湖好/欧阳修

画船载酒西湖好，急管繁弦[1]，玉盏[2]催转，稳泛平波任醉眠。　行云却在行舟下，空水澄鲜[3]，俯仰留连，疑是湖中别有天。

校注　①急管繁弦：形容音调繁促的歌声。②玉盏：玉制之酒杯。③空水澄鲜：空水，形容水面之广大。澄鲜，湖水清明貌。

析评　本篇是写泛舟湖上，笙歌宴饮，陶醉于大自然中之乐。首先由“画船载酒”点出了湖上的宴饮，接着以“急管繁弦”“玉盏催转”描写笙歌侑酒的热闹场面。结拍的“醉”字，乃是酒杯催转的必然结果，但是“稳泛平波任醉眠”全句合起来，则是一种享受闲适生活的表现。

换头续承前意。“行云却在行舟下，空水澄鲜”二句，更从湖面的广大、湖水的清明，反映出这种生活的海阔天空。（这或许与“醉”字有关）因而才有末尾二句“俯仰留连，疑是湖中别有天”那种俯仰于其间，疑是别有洞天的快乐之感了。（“疑是湖中别有天”，也可以把它看成醉眼看天空映于湖底的关系）

采桑子 群芳过后西湖好/欧阳修

群芳过后西湖好，狼藉残红[①]，飞絮濛濛，垂柳阑干尽日风。　笙歌散尽游人去，始觉春空[②]，垂下帘栊[③]，双燕归来细雨中。

(校)(注) ①残红：指落花。②春空：春事归于沉寂。③帘栊：窗帘。栊，窗也。

(析)(评) 此篇是写暮春西湖的幽丽恬静之美。暮春的景象原是衰残的、悲凉的，但作者却能从百花凋残的景象中，体会出一种别样的生趣和恬静的喜悦，从而产生一种新的胸襟，这正是本词最成功的地方。

上半阕就景物方面立说。所谓“群芳过后”乃是暮春残景，它所给人的感触一般说来是萧条的、凄凉的，可是作者却能从“残红”“飞絮”“垂柳”和“风”中，领略出一种新的、美的感受，把暮春的景象转变成落英缤纷、微风轻拂、柳枝摇曳的画面。这是最难能可贵的事，也是它立境独特之处。

下半阕从人事方面着笔。所谓“笙歌散尽”，本已教人横生寂寞，但作者却以为热闹场面的结束并非空虚，而是春意闹的归于宁静。因为春所呈现的形象有两种：万紫千红春意闹，固然有它美的地方；而春事过后，游人散去，省去许多无谓的干扰，也未尝不是另一种恬静之美。这首词就是在叙写作者能领略西湖暮春的幽丽恬静之美。当作者正要垂下窗幕、享受这份恬静之时，似曾相识的双燕又从细雨中轻盈地飞回来了，这又由恬静中现出了一片盎然的生趣，产生了一份静谧的喜悦。

余论 欧阳修，字永叔，自号醉翁，晚号六一居士，庐陵（今江西省吉安市）人。尝自著《六一居士传》云："吾家藏书一万卷，集录三代以来金石遗文一千卷，有琴一张，有棋一局，而常置酒一壶，以吾一老翁，老于此五物之间，是岂不为六一乎？"有《六一词》传世。欧阳修在宋代文学史上有多方面之成就：就文而论，提倡宗经重道之古文，成为宋代古文运动之领袖；就诗而论，一手扫清西昆体浮艳之习，具有若干革新的意义，而为宋诗奠定良好的基础；至于其词，虽无革新之处，因袭成分多，创新成分少，但真情流露，亦富文学价值。他的词，无论写情造境，较晏殊更近冯延巳，融合了《花间》与南唐的词风，所以罗大经《鹤林玉露》说："欧阳公虽游戏作小词，亦无愧唐人《花间集》。"不过，他的词虽然从冯延巳与晏殊二人蜕变而来，却能代表出他那种"豪宕"的个性，完成他那种"流利柔媚而隽永"（薛砺若语）的作风。冯煦曾指出欧词的疏隽和深婉对后来词人的影响说："宋初大臣之为词者，寇莱公、晏元献、宋景文、范蜀公与欧阳文忠，并有声艺林，数公或一时兴到之作，未为专诣。独文忠与元献，学之既至，为之亦勤，翔双鹄于交衢，驭二龙于天路。其词与元献同出南唐，而深致则过之……疏隽开子瞻，深婉开少游。”（《宋六十一家词选·例言》）欧词和《阳春集》《花间集》常常混在一起，今传《六一词》中，不乏他人之作，《西青词话》云：“欧词之浅近者，谓是刘辉伪作。”固然，欧词之过分轻薄猥亵者，自可能为小人伪作，但若谓欧阳修绝不作绮情艳语，则大可不必。因为词发展至北宋，仍然不脱“艳科”的范围，当时的作品，主要还是写士大夫的闲情逸致或歌筵酒席的遣兴之作，绮情艳语在所难免，只要有分寸，亦不伤大雅。欧阳修虽作艳词，但绝不与耆卿、美成相同。王国维早已指出：“词之雅郑，在神不在貌。永叔、少游虽作艳语，终有品格，方之美成，便有淑女与娼妓之别。”此说最得古人之心。

天仙子 《水调》数声持酒听/张先

《水调》①数声持酒听，午醉②醒来愁未醒。送春春去几时回？临晚镜，伤流景③，往事后期空记省④。　　沙上并禽池上暝⑤，云破月来花弄影。重重帘幕密遮灯，风不定，人初静，明日落红应满径。

校注　①水调：歌曲名，相传为隋炀帝所制，唐宋时很流行。②午醉：一作“午睡”。③流景：犹言流光，指似水年华而言。

④往事句：是说往事空留记忆，后期不可预知。⑤沙上句：并禽，成双成对的鸟儿。暝，幽暗。一说同“瞑”字，眠也。

析评 此词题下原注：“时为嘉禾小倅，以病眠，不赴府会。”嘉禾即今浙江省嘉兴市，小倅犹言小官。作者这时在嘉兴做判官，本词为他小病中所作的一首送春词，词中充满感伤的情调。由送春而自伤，即是它的主要内容。

起笔“《水调》数声持酒听，午醉醒来愁未醒”二句，先从客愁叙起，早已写出了愁思的深远。作者病中午睡醒来，手持酒杯，这时人虽醒而客愁仍在，又聆听那远处传来声调怨切的《水调》曲子，自有一番难言的愁思。愁的是什么呢？底下四句就是他心中所愁的事：他愁着流光的无情，愁着临镜自照时自己的容颜有与流光同老之感，愁着人生往事的不可再现、前程后期的不能预知。“送春春去几时回”与“往事后期空记省”并写，把流光的无情和人生的惆怅凝聚在一起，这情绪最令人伤怀了。在这里，作者用“几时回”一诘问，充分流露出这种感伤的情绪。

换头“沙上并禽池上暝，云破月来花弄影”二句，是写遥望所见，以反衬出自己居处的岑寂。在这里，作者以鸟儿的“并禽而眠”反衬自己的孤单，以花儿的“弄影自怜”反衬自己的寂寞。紧接着又以“重重帘幕密遮灯”“风不定”构成一种黯淡悲愁的气氛，以“人初静”表示今日已过。最后归结到“明日落红应满径”的送春和惜春的本意上。“落红满径”指物喻人，深含无限的伤春之情，尤其中间着一“应”字，更表达了多少愁意怕意和怜惜之意！

此首系送春词，然全是自伤语。它的可取处在于针线绵密，层次分明：先是午睡醒来，接着是傍晚的伤流景、入夜的人初静，这是时间的层次；醒来后，先观外景，次叙室内之人，最后又把室内人的心情转到外景上，这是写景的层次。其中共享了先后、远近、内外三种不同的叙述法，来抒发他在病中由送春惜春而引起的感伤。

黄蓼园云："听《水调》而愁，自伤卑贱也。'送春'四句，伤流光易去、后期茫茫也。'沙上'二句，言所居岑寂，以沙禽与花自喻也。'重重'三句，言多障蔽也。结句仍缴送春本题，恐其时之晚也。"这又是把这首词看成有寄托的深一层的说法。

青门引 乍暖还轻冷/张先

乍暖还轻冷，风雨晚来方定。庭轩①寂寞近清明，残花中酒②，又是去年病。　楼头③画角风吹醒，入夜重门静。那堪更被明月，隔墙送过秋千影。

校注　①庭轩：庭厢。长廊曰轩。②残花中酒：即杜牧诗"中酒落花前"之意。因喝酒过量而生病曰中酒，"中"读去声。③楼头：城上的戍楼。

析评 此词旧题“怀旧”，写的是残春时节诗人寂寞的心情。起首“乍暖还轻冷，风雨晚来方定”二句，暗点时令，替下文“清明”作伏笔，并写出当时风雨轻冷的天气，其中“乍暖还冷”一语颇能传出春寒的实感来。接下“庭轩寂寞近清明，残花中酒，又是去年病”三句，写他在残春时候生活的寂寞、心情的愁闷，其中“去年病”三字，暗示出愁寂的缘由。

换头“楼头画角风吹醒，入夜重门静”二句，遥承上文“晚来”而来，写入夜后寂静悲凉的景象。入夜后，除了军中的号角声外，一切都归于岑寂，而这号角声，独对自己带有一种激情的作用，故黄蓼园云：“角声而曰风吹醒，‘醒’字极尖刻。”结尾“那堪更被明月，隔墙送过秋千影”二句，更由月光的映照，投射过来秋千的影子，益增一份情怀。胡云翼说：“‘隔墙送过秋千影’，后人称为描神之笔；他没有提到那个打秋千的少女，只提到秋千而且只是秋千的影子，这就是历来词话家所欣赏的张先的‘含蓄’和‘韵味’。”

黄蓼园云：“落寞情怀，写来幽隽无匹。”寥寥数字，道尽了本词的感情。

木兰花 龙头舴艋吴儿竞/张先

龙头舴艋[①]吴儿竞，笋柱秋千[②]游女并。芳洲拾翠[③]暮忘归，秀野踏青[④]来不定。　　行云去后遥山暝[⑤]，已放[⑥]笙歌池院静。中庭月色正清明，无数杨花过无影。

校注 ①龙头舴艋：蚱蜢式的小龙船。②笋柱秋千：竹子做架的秋千。③拾翠：古时妇女春游，采集百草，叫做拾翠。④踏青：旧俗春日出游郊野，叫做踏青。⑤遥山暝：远山幽暗。⑥已放：已散或已停之意。

析评 此词题下原注："乙卯吴兴寒食"。乙卯为宋神宗熙宁八年（1075），吴兴今属浙江省湖州市。这是作者在故乡吴兴寒食节所作的一首词，通过这首词，我们可以见到吴兴一带的人们在寒食节时春游和竞渡的情景。

起首"龙头舴艋吴儿竞，笋柱秋千游女并"二句，即把男儿竞渡与妇女游春并提，显示出这时男男女女快活的形象。接下"芳洲拾翠暮忘归，秀野踏青来不定"二句，侧重于写春游。"暮忘归""来不定"，表现出游人的兴致和郊野的热闹。以上所写，真是"句句景中有人，富有生活情趣"（胡云翼语）。

后半阕转写热闹过后，入夜一片宁静清幽的景象。所谓"行云去后"，表示郊外游人的归去；"已放笙歌"，表示城内歌吹的停歇；其下各接以"遥山暝""池院静"之语，内外兼顾，远近对照，显示出城里与郊野的一片静谧。末尾"中庭月色正清明，无数杨花过无影"二句，由"池院"衍出，侧重于写城内之景。拈出"月色清明"，表现入夜的清幽；更以杨花飞过而"无影"，反映出月色的清明，给人一种明净无瑕的感觉。宋征璧所谓“张词娟洁”，意即在此。这首词，写出了乡村人民旺盛的青春气息与生活情趣。

余论 张先，字子野，吴兴（今属浙江省湖州市）人。宋仁宗时期进士，曾做过都官郎中。为人善戏谑，有风味。他的生活和性情十足是浪漫风流的才子典型。晚岁优游于杭州吴兴间，尝与苏轼诸人唱和，苏轼称其“诗笔老妙”。有《安陆词》传世。北宋前期的词家，晏欧专工小令，柳永作品已以慢词为主，而张先则正处于由小令至慢词的过渡时期，故陈廷焯《白雨斋词话》云：“张子野词，古今一大转移也。前此则为晏、欧、温、韦，体段虽具，声色未开；后此则为秦、柳、苏、辛、美成、白石，发扬蹈厉，气局一新，而古意渐失。”认为张先在由小令到长调方面起了一些过渡的作用，这是不错的，但这作用并不大，还不能和柳永相比，因为他缺少铺叙的才力。他所作慢词，皆由同调的小令增衍而成，写得不算高明，不如那些比较含蓄的小词来得有韵味。周济《宋四家词选·序》说他：“味极隽永，只是偏才，无大起落。”就是指着这点说的。他只是一个平稳的作家，喜欢雕琢字句，喜欢写一种朦胧的美，以善于用“影”字著名，并且好为艳词、好为腻声，后来如贺铸、周邦彦等无不受其影响，是北宋艳冶一派的词人。

木兰花 东城渐觉春光好/宋祁

东城渐觉春光好，縠皱[①]波纹迎客棹。绿杨烟外晓寒轻，红杏枝头春意闹[②]。　　浮生长恨欢娱少，肯爱千金轻一笑[③]。为君持酒劝斜阳，且向花间留晚照[④]。

校注　①縠皱：即皱纱，用来比喻水的波纹。②春意闹：春意浓盛或春意盎然。③肯爱句：是说怎么肯爱惜金钱财富而轻视欢乐的生活呢？④留晚照：即把握夕阳无限好时刻的意思。

析评　此为一首咏春之作。词中充分表现出阳春景色的绚丽及春日游乐的酣畅，令人读之心醉神往。

上半阕写春郊绚丽的景色。首句“东城渐觉春光好”，“东城”明示地点，“渐”字似有春神渐临的意味。底下“縠皱波纹迎客棹”，写水面旖旎的实景；“绿杨烟外晓寒轻”，写天空淡淡的颜色；“红杏枝头春意闹”，写大地一片盎然的气息。此三句都是上句“春光好”的具体写照。在这些句子中，“縠皱迎棹”“枝头花闹”，构成一种动荡活泼的“风光”；“晓寒”衬托“柳烟”，构成一种飘忽轻灵的“风光”；“绿杨”映带“红杏”，构成一种色彩鲜丽的“风光”。尤其“红杏枝头”上着一“闹”字，点染得最为生动，几乎把春天的生趣意态全都翻腾起来了，使得阳春不止有色，且也成声，无怪王国维《人间词话》赞美说：“着一‘闹’字，而境界全出。”

下半阕写游乐意兴的酣畅。“浮生长恨欢娱少”，是感喟人生的苦多乐少，但也反衬出下句“肯爱千金轻一笑”中对欢乐生活的珍惜；“笑”与“千金”对比，是对生活热爱的高度表现。结尾“为君持酒劝斜阳，且向花间留晚照”二句，是为争取“花”之与“我”、“我”之与“春光”，都不相辜负，似有及时行乐的意味，且充满了追欢逐乐的浪漫热情。

锦缠道 燕子呢喃/宋祁

燕子呢喃，景色乍长春昼。睹园林、万花如绣。海棠经雨胭脂透[①]。柳展宫眉[②]，翠拂行人首。　　向郊原踏青[③]，恣歌携手。醉醺醺、尚寻芳酒。问牧童、遥指孤村道[④]：“杏花深处，那里人家有。”

校注　①胭脂透：像胭脂一般的透红。②柳展宫眉：旧时妇女，画眉如柳叶，故以“展眉”比喻柳舒；此言“宫眉”，谓宫妆也。③踏青：春日出游郊原曰踏青。④问牧童句：是说借问牧童何处可以买到酒，牧童遥指着前方的孤村说“那里人家有”。杜牧《清明》诗：“清明时节雨纷纷，路上行人欲断魂。借问酒家何处有，牧童遥指杏花村。”

析评　此为春游之作。上半阕写“春”，下半阕写“游”。起笔“燕子呢喃，景色乍长春昼”二句，由燕子的出现、白昼的乍长，点明“春”的降临。接着“睹园林、万花如绣”“海棠经雨胭脂透”“柳展宫眉，翠拂行人首”数句，是由园林里的百花争妍、海棠透红、翠柳拂人，写出春天绚丽的景色。

换头以后，折入叙事记游。“向郊原踏青，恣歌携手”“醉醺醺、尚寻芳酒”四句，写出携手踏青，载歌载乐，酒酣而游兴未尽的欢畅之情。结尾“问牧童、遥指孤村道：‘杏花深处，那里人家有。’”三句，由杜牧诗蜕化而出。寻芳酒于“杏花深处人家”，不知不觉间流露出一种绮思艳情。

李之仪云：“宋景文（宋祁）、欧阳永叔，以余力游戏为词，而风流闲雅，超出意表。”（《姑溪题跋》）所谓“风流闲雅，超出意表”，实在是宋祁词最恰当的评论了。

鹧鸪天　画毂雕鞍狭路逢/宋祁

画毂雕鞍①狭路逢。一声肠断绣帘中。身无彩凤双飞翼，心有灵犀一点通②。　金作屋，玉为栊③。车如流水马如龙④。刘郎已恨蓬山远，更隔蓬山几万重⑤。

校注　①画毂雕鞍：雕饰华美的车子。②身无彩凤二句：是李商隐《无题》诗的句子。意思是说：两人虽仅止于相望，但两心却早已默默相沟通。犀兽有神异，表灵以角，故称灵犀。③金作屋二句：形容伊人居处之华美。《汉武故事》："若得阿娇，当以金屋贮之。"窗牖曰栊。④马如龙：马八尺以上曰龙。⑤刘郎已恨二句：亦是李商隐《无题》诗的句子。刘郎是指汉武帝，蓬山是海外仙山。在这里的意思是说：伊人离去，回到深宫里，想再见到她，比汉武帝寻找蓬莱仙山更难上万倍。

析评 这是一首抒写心有所慕的恋情词。据以前词话家的记载说：宋祁为学士，一日，过繁台街，遇内家车子数辆驰来，不及回避。车中忽有搴帘者曰："此小宋也。"宋祁惊讶不已，归赋《鹧鸪天》云云。词传唱达于禁中，仁宗闻之，因问第几车子何人呼小宋。有内人自陈云，顷因内宴，见宣翰林学士，左右内臣皆曰小宋；时在车中，偶见之，呼一声耳。上召子京，从容语之，子京惶悚无地，上笑曰："蓬山不远。"即以内人赐之。

此词上半阕写相逢时的两心相印，下半阕写离去后的心牵梦萦，融化了李商隐的诗句，蕴藉委婉，也可称得上是一首"风流闲雅"的好词。

长相思令 一重山/邓肃

一重山，两重山。山远天高烟水寒。相思枫叶丹。　菊花开，菊花残。塞雁高飞人未还。一帘风月闲。

析评　这是一首摹写闺女秋思的词。两地相思，而指着介于两地间的山数着说“一重山，两重山”，此犹儿童在傍晚时分仰视天空，指着星儿数着“一颗星，两颗星”一般，显示其情之纯痴。两地间之山不知几千重，而重山之外但见天高水寒，所谓“迢迢两地，烟水方寒”，则其相思之情已在不言之中。下句明点“相思”，以“枫叶丹”三字喻相思之苦，且点时令。

换头“菊花开，菊花残”二句，眼见菊花开，又见菊花残，是叙相思之久。“塞雁高飞人未还”，言塞雁南归而人犹未返，是叹人不如鸟。末句“一帘风月闲”，以景作结，写人既未返，良辰美景遂成虚设，而一帘风月无人共赏，可谓怨而不露，深得风人之旨。

贺圣朝　满斟绿醑留君住/叶清臣

满斟绿醑[①]留君住，莫匆匆归去。三分春色二分愁，更一分风雨。　　花开花谢，都来[②]几许？且高歌休诉。不知来岁牡丹时，再相逢何处？

校注　①绿醑：美酒。醑，音许，美酒曰醑。②都来：算来。

析评　此词旧题“留别”，故而这是一首春日留别的词。起笔“满斟绿醑留君住，莫匆匆归去”二句，先从别筵落笔。所谓“留君住”“莫匆匆归去”，皆扣住“留别”的题意。次二句“三分春色二分愁，更一分风雨”，即景生情，抒写心中的愁绪。三分春色之中，愁占了二分，其余一分又是风雨，以“风雨”衬托“愁”的气氛，既深切又委婉。

换头“花开花谢，都来几许”二句，感念相处时光的仓促易逝，深含眷眷不舍之情。接下“且高歌休诉”一语，勉强作宽慰旷达之辞，有珍惜现在、及时尽欢之意。结尾“不知来岁牡丹时，再相逢何处”二句，感喟别时容易见时难，深慨此别之后不知何时再能相见！“牡丹时”呼应上文“春”字。

离亭燕 一带江山如画/张昇

一带江山如画，风物向秋①潇洒。水浸碧天何处断？霁色冷光相射②。蓼屿荻花洲③，掩映竹篱茅舍。　　云际客帆高挂，烟外酒旗低亚④。多少六朝⑤兴废事，尽入渔樵闲话。怅望倚层楼⑥，寒日无言西下。

校注　①向秋：到了秋天。②霁色冷光相射：天空的晴色和秋水的冷光互相映照。③蓼屿荻花洲：丛生蓼草的小岛和长着荻花的沙渚。④酒旗低亚：卖酒的帘子低低地飘扬。低亚，低压。⑤六朝：指吴、东晋、宋、齐、梁、陈，皆建都金陵，偏安江左。⑥层楼：高楼。一作“危楼”。

析评 这是一首金陵怀古词。上半阕先从所见景物着笔，描绘南京一带江山、秋高气爽的景色。起首“一带江山如画，风物向秋潇洒”二句是总提，以“如画”“潇洒”点明故国河山的美丽脱俗。底下四句承之作详尽的摹写：“水浸碧天何处断”“霁色冷光相射”，是“江山如画”的具体说明；“蓼屿狄花洲，掩映竹篱茅舍”是“风物潇洒”的具体描绘。当然也可以把它看成是互文见义。

换头“云际客帆高挂，烟外酒旗低亚”二句，续承前意，写金陵的繁盛：“客帆高挂”见其交通的发达，“酒旗低亚”见其经济的繁荣。底下“多少六朝兴废事，尽入渔樵闲话”二句，折入怀古，感慨万端。结尾“怅望倚层楼，寒日无言西下”二句，揉入个人抒情的成分，对六朝的兴亡发出一种凭吊、伤感之情。“寒日无言西下”一语，以景作结，尤具苍凉萧远之致，除了呼应篇首“秋”字外，更衬托出一位倚楼怅望者感怀往事的具体形象来。

本词的特点是：以景起端，以景作结。写金陵一带秋高气爽的景色，点染绝工。

浪淘沙令　伊吕两衰翁/王安石

伊吕[①]两衰翁，历遍穷通。一为钓叟一耕佣[②]。若使当时身不遇，老了英雄。　　汤武[3]偶相逢，风虎云龙[4]。兴王只在笑谈中。直至如今千载后，谁与争功！

校注　①伊吕：伊尹和吕尚。一佐商汤，一佐周武王，均为贤相。②一为钓叟一耕佣：吕尚年老隐于钓，文王出猎，遇于渭水之阳，与语大悦，因载与俱归，立为师，后助武王灭纣，故云钓叟。伊尹原耕于有莘之野，汤三往聘之，始就汤，佐汤伐桀灭夏，故云耕佣。③汤武：商汤和周武王。④风虎云龙：像风从虎云从龙般的奋迅拔起、雄迈一世。

析评　这是一首咏史词。所谓"咏史"，是借古人的行径，来抒发自己的志向与气节。本篇为王安石任神宗宰相时，锐意改革，以伊尹、吕尚自况，一方面抒写自己内心的感怀，一方面自负与伊吕先后相辉。

上半阕说伊尹和吕尚在未遇到商汤及周文王之前，一为钓叟，一为耕佣，历尽人间辛苦，与常人无别。倘若没有汤王与文王的慧眼识英雄，那么伊尹虽贤，吕尚虽智，而终不免老死乡野，与草木同朽。

下半阕说明等到伊吕遇到了贤君汤王与文武，骤然有如云从龙风从虎一般，飞黄腾达，佐君治国，功业彪炳，流传千古，无人可与争功。

此词句句写伊尹与吕尚，其实是句句写自己。个中含义，乃在感慨自身若不遇明主，终为一默默无闻之人。今幸遇神宗知遇，擢为宰相，则建功立业乃水到渠成之事，必将有惊天动地的建树，亦自信将功垂千古，可与伊吕争功。作者的雄心壮志，不知不觉流露于字里行间了。王安石是北宋锐意革新的一位政治家，由于他的意志坚定，反映在作品上的风格也显得比较奇特，前人评之为“瘫容奇特”（王灼《碧鸡漫志》），评之为“劖削而伤于拗”（宋征璧《词藻》），盖即在此。

桂枝香　登临送目/王安石

登临送目，正故国晚秋，天气初肃①。千里澄江似练②，翠峰如簇③。征帆④去棹残阳里，背西风酒旗斜矗。彩舟云淡，星河鹭起⑤，画图⑥难足。　念往昔，繁华竞逐⑦。叹门外楼头，悲恨相续⑧。千古凭高对此，谩嗟荣辱⑨。六朝旧事随流水，但寒烟衰草凝绿。至今商女，时时犹唱，《后庭》遗曲⑩。

校注　①初肃：开始高爽。气爽曰肃。②澄江似练：练是白色的绸子，借以形容江水的澄净。③翠峰如簇：山峰像箭头一样地尖削耸立。簇，同“镞”，也可解释为山峰攒聚。④征帆：远行的船只。一作“归帆”。⑤星河鹭起：水洲上的白鹭在星河映照下飞起。⑥画图：一作“图画”。⑦念往昔二句：繁华竞逐，是说争着过豪华奢靡的生活。⑧叹门外二句：门外，指朱雀门外。楼头，指结绮阁，是陈后主宠妃张丽华的住所。这两句是在悲叹隋将韩擒虎已兵临城下，而陈后主和张丽华却还在宫中寻欢作乐，以致有亡国之恨。杜牧《台城曲》：“门外韩擒虎，楼头张丽华。”苏轼《虢国夫人夜游图》诗：“当时亦笑张丽华，不知门外韩擒虎。”都是这个意思。⑨谩嗟荣辱：空叹兴亡。⑩至今商女三句：商女，卖唱的女郎。《后庭》遗曲，指陈后主所作的《玉树后庭花》，其辞曰：“玉树后庭花，花开不复久。”时人以为歌谶，后世遂把它看作亡国之音。杜牧《夜泊秦淮》诗：“商女不知亡国恨，隔江犹唱后庭花。”

析评 这是一首金陵怀古词。所谓“怀古”，往往带有“托古鉴今”的用意。本篇是作者晚年闲居金陵时的作品，金陵乃六朝故都，缅怀历史陈迹，瞻望祖国前途，不能不使一位在政治上力图刷新腐政的诗人为之感慨万端。

此词前半阕描写金陵一带的壮丽景色，后半阕通过怀古，暗讽当日只知享乐而不知以国事为重的淫靡生活。起笔“登临送目，正故国晚秋，天气初肃”三句，先点明登临的时节与天气，而境界之开阔、故国之可念，亦尽在不言中。这是全词的提举，以下便展开了风景的描绘：“千里澄江似练，翠峰如簇”，写河山的秀丽；“征帆去棹残阳里，背西风酒旗斜矗”，反映社会经济的繁荣；“彩舟云淡，星河鹭起”，反映人民生活的闲逸。总之，“澄江”静如白练，“翠峰”尖似箭镞，“征帆”点点在斜阳里，“酒旗”飘扬于西风中，淡云映衬着“彩舟”，星河掩照着“飞鹭”，这一系列的景物，多么静谧，多么秀丽，多么动人可爱！所以结之以“画图难足”，说它像一幅难以尽绘的美丽画面。这样的画面，怎不教人产生对故国的爱恋；这样的描绘，又岂是一个不热爱国家、不关怀民生的人所能写得出来的？

换头用“念”字一转，由登临送目所收的壮丽河山，蓦地折入对历史兴亡与当前现实的感慨。“念往昔，繁华竞逐”，是对六朝奢靡生活的追溯；“叹门外楼头，悲恨相续”，是写从前陈后主荒淫的事迹，终成历史陈迹，只留给吊古者一份悲恨而已；“千古凭高对此，谩嗟荣辱”，是面对历史陈迹所产生的家国兴亡盛衰的浩叹。底下“六朝旧事随流水，但寒烟衰草凝绿”二句，点明金陵怀古的题旨。当年六朝在金陵所过的腐化生活，好像随流水消逝了，如今除了一些“寒烟”“衰草”等苍凉的景物外，又留下些什么痕迹呢？而当前的社会风气，又何尝不像六朝一样！无知的歌女，还依旧得意忘形地唱着靡靡之音的亡国曲！所以结尾说：“至今商女，时时犹唱，《后庭》遗曲。”这三句实寓有讽刺当日社会只知沉湎声色之乐，而不知以国事为重的意味，同时也体现了作者对现实风尚的悲痛情绪。

《历代诗余》引《古今词话》云：“金陵怀古，诸公寄调《桂枝香》者三十余家，惟王介甫为绝唱。东坡见之，叹曰：‘此老乃野狐精也。’”王安石此作，质量厚重，音调高亢，境界开阔，而寄慨深沉，被誉为绝唱，实不为过。

余论 王安石，这位“创立新法，改革旧政”的进步政治家，文学史上的主要成就在诗文方面。其词作不多，但特点是能够“一洗五代旧习”（刘熙载《艺概》语），不受当时绮靡风气的影响，这是他不同于晏、欧诸人的地方。今传有《临川先生歌曲》。

菩萨蛮　哀筝一弄湘江曲/晏几道

哀筝一弄湘江曲①，声声写尽湘波绿。纤指十三弦②，细将幽恨传。　当筵秋水慢③，玉柱斜飞雁④。弹到断肠时，春山眉黛低⑤。

校注　①哀筝句：弄，弹奏。湘江曲，可能为当时的曲调名。②纤指句：纤指，美人纤细的手指。十三弦，指筝，《玉篇》云：“筝似瑟，十三弦。”③秋水慢：秋水，形容眼波。一说“秋水慢”可能是调名。④玉柱句：玉柱，系弦的筝柱。斜飞雁，形容筝柱斜列有如雁飞。⑤春山句：古时画眉用黛，故称为眉黛。又古人常以山来形容眉，故称眉峰低蹙为“春山眉黛低”。

析评　这是一首摹写听筝的词，从筝声中写出弹曲者内心的幽恨。起笔先从筝的弹奏开始叙起。首句“哀筝一弄湘江曲”，“湘江曲”明示所弹之曲调，“弄”即开始一弹的意思，上面着一“哀”字，一片凄凉的情调蓦然笼罩全词。次句“声声写尽湘波绿”，写出弹奏技巧之绝妙，说她声声都能委曲传出内心的感情；“湘波绿”三字，是由上句“湘江曲”接出。接下“纤指十三弦，细将幽恨传”二句，明点弹筝之人，并补述声声写尽湘波绿的未尽之意。“十三弦”呼应篇首“筝”字，“幽恨”呼应“哀”字，中间穿插“细传”二字，可以想见其哀思之绵长。

换头“当筵秋水慢，玉柱斜飞雁”二句，描写伊人弹筝的神态。当筵一曲，秋波缓转，神凝筝柱，其神态是何等的沉着专注！结尾“弹到断肠时，春山眉黛低”二句，写出伊人抑郁哀怨的心情。不说内心抑郁愁结，而说“春山眉黛低”，“低”字最为高绝，耐人寻味。

全词写弹筝及弹筝人心中的幽恨，意致极为凄婉生动，筝声与心事融成一片，使人不知他是写筝还是写人。黄蓼园云：“写筝耶？寄托耶？意致却极凄婉。末句意浓而韵远，妙在能蕴藉。”所论最具深识。

鹧鸪天　小令尊前见玉箫/晏几道

小令尊前见玉箫[①]，银灯一曲太妖娆[②]。歌中醉倒谁能恨？唱罢归来酒未消。　春悄悄，夜迢迢[③]。碧云天共楚宫遥[④]。梦魂惯得无拘检，又踏杨花过谢桥[⑤]。

校注 ①小令尊前句：谓歌酒筵前见美人也。玉箫，人名，范摅《云溪友议》："韦皋游江夏，与姜氏青衣玉箫有情，约七年再会，留玉指环。八年不至，玉箫绝食而殁。后得一歌姬，真如玉箫，中指肉隐出如玉环。"此处借喻所慕歌姬。②妖娆：艳媚。娆，音饶。③迢迢：长远貌。④碧云天共楚宫遥：言其夜寝梦游。宋玉《高唐赋》："昔者楚襄王与宋玉游于云梦之台，望高唐之观，其上独有云气。王问玉曰：'此何气也？'玉对曰：'所谓朝云者也。'王曰：'何谓朝云？'玉曰：'昔者先王尝游高唐，怠而昼寝，梦见一妇人，曰："妾巫山之女也，为高唐之客，闻君游高唐，愿荐枕席。"'王幸之，去而辞曰：'妾在巫山之阳，高丘之阻，旦为朝云，暮为行雨，朝朝暮暮，阳台之下。'"碧云天楚宫遥，盖指"高唐之观，其上独有云气"而言。⑤谢桥：即谢家桥。诗词中常以谢家为妓院之代称。

析评 本篇记叙其流连歌酒生活的情况。在银灯筵前美人妖娆一曲，甘愿醉倒歌中，归来尚觉酒气熏人。返家后春悄夜长，虽已就寝入寐，而余兴未尽，梦魂无拘无束，竟又踏着杨花，再游谢家院去了。

这首词写出了作者在公子哥儿时期所过的浪漫生活。

鹧鸪天 彩袖殷勤捧玉钟/晏几道

彩袖殷勤捧玉钟[①]，当年拚却[②]醉颜红。舞低杨柳楼心月[③]，歌尽桃花扇底风④。　　从别后，忆相逢，几回魂梦与君同？今宵剩把银釭⑤照，犹恐相逢是梦中。

校注　①彩袖句：彩袖，指穿彩衣的歌女。玉钟，珍贵的酒器。②拚却：不惜。③舞低杨柳楼心月：本来悬挂在柳梢头上、照进楼房中的月亮，因跳舞而把它跳低沉下去了。这里不说月亮低沉下去，而说“舞低”，更显出欢乐把整个夜晚消磨尽了。④歌尽桃花扇底风：桃花扇是歌舞时用的扇子，这里不说歌扇挥舞不停，而说“风尽”，也就是表明唱的回数多极了。尽，有竭力发挥之意。⑤剩把银釭：剩把，尽把。银釭，银灯。

析评　此词旧题“佳会”，是写别后重逢的惊喜和对过去歌舞生活回忆的一篇作品。

词中先从往事忆起，至末句始流露出重逢时又惊又喜的心情。起笔“彩袖殷勤捧玉钟，当年拚却醉颜红”二句，用追忆的口吻，写出当年在灯红酒绿下，歌女殷勤劝酒，自己脸色虽已泛红，亦不惜一醉。接下“舞低杨柳楼心月，歌尽桃花扇底风”二句，描绘当年彻夜不停地狂歌艳舞的情景。这两句与李后主《玉楼春》：“凤箫吹断水云间，重按《霓裳》歌遍彻”有同样的豪兴。

然而，这一切到底是“当年”的事了，如今杨柳楼边月下的“舞”，桃花扇底风前的“歌”。都成为旧梦了。有了上半阕的极言当年之乐，才能在下半阕衬出别后的相思之苦与重逢时喜极而疑的心情。

下半阕开始，“从别后，忆相逢，几回魂梦与君同”三句，欲说相逢之乐，先说别后之苦、相思之深，诚有千回百转、越转越深之高妙。接着用“今宵剩把银釭照，犹恐相逢是梦中”二句，由回忆追到实情：初始“剩把银釭”，虽真似梦，信疑莫辨，最后由灯光证明是真非梦，那份大喜过望的心情也就充分流露出来了。“剩把”“犹恐”二语，前后接应，极尽曲折深婉之能事。

本词的优点全在神味，这也就是晏几道“高处或过之《花间》”（陈振孙语）的地方。至于他造语炼字之工，如“舞低杨柳楼心月，歌尽桃花扇底风”一联，亦妙绝无伦，最为古今人士所激赏。《雪浪斋日记》称其“不愧六朝宫掖体”，陈匪石说他“既工致，又韶秀，且饶雍容华贵之气”（《宋词举》），晁补之所谓“知此人必不生于三家村中也”者，就是这个意思。

采桑子　西楼月下当时见/晏几道

西楼月下当时见，泪粉偷匀[①]。歌罢还颦，恨隔炉烟看未真。　别来楼外垂杨缕，几换青春。倦客红尘[②]，长记楼中粉泪人。

校注　①泪粉偷匀：偷偷地擦掉泪水把粉弄平。②倦客红尘：奔走红尘感到厌倦的人，指作者自己。红尘，指热闹繁华之地。孟浩然《同储十二洛阳道中作》诗："酒酣白日暮，走马入红尘。"

析评　这首词，除了对某位歌女表示怀念之外，更重要的是对她那为生活而不得已出来卖笑的苦衷深深地表示同情。

起首"西楼月下当时见"，指出相遇的时间与地点。"泪粉偷匀""歌罢还颦"，写她出场卖笑的背后另有一种难言的隐衷。"恨隔炉烟看未真"表示当时未甚深切地注意这一点。

后半阕写事隔几年，自己仆仆风尘，历尽一番人生的不如意事之后，才深深地体会到当年"楼中粉泪"的歌女，是令人可怜而值得同情的。

临江仙　梦后楼台高锁/晏几道

梦后楼台高锁，酒醒帘幕低垂。去年春恨却来时，落花人独立，微雨燕双飞[①]。　记得小蘋[②]初见，两重心字罗衣[③]。琵琶弦上说相思。当时明月在，曾照彩云[④]归。

校注　①落花人独立二句：人独立于残花前，燕双飞于细雨中。

翁宏《春残》诗："又是春残也，如何出翠帏？落花人独立，微雨燕双飞。"②小蘋：歌姬名。③心字罗衣：有二义：一说是用心字香熏过的罗衣；一说是女人衣服、曲领如心形者。这里用"心"字，还含有深情蜜意的双关意义。④彩云：指小蘋。李白《宫中行乐词》："只愁歌舞散，化作彩云飞。"因小蘋艺名蘋云，故以彩云比喻之。

析评 张宗橚《词林纪事》说："此词当是追忆蘋云而作。"据晏几道自叙其《小山词》云："始时，沈十二廉叔、陈十君龙家，有莲鸿、蘋云，品清讴娱客。每得一解，即以草授诸儿。吾三人持酒听之，为一笑乐而已。而君龙疾废卧家，廉叔下世。昔之狂篇醉句，遂与两家歌儿酒使，俱流传于人间……追惟往昔过从饮酒之人……但能掩卷怃然，感光阴之易迁，叹镜缘之无实也。"由此看来，本词所写乃是对当日那段歌酒生活的回忆。

"梦后""酒醒"，原是一个人心灵最空虚最愁闷的时候，而这时面对着的又是"楼台高锁""帘幕低垂"寂寞无人的凄凉景象，遂引起了作者"人去楼空"的感触。高锁的楼台，低垂的帘幕，是怅惘的媒介，而这种惆怅是什么呢？是旧恨，也是新愁。所以第三句"去年春恨却来时"，便点出旧恨；"落花人独立，微雨燕双飞"二句，则是由去年花好人在、今年花落人散所引起的新愁。这两句以景透情，不仅形象细美，而且"人独立""燕双飞"两两相对，更觉形单影只，其中虽未说恨，而恨事已深；虽未说愁，而愁肠已断。这两句完全袭用翁宏《春残》诗语句，但和全词相配，显得更为出色。

换头以下，追忆初见小蘋的情景。因为对小蘋的记挂是“春恨”的根源。首先以“记得”二字提起，接着以“两重心字罗衣”写小蘋娉婷可爱的深刻形象，以“琵琶弦上说相思”写小蘋借由琵琶流露出脉脉含情的深情蜜意。初见时通过琵琶的弹奏传出了相思之情，种下了今日追忆的根苗，所以结尾“当时明月在，曾照彩云归”，望月兴感，才又从旧恨中再生出新愁来，大有“风物未改，而佳人杳杳”之慨。这两句婉转回环，言有尽而意不绝。

蝶恋花 醉别西楼醒不记/晏几道

醉别西楼醒不记，春梦秋云，聚散真容易。斜月半窗还少睡，画屏闲展吴山①翠。　衣上酒痕诗里字，点点行行，总是凄凉意。红烛自怜无好计，夜寒空替人垂泪②。

校注　①吴山：泛指江浙一带之山，以其古为吴地，故云。此处是指屏风上所绘之山。②红烛二句：杜牧《赠别》诗：“蜡烛有心还惜别，替人垂泪到天明。”自怜无好计，即无好计可以自怜。

析评　这首词写出了欢乐生活消逝后的悲凉，以及对人生离合聚散的无常流露出的深沉感慨。

起笔“醉别西楼醒不记，春梦秋云，聚散真容易”三句，对人生离聚的无常蕴含着无限感伤。所谓“醉别醒不记”，言下颇有欢乐时光易逝之意。春梦短暂，秋云易散，人生的离聚又何尝不是如此呢，所以说：“春梦秋云，聚散真容易。”接下“斜月半窗还少睡，画屏闲展吴山翠”二句，是写作者失眠寂寞的况味。一个人唯有极端寂寞无聊的时候，才会特别注意周遭的事物，作者这两句所表现的正是如此：当斜月透过半边窗户，而人凭床未睡，眼睛闲看着画屏上展翠的吴山，一片寂寞无聊的心情无形中表现在言外了。

下半阕开始，“衣上酒痕诗里字，点点行行，总是凄凉意”三句，是说衣上点点的酒痕，诗里行行的字句，处处充满了凄凉的意味。这三句词所写的即是作者自叙《小山词》中所说“追惟往昔过从饮酒之人，但能掩卷怃然”的心情。结尾“红烛自怜无好计，夜寒空替人垂泪”二句，是由杜牧《赠别》诗蜕化而来，用人烛双写的手法，写红烛垂泪，也正表示着作者自己心中的凄凉。这两句所表现的，就是自叙中所谓“感光阴之易迁，叹镜缘之无实”的感慨了。

阮郎归 天边金掌露成霜/晏几道

天边金掌露成霜①，云随雁字②长。绿杯红袖③趁重阳，人情似故乡。　　兰佩紫，菊簪黄[4]，殷勤理旧狂。欲将沉醉换悲凉，清歌莫断肠！

校注　①天边金掌句：《三辅黄图》："神明台，武帝造，上有承露盘，有铜仙人，舒掌捧铜盘玉杯，以承云表之露。以露和玉屑，服之以求仙道。"金掌，指仙人掌露盘。②雁字：雁群飞行，组成行列，形状如字，故云。③绿杯红袖：绿杯，指绿酒。红袖，指歌女。④兰佩紫，菊簪黄：即"佩紫兰，簪黄菊"之倒装句。

析评　此首是作者自抒其失意与悲慨。《小山词》本大都不脱流连歌酒生活之作，但此词却突出了儿女情长的藩篱，在所有词篇中算是最凝重深厚的一篇，非泛泛艳词可比。

起首"天边金掌露成霜，云随雁字长"二句，写秋天的景象，而悲凉之意已淋漓尽致。"金掌"指仙人掌露盘，因铜仙置于高台之上，故用"天边"二字以状其高。如今已是露凝成霜了，而且浮云也伴随着雁字淡薄细长了。这里暗点"秋"字，以引出下句"重阳"。所以接下两句徐徐一转，落到人事上来"绿杯红袖趁重阳，人情似故乡"，这两句是说在重阳佳节，斟酒听歌聊作欢娱，情味完全像故乡一样，然而只是相似而已，并非真实的故乡啊！这种本不萦情于绿杯红袖，而姑趁重阳一作欢娱，将他乡充作故乡的自慰心理，把一个穷愁潦倒、满腔无奈的游子心情，完全反映出来了。

换头“兰佩紫，菊簪黄”，虽都是重阳节的应景事儿，但作者在此也可能有以“兰”和“菊”比喻自己高洁性格的意味在内。故下文“殷勤理旧狂”一句，况周颐才这样说：“‘狂’者，所谓‘一肚皮不合时宜’，发见于外者也。”（《蕙风词话》）“狂”上加个“旧”字，可见此态已非一日，而今日竟又将此态表现出来，并且还要殷勤地去“理”，则作者性格的执着亦可想见了。结尾“欲将沉醉换悲凉，清歌莫断肠”二句，写自己的悲慨。欲以沉醉来解脱悲凉，其心境之凄楚可知；而“莫断肠”三字，故意将悲感的情怀由反面写出，虽说不断肠，其实早已离肠寸断了。《蕙风词话》说：“‘清歌莫断肠’仍含不尽之意，此词沉着厚重，得此结句，便觉竟体空灵。”

余论 晏几道，字叔原，号小山，晏殊第七子。禀性耿介，而又豪迈不拘小节，因此在仕途上只做过小官，而没有飞黄腾达的前途。今有《小山词》行世。我们要了解《小山词》的风格，必须先知道他的为人和性情。黄庭坚《小山词序》曾把晏几道的为人作了如下介绍：“仕宦连蹇，而不能一傍贵人之门，是一痴也；论文自有体，不肯作一新进士语，此又一痴也；费资千百万，家人寒饥而面有孺子之色，此又一痴也；人百负之而不恨，己信人终不疑其欺己，此又一痴也。”可见晏几道是一位有赤子之心而又不肯向环境屈服的人，最后竟落到饥寒交迫、穷愁潦倒的境地。大致而言，他年轻时，正值北宋承平之世，晏氏家门全盛，生活富裕，晏几道浮沉歌酒之中，过着公子哥儿的生活。晏殊既卒，王安石执政，几道因郑侠事株连下狱，后虽获释，而晏氏门祚式微，生活艰难。故晏几道的词可分为两类：一类为对歌女怀念的词，一类为自伤沦落的词。前者富贵风流，后者沉郁悲凉。前者虽作艳词，但雍容大度，华而不俗，绝不流于轻亵卑下，故黄庭坚称之为“狎邪之大雅”（《小山词序》）；后者对往事的追忆，自不免流露出哀怨凄楚之感，故冯煦称之为“古之伤心人”（《宋六十一家词选·例言》）。二晏词同享盛名，但其间也有很明显的区别：就思致而论，大晏深广，多涉人生哲理，小晏浅狭，局限于个人之情；就情感而论，大晏平淡温润，缺乏激情烈响，小晏直率深切，能动摇人心。虽同是写愁情，小晏尤善于用红、绿、紫、黄等浓重的颜色，加上一层悲凉的气氛，来表现他生活上真情实感的哀愁。此外，小晏亦喜欢以诗人句法入词，精壮顿挫，娇娆婉妙，其情韵之高，针缕之密，都较大晏词为胜。故王灼《碧鸡漫志》云：“叔原如金陵王谢子弟，秀气胜韵，得之天然，将不可学。”毛晋《跋小山词》云：“《小山集》直逼《花间》，字字娉娉袅袅，如揽嫱、施之袂，恨不能起莲鸿、蘋云，按红牙板唱和一过。”冯煦更称其：“淡语皆有味，浅语皆有致”，都给他很高的评价。

鹤冲天　黄金榜上/柳永

黄金榜[1]上，偶失龙头[2]望。明代暂遗贤[3]，如何向？未遂风云[4]便，争不恣狂荡？何须论得丧。才子词人，自是白衣卿相[5]。　烟花巷陌[6]，依约丹青屏障[7]。幸有意中人，堪寻访。且恁偎红倚翠[8]，风流事，平生畅。青春都一饷[9]。忍把浮名[10]，换了浅斟低唱[11]！

校注　①黄金榜：即金榜，古时登科谓之金榜题名。②龙头：指状元。梁灏及第《谢恩》诗："也知年少登科好，争奈龙头属老成。"③明代暂遗贤：即孟浩然《岁暮归南山》诗"不才明主弃"之意。④风云：谓奋迅拔起，飞黄腾达。⑤白衣卿相：古未仕者着白衣，后因以为无功名者之称。《南史·陶弘景传》："永明十年，陶弘景脱朝服，上表辞禄，诏许之，赐以束帛，敕所在，月给茯苓，时号'白衣宰相'。"⑥烟花巷陌：指娼妓住处。烟花，喻繁华靡丽，后亦引申为娼妓之称。⑦丹青屏障：画红涂绿的屏风蔽障。⑧恁偎红倚翠：恁，如此。偎红倚翠，即狎妓之意。⑨一饷：犹言片刻，言时间短暂。饷，通"晌"字。⑩浮名：指科场上的虚名。⑪ 浅斟低唱："斟"谓斟酒，"唱"谓唱歌。表示嬉游者狎昵之状。

析评　此为作者进士落第所作，词中坦率地陈述自己的怨望和意愿。首先以"黄金榜上，偶失龙头望"，点明榜上无名。继以“明代暂遗贤”流露出仕途无望的怨望，以“如何向”写出转向的意念。底下“未遂风云便，争不恣狂荡”，则是他所要转向于何事的表白，并且在无可奈何中抑郁地以“何须论得丧”“才子词人，自是白衣卿相”来自我安慰。这三句意思是说：人生得失，何必在这上面计较呢，做个才子词人，身份地位也不亚于朝廷大官啊！

换头以下，便把他情愿做一个“才子词人”而走出了名利场，转到“烟花巷陌”里去寻“意中人”的意愿，直率地说出来了。而且在那里“偎红倚翠”，过着风流的生活，还认为是平生的畅快事呢。因此，他终于为了要不辜负短暂的青春年华、博得平生一畅，真个舍弃浮名，到花前月下去“浅斟低唱”了。

在这首词中，我们不难看出作者怀才不遇的心情以及在失意后便自甘沉沦于烟花靡丽的诱惑中，一心去追求享乐生活的情形。吴曾《能改斋漫录》云：“仁宗留意儒雅，务本向道，深斥浮艳虚薄之文。初，进士柳三变，好为淫冶曲调，传播四方，尝有《鹤冲天》词云：‘忍把浮名，换了浅斟低唱。’及临轩发榜，特落之曰：‘此人风前月下，好去浅斟低唱，何要浮名，且填词去。’”可见这首词曾关系到柳永一生的遭遇了。

蝶恋花　伫倚危楼风细细/柳永

伫倚危楼[①]风细细，望极春愁，黯黯[②]生天际。草色烟光残照里，无言谁会凭阑意。　　拟把疏狂[③]图一醉，对酒当歌，强乐还无味。衣带渐宽[④]终不悔，为伊消得人憔悴。

校注　①危楼：高楼。②黯黯：神伤貌。③疏狂：狂放不受拘束。④衣带渐宽：表示人逐渐瘦了。

析评　这是一首写春愁的词。篇中虽仍离不开离愁别恨，但也深深地织进了他那失意的身世之感。

起笔“伫倚危楼风细细，望极春愁，黯黯生天际”三句，写他凭楼远望，黯然而生伤离之愁。“望极春愁，黯黯生天际”，照词意应该标点为：“望极，春愁黯黯生天际。”底下“草色烟光残照里，无言谁会凭阑意”二句，则充满了“不被了解”的苦闷。所谓“凭阑意”，是为功名，还是为爱情，虽未明言，但却那么沉痛。

换头“拟把疏狂图一醉，对酒当歌，强乐还无味”三句，写他愁极无聊，非纵酒耽歌所能排遣。结尾“衣带渐宽终不悔，为伊消得人憔悴”二句，则表现出他的痴情和执着，肯为爱情牺牲一切，无怪王国维《人间词话》要把它比做成就大事业、大学问所必经的第二种境界了。

这首词上半阕所写的不过是春日黄昏伫倚高楼，盼望人归的一段儿女深情而已。下半阕写为了盼望伊人，连对酒当歌也没有味儿，只有拼着瘦损、拼着憔悴，凭栏望极，望着伊人能来。词的内容很简单，但因他把个人心里的事说得教人感动，使人读了，直是体会到作者的痴情而引起共鸣，所以仍然是一首非常动人的好词。

昼夜乐 洞房记得初相遇/柳永

洞房[①]记得初相遇。便只合、长相聚。何期[②]小会幽欢，变作离情别绪。况值阑珊[③]春色暮。对满目、乱花狂絮[④]。直恐好风光，尽随伊归去。　　一场寂寞凭谁诉。算前言，总轻负。早知恁地难拚[⑤]，悔不当时留住。其奈风流端正[⑥]外，更别有、系人心处。一日不思量，也攒眉千度[⑦]。

校注　①洞房：深邃之室。②何期：不料，怎想到。③阑珊：衰残。④乱花狂絮：形容落花坠絮，纷乱无序。⑤恁地难拚：这样地不容易长相厮守。⑥端正：犹言端庄。⑦攒眉千度：蹙眉千次。

析评　此为暮春忆别之作。唯所别者非普通夫妻之别，而为烟花中情侣的“小会幽欢”之别。

起首“洞房记得初相遇”“便只合、长相聚”“何期小会幽欢，变作离情别绪”破空直入，说明两人燕婉聚散无常，小会幽欢，遽告赋别，顿成离绪。此处“便只合、长相聚”与“变作离情别绪”两相对照，更显其情思之深。接下“况值阑珊春色暮”“对满目、乱花狂絮”“直恐好风光，尽随伊归去”，以春色衰残，落花飞絮助人愁思，反衬出一切美景在伊人别去之后，尽随之而逝。把离情别意又刻画得更深一层。

换头“一场寂寞凭谁诉”“算前言，总轻负”“早知恁地难拚，悔不当时留住”，叙写她深闺独居，寂寞无告，乃有轻听受骗、悔不当初的追悔。然而，越是失去的欢情，越追悔越觉得它好，因此底下“其奈风流端正外，更别有、系人心处”便在回味相聚时的欢情。她除了留恋意中人那“风流端正”的风采外，更有那不可言传的“系人心处”。故结尾二句说：“一日不思量，也攒眉千度”。设若思量起来，则情将何以堪！这种片刻难忘的深情，真令后之读者也要为之悠然神往了。

定风波 自春来/柳永

自春来、惨绿愁红，芳心是事可可①。日上花梢，莺穿柳带，犹压香衾②卧。暖酥消③，腻云亸④，终日厌厌⑤倦梳裹。无那⑥！恨薄情一去，音书无个。　早知恁么⑦，悔当初、不把雕鞍锁。向鸡窗⑧，只与蛮笺象管⑨，拘束教吟课。镇⑩相随，莫抛躲，针线闲拈伴伊坐⑪。和我，免使年少光阴虚过。

校注　①是事可可：什么事都无心，都不在意。②香衾：熏香的被子。③暖酥消：脸上的润脂消散了。一说是指肌肤消瘦。

④腻云亸：头发散乱。亸，音朵，下垂貌。⑤厌厌：同“恹恹”，病态貌。⑥无那：无奈。⑦恁么：这样。⑧鸡窗：书房。《书言故事·斋舍类》：“读书舍曰鸡窗。”⑨蛮笺象管：蛮笺，古时四川所产的彩色笺纸。象管，象牙做的笔管，此处指笔而言。⑩ 镇：镇日，整天。⑪ 针线句：一作“彩线慵拈伴伊坐”。

析评 此为叙写春闺情思之作。它的特色是把情爱描绘得很直白，不免有庸俗低级的趣味，但它却是柳永俚词的代表作。

上半阕写情郎去后，佳人孤独愁惨，人儿消瘦，终日慵懒。起首“自春来、惨绿愁红，芳心是事可可”三句，写她因孤寂关系，春来心情不佳，无论对什么事都没有心思，即使那红花绿叶美景，也都变成了一片愁云惨雾一般。接下“日上花梢，莺穿柳带，犹压香衾卧”三句，写她日高懒起。“暖酥消，腻云亸，终日厌厌倦梳裹”三句，写她人儿瘦损，终日无精打采，倦于梳妆。结拍“无那！恨薄情一去，音书无个”三句，说明她所以这样的原因，乃在于情郎一去音讯全无，她才如此这般。

下半阕写她追悔的心情。大意是说：早知如此，真痛悔当初没有把雕鞍锁住不让他走，而只向着书房中，给他一些纸笔，拘束他吟咏做功课，整日相随不离，可以陪伴他做做针线女红。免得像现在这样，白白辜负了青春的时光。

这首词，真实地写出了闺中少妇孤寂生活的苦闷，颇有王昌龄《闺怨》诗：“忽见陌头杨柳色，悔教夫婿觅封侯”的意味。唯其中“暖酥消，腻云亸”这类句子，稍涉色情的倾向，才被当时士大夫所不齿。张端义《贵耳集》说：“词本管弦冶荡之音，而柳永所作，旖旎近情，使人易入。虽颇以俗为病，然好之者终不绝也。”这也就是柳词虽为士大夫所不齿而却能流传千古的最好说明了。

玉蝴蝶 望处雨收云断/柳永

望处雨收云断，凭阑悄悄，目送秋光。晚景萧疏，堪动宋玉悲凉[①]。水风轻、蘋花[②]渐老，月露冷、梧叶飘黄。遣情伤。故人何在，烟水茫茫。 难忘。文期酒会，几孤[③]风月，屡变星霜[④]。海阔山遥，未知何处是潇湘[⑤]！念双燕、难凭远信，指暮天、空识归航。黯相望。断鸿声里，立尽斜阳。

校注 ①宋玉悲凉：宋玉，战国楚人，屈原弟子，为楚大夫，悲屈原之放逐，作《九辩》述其志，篇中充满自悲自叹的语调，尤以首段写秋气之萧索，最为深刻细致，后世遂有“宋玉悲秋”之称。②蘋花：生浅水中，夏秋时开花。③几孤：辜负好几番。孤，“辜”之本字。④屡变星霜：指年岁改异。⑤潇湘：湖南省境的潇水与湘水，世称潇湘。此处是指故人的所在地。

析评 此为念远怀旧之作。写的是作者那种“游宦成羁旅”的愁绪。篇中借用冷落的秋景作为抒情的衬托。

首句写所望之处“雨收云断”，正说明他极目所见的情景。下接“凭阑悄悄”，以状其临眺时的默默无语，也正是下句“目送秋光”的神情，末尾“立尽斜阳”的根源。在此，用“秋光”二字提起，衍生下文：先以“晚景萧疏”述明秋天的萧索寥落，并引用“宋玉悲秋”自喻心情；复以“水风轻”“月露冷”实写秋光，补充晚景的“萧疏”，以“蘋花老”“梧叶黄”抒发心中的“悲凉”。底下“遣情伤”三字，则是由于晚景萧疏、时光易老所触发的伤离情绪；紧接着“故人何在”，念及故人，拍到作意；而结以“烟水茫茫”一句，则大有往事不堪追忆之慨。

换头续承前意，再申难忘之情。开始由“难忘”二字陡接，下续以“文期酒会”，写其难忘之事与难忘之人；“几孤风月”，感相会之不常；“屡变星霜”，慨年华之易逝。接着以“海阔山遥，未知何处是潇湘”，写故人之远隔，益感相会无期，徒增一分悲念的心绪。于是乃有下文“望音信而觉其难凭，指归帆而悟其空识”之怅恨。最后用“黯相望”三字总束上文，用“断鸿声里，立尽斜阳”收转到篇首的“凭阑悄悄”，活现出一个呆若木鸡的痴情人影。

本词写“黯相望”之情，婉转曲折，将自然景物与感情变化交互地铺叙展衍，组织成一意境繁复、情思缠绵，淳朴浑厚的长调好词。

八声甘州 对潇潇暮雨洒江天/柳永

对潇潇[①]暮雨洒江天，一番洗清秋[②]。渐霜风凄紧[③]，关河[④]冷落，残照当楼。是处红衰翠减[⑤]，苒苒物华休[⑥]。唯有长江水，无语东流。　　不忍登高临远，望故乡渺邈，归思难收。叹年来踪迹，何事苦淹留[⑦]？想佳人妆楼颙望[⑧]，误几回、天际识归舟[⑨]。争知我，倚阑干处，正恁凝愁[⑩]！

校注　①潇潇：雨势急骤貌。②一番洗清秋：经过一番风雨的洗涤，成为凄凉的秋天。③凄紧：一作“凄惨”。④关河：犹言山河。“关”乃关山之意。⑤红衰翠减：花木凋零。⑥苒苒物华休：景物逐渐凋残。苒苒，在此处有“渐渐”之意。物华，繁盛的景物。⑦淹留：久留。⑧颙望：抬头呆望。颙，音慵，向慕貌。⑨误几回、天际识归舟：多少次错把远处开来的船只当作爱人的归舟。⑩正恁凝愁：恁，这样。凝愁，愁结不解，一作“凝眸”。

析评　此为羁旅行役之作。写的是作者游宦失意的旅愁。篇中运用冷落的秋景，以点缀离情别意。

首先从气候与时令落笔。“对潇潇暮雨洒江天，一番洗清秋”二句，是写秋天傍晚下过一阵急雨后的天气，显现出一片凄凉冷清的况味。紧接着“渐霜风凄紧，关河冷落，残照当楼”三句，写薄暮苍凉的景象。于是遂使上文所反透的凄清之情又蒙上了一片苍凉的气氛。在这里，“霜风”呼应

“清秋”，“关河”与“江天”相对，“残照”与“暮雨”映衬，情意与境界都显得十分的适当。底下“是处红衰翠减”写花草的凋零，“苒苒物华休”写景物的变异，这两句是由景物的盛衰给人的印象显示出作者对游宦失意的消极叹息。于是产生了下文“唯有长江水，无语东流”这种失意人心中不胜呜咽的感伤。

换头转写他因游宦失意而思念家乡的情形。“不忍登高临远，望故乡渺邈，归思难收”三句，写其乡情之深，如果登高临远，只恐思乡之情会像江水般地不可收拾了；“归思难收”是此篇的主脑。底下又由“叹”字一转，折入沉思，并感慨自己这些年来的游宦生涯。“年来踪迹”的“踪迹”是指漂泊不定的游宦生涯，“何事苦淹留”的“淹留”是指久滞不归，而用“何事”二字反诘，写出了自己现在仍羁旅在外的不得已的苦衷。这一反诘，呼应了上文“故乡渺邈”，也带出了下文“佳人妆楼颙望”的想象。“颙望”是遥想佳人此时必在凭楼痴望自己，真是想象入微。接着“误几回、天际识归舟”，是对佳人凭楼痴望的具体描写。实际上对佳人颙望的设想正是由自己的愁绪所引出，以自己的愁去设想佳人的愁；写佳人的愁，也是写自己的愁，不过这样写却更显得缠绵悱恻、一片深情，所以末后才说：“争知我，倚阑干处，正恁凝愁”显出了他的无限感伤来。

由于柳永一生饱尝“游宦成羁旅”的凄楚况味，因此他的词善于叙写别情，善于捉捕冷落的秋景来点染离情别意，这首词便是一个例子。

雨霖铃 寒蝉凄切/柳永

寒蝉凄切。对长亭[1]晚，骤雨初歇。都门帐饮[2]无绪，留恋处[3]、兰舟催发。执手相看泪眼，竟无语凝噎[4]。念去去、千里烟波，暮霭沉沉楚天[5]阔。 多情自古伤离别，更那堪冷落清秋节！今宵酒醒何处？杨柳岸、晓风残月。此去经年[6]，应是良辰好景虚设。便纵有千种风情[7]，更与[8]何人说？

校注 ①长亭：古时驿路上十里一长亭，五里一短亭，供行人休息，也是送别的地方。②都门帐饮：在京城门外，设置帐幕宴饮送行。③留恋处：一作“方留恋处”。④凝噎：喉咙里像是塞住了，说不出话来。⑤楚天：楚国在南方，故称南国天空为“楚天”。⑥经年：年复一年。⑦风情：风月的情意，即深情蜜意。⑧更与：一作“待与”。

析评 这是一首秋日叙别词。作者以冷落的秋景作为衬托，来表达和情人难以割舍的离情，兼自怜身世的漂泊不定。“伤离别”三字，便是它的主要内容。

起笔三句先摹写一幅冷落的秋景，为别离之情准备了非常适当的气氛：“寒蝉”暗示节令；“晚”字点出时间，是增人愁氛的时分；“骤雨初歇”说明气候，同时也是行人动身的时刻；“长亭”则是令人伤别的驿站。长亭雨歇，斜晖脉脉，蝉声凄切，这已使人十分惆怅了，正当此时此景，互相饯别，离情更苦，谁还有心思来饮酒呢？因此处三句乃言“伤别”:“都门帐饮”正式点出别筵;“无绪”是因伤别而无心饮酒;“留恋处”是不忍别;“兰舟催发”是不得不别。于是接下二句乃言“惜别”:“执手相看泪眼，竟无语凝噎”，直把握别的情景写得太真切了。底下由“念去去”一转，为别后设想，想到别后的茫茫无归;“千里烟波”“暮霭沉沉”“楚天阔”，固然是行人去后的一种设想，也是引以反衬离人内心空寂的表现。

换头扣紧前意，再推开一笔。因为话别的正面已经说尽了，故“多情自古伤离别，更那堪冷落清秋节”二句，又从泛论中显示出自己的别情之深苦难忍。以下又遥承上阕结拍，设想未来的情景:“今宵酒醒何处”“杨柳岸、晓风残月”，是思量起头一夜的情形，其中“今宵酒醒”遥接“都门帐饮”而来，“杨柳岸、晓风残月”是设想“兰舟”行经之处，一方面写出了孤舟泊处的清虚寥落，一方面表达了离人心境的凄清悲凉。“此去经年，应是良辰好景虚设”“便纵有千种风情，更与何人说”，又作更远的设想。这数句步步推进，尽情倾吐，一往情深，才只是“兰舟催发”，却已担心到“此去经年”的难挨日子，空虚落寞之感令人读之兴叹！

从这首词中，不难看出，这是作者在仕途上失意，不得不离开京师远行。这种在仕途上失意而抑郁的心情加上将与情人分别的痛苦交织在一起，更使他感到前途的黯淡和生命的孤寂，所以才流露出如此感伤低沉的情调。

望海潮 东南形胜/柳永

东南形胜[①]，三吴都会[②]，钱塘自古繁华。烟柳画桥，风帘翠幕[③]，参差[④]十万人家。云树绕堤沙。怒涛卷霜雪[⑤]，天堑[⑥]无涯。市列珠玑[⑦]，户盈罗绮[⑧]，竞豪奢。 重湖叠巘清嘉[⑨]。有三秋桂子，十里荷花。羌管弄晴，菱歌泛夜，嬉嬉钓叟莲娃。千骑拥高牙[⑩]。乘醉听箫鼓，吟赏烟霞[⑪]。异日图[⑫]将好景，归去凤池[⑬]夸。

校注 ①形胜：形势要地。②三吴都会：钱塘（今江浙省杭州市）位于钱塘江北岸，旧属吴国，故云三吴都会。③风帘翠幕：挡风的帘子和翠色的帷幕。④参差：这里用来形容房屋高低不齐。⑤霜雪：形容白色的浪花。⑥天堑：天然的险阻。形容钱塘江形势的雄伟和江面的广阔无边。⑦珠玑：珍珠宝物。⑧罗绮：彩色丝绸。⑨重湖句：西湖有外湖、里湖，故云重湖。叠巘，层叠的山峰。清嘉，清秀美丽。⑩高牙：军前大旗。指孙何而言。这里说他随从千骑之多，是以太守级的地方官比诸侯。⑪烟霞：形容美丽的风景。⑫图：作动词用，描绘。⑬凤池：凤凰池，中书省或宰相办事处，这里用来指朝廷。

析评 这首词据说是柳永写给老朋友孙何的，孙何这时任两浙转运使，驻节杭州。作者用绘画的手法，写出了江南一带形胜的宏伟与风光的美丽，希望他好好地欣赏并爱护它。

上半阕从古今地理和内外形势诸方面摹绘出钱塘繁华大都会的气象。就地理上说，它是“东南”半壁河山的“形胜”区域，是“三吴”一带的最大“都会”；就历史上说，这里是“自古繁华”的地方，如今还是“烟柳画桥”“风帘翠幕”“十万人家”荟萃的大都市。这个城市，外而言之，有“云树绕堤沙”“怒涛卷霜雪，天堑无涯”那样秀丽雄伟的形胜；内而言之，有“市列珠玑，户盈罗绮，竞豪奢”那样充实豪奢的财富。这些全都是钱塘繁华壮丽的景象。下半阕更从杭州西湖的美景来渲染江南风光的秀丽。在里湖、外湖与层峦叠嶂之间，“有三秋桂子，十里荷花”的幽美景致，更有“羌管”的唱晴，“菱歌”的泛夜，悠然垂钓的“钓叟”，嬉耍笑乐的“莲娃”；气氛之恬谧，生活之多彩，真是难以笔墨形容。底下“千骑拥高牙”“乘醉听箫鼓，吟赏烟霞”三句，归结到送孙何的用意上来，一方面形容孙何的显赫，一方面点衬杭州的繁华；只就“醉听箫鼓，吟赏烟霞”二语，已足想象到它的繁华景象了。因此结尾带着希冀的口吻说：“异日图将好景，归去凤池夸”，将来返回朝廷，还可以将这儿的好景向同僚们大大描述一番呢！

这首词给人们提供了历史上江南大都会繁华的画面。罗大经《鹤林玉露》曾载：“此词流播，金主亮闻歌，欣然有慕于‘三秋桂子’‘十里荷花’，遂起投鞭渡江之志。”可见本词描写的成功了。有关金主亮投鞭渡江之事，罗氏继续说：“近时谢处厚诗云：‘谁把杭州曲子讴？荷花十里桂三秋。那知草木无情物，牵动长江万里愁。’余谓此词虽牵动长江之愁，然卒为金主送死之媒，未足恨也。至于荷艳桂香，装点湖山之清丽，使士大夫流连于歌舞嬉游之乐，遂忘中原，是则深可恨耳！”足见文学作品对后世影响之深且远了。

余论 柳永，原名三变，字耆卿，崇安（今属福建省武夷山市）人。曾任屯田员外郎，故世称柳屯田。平生精力尽瘁于词，有《乐章集》传世。由于他行为浪漫不羁，喜作淫冶讴歌之曲，传播四方，不幸又碰上“留意儒雅，务本向道”的宋仁宗，自然地他那种“浮艳虚华”的文词便要遭到深斥了，因此在他去考进士时，特意不录取他。柳永受了这种打击，从此便放浪江湖，流连娼楼妓院之间，醉心于酒香舞影、歌浪弦声，穷愁潦倒，最后带着满腔的悒郁，结束了他的一生。死时家无余财，幸亏那些卖笑女郎还有些风尘知己之情，合资把他埋葬，且每遇清明日，多载酒肴，饮于柳永墓侧，谓之“吊柳会”。

柳词的特色，可从三方面述之：就形式方面而言，多采慢词，摆脱小令形式，使词的精神面目为之一变；就内容方面而言，或抒羁旅的悲哀苦闷，或写沉溺歌酒的风流生活，无一非其自身生活与心情的写照，故其所作，纤艳之中，间多抑郁；就表现方面而言，多用俚俗语句，工于铺叙手法，层层铺写，词意妥帖，音律谐婉，尤善于组织秋景作为抒情的衬托。但柳词亦有其缺点：绮罗香泽之态，所在都有，且格调卑弱，词多媟黩，有失雅正之致，颇为有识之士所不齿，而有“尘下”（李清照语）之讥。故柳词当分雅、俚两类：雅词用六朝小品文赋作法，层层铺叙，情景相兼，一笔到底，始终不懈；俚词袭五代淫诐之风气，反映下层市民的生活，虽颇以浅俗暴露为病，而俗子好之，风靡一时，遂造成了“凡有井水处，即能歌柳词”的空前盛况。陈振孙《直斋书录解题》云：“柳词格固不高，而音律谐婉，语意妥帖，承平气象，形容曲尽，尤工于羁旅行役。”刘熙载《艺概》云：“耆卿词，细密而妥溜，明白而家常，善于叙事，有过前人。惟绮罗香泽之态，所在多有，故觉风期未上耳。”冯煦《宋六十一家词选·例言》云：“耆卿词，曲处能直，密处能疏，奡处能平；状难状之景，达难达之情，而出之以自然，自是北宋巨手。然好为俳体，词多媟黩，有不仅如《提要》所云‘以俗为病’者。”王易《词曲史》云：“自有柳耆卿，而词情始尽缠绵。”诸家评骘柳词得失，均极有见地。总之，柳永一生，浪漫不羁，与青楼娼女、乌衣子弟往返交欢，他的生活环境决定了他的作品风格，因此他的词总不出儿女私情，托体不高，寄慨不大，如有怀才不遇的感情也都只发泄在婴婴宛宛身上，但由于他的情真和情痴，所以仍然不失感人之处，而成为文学上的好作品。

念奴娇　大江东去/苏轼

大江[①]东去，浪淘尽、千古风流人物[②]。故垒[③]西边，人道是、三国周郎赤壁[4]。乱石穿空[5]，惊涛拍岸[6]，卷起千堆雪[7]。江山如画，一时多少豪杰！　　遥想公瑾[8]当年，小乔[9]初嫁了，雄姿英发[10]。羽扇纶巾[11]，谈笑间、樯橹灰飞烟灭[12]。故国神游，多情应笑我、早生华发[13]。人生如梦，一樽还酹[14]江月。

校注　①大江：指长江。②风流人物：杰出的英雄人物。③故垒：旧时的营垒。④周郎赤壁：周瑜大破曹军的赤壁战场。⑤乱石穿空：陡峭不平的崖石像要撞破浮云。⑥惊涛拍岸：汹涌的波涛像要冲破江岸。⑦千堆雪：形容很多白色的浪花。⑧公瑾：周瑜字公瑾。⑨小乔：乔玄有两个女儿，皆国色，称二乔，大乔嫁给孙策，小乔嫁给周瑜。⑩ 雄姿英发：风姿雄伟，英气勃发。⑪ 羽扇纶巾：三国两晋名士，常喜挥羽扇着纶巾，后世遂以形容人之轻便洒脱。纶巾，青丝绶为巾。⑫ 樯橹句：是说曹军的船舰被周瑜用火烧毁，都烧成了灰，化成了烟。樯橹，指船只，一作“强虏”。⑬ 华发：花白的头发。⑭ 酹：音类，以酒洒地祭奠。古时饮酒必祭，以酒沃地曰酹。

析评　此词题作“赤壁怀古”，是苏轼谪居黄州（今湖北省黄冈市）时游赤壁所写的。当时作者年已四十七，自觉功名事业没有成就，乃借“赤壁怀古”以抒发自己的抱负。黄蓼园云：“题是赤壁，心实为己而发。”

三国时周瑜击破曹操大军的地方，一说在今湖北省嘉鱼县东北，长江南岸，苏轼所游的赤壁在黄冈城外，并不是三国当年大战的赤壁。这点苏轼并非不知道，只因黄州的赤壁风光很美，又有同样的传说，也能唤起人们的想象，所以作者也就把它拿来借题发挥了。

起首三句，即景兴怀，一开口便发出了古今兴亡盛衰的感慨："大江""东去"都是眼前的景物，但四个字连在一起，便有一种大势所趋不可遏止之意；"浪淘尽"三字，颇有江水常新而人事沧桑之慨；下接"千古"二字，唤起人们对历史的回顾。次三句由"故垒"一转，触目荣思，折入怀古；"故垒"与"赤壁"是古时战争的痕迹，自然就联想到当年"三国"的风云人物"周郎赤壁"了，但作者亦未确认这里的赤壁即是周瑜破曹兵的地方，只是当地人有这种传说，因此用"人道是"三字来开脱。底下"乱石穿空，惊涛拍岸，卷起千堆雪"三句，是对赤壁形胜展开描写，绘出了惊心骇目的赤壁险景。这三句词，写得有声有色，兼具了图画与音乐的美感，同时也隐隐地流露着对锦绣江山的热爱。故下文以"江山如画"作以上形胜的概括，以"一时多少豪杰"作历史的追溯和系念。

换头承接前意，用"遥想"二字作以下数句对历史的追溯和系念之提举。首先以"公瑾当年，小乔初嫁"，写出周瑜风流潇洒的往事，英雄配美人，相得而益彰；更以"雄姿英发"绘出他那众人艳羡的英雄形象。继以"羽扇纶巾，谈笑间、樯橹灰飞烟灭"，写周瑜的功业事迹；"羽扇纶巾"形容他为人的洒脱，"谈笑间、樯橹灰飞烟灭"表现出他运筹帷幄之中、决胜千里之外的雄风。"故国神游"以下又是一转，由三国时代的周瑜联想到自己："多情应笑我、早生华发”，是从小乔初嫁时的公瑾英年有为、雄姿英发，比照自己今天的年老发白、一事无成，不能不使自己发出年华虚度的深叹。结尾“人生如梦，一樽还酹江月”，由慨叹中生出旷达的襟怀，大意是说：人生本就如梦，寄形于天地之间，无论智愚贤不肖，终有被时间之流“淘尽”的一天，倒不如把握现在，对月独饮，同时洒酒江天，一吊千古！

这首词的内容分三个部分：开头写赤壁的景色，次写周瑜的战功并借以书志，最后是作者的感叹。通过这首词反映了作者的人生态度：渴望为国家建立一番事业，无奈事与愿违，作者既不能主宰自己的命运，只好用达观来解决理想与现实之间的矛盾，因而结束语充溢了消极思想。但他那种追求理想的豪迈心情，仍然是掩盖不住的。（取胡云翼说）所以王元美说：“学士此词，亦自雄壮，感慨千古，果令铜将军于大江奏之，必能使江波鼎沸。”的确，读了这首词，令人有“万里江涛，奔赴眼底；千年兴感，齐上心头”之感。

水调歌头 明月几时有/苏轼

明月几时有？把酒问青天。不知天上宫阙，今夕是何年？我欲乘风归去，又恐琼楼玉宇[①]，高处不胜寒。起舞弄清影，何似在人间[②]！　转朱阁[③]，低绮户[④]，照无眠[⑤]。不应有恨，何事长向[6]别时圆？人有悲欢离合，月有阴晴圆缺，此事古难全。但愿人长久，千里共婵娟[7]。

校注　①琼楼玉宇：指月中宫殿。皆以琼玉为之，故云。②何似在人间：又跟在天上有什么分别呢！③朱阁：朱红的楼阁。④绮户：雕饰花纹的门窗。低绮户，一作“窥绮户”。⑤无眠：有心事不能安眠的人。⑥长向：一作“偏向”。⑦婵娟：本为色态美好之意，诗人以月拟人，故称月为婵娟。

析评　此词原题：“丙辰中秋，欢饮达旦，大醉，作此篇。兼怀子由。”丙辰为宋神宗熙宁九年（1076），当时东坡在密州（今山东省诸城市）做官，这首词便是他在中秋节夜晚望月兴感，借中秋景色以抒发自己的心怀。上半阕怀念朝廷，下半阕怀念他的弟弟子由。子由这时在徐州，十几年来，兄弟两人各为自己的理想和事业奔走不息，很少相处在一起，而这些年里，东坡在政治上的处境又很不得意，所以也就特别怀念这唯一的弟弟。

起笔“明月几时有”“把酒问青天”二句，是一个人在感情郁结时对上天所发出的一种痴问，颇有屈原“问天”的意味。这是由李白《把酒问月》诗“青天有月来几时，我今停杯一问之”蜕化而出，顿成奇逸之笔。它所反映的是士大夫阶级的文人对人生的迷惘和内心蕴藏的苦闷。接下“不知天上宫阙，今夕是何年”二句，是推进一层的追问。不知道“天上”的“今夕”是否很美满呢？于是底下便幻想自己的灵魂要飞到天上去看个究竟。“我欲乘风”把诗人那种飘逸神采全部表现出来了，“归”字似又以谪仙自拟，而“琼楼玉宇，高处不胜寒”，又有一种莹洁而高不可攀的向往。这是象征他身虽在密州，心却时时系念朝廷，难怪宋神宗读到这首词要叹着说：“苏轼终是爱君。”（见杨缇《古今词话》）结拍“起舞弄清影，何似在人间”二句，则写他慷慨起舞，好似此身已归“天上”，几不知身在“人间”了。不愧是天仙化人之笔。

换头开始，写他睹月兴怀，一夜无寐：“转朱阁，低绮户”是形容明月位置的迁移，“照无眠”三字才结合与人的关系。接下“不应有恨，何事长向别时圆”二句，又是一种痴问，作者不说自己有恨，而说月亮，真是善于运笔。紧接着“人有悲欢离合，月有阴晴圆缺，此事古难全”三句，是以人生的悲欢离合正如明月的阴晴圆缺的道理来自慰。但最后作者还是提出了自己的希望：“但愿人长久，千里共婵娟”，寄予人间现实生活以热爱。这就体现了作者不被离愁别苦束缚的乐观思想，也是它难能可贵的地方了。

总之，全词无论怀君或忆弟，皆以“月”字作绾毂，而敷辞为辐辏，首句拈出“明月”，以下便以“月”为脉络贯注全篇，直至结尾，无一处离开“月”字，而“缠绵悱恻之思，愈转愈曲，愈曲愈深”（用黄蓼园语），钟爱之思，恻然动人。无怪胡仔《苕溪渔隐丛话》说：“中秋词自东坡《水调歌头》一出，余词尽废”了。按：也有人以为这首词先写中秋的寂寞，幻想着游仙到月宫里去，最后又亲自涂抹掉这种虚无的空中楼阁的彩画，由超尘思想转化为喜爱人间生活，不寄托有“爱君”的寓意。说亦可通。

江城子 老夫聊发少年狂/苏轼

老夫聊发少年狂，左牵黄，右擎苍①，锦帽貂裘②，千骑卷平冈③。为报倾城随太守④，亲射虎，看孙郎⑤。 酒酣胸胆尚开张，鬓微霜，又何妨。持节云中，何日遣冯唐⑥？会挽雕弓如满月，西北望，射天狼⑦。

校注 ①左牵黄二句：左手牵黄狗，右臂举苍鹰。犬和鹰都是古人打猎时用来追捕猎物的。②锦帽貂裘：古时贵族官吏的服装。③卷平冈：席卷平旷的山冈。④太守：作者自称。⑤看孙郎：孙郎，指孙权。《三国志·孙权传》：“权将如吴，亲乘马射虎于庚亭，马为虎所伤，权投以双戟，虎却废。”⑥持节云中二句：汉文帝时，魏尚为云中太守，匈奴入侵，魏尚亲率车骑阻击，斩获甚众。后因报功时文件上所载杀敌的数字与实际不符，短少六个首级，朝廷便派人要把他逮捕起来判刑。冯唐认为这样对待有功边将太过分了，向文帝陈述自己的意见，文帝接受了冯唐的建议，便指派冯唐持节到云中去，赦免了魏尚的罪。作者在这里，以守卫边疆的魏尚自许。⑦天狼：星名，主侵掠。此处比喻北宋的敌人西夏。

析评 此词题作“密州出猎”，密州即今山东省诸城市。这首词借写“出猎”体现了作者保卫边疆、打击敌人侵略的决心。（取胡云翼说）

上半阕写作者左手牵黄狗，右臂举苍鹰，学着孙权乘马射虎，与全城人民一起去打猎的情形。本来，身为一个“锦帽貂裘”的太守，应该坐镇衙门里拿着朱笔办案子的，现在却“聊发”少年的狂气，生活于雕弓马背的猎虎生涯中，那么其志之所在也可以想见了。在这里，“左牵黄，右擎苍”“千骑卷平冈”“亲射虎，看孙郎”等辞句，把出猎时气概之豪迈、场面之热烈，描绘得有声有色，使人有身临其境的感觉。

换头“酒酣胸胆尚开张，鬓微霜，又何妨”三句，遥承篇首而来。“鬓微霜”实为“老夫”二字的写照，而“酒酣胸胆尚开张”与“又何妨”充分表现出作者老骥伏枥、志在千里的豪情“狂”气。接下“持节云中，何日遣冯唐”二句，借用汉文帝遣冯唐的故事，以守卫边疆的魏尚自许，希望得到朝廷的信任。结尾“会挽雕弓如满月，西北望，射天狼”三句，更以坚定的口吻说出自己志之所在，这中间包含了多少抗击敌人的希望和杀贼立功的梦想！

从这首词里，我们可以看到诗人怎样在平常的生活中抒发自己为国报效的壮志豪情。作者把对国家民族的安危与个人建树功业的理想结合为一，这是多么难能可贵的一种词情啊！

江城子 十年生死两茫茫/苏轼

十年生死两茫茫。不思量，自难忘。千里孤坟[①]，无处话凄凉。纵使相逢应不识，尘满面，鬓如霜。　　夜来幽梦忽还乡[②]，小轩窗[③]，正梳妆。相顾无言，惟有泪千行。料得年年肠断处：明月夜，短松冈[④]。

校注　①千里孤坟：作者妻子的坟墓在今四川省眉山市彭山区，与作者当时所在地密州相距数千里，故云。②幽梦忽还乡：是说作者梦回故乡。一说是他的爱妻在梦中归来。③轩窗：小窗。轩为窗的别称。④短松冈：遍植松树的小山冈，指墓地。

析评　此篇原题“乙卯正月二十日夜记梦”。乙卯是宋神宗熙宁八年（1075），当时作者在密州做官。这是他在丧妻十年后，亡妻忌辰的前夕，因夜梦亡妻而作的悼亡词。词中体现了作者对妻子永不能忘的深挚情感。

起首“十年生死两茫茫”“不思量，自难忘”三句，沉痛地表露出对亡妻的一片挚情，不因为“生死”的隔绝，也不因为“十年”悠长的时间而淡忘；作者对于亡妻，“不思量”都已“自难忘”了，若思量起来，情何以堪！悼念之深，于此可见。作者对亡妻既是如此的深情难忘，自然痴想着能够见到爱妻一面，诉说自己所过凄凉生活的情形，可是他爱妻的坟墓却又远在千里之外，就是想和她共话那凄凉的心境，也无从寻觅，因此接着说：“千里孤坟，无处话凄凉。”“千里”二字，道出了空间的遥远。当作者明白相见共话是没有可能的时候，于是他便自己找慰藉说：不相见也罢，纵使相见，她也不能认识我啊！因为我在这十年颠沛流离的生活中，已经劳碌得风尘满面，衰老得两鬓如霜了。作者用“纵使相逢应不识，尘满面，鬓如霜”三句假想的话答复自己，写出了一个人在无可奈何的时候，唯有自我宽慰的痛楚心情。

换头承接上段的愿望记述梦中和亡妻相见的情景。“夜来幽梦忽还乡”是作者梦中忽然回到家乡去，“忽”字表现得多么的喜出望外。“小轩窗，正梳妆”，写见到爱妻临着窗口梳发一如往昔一般。接下“相顾无言，惟有泪千行”二句，写相见的情景。两人相见时，悲喜交集，一时不知从何说起，唯有用千行泪水来代替心底深处的千言万语了。等到梦醒，回到了现实生活里，却又不期然地惆怅起来了，以后年年使自己断肠的地方，可不就是那明月当空、松冈寂冷的爱妻坟墓所在地吗？所以结尾说：“料得年年断肠处：明月夜，短松冈。”这三句表现得何等的凄怆，何等的哀婉！

词至东坡，固然创造出豪迈奔放的风格，突破了艳科的藩篱，开拓了词的内容，提高了词的境界，但我们也知道，苏轼的词仍然以反映自己的生活情状、表达自己的思想感情为主，其中有凌厉的气概，有超世的思想，也有人间的温馨。像本首悼亡词，通篇设境遣词真实自然，写尽了夫妻伉俪的情深，谁说苏轼“短于情”（晁无咎语）呢？

江城子 凤凰山下雨初晴/苏轼

凤凰山[①]下雨初晴，水风清，晚霞明。一朵芙蕖[②]，开过尚盈盈[③]。何处飞来双白鹭，如有意，慕娉婷[④]。 忽闻江上[⑤]弄哀筝，苦念情，遣谁听！烟敛云收，依约是湘灵[⑥]。欲待曲终寻问取，人不见，数峰青[⑦]。

校注 ①凤凰山：在今浙江省杭州市南。②芙蕖：指荷花，莲花。③盈盈：端丽的样子。④娉婷：形容女人姿态美好。⑤江上：一作“筵上”。⑥湘灵：湘水之神。帝舜二妃娥皇、女英，从舜南征三苗不返，道死沅、湘之间，后世谓之湘灵。⑦曲终三句：钱起《省试湘灵鼓瑟》诗：“曲终人不见，江上数峰青。”

析评 此首原题：“湖上与张先同赋，时闻弹筝。”据《墨庄漫录》说：“东坡在杭州，一日，游西湖，坐孤山竹阁前临湖亭上。时二客皆有服，预焉。久之，湖心有一彩舟，渐近亭前。靓妆数人，中有一人尤丽，方鼓筝，年且三十余，风韵娴雅，绰有态度。二客竞目送之。曲未终，翩然而逝。公戏作长短句云云。”是本词所咏，盖皆当日实事。

起首“凤凰山下雨初晴，水风清，晚霞明”“一朵芙蕖，开过尚盈盈”五句，叙写当时湖上的天气和所见的景象。“雨晴”“风清”“霞明”，组成一幅明朗的气象；而“荷花盈盈”，更点缀出一片清丽之景。下接“飞来双白鹭”，使画面增加一分动态之美，其上冠以“何处”二字，颇能传出惊异之神。紧接着“如有意，慕娉婷”二句，是把“白鹭”拟人化、意识化，并绾结到彩舟渐近的事上来，以作为下文的过脉。换头以后，由“忽”字一转，直写闻弹筝之事。“弄哀筝，苦念情，遣谁听”，是写弹筝人凄苦的心事。“烟敛云收，依约是湘灵”，是写弹奏时乐音之感和足可散天空之烟云，而其奏技之妙依稀如湘灵鼓瑟般地感人情志。《楚辞》有“湘灵鼓瑟”之句，故此处以“依约是湘灵”来形容其奏技之绝妙。结尾“欲待曲终寻问取，人不见，数峰青”，即《墨庄漫录》中所说“曲未终，翩然而逝”之意。这三句由钱起诗蜕变而来，一片怅然之情表现于景物上，尤含有不尽的余韵。“数峰青”三字，同时还回应篇首“凤凰山”。

永遇乐　明月如霜/苏轼

明月如霜，好风如水[①]，清景无限。曲港跳鱼[②]，圆荷泻露[③]，寂寞无人见[④]。紞如三鼓[⑤]，铿然一叶[⑥]，黯黯梦云惊断[⑦]。夜茫茫、重寻无处，觉来小园行遍。　天涯倦客[⑧]，山中归路，望断故园心眼。燕子楼空，佳人何在，空锁楼中燕。古今如梦，何曾梦觉，但有旧欢新怨[⑨]。异时对、黄楼[⑩]夜景，为余浩叹。

校注 ①好风如水：好风清凉似水。②曲港跳鱼：弯曲的港湾里鱼儿跳跃着。③圆荷泻露：圆形的荷叶上露珠溜动着。④寂寞无人见：在寂静的夜里无人见到这幽美的环境。⑤紞如三鼓：紞如，形容打鼓的声音。紞，音胆；三鼓，三更鼓。⑥铿然一叶：一片落叶的声音都听得那么清脆。⑦梦云惊断：梦中惊醒。⑧天涯倦客：流落天涯已感到厌倦的人，指作者自己。⑨但有旧欢新怨：只因为还有欢怨之情未断。⑩黄楼：位于彭城东门，苏轼在徐州时所建造。

析评 本词原题："彭城夜宿燕子楼，梦盼盼，因作此词。"彭城即今江苏省徐州市。有关燕子楼与盼盼的故事，白居易《燕子楼诗序》说："徐州故尚书（张建封），有爱妓曰'盼盼'，善歌舞，雅多风态。尚书既殁，彭城有旧第，第中有小楼名燕子，盼盼念旧爱而不嫁，居是楼十余年而卒。"盼盼的故事哀感顽艳，要以她为主题来作诗词，不愁没有事迹可以铺陈，但苏轼此词，却只着重在写景、写梦、写自己的感慨，通篇唯有"燕子楼空"三句与题目相关而已。

上半阕以初秋的幽寂清景为衬托，抒写一种幽渺惝恍的情思。起笔"明月如霜，好风如水，清景无限"三句，先描绘当前的景色，其中"明月如霜"以状明月之晶莹，"好风如水"以状晚风之清凉，"清景无限"则是上二句的总括。接着"曲港跳鱼，圆荷泻露，寂寞无人见"三句，写周遭环境的幽寂，其中"曲港跳鱼，圆荷泻露"，绘景如画；"寂寞无人见"，更反透出一片静寂的情景。底下"紞如三鼓，铿然一叶，黯黯梦云惊断"三句，是写梦中惊醒时忧伤失意的神情。在这里，“纨如三鼓”是惊梦的根由，“铿然一叶”是夜深人静的具体表现，“黯黯”二字表现出一片忧伤失意的神情。这三句叙写梦境，意象凄美，且极尽空虚缥缈之能事。紧接着“夜茫茫、重寻无处，觉来小园行遍”三句，写梦醒后惝恍彷徨的心情，也就是写自己对已逝的梦境所抱有的一种痴念。

换头词心一转，落到自己的感慨上。“天涯倦客，山中归路，望断故园心眼”三句，抒写羁旅之愁，大意是说：自己倦于做客，很想返回故园，但遥望山中的归路，却是故乡渺远，把眼望穿也不能回去。这三句乍看来似与上下文都不相关，事实上作者当时的感情正是这样的：梦境消逝不可寻觅，天涯倦客心眼中的故园又何以寻觅呢？因此燕子楼也好、故园也好，总不外是一梦，故下文“燕子楼空，佳人何在，空锁楼中燕”三句，触目萦怀，遂激发吊古凭今的幽情。继以“古今如梦，何曾梦觉，但有旧欢新怨”三句因时感事，蓦感古往今来种种悲欢，又何尝不和梦一样。结尾“异时对、黄楼夜景，为余浩叹”，更设想后世之人凭吊自己时，也会发出和现在自己一样的浩叹。其中“黄楼夜景”与上文“燕子楼空”交互烘托，前后相应，更觉悲凉。

在这首词里，东坡把许多复杂的情感用独到的手法写了出来，不理会章法，而意自相连，超出词的正常章法组织，难怪胡仔《苕溪渔隐丛话》要说“东坡词皆绝去笔墨畦径间”了。

《艺苑雌黄》有下面一段记述：“东坡问少游别后作何词，

少游举其近作‘小楼连苑横空，下窥绣毂雕鞍骤’以告，东坡云：‘十三个字只说得一个人骑马楼前过。’秦问先生近著，坡云：‘亦有一词说楼上事。’乃举‘燕子楼空，佳人何在，空锁楼中燕’。晁无咎在座曰：‘三句说尽张建封燕子楼一段事，奇哉！’”秦少游的“小楼连苑”与苏东坡的“燕子楼空”，同样用了十三个字，但前者所包含的意思远不及后者之多，因为前者只是写眼中所见，后者却是写心中所感；所见的不外是景物，所感的便更为深远了，这也就是晁无咎称“奇”的道理所在！

洞仙歌 冰肌玉骨/苏轼

冰肌玉骨①，自清凉无汗。水殿②风来暗香满。绣帘开，一点明月窥人，人未寝，攲枕③钗横鬓乱。　　起来携素手④，庭户无声，时见疏星渡河汉。试问夜如何？夜已三更，金波淡⑤，玉绳低转⑥。但屈指西风几时来，又不道流年⑦暗中偷换。

校注　①冰肌玉骨：形容美人的仙胎奇骨，冰清脱俗。《庄子·逍遥游》：“藐姑射之山，有神人居焉，肌肤若冰雪，绰约若处子。”②水殿：指摩诃池上的宫殿，因其在池水之上，故云水殿。③攲枕：枕头歪斜。④素手：美人白皙的手。⑤金波淡：月光淡明。⑥玉绳低转：玉绳，两星名。低转，表示夜深。⑦不道流年：不道，不觉。流年，似水年华。

析评 关于本词的写作，作者有一段小序说：“仆七岁时见眉山老尼姓朱，忘其名，年九十余，自言：尝随其师入蜀主孟昶宫中。一日大热，蜀主与花蕊夫人夜起避暑摩诃池上，作一词。朱具能记之。今四十年，朱已死，人无知此词者。但记其首两句，暇日寻味，岂《洞仙歌令》乎，乃为足之。”按陶宗仪《辍耕录》：“蜀主孟昶，纳徐匡璋女，拜贵妃，别号花蕊夫人。意花不足拟其色，似花蕊之翾轻也。”而孟昶与花蕊夫人夜起避暑纳凉摩诃池上，作《玉楼春》词，有“冰肌玉骨清无汗，水殿风来暗香满”之句，东坡替它补成了这首词。（今传孟昶《玉楼春》全词当是后人伪托）此词起首先写花蕊夫人的娇美：以“冰肌玉骨”四字来形容她的仙胎奇骨，又以“清凉无汗”来补述她的冰清脱俗，大有藐姑射仙女饮露吸风、不食人间烟火之态。以这么一位肌肤胜过冰雪的绝代佳人，夏夜在摩诃池上的宫殿乘凉消夏，有风流的君主孟昶来陪伴，真是人间仙侣。在这里，“水殿风来暗香满”不但写摩诃池的清幽，更重要的乃在有冰肌玉骨的美人充盈在内，因此才有“暗香满”那种洋溢着一股幽香的迷人气氛。底下“绣帘开，一点明月窥人”，绣帘之开固然可由风吹，但更重要的还是指孟昶的亲手掀开，最妙的是孟昶不说自己掀开绣帘看见花蕊夫人，而偏说帘外的一丝月华侵入，窥视了一位娇羞的美人。接着“人未寝，欹枕钗横鬓乱”，写花蕊夫人的睡态；此时伊人似睡未睡，而钗横鬓乱，更十足地表现出一位含情脉脉、娇羞万态的美人芳姿，给人无限的遐思。

换头“起来携素手，庭户无声，时见疏星渡河汉”三句，写万籁无声，星河明灿，一对玉人不愿辜负良宵，起来欣赏夜景，双双步出人间仙宫，沉浸于另一个宁馨的世界。“试问夜如何”“夜已三更，金波淡，玉绳低转”四句，点出夜色的征候，说明深夜的情境，清切婉丽，仿佛笼罩着一片轻纱似的幻梦，极尽人间的美妙。结尾“但屈指西风几时来，又不道流年暗中偷换”，蓦地预感韶华不再、流光易逝，借以暗示江山美人、荣华富贵，亦都如过眼云烟之缺憾，似又有依稀的淡愁清怨，只笔端轻轻一描，即现出一片苍凉怀古的幽情，引起吾人无限低回。诚如张炎《词源》所说“清空中有意趣，无笔力者未易到”了。

郑文焯《大鹤山人词话》云：“坡老改添此词数字，诚觉气象万千。其声亦如空山鸣泉，琴筑竞奏。”

水龙吟 似花还似非花/苏轼

似花还似非花，也无人惜从教坠。抛家①傍路，思量却是②，无情有思③。萦损柔肠④，困酣娇眼⑤，欲开还闭。梦随风万里，寻郎去处，又还被、莺呼起⑥。　　不恨此花飞尽，恨西园⑦、落红难缀。晓来雨过，遗踪何在，一池萍碎⑧。春色三分，二分尘土，一分流水⑨。细看来，不是杨花，点点是离人泪。

校注 ①抛家：一作“抛街”。②却是：一作“却似”。③无情有思：看似无情，却也有它的深意。思，读去声。④萦损柔肠：思恋之情愁损了肠肚。杨柳细柔，故以美人柔肠比喻它。⑤困酣娇眼：这是把美人倦极时的娇眼拿来形容杨花飘飞时的娇态。⑥梦随风万里四句：这四句是活用了金昌绪《春怨》诗的意思，其辞云：“打起黄莺儿，莫叫枝上啼。啼时惊妾梦，不得到辽西。”⑦西园：本指魏邺都的西园，即铜雀园，曹操所建，曹丕每以月夜集文士于此，为一游历的胜地。后来诗人都用它泛指游赏胜地。⑧一池萍碎：东坡自注：“杨花落水为浮萍，验之信然。”⑨二分尘土两句：是说杨花大部分委于泥土，小部分随流水而去。

析评 此词题作“次韵章质夫杨花词”，是一首咏杨花的作品。平常诗人都是以花拟人，此词则以人拟花，取神遗貌，最不可及。

起笔从空处着眼。由于古人把柳絮当作花，但它又似乎不像花，故云：“似花还似非花”，而柳絮未离开枝头前，亦无可玩赏之处，没人怜惜它，一任它随便飘落，故云“也无人惜从教坠”。这两句是通过了杨花的洁白而无人怜惜、一任飘坠等一连串的现象，联想到一个清白孤高的美人，没有人了解她，一任身世飘零的情形。因此接下“抛家傍路，思量却是，无情有思”三句，便明显地把杨花人格化起来了。意思是说：当它飘坠路旁，看似无情，仔细思量起来，却也有它奈人深思的地方。遂由无情说到有情，这是由韩愈《晚春》诗“杨花榆荚无才思，惟解漫天作雪飞”

翻出。随着以“萦损柔肠，困酣娇眼，欲开还闭”三句，写杨花的动人情态。在这里，作者以美人的思恋柔情来比拟它的细柔，以美人倦极时欲开还闭的娇眼来比拟它的娇态。底下“梦随风万里，寻郎去处，又还被、莺呼起”四句，又以美人的闺怨比拟杨花的动人情思。在这里，作者把杨花的远飘状成闺妇内心对征人的思念，把杨花在莺声中随风高下状成怨妇的魂梦借风飘送，到处寻郎，却给莺声吵醒的现象。这些句子，活用了金昌绪《春怨》诗的幽意，写貌摄神无不臻于化境，给人带来无限的回思。

下半阕开始，作者加入了自己的情思和意见，对杨花飘零的现象作了更突出更深切的描写。“不恨此花飞尽，恨西园、落红难缀”，先以落花为陪衬，作一曲笔，语转悲凉。以下再转入杨花的去路：“晓来雨过，遗踪何在，一池萍碎。”用杨花入水经宿化萍的故实，已令人对它的遗迹黯然魂断，而“春色三分，二分尘土，一分流水”，又承化萍说，写出杨花沾泥入水，归途无定，而溷入泥土者较多，更令人为之惋惜不已。结尾“细看来，不是杨花，点点是离人泪”，以翻为收，“离人之泪”近承“流水”，远应“寻郎”，画龙点睛，使情思幽怨更见缠绵，直是言情，非复赋物。

这首词充满了美妙的想象和构思，内容飘忽超脱，文字精细秀美，既不伤于儇（音宣）薄，亦不伤于纤巧，艺术刻画极为细腻，无怪先迁甫《词洁》称他“真是化工神品”，张炎《词源》推为“压倒古今”的咏物词。

刘熙载《艺概》云：“‘似花还似非花’，此句可作全词评语，盖不离不即也。”确是一针见血之论。

贺新郎 乳燕飞华屋/苏轼

乳燕飞华屋，悄无人、桐阴[1]转午，晚凉新浴。手弄生绡白团扇[2]，扇手一时似玉。渐困倚、孤眠清熟。帘外谁来推绣户？枉教人梦断瑶台曲[3]。又却是、风敲竹[4]。 石榴半吐红巾蹙[5]，待浮花浪蕊[6]都尽，伴君幽独。秾艳一枝细看取，芳心千重[7]似束。又恐被、西风惊绿[8]。若待得君来向此，花前对酒不忍触。共粉泪、两簌簌[9]。

校注 ①桐阴：一作“槐阴”。②生绡白团扇：白色生丝制的团扇。③瑶台曲：瑶台，玉石砌成的楼台，指神仙居处。曲，深处。④风敲竹：李益《竹窗闻风寄苗发司空曙》诗：“微风惊暮坐，临牖思悠哉。开门复动竹，疑是故人来。”⑤红巾蹙：像褶皱的红巾。⑥浮花浪蕊：轻浮争艳的花草。⑦芳心千重：形容重瓣的榴花。⑧西风惊绿：秋风起后，惊动绿枝，娇嫩的榴花禁不起摧残而凋落。⑨两簌簌：花瓣与眼泪一同掉落。簌簌，纷落貌。

析评 此词似有托意。我们试看：前段写的是一个高洁绝尘而孤寂的美人，后段写的是不与浮花浪蕊为伍而愿意伴君幽独的榴花，最后指明美人与榴花都在失时的边缘。不难明白，这是作者自抒其怀才不遇的抑郁心情。（取胡云翼说）故丁绍仪说：“东坡《贺新郎》词，寄托深远，与咏雁《卜算子》同一比兴。”（《听秋声馆词话》）

上半阕起笔，由眼前的夏天景物入手。“乳燕飞华屋，悄无人、桐阴转午，晚凉新浴”四句，是说小燕子飞上华美的房子，房里悄然无人，梧桐树荫已转向午后，傍晚凉爽，新浴一番。这是一种幽静清丽的景象。故下文继续以“手弄生绡白团扇，扇手一时似玉”来刻画伊人的高洁脱俗。这两句意思是说：手里挥动着生丝制的白色团扇，扇子与手相映，都像玉一样的白。底下“渐困倚、孤眠清熟”是承上文“晚凉新浴”而来，写伊人渐渐地感到困倦，倚枕侧卧，独自地熟睡了起来。“帘外谁来推绣户”“枉教人梦断瑶台曲”“又却是、风敲竹”，是写伊人的清梦被风吹竹子的声响惊醒，而有一种孤寂之感。这四句把“风”拟人化，摄神遗貌，刻画婉妙。

下半阕写幽绝的榴花。“石榴半吐红巾蹙”是写榴花初放的形貌，“蹙”字状花蕾的初绽，极其精妙。接着“待浮花浪蕊都尽，伴君幽独”“秾艳一枝细看取，芳心千重似束”四句，则写榴花在其他花草凋零后，才绽开来陪伴孤独之人的深厚感情。这四句把榴花拟人化，且以迷离姿态出之，使人感到无限的幽思。底下“又恐被、西风惊绿”，是由榴花的盛开说到衰微。最后“若待得君来向此，花前对酒不忍触”“共粉泪、两簌簌”，以感伤的心情写出对榴花的怜惜。花间对酒不忍触摸、眼泪花瓣齐落下，情寓景中，是花是人，更觉情致悱恻，芳思无限。

此词《古今词话》及《宋六十名家词选·题序》皆谓为营妓秀兰而作。晁以道《耆旧续闻》谓“坡公有妾名朝云、榴花，朝云死于岭外，惟榴花独存，故其词多及之。”胡仔

《苕溪渔隐丛话》及前贤对此二说驳之甚详，姑不置论。

卜算子 缺月挂疏桐/苏轼

缺月挂疏桐，漏断[1]人初静。谁见[2]幽人独往来，缥缈[3]孤鸿影。　惊起却回头，有恨无人省[4]。拣尽寒枝不肯栖，寂寞沙洲冷[5]。

校注　①漏断：漏壶里的水滴尽了。谓夜深。②谁见：一作“惟见”，又作“时见”。③缥缈：恍惚有无之意。④省：了解，明白。⑤寂寞沙洲冷：是说孤鸿不肯落下栖息，却飞向寂寞寒冷的沙洲去。

析评　此词原题“黄州定慧院寓居作”。盖作者以孤鸿自喻，抒写其谪居黄州时的孤独寂寞，同时也表示了他那以清流自持而不愿与流俗合污的生活态度。

起首“缺月挂疏桐，漏断人初静”二句，写深秋的夜景，反透出一片幽静的气氛，大有万籁俱寂、纤尘不染之境况。接着“谁见幽人独往来，缥缈孤鸿影”二句，折写人之幽独如孤鸿之冷落。笔调馨逸，意境幽邃。

换头以下，全从前结“孤鸿”引出，只说鸿，而语语双关；孤鸿心事，亦即幽人心事。“惊起却回头，有恨无人省”，固是写鸿，实寓有心事不被了解的幽恨。结尾“拣尽寒枝不肯栖，寂寞沙洲冷”，是以孤鸿自喻，写出了他在无可奈何的情况下，只有孤高自赏，寂寞终生了。

本词抒写心中幽事，固然有吞吐含蓄之妙，而通首空中传恨，一气呵成，具有缥缈孤鸿之象。黄庭坚称：“语意高妙，似非吃烟火食人语。”黄蓼园说：“初从人说起，言如孤鸿之冷落。第二阕专就鸿说，语语双关。格奇而语隽，斯为超诣神品。”

蝶恋花 花褪残红青杏小/苏轼

花褪残红青杏小，燕子飞时，绿水人家绕。枝上柳绵吹又少，天涯何处无芳草！　墙里秋千墙外道，墙外行人，墙里佳人笑。笑渐不闻声渐悄，多情却被无情恼。

析评　这首词《宋六十名家词·东坡词》题作“春景”，是作者借春日的景致来反映自己在贬谪途中失意的心情。

上半阕着重在写途中所见的春景。眼前的景象是：红花凋残，青杏尚未成熟，燕子成群在飞翔，绿水绕着远村的人家，枝头上的柳絮也被风吹得越来越少了。在这里，“花褪残红”与“柳绵吹少”，正托出这是一个花衰草茂的暮春时节，所以下句便很自然地接出了“何处无芳草”的伤春语。所谓“天涯何处无芳草”，这是一个失意的人在无可奈何的心情下所发出的一句伤情语。这些句子句法婉转缠绵，故王士祯《花草蒙拾》说：“‘枝上柳绵’，恐屯田（柳永）缘情绮靡，未必能过。”

下半阕转写春日的风物人情。当时作者在贬谪途中，只一墙之隔而情景迥异：墙内院落间充满着佳人荡秋千的欢笑声，而在墙外道路上行走的却是一个满怀忧伤的失意人。两相对照，怎不令人伤情呢？因而才有“多情（指自己）却被无情（指墙里佳人）恼”的惆怅。在这里，“墙外道”三字承上文“绿水人家”而来，“佳人笑”呼应上文“天涯何处无芳草”，而“笑渐不闻声渐悄”一语，正写出作者已渐渐远离了“绿水人家”，又迈向贬谪的路程了。

少年游 去年相送/苏轼

去年相送，余杭门外[①]，飞雪似杨花。今年春尽，杨花似雪，犹不见还家。　　对酒卷帘邀明月，风露透窗纱。恰似姮娥[②]怜双燕，分明照、画梁斜。

校注　①余杭门：杭州城北三座城门之一。②姮娥：亦作嫦娥，本是月宫仙女，通作月之代称。

析评　此词原题：“润州作，代人寄远”。润州即今江苏省镇江市。

当时作者任杭州通判，因事至镇江一带，有感于雪中行役，春尽未归，乃托为思妇怀念远人之辞，而赋此篇。

起首“去年相送，余杭门外，飞雪似杨花”三句，写他去年十一月离开杭州时的情景。次三句“今年春尽，杨花似雪，犹不见还家”，表示他到了今年春尽犹行役未归。这些句子，都是采用《诗经·采薇》“昔我往矣，杨柳依依。今我来思，雨雪霏霏”的对比句法，而略更其语意写成的。

换头“对酒卷帘邀明月，风露透窗纱”二句，叙其孤寂之况。“对酒邀明月”，已够令人顾影生怜了；而又有“风露”透过“窗纱”，吹袭着孤寂愁思之人，更增一分悲凉。结尾“恰似姮娥怜双燕，分明照、画梁斜”三句，即景生情，以月亮怜爱双燕，用清辉斜照着它们，反衬自己无人怜惜的孤寂。燕儿成双，人儿成单，遂使情思更深一层。

定风波　莫听穿林打叶声/苏轼

莫听穿林打叶声①，何妨吟啸且徐行②。竹杖芒鞋轻胜马③，谁怕？一蓑烟雨任平生④。　　料峭⑤春风吹酒醒，微冷，山头斜照却相迎。回首向来萧瑟处⑥，归去，也无风雨也无晴。

校注　①穿林打叶声：指雨声。②徐行：慢慢地走。③竹杖句：芒鞋，草鞋。轻胜马，走起来轻快胜过骑马。④一蓑烟雨句：

是说即使披着蓑衣在风雨里过一辈子，也处之泰然。一蓑，一作“一川”。⑤料峭：带有几分寒意。⑥萧瑟处：指遇雨的处所。萧瑟，风吹竹树之声。

析评 此词原题：“三月七日沙湖道中遇雨。雨具先去，同行皆狼狈，余独不觉。已而遂晴，故作此。”三月七日，是宋神宗元丰五年（1082）的三月七日。沙湖，在黄冈东南三十里。这时作者谪居于黄州。这首词是写他途中遇雨的一件小事，却反映了作者在恶劣环境中善于解脱苦恼的旷达胸怀，他真不愧是一位超然物外、高蹈不群的人物。

起首“莫听穿林打叶声，何妨吟啸且徐行”二句，立即显示了他那闲适潇洒的意态。“竹杖芒鞋轻胜马，谁怕”“一蓑烟雨任平生”三句，写出了他那朴实高洁的性格与不避风雨的生活态度。

换头“风吹酒醒”“斜照相迎”，写天意之厚人，似有天何辜负吾人之意。结尾“回首向来萧瑟处，归去，也无风雨也无晴”，表现了他在贬谪中，不计较地位得失，经得起挫折的开朗的一面。无怪郑文焯说：“此足征是翁坦荡之怀。”（《大鹤山人词话》）

语云：万物静观皆自得。在风雨途中，作者能透过文字上的高度技巧，表现出一片野怀幽趣，使人讽咏之余，不觉有飘然超尘之感，所谓“才思横溢，触处生春”，真是一点也不夸张！

临江仙　夜饮东坡醒复醉/苏轼

夜饮东坡[1]醒复醉，归来仿佛三更。家童鼻息已雷鸣。敲门都不应，倚杖听江声。　　长恨此身非我有[2]，何时忘却营营[3]？夜阑风静縠纹[4]平。小舟从此逝，江海寄馀生[5]。

校注　①东坡：在黄州城东面，苏轼谪居黄州时尝筑室于此，作为游息之所，因以为号。②此身非我有：《庄子·知北游》："汝身非汝有也。"③营营：为功名利禄而劳碌不休。④縠纹：皱纱似的水波。⑤江海寄馀生：表示要隐居江湖。馀生，犹言残年，余年。

析评　据王文诰《苏诗总案》说，这首词是苏轼"壬戌九月，雪堂夜饮，醉归临皋作"。壬戌为宋神宗元丰五年（1082），当时作者谪居黄州。"雪堂"是作者在东坡（地名）所筑游息之室。临皋在黄州南面长江旁边，作者的寓所在此。本词即在写他从雪堂夜饮归来的情况。词中不免带有一些以老庄哲学为基础的消极倾向的思想色彩。

首句"夜饮东坡醒复醉"，写他在雪堂饮酒的情形；从"醒复醉"三字，我们可以想象到作者用酒浇愁的程度是多么的深！"归来仿佛三更"，写他回到临皋寓所的时间，这时已经是夜半三更了，"仿佛"二字是因为"醒复醉"的关系。底下"家童鼻息已雷鸣""敲门都不应，倚杖听江声"三句，是写这时家人已都入眠（鼻息雷鸣只是虚拟），敲不开门，在静夜里自己凭着拐杖聆听长江的浪声。“听江声”三字，伏下文“江海寄馀生”之根。

换头“长恨此身非我有，何时忘却营营”二句，即由夜寂江声触发而起的一种感慨。为功名利禄而劳碌不休、不能掌握自己的自由意志，当作是一件多么大的恨事啊！用“长恨”“何时”二词相应呼起，遗憾显得多么的深邃！结尾“夜阑风静縠纹平”“小舟从此逝，江海寄馀生”，流露出他希望摆脱束缚，弃官而隐的消极思想倾向。

叶梦得《避暑录话》云：“子瞻谪居黄州，与数客饮江上，夜归。江面际天，风露皓然，有当其意，乃作歌辞，所谓‘小舟从此逝，江海寄馀生’者，与客大歌数过而散。翌日，喧传子瞻夜作此词，持冠服江边，拏舟长啸去矣。郡守徐君猷闻之，惊且惧，以为州失罪人，急命驾往谒，则子瞻鼻鼾如雷，犹未兴也。”

浣溪沙　山下兰芽短浸溪/苏轼

山下兰芽短浸溪，松间沙路净无泥，萧萧暮雨子规啼。

谁道人生无再少？门前[1]流水尚能西，休将白发唱黄鸡[2]。

校注　①门前：一作“君看”。②休将句：不要徒伤发白，悲叹衰老。白居易《醉歌　示妓人商玲珑》：“罢胡琴，掩秦瑟，玲珑再拜歌初毕。谁道使君不解歌，听唱黄鸡与白日。黄鸡催晓丑时鸣，白日催年酉时没。腰间红绶系未稳，镜里朱颜看已失。”这里反用其意。

析评 此首原题：“游蕲水清泉寺，寺临兰溪，溪水西流。”蕲水即今湖北省浠水县。据王文诰《苏诗总案》说，这首词是“壬戌（1082）三月，与庞医游清泉寺，饮王羲之洗笔泉，徜徉兰溪之上作”。

上半阕叙述他徜徉兰溪之上所见的情景。“兰芽短浸溪”“沙路净无泥”，本是一片清幽明净的美景，但下接“萧萧暮雨”，并以“子规啼”作点缀，便蓦地由幽丽转为凄厉，撩起了旅客的愁情。

因此，下半阕便很自然的折入写情。作者在失意愁闷的时候，仍以老庄旷达的襟怀，对人生抱着乐观的思想，故换头一开始，就用反诘的语气说：“谁道人生无再少？”接着马上就地取材，以兰溪溪水的西流作为例子，证明上句的说法。因为我国的河川多半是东向的，所以作者才以“流水尚能西”来说明事物也会有种种不同的发展变化，并非一成不变的。故结尾说：“休将白发唱黄鸡”勉励自己莫自卑、莫叹老。

一般人在失意期间，常常不免带着消极的思想倾向，虽然东坡偶尔也有这种倾向，但他这首词的基本情调却是积极的、健康的。

浣溪沙 细雨斜风作晓寒/苏轼

细雨斜风作晓寒，淡烟疏柳媚晴滩①。入淮清洛渐漫漫②。
雪沫乳花浮午盏③，蓼茸蒿笋试春盘④。人间有味是清欢。

校注 ①滩：指南山附近的十里滩。②入淮句：洛，指洛涧。漫漫，弥漫的样子。漫，读阳平声。③雪沫句：雪沫乳花，形容煎茶时上浮的白泡。宋时茶叶尚白，故以雪乳形容它。盏，茶杯。④蓼茸句：蓼茸，即蓼芽，野菜的嫩芽。蒿笋，即莴苣笋。试春盘，尝试春菜之意。《古今事物考》：“立春日，春饼生菜相馈食，号春盘。”

析评 此词原题：“元丰七年十二月二十四日，从泗州刘倩叔游南山。”泗州即今安徽省泗县。刘倩叔，生平不详。南山，是泗州南郊的风景区。原来，神宗元丰七年（1084）的时候，朝廷调苏轼出任汝州（今河南省汝州市）团练副使，他在去汝州途中，经过泗州，时值冬天，小住泗州，本词即作者此时同刘倩叔往游南山所作。

上半阕叙游南山时的天气与沿途所见的景象。当时是：斜风细雨初晴的小寒天气，南山附近的十里滩，在淡烟疏柳的映衬下，景色显得特别明媚可爱，而北流注入淮河的洛涧溪水，由于刚下过雨的关系，也逐渐地弥漫起来。

下半阕写游南山时清茶野餐的风味。“雪沫乳花浮午盏”，实写午间的品茗；“蓼茸蒿笋试春盘”，写尝试野菜的风味。

最后以“人间有味是清欢”，道出了精神上的慰藉胜于物质上的享受。这就像作者在《超然台记》所说的“铺糟啜醨，皆可以醉；果蔬草木，皆可以饱”的情状了。

余论 苏轼，字子瞻，自号东坡居士，眉山（今四川省眉山市）人。他是一个全能作家，诗词文章造诣都很高，他的词今传《东坡乐府》三百多首。他在政治思想上比较保守。宋神宗时，王安石当政，行新法，他极力反对，出为杭州通判，知密州，移徐州。复因作诗得罪朝廷，贬放黄州。晚年复坐元祐党籍，远黜琼州（今海南岛）。赦还的次年，死于常州（今江苏省常州市）。苏轼一生，都沉浮于新旧党的斗争中，始终未能施展他的抱负。然而，尽管他几次迁升，又几次贬谪，但他的生活态度依然豪迈乐观（偶尔也有消极思想），优游自如，山水之佳趣，诗酒之酣乐，都是他精神上的调剂，使他形成豪放不羁的词风。在文学方面，苏轼是革新的主将；苏轼词风之起，正为对柳词之反抗，他对于词的发展上所作出的贡献超越了所有的前人。他摧毁了词的狭隘的藩篱，替词坛开辟了广阔的天地，把词的内容扩展到怀古、咏史、谈玄、说理、感时伤事以及对山水田园的描绘、身世友情的抒写，达到“无意不可入，无事不可言”（刘熙载《艺概》语）的境地。苏词除了扩大词的题材外，更提高了词的境界，他作词不纠缠于男女之间的绮靡之情，也不喜欢写那些春愁秋恨的滥调，一扫晚唐五代以来文人词柔靡纤弱的气息，创造出高远清新的意境和风格，构成词坛里崭新的气象。到此，词的内涵才更丰富，风格才更多样化。特别是他那种笔力纵横、气势磅礴的豪放词风，对于后人的词风起了极为有益的推动作用，故胡寅《酒边词序》说："眉山苏氏，一洗绮罗香泽之态，摆脱绸缪婉转之度，使人登高望远，举首高歌，而逸怀浩气，超然乎尘垢之外。于是《花间》为皂隶，而柳氏为舆台矣。"王灼《碧鸡漫志》说："东坡先生非醉心于音律者，偶尔作歌，指出向上一路，新天下耳目，弄笔者始知自振。"笔力纵横、气势磅礴，固是苏词的主要风格；而清淡冲远、婉丽韶秀，也是苏词的另外一面，张炎《词源》说："东坡词清丽舒徐处，高出人表，周秦诸人所不能到"，即是指此而言。故苏词实兼豪放与婉约两种风格。至于它的特色，约有两点：其一为词的诗化。陈师道《后山诗话》说："退之以文为诗，子瞻以诗为词，如教坊雷大使之舞，虽极天下之工，要非本色。"其二为词与音乐的分离。晁补之说："居士词横放杰出，自是曲子中缚不住者。"(《能改斋漫录》引）故李清照词论讥之为"句读不葺之诗"。当然，苏轼对词的发展，影响还是很大的，《四库提要》说："词自晚唐五代以来，以清切婉丽为宗。至柳永而一变，如诗家之有白居易；至轼而又一变，如诗家之有韩愈，遂开南宋辛弃疾等一派。"王易《词曲史》说："自有柳耆卿，而词情始尽缠绵；自有苏子瞻，而词气始极畅旺。柳词足以充词之质，苏词足以大词之流；非柳无以发儿女之情，非苏无以见名士之气。以方古文，则分具阴柔阳刚之美者也。"

清平乐 春归何处/黄庭坚

春归何处？寂寞无行路[①]。若有人知春去处，唤取归来同住。 春无踪迹谁知[②]？除非问取黄鹂[③]。百啭无人能解，因风飞过[④]蔷薇。

校注 ①寂寞无行路：寂寞得没有地方可供游玩。一说无行路是指春天没有留下回去的行踪。②春无踪迹谁知：春天一去无踪，有谁知道它去了什么地方呢？③黄鹂：黄莺之别名。④飞过：一作“吹过”。

析评 此词旧题“晚春”，内容含有惜春和伤春的意味。起首“春归何处”“寂寞无行路”二句，写的只是对残春一片痴情、茫然之感。接下“若有人知春去处，唤取归来同住”二句，竟由痴情说到无我的忘情境界。流连光景，这原是人之常情，但把“春”和“我”两相融化，却是非醉于“春”、忘乎“我”的人所不能办到的。以上四句，一片惜春之情洋溢纸上。

换头“春无踪迹谁知”“除非问取黄鹂”二句，遂由惜春说到搜求春的“踪迹”。在一片幽寂中出现了好音的黄鹂。然而下句“百啭”一顿，给人一种凄婉的情调，续以“无人能解”四字，更增人一份惆怅的心绪。最后“因风飞过蔷薇”一转，使惜春的心境更觉得恍惚怅惘，而不胜有伤春的感慨了。

这首词妙在几乎把“我”全融入了晚春的境界中，除了“黄鹂”和“蔷薇”外，竟再也没有一点是着边际的。薛砺若说：“《山谷词》尤以《清平乐》为最新警，通体无一句不俏丽，而结句‘百啭无人能解，因风飞过蔷薇’，不独妙语如环，而意境尤觉清逸，不着色相，为《山谷词》中最上上之作，即此两宋一切作家中，亦找不着此等隽美作品。”（《宋词通论》）

鹧鸪天　黄菊枝头生晓寒/黄庭坚

黄菊枝头生晓寒，人生莫放酒杯干。风前横笛斜吹雨，醉里簪花[1]倒着冠。　身健在，且加餐，舞裙歌板[2]尽清欢。黄花白发相牵挽[3]，付与时人冷眼[4]看。

校注　①簪花：戴花。②舞裙歌板：指唱歌跳舞。③牵挽：谓留住不让走开。④时人冷眼：时人，一作“旁人”。冷眼，落寞相视，神情冷淡。

析评　此阕原题：“座中有眉山隐客史应之和前韵，即席答之”，是作者自黔州移戎州时，席上所写的一首感愤词。

起笔“黄菊枝头生晓寒，人生莫放酒杯干”二句，自慨人生无常，正宜饮酒行乐。其中“黄菊”点出节令，“晓寒”说明时间和气候。因为作者坐元祐党籍，被贬放西南荒僻之地，辗转流徙，不无伤怀之情，所以有此消极思想。接着“风前横笛斜吹雨，醉里簪花倒着冠”二句，承写他放浪形骸的生活与傲兀的个性。黄蓼园说：“‘斜吹雨’‘倒着冠’，则有傲兀不平气在。”

换头“身健在，且加餐，舞裙歌板尽清欢”，叙写尽情享乐的行径，“且”字是劝勉语，也是在无可奈何的心情下的一种自慰，虽似染有颓废的色彩，但它是在作者愤激下所发出的，不能视为常情。结尾“黄花白发相牵挽，付与时人冷眼看”，“黄花”与“白发”，人和物相对写起，含思凄婉；“与人冷眼看”尤其愤世嫉俗，恨怨沉深。故黄蓼园说：“末二句尤见牢骚语。然自清迥独出，骨力不凡。”

虞美人　天涯也有江南信/黄庭坚

天涯也有江南信，梅破[①]知春近。夜阑[②]风细得香迟，不道晓来开遍向南枝[③]。　　玉台[④]弄粉花应妒，飘到眉心住[⑤]。平生个里愿杯深，去国十年老尽少年心。

校注　①梅破：梅花花苞绽开。②夜阑：夜将尽。③向南枝：朝向南方的枝条。南枝先开，由于向着太阳，比较温暖的关系。④玉台：梳妆台。⑤飘到眉心住：《太平御览》引《杂五行书》：“宋武帝女寿阳公主，人日卧于含章殿檐下，梅花落公主额上，成五出花，拂之不去。经三日，洗之乃落。宫女奇其异，竟效之，今梅花妆是也。”

析评 此词题作“宜州见梅作”。宜州，今属广西壮族自治区河池市。起初，黄庭坚主管玉龙观时，写过一篇《承天院塔记》，执政者与庭坚有微隙，指其为“幸灾谤国”，被除名，羁管宜州。到达宜州，见梅花，有感于去国飘零，年老志衰，因作此词。起笔“天涯也有江南信，梅破知春近”二句，点醒“见梅作”的题意，并带有一分惊喜的心情。接下“夜阑风细得香迟，不道晓来开遍向南枝”，承上“春近”而写一夜之间梅花绽放的情形，仍带有惊异之情。

换头由梅花联想到与梅有关的事情。首先，“玉台弄粉花应妒，飘到眉心住”二句，是由梅花联想到梅花妆。底下再由梅花妆撩起少年时的浪漫生活，最后再与目前情况作一对比，而结出今昔之感来。“平生个里愿杯深，去国十年老尽少年心”，是说少年时遇到春暖花开、美景当前的时候，总是尽兴喝酒，不辞杯深，可是经过十年贬谪之后，再也没有这种兴致了。作者一再受到贬谪，而感到意志消沉，在这首词中，也可见一斑了。

水调歌头 瑶草一何碧/黄庭坚

瑶草一何碧[①]，春入武陵溪[②]。溪上桃花无数，枝上有黄鹂。我欲穿花寻路，直入白云深处，浩气展虹霓[3]。只恐花深里，红露[4]湿人衣。　　坐玉石[5]，倚玉枕，拂金徽[6]。谪仙[7]何处，无人伴我白螺杯[8]。我为灵芝仙草，不为朱唇丹脸[9]，长啸亦何为？醉舞下山去，明月逐人归。

校注　①瑶草一何碧：山里的芳草何其碧绿。瑶草，仙草，指山里的芳草。②武陵溪：在今湖南省常德市。③浩气展虹霓：比喻胸怀开阔，气势豪迈。④红露：一作“红雾”。⑤玉石：一作“白石”。⑥金徽：琴徽，用以定琴声高下之节。⑦谪仙：指李白。⑧白螺杯：白螺壳做的酒杯。⑨朱唇丹脸：涂脂抹粉，随俗媚世的小人。

析评　这是作者谪居时游武陵，联想到陶渊明的《桃花源记》，有感而作的一首述怀词。

起首“瑶草一何碧，春入武陵溪”“溪上桃花无数，枝上有黄鹂”四句，写他走进武陵溪所见的春景。接着以“我欲穿花寻路，直入白云深处，浩气展虹霓”，叙其探求桃源仙境的愿望。结拍“只恐花深处，红露湿人衣”，则显示他在出世与入世之间，仍存着矛盾的心理。

换头“坐玉石，倚玉枕，拂金徽”三句，写他在林间倚石弹琴，闲适自乐。底下“谪仙何处，无人伴我白螺杯”则又觉得有孤单无侣之感，而以没有像李白那样傲世嗜酒的人相伴为憾。因此，紧接着“我为灵芝仙草，不为朱唇丹脸，长啸亦何为”三句，才又写出自己虽然愿做灵芝仙草不随俗媚世，但傲啸山林逃避现实，也不合自己的本性。所以结尾“醉舞下山去，明月逐人归”，终于决定不再犹疑徘徊，而下山入世了。

胡云翼《宋词选注》说：“这首词反映了作者孤芳自赏、不肯媚世求荣的性格，及其出世和入世的矛盾世界观。”薛砺若《宋词通论》称道这首词：“一种幽旷豪逸、超脱尘寰的胸襟直凌纸背，为确有境界之作，非泛泛写几句记游遣兴的字句所可比拟。”

余论 黄庭坚，字鲁直，自号山谷道人，分宁（今属江西省九江市）人。他以诗文受教于苏轼，为苏门四学士之一。他的诗成为江西派的开山大师，词则与秦观齐名，时称“秦七黄九”。今传有《山谷词》，又名《山谷琴趣外篇》。《山谷词》品类很杂，有时作豪壮语，有时作解脱语，有时又作极淫亵的艳情语。他的词若严肃写来，新警峭健很是出色，成为最高的作品，故《四库提要》说：“庭坚词佳者，妙脱蹊径，迥出慧心，补之‘著腔好诗’之说，颇为近之。”但多半都是信手写来的短歌俚曲，毫无拘检，往往失之浑亵浮滥，所以陈师道说他：“时出俚浅，可称伧父。”大致说来，黄庭坚的词有两种风格：一种是豪放高旷，类似苏轼；一种是情致旖旎，类似柳永。

画堂春　东风吹柳日初长/秦观

东风吹柳日初长，雨余芳草斜阳。杏花零落燕泥香，睡损红妆[①]。　宝篆烟销龙凤[②]，画屏云锁潇湘[③]。夜寒微透薄罗裳，无限思量。

校注　①红妆：女子之妆梳。②宝篆句：宝篆，指香炉。龙凤，指香烟。《花木考》：“宋代宫烛，以龙涎香贯其中，又有令香烟成五色楼阁龙文者。”③潇湘：本是湖南省潇水与湘水合流处，此乃指屏上画景。

析评　此词在咏本意。所谓咏“本意”，即词的内容与词调的含义一致：写画堂美人的春思。

唐宋时，凡豪富之家，雕花之室，皆曰画堂。本词题目既为《画堂春》，故入手乃由“春”写起：首句“东风吹柳日初长”，点明早春；继以“雨余芳草斜阳”，写早春之景，兼指出时间是在傍晚，这时适值雨霁之后，芳草碧绿，夕阳艳红，尤觉清丽明媚。接下“杏花零落燕泥香”一句，更平添一片盎然的春意，构成一幅静态的春日美景。在此美景里，若画堂中空无人影，则春景自春景，画堂自画堂，亦不组成一动人的画面，故紧接着以“睡损红妆”，拈出一绝世佳人，遂使春景与画堂由无生命、无意义变成有生命、有意义来。区区四个字，已表现出一个孤寂的美人在春光明媚之时、宝阁画堂之中，百无聊赖的情景，而其所以“睡损”者，定是心有所思，意有所念，不能自遣所致。

换头“宝篆烟销龙凤，画屏云锁潇湘”二句，再进一步写画堂内的华贵装饰：香炉帷屏，皆极讲究，切合题目“画堂”二字。这两句虽在描写画堂内的景物，但其着重点乃在由“龙凤”“云锁”诸词，反衬出伊人的孤单寂寞。因此收结以“夜寒微透薄罗裳”显出她的深夜不能入眠，以“无限思量”写出她的春思无限，而其孤寂之感也就自在言外了。

踏莎行 雾失楼台/秦观

雾失楼台，月迷津渡①，桃源②望断无寻处。可堪③孤馆闭春寒，杜鹃声④里斜阳暮。　驿寄梅花⑤，鱼传尺素⑥，砌成此恨无重数。郴江幸自⑦绕郴山，为谁流下潇湘去？

校注　①津渡：渡口。②桃源：据说桃花源在武陵郡，在今湖南省常德市，在郴州市西北。此处借指心中向往之地。③可堪：犹言不堪，忍受不住之意。④杜鹃声：杜鹃凄切的鸣声，相传像是叫着“不如归去”，容易触动离人的愁思。⑤驿寄梅花：《荆州记》：“陆凯与范晔交善，自江南寄梅花一枝，诣长安与晔，并赠诗曰：‘折梅逢驿使，寄与陇头人。江南无所有，聊赠一枝春。’”⑥鱼传尺素：《古乐府·饮马长城窟行》：“客从远方来，遗我双鲤鱼。呼儿烹鲤鱼，中有尺素书。”尺素，书信。⑦郴江幸自：郴江，在郴州东。幸自，一作“常自”。

析评 此词原题“郴州旅舍”。郴州，即今湖南省郴州市。秦观在宋哲宗绍圣三年（1096）谪徙郴州，本篇盖为当时自写羁愁之作，词中充满凄厉失意之情。

起首“雾失楼台，月迷津渡”，是写旅中所见迷蒙的景色，借以引起去国怀乡的愁思。下句“桃源望断无寻处”，是上文“失”字、“迷”字的归结，表明所向往之处可望而不可及。怨悱之情、身世之感，已蕴藏在内。底下“可堪孤馆闭春寒，杜鹃声里斜阳暮”二句，以“孤馆”点出旅愁，以“闭春寒”显示失意者内心的凄苦；何况又是在“斜阳暮”的时候，听着杜鹃“不如归去”的鸣声，更令离人凄然肠断。这些词句，都是由景透情，虽未写情而情思自见，虽未言愁而愁绪更深。无怪王国维《人间词话》说：“少游词最凄婉”了。

换头以后，直写人事。“驿寄梅花，鱼传尺素，砌成此恨无重数”三句，是说与远方亲友通书信，欲写其孤寂无聊之状、寄其相思之情，然而唯有堆砌成重重愁恨而已，竟不知从何说起，亦不知从何寄出。结尾“郴江幸自绕郴山，为谁流下潇湘去”，以景结情，反衬自己归乡无期的失望之情，颇能写出作者那种触目肠断的情怀。作者不说山川阻隔，却由所见的郴江流下潇湘，寓写自己待在郴州不得归返这种失望和希望交织的心情，更觉凄婉哀苦。这两句最为东坡所喜爱，而将它书写在扇子上，说：“少游已矣，虽万人何赎？”

望海潮 梅英疏淡/秦观

梅英疏淡[1]，冰澌溶泄[2]，东风暗换年华。金谷俊游[3]，铜驼巷陌[4]，新晴细履平沙[5]。长记误随车[6]。正絮翻蝶舞，芳思交加[7]。柳下桃蹊[8]，乱分春色到人家。　西园[9]夜饮鸣笳。有华灯碍月，飞盖[10]妨花。兰苑未空，行人[11]渐老，重来是事[12]堪嗟！烟暝酒旗斜。但倚楼极目，时见栖鸦。无奈归心，暗随流水到天涯。

校注　①梅英疏淡：梅花逐渐稀少、褪色。②冰澌溶泄：河中冰块，逐水而流。澌，河水解冻时逐流而行的冰块。③金谷俊游：金谷，即金谷园，在洛阳城西，西晋石崇所建。俊游，游赏的胜地。④铜驼巷陌：洛阳宫门前御道，有铜铸的骆驼，夹道相向，因名铜驼街。巷陌，即街道之意。⑤细履平沙：漫步于绿草未生的平地上。⑥误随车：错跟别家女眷的车子。⑦芳思交加：春意盎然。这里是用拟人化的说法，故将“春意”说成“芳思”。⑧桃蹊：桃树下的小径。⑨西园：古邺城有曹操所建的西园，洛阳也有董氏西园，见李格非《洛阳名园记》。此处当指后者，但诗词中的西园往往都是泛指。⑩飞盖：飞驰的车子。盖，车盖。⑪行人：指作者自己。⑫是事：事事。

析评　此篇旧题“洛阳怀旧”或“春感”，是作者被放逐后，春日游洛阳，见金谷铜驼旧迹，抚今思昔，因而追怀过去游冶享乐的生活，并织进了个人在政治上失意的无限哀思。

起首“海英疏淡，冰澌溶泄，东风暗换年华”三句，是写春回大地的景象。“梅英疏淡”与“冰澌溶泄”，都是初春的征象；“东风暗换年华”，由景入情，说明旅人对年华流逝的敏感，实为全篇之眼目。新晴天气，最是游览的好时候，故接下“金谷俊游，铜驼巷陌，新晴细履平沙”三句，写其初春重游洛阳的名胜古迹。古迹重游，睹物兴感，最易触发遐思，联想到从前的种种，故下文以“长记误随车”一句来抒写追忆的往事，以“正絮翻蝶舞，芳思交加”“柳下桃蹊，乱分春色到人家”四句来追怀过去游冶的生活。其中“絮翻蝶舞，芳思交加”，状春色正浓，春意盎然；“柳下桃蹊”，说明所徜徉之地；“春色到人家”，是申述芳思交加的深意；“乱分”及“到”字，思路幽绝，不可思议，盖由上文“误”字想入。

换头“西园夜饮鸣笳”“有华灯碍月，飞盖妨花”三句，紧承前意，更入一层地具体写出前度的俊游，是“随车”后事。“西园”二字，指出游宴之地；“夜饮鸣笳”，写宴乐的盛况；“华灯碍月，飞盖妨花”，描绘出一片富丽华贵的气象。此处愈说得热闹，下文三句之转笔愈觉有力。故“兰苑未空，行人渐老，重来是事堪嗟”一转，写景物依旧而人事已非，不胜今昔之感。“重来”二字与上阕“东风暗换年华”遥相呼应。下接“烟暝酒旗斜”“但倚楼极目，时见栖鸦”三句，又旁写一片冷落迟暮的景象作衬托，与上文所写的繁华场面形成鲜明的对比，反映出不同的感觉。在此百无聊赖的情况下，自然就会想到家庭的温暖，故结尾“无奈归心，暗随流水到天涯”二句，怅然思归之情，油然而生。“暗随流水到天涯”，即极目天涯、寄情流水的意思。

这首词：“前段着重写景，从当前的‘东风暗换年华’，追念过去值得留恋的春景；后段着重写情，借过去豪华的生活反衬现在羁旅的穷愁。这样曲折表达，主人公寂寞的心情便显得更为突出。”（胡云翼《宋词选注》）

满庭芳 山抹微云/秦观

山抹微云，天连衰草，画角声断谯门[①]。暂停征棹[②]，聊共引离尊[③]。多少蓬莱旧事[④]，空回首，烟霭纷纷。斜阳外，寒鸦万点，流水绕孤村[⑤]。　销魂，当此际，香囊暗解[⑥]，罗带轻分[⑦]。谩赢得、青楼薄幸名存[⑧]。此去何时见也，襟袖上、空惹啼痕。伤情处，高城望断，灯火已黄昏。

校注　①谯门：即谯楼，城上望远之楼。②征棹：行舟。③引离尊：喝别酒。引，一作“饮”。尊，酒器。④蓬莱旧事：详见析评栏。⑤斜阳外三句：隋炀帝《野望》诗：“寒鸦千万点，流水绕孤村。”少游用此语。⑥香囊暗解：暗地解下香囊，作为临别的纪念品。古男子有佩戴香囊的风气，见《世说新语·假谲》。⑦罗带轻分：表示轻易离别。古人用结带象征相爱，故此处以“罗带轻分”表示离别。⑧谩赢得句：

谩，空。青楼，妓女住所的代称。薄幸，薄情。杜牧《遣怀》诗："十年一觉扬州梦，赢得青楼薄幸名。"

析评 这是秦观离开会稽时，追思一位他所眷恋的歌妓而作的一首恋情词。据《艺苑雌黄》说："程公辟守会稽，少游客焉，馆之蓬莱阁。一日，席上有所悦，自尔眷眷，不能忘情，因赋长短句，所谓'多少蓬莱旧事，空回首，烟霭纷纷'也。"篇中皆以秋天的晚景作为离情别绪的衬托和渲染。

起笔"山抹微云，天连衰草，画角声断谯门"三句，表面上看起来完全是写实的句子，但深入一点去分析一下，却已把秋别的题意暗藏在他所选择的现实景物中，种下了离别之根。我们试想：远处的山头上抹着一层微云，这不是傍晚的现象么？天低低地连着衰草，这不是"长亭外，古道边，芳草碧连天"的淡淡的影子么？城楼上的号角已经吹过，这更明显地说明了山抹微云是傍晚，因为日暮是吹号角的。作者选择这一组情景，主要是要通过这些景物的描写，造成一片黯然伤别的气氛。底下才由"暂停征棹，聊共引离尊"清楚地道出了离别的题意。其中一个"暂"字显示终须别去的命运，一个"聊"字说出无可奈何的心情。面对着生离的不幸遭遇，不由得想起了以往的幸福生活，所以接着"多少蓬莱旧事，空回首，烟霭纷纷"，推出了已成追忆而不能忘情的蓬莱阁中美好的记忆。"空回首，烟霭纷纷"，很明显是既写景又写情的句子。就写景而言，"烟霭纷纷"回应"微云"，是傍晚暮霭纷纷的景象；就写情而言，是指往事像烟霭似的模糊茫然。接着更以"斜阳外，寒鸦万点，流水绕孤村”等萧瑟的景象托出别离的意境，并造成一种前程渺茫的感觉，使我们被他内心的情绪感染得更深。

下半阕叙离别的情景。首先，以“销魂”点出离别；接着以“香囊暗解，罗带轻分”写分手时的情状，这两句刻画动态，充分表现出缠绵的情思，这是从行为上叙写。下句“谩赢得、青楼薄幸名存”，流露出薄幸的悲叹。这是何等的可悲，何等的无奈！底下“此去何时见也，襟袖上、空惹啼痕”二句，写别离的感伤下泪，绘出后会无期的辛酸，这是从感情上叙写。最后，以“伤情处”三字总结了整首词所反映的情绪的各个形象，包括景色、旧事、旧处等，把多样性的现象结束成一个统一的现象；以“高城望断，灯火已黄昏”作上半阕“谯门”“烟霭”“斜阳”等伏脉的重现，作时间空间的明确交代。因为，“灯火已黄昏”是时间的说明，至于空间的交代，我们看上半阕“暂停征棹”，说明“停”只是“暂停”，但下面并没有说开船或表示开船的迹象。直到这里，作者用“高城”在望中由远而“断”，由这渐行渐远、景物渐模糊的现象巧妙地点出了船行，而空间的交代已在言外了。

这首词虽然写的都是失落的恋情和黯然销魂的离别，但作者在无形中也把他自己不得意于政途、终致流放的身世之感并入艳情中，只是这点附带并入的感慨，被掩盖在气氛很浓的离情里，不怎么显著而已。至于它在结构上的细密、情致上的真挚，前人早已有“北宋词家以绵密之思，得遒练之致”的好评了。

江城子 西城杨柳弄春柔/秦观

西城杨柳弄春柔[①]，动离忧，泪难收。犹记多情[②]曾为系归舟。碧野朱桥当日事，人不见，水空流。　　韶华[③]不为少年留。恨悠悠[④]，几时休？飞絮落花时候一登楼。便做春江都是泪，流不尽，许多愁。

校注　①春柔：春天新生柔嫩的枝条。②多情：指作者所爱的人。③韶华：青春的时光。④悠悠：深长貌。

析评　此为春日怀人之作。起笔“西城杨柳弄春柔，动离忧，泪难收”三句，触景伤情。“西城”二字指出伤情之地，“杨柳弄春柔”说明时间与伤情的根由：柔柳舞摆，触动离忧，使得自己忍不住掉下泪来。底下“犹记多情曾为系归舟”一句，紧承“杨柳”，联想起当日之事：当日心爱的人曾为自己的归来，殷勤地把归舟系住。但如今“碧野”“朱桥”，景物依稀，往事历历如昨，然而人已不见，只有无情的江水还空自地流着，所以结拍说：“碧野朱桥当日事，人不见，水空流。”字里行间，充满无限的柔思与伤怀之情。

换头“韶华不为少年留”“恨悠悠，几时休”三句，蓦感韶光易逝，恨意深长。因此底下数句才顺着说：在这柳絮飘飘、落花片片的时节，登楼四望，更不禁悲从中来，眼望楼下的春江，便都当它是清泪，也流不完这许多的愁思啊！

“便做春江都是泪，流不尽，许多愁”是由李后主《虞美人》

“问君能有几多愁，恰似一江春水向东流”变化而出，而情意更深。

桃源忆故人 玉楼深锁薄情种/秦观

玉楼深锁薄情种[1]，清夜悠悠谁共？羞见枕衾鸳凤[2]，闷则和衣拥。　　无端画角严城[3]动，惊破一番新梦。窗外月华霜重，听彻《梅花弄》[4]。

㊣校注 ①薄情种：这里概指女子夫婿。②枕衾鸳凤：枕头和被单上所绣的鸳鸯与凤凰。③严城：高峻的城楼。④梅花弄：琴曲名，有《梅花三弄》曲。陆游诗有“梅花调苦愁三弄”之语，可见其声调之愁苦。

析评 此为抒写深闺幽怨之作。起笔开门见山，“玉楼”指明伊人独处之地，“锁”字见其芳心之孤寂、感情之无托，而上着一“深”字，更加深寂寞之感。在此“玉楼深锁”的情势下，就更难安排自己了。既然玉楼独处、款曲无处沟通是铁的事实，而第二句偏来问“谁共”？这并非不知而问，乃是加深孤寂之情调，且对于一个孤单独处之人，在白天感受尚轻，一到夜深人静，则寂寞之感倍系于心头，因此“清夜悠悠谁共”，字面上只见轻轻一问，骨子里实含着无尽的血泪幽怨，似千斤重石压向伊人心灵深处。接下第三句用“羞见枕衾鸳凤”来衬托一笔。大凡孤单独处的人，心情上怕见他人成双成对，即使对方不是有灵性的人，而是鸟兽鱼虫，也不例外。所以在百无聊赖之际，就是枕头上的绣花鸳鸯，被子上的织锦凤凰，都像在嘲笑伊人，都为伊人所嫉妒而怕见它们、羞见它们。心理之刻画，可谓深矣。紧接“闷则和衣拥”，简直把一位弱不胜衣、病不胜愁、苦不胜思的人儿描绘在我们眼前，真有呼之欲出的感觉。

换头以下，转写梦断的情景。“无端画角严城动，惊破一番新梦”，是写伊人对于心上人既限于事实而无法相会，只有求之梦寐。而今梦中刚刚见到他，却又被无端的号角所惊破，把一个勉强安顿的心又拉回纷乱的现实，怎得不令人懊恼！梦断之后，窗外“月华霜重”，听彻《梅花弄》苦曲，此时此景，益彰长夜漫漫、凄然欲绝之愁情了。

浣溪沙 漠漠轻寒上小楼/秦观

漠漠[①]轻寒上小楼，晓阴无赖[②]似穷秋。淡烟流水画屏幽。

自在飞花轻似梦，无边丝雨细如愁。宝帘闲挂小银钩[③]。

校注　①漠漠：寂静无声的样子。②无赖：索然而无乐趣。③宝帘句：宝帘，珍珠帘。小银钩，精美的帘钩。

析评 这是一首写春思的词。由天气的轻寒阴沉，小楼的寂静幽深，反映出一片凄清的情调；自由自在的飞花，无边的丝雨，撩起一种幽渺的情思。

起笔“漠漠轻寒上小楼，晓阴无赖似穷秋”二句，写眼前春寒阴霾的天气。这种天气是：微微的寒气静悄悄地侵入了小楼，清晨阴沉的天气多么令人心烦不乐！虽是春天的季节，却有些像深秋的感觉。接下一句“淡烟流水画屏幽”，写楼内的景物。楼内屏风上画着的是“淡烟流水”的景色，这时也格外显得幽深。

换头“自在飞花轻似梦，无边丝雨细如愁”二句，又转写楼外的景物。楼外的落花自由自在地飞舞着，轻盈得像梦一般；无边无际的细雨，柔得像人的愁绪一样。这两句取材运思极饶情致，尤以“飞花”“丝雨”互相衬托，更觉飘逸凄迷。吴梅《词学通论》说：“此等句皆思路沉着，极刻画之工，非如苏词之纵笔直书也。”结尾“宝帘闲挂小银钩”，又回复到室内来：室内的珍珠帘子静静地悬挂在精美的小银钩上。以此作结，表现得更纤美更婉丽。

此词为秦观的精品，纤美婉丽，轻灵淡雅。词中所写之境有“小楼”，楼内有“画屏”，屏上所绘者为“淡烟流水”，又有“宝帘”挂于“小银钩”上，屋室器物，均已精美细巧了，而时节则“晓阴”无赖，“轻寒”漠漠；楼外有“飞花”“丝雨”，其轻似梦，其细如愁。取材运意，一句一字皆极幽静细美之能事。吾人读此词，仿佛置身于一清丽幽邃的境界，且有一种轻微的、难以为怀的怅惘感觉。

鹊桥仙 纤云弄巧/秦观

纤云弄巧①，飞星传恨，银汉迢迢②暗渡。金风玉露③一相逢，便胜却人间无数。　　柔情似水，佳期如梦，忍顾鹊桥归路④。两情若是久长时，又岂在朝朝暮暮。

校注　①纤云弄巧：片片的彩云弄出巧妙的花样。②银汉迢迢：银汉，天河。迢迢，遥远貌。③金风玉露：形容秋天美好的气候。④忍顾鹊桥归路：就是不忍回顾那条从鹊桥回去的道路之意。《风俗通》："七夕，织女当渡河，使鹊为桥。"故名鹊桥。

析评　此篇是借牛郎织女的故事来歌颂历久不渝的真挚感情。每年七夕，是牛郎织女聚会之夜，织女渡过天河与牛郎相会，以鹊桥为沟通的桥梁，这是一个悲剧性的爱情故事，历来有很多诗人题咏它，要推陈出新很不容易，现在秦观以自己的身世之感别出心裁，自拓新境，谱之于词，使人对于这首词的意境有耳目一新之感。

起笔三句，写相会前的情态，也表达了牛郎织女悲欢离合的复杂衷情。首先以"纤云弄巧"写片片彩云翻奇弄巧，显现出一片喜庆的气氛；以“飞星传恨”写双星流露出终年不得见面的离恨；而续以“银汉迢迢暗渡”写织女星带着离恨暗地渡过银河，表示了相见之情的迫切。底下“金风玉露一相逢，便胜却人间无数”二句，忽变情景为议论，来写牛郎织女的真情挚意，于平淡中见深情，于刹那中见永恒。所谓“胜却人间无数”，实是一种无上珍贵的自傲！本来词夹议论易入枯窘，但一经少游笔下，却显得蕴藉委婉，不着痕迹。

换头“柔情似水”，写两情之绸缪；“佳期如梦”，写相聚之甜美（一说相聚之短暂）；“忍顾鹊桥归路”，写其依恋不舍。然而终究要有分别的一刻，所以末尾“两情若是久长时，又岂在朝朝暮暮”二句，又从别后着想，且出以议论，给真情者以莫大的慰藉，使人像从万仞冰山见到一朵春花一般的欣慰，无怪黄蓼园说这两句是“化腐朽为神奇”了。事实上也是如此，试想：深情铭心者，又何须日夕相处？而朝暮厮守者，又岂真能两情不渝？若非秦观这样深于感情的人，实在不易设想出如此的境地。

总之，秦观这首词，能不拾人牙慧，自出机杼。看他通篇句句写天上，写牛郎织女，其实句句是写人间，写自己的情怀！

余论 秦观，字少游，号淮海居士，高邮（今江苏省高邮市）人。进士出身，后坐元祐党籍，先后贬逐处州、郴州、横州、雷州，最后死于放还途中。今传《淮海词》八十余首。秦观虽为苏门四学士之一，但其词风婉约，不同于苏轼之豪放，而尤于柳永为近。他的长处在于以欧、晏婉约含蓄的情调来挽回柳词浅俗之病，同时又能以苏轼的疏朗之气、沉郁之情来补救柔弱之弊，所以宋蔡伯世说："子瞻辞胜乎情，耆卿情胜乎辞；辞情相称者，惟少游一人而已。"（《古今词话》引）少游词得《花间》《尊前》遗韵，而又以文字精密、格律工细见长，清丽中不断意脉，与周邦彦风格极为相近，故陈廷焯《白雨斋词话》说："秦少游自是作手，近开美成，导其先路；远祖韦、温，取其神不袭其貌。"简言之，他的作品，时有温、韦的境界，时有柳永的基调，也时有苏轼的格调，可说是一位博观约取的作家。正因为这样，他的词才缺乏柳、苏那种创造建设的精神和开拓发展的力量。但若就艺术技巧而论，无疑仍是一个成功的作家。由于秦观屡遭徙放，苦闷牢骚不能自已，因此他的某些词，不仅以情韵见长，而且打入了身世之感，反映出古代文人失意的不幸遭遇。可是他有较多的篇什，主题尽是些追恋自己一去不返的风流旖旎的生活，流露出消极伤感的情调。但无论如何，少游词总是出于他那不能自已的真情实感的流露，所以冯煦与王国维称他为"古之伤心人"，并且盛赞他的词"淡语皆有味，浅语皆有致"。这与张炎《词源》所说"秦少游词，体制淡雅，咀嚼无滓，久而知味"同一意义。

减字浣溪沙 楼角初销一缕霞/贺铸

楼角初销一缕霞，淡黄杨柳暗栖鸦。玉人和月摘梅花。
笑撚[1]粉香归洞户[2]，更垂帘幕护窗纱。东风寒似夜来些。

校注 ①撚：用手指搓取东西。②洞户：深邃之室。这里是指闺房。

析评 此词刻画玉人月下摘取梅花的整个过程及心理动态。上半阕由晚霞、杨柳，写到玉人月下摘花。首句“楼角初销一缕霞”，除已点出黄昏时分外，更由明丽的晚霞反透出玉人的美洁。次句“淡黄杨柳暗栖鸦”，“淡黄杨柳”是春天的景象，“暗栖鸦”则入夜人静可知。在春夜人静月初升的情景下，“玉人和月摘梅花”，这是何等的境界！“玉人”“月”“梅花”，仿佛一串明珠缀起来似的莹洁。

下半阕写玉人摘取梅花后，笑撚粉香，回到深闺，放下帘幕，乃觉一片寒意。末句着一“寒”字，吐露出闺中凄凉的消息。全词不见一句情语，而情的寄托常于言外得之，柔婉细致，实为小令的极致。杨慎《词品》说：“此词句句绮丽，字字清新，当时赏之，以为《花间》《兰畹》不及，信然。”

青玉案 凌波不过横塘路/贺铸

凌波不过横塘路[1]，但目送、芳尘去。锦瑟华年[2]谁与度？月桥花院[3]，琐窗朱户[4]，只有春知处。　　飞云冉冉蘅皋[5]暮，彩笔新题断肠句。若问闲情都几许[6]？一川烟草，满城风絮，梅子黄时雨[7]！

校注　①凌波句：凌波，喻美人轻盈的步履。曹植《洛神赋》："凌波微步，罗袜生尘。"横塘，在苏州城外。②锦瑟华年：喻青春年华。李商隐《无题》诗："锦瑟无端五十弦，一弦一柱思华年。"③月桥花院：作"月台花榭"。④琐窗：雕刻有环形花纹的窗子。一作"绮窗"。⑤蘅皋：长着香草的水边。⑥都几许：共有多少。⑦梅子黄时雨：梅子成熟时所下的雨。旧历四五月间多雨，正值梅子成熟时，俗称梅雨或黄梅雨。（又：华年一作"年华"，新题一作"空题"。）

析评　这首词是作者寓居苏州时所作，内容是写梅雨时节幽居生活的一段愁情。龚明之《中吴纪闻》说："铸有小筑在姑苏盘门之南十余里，地名横塘。方回往来于其间，尝作《青玉案》云。"

作者写作此词，用的是楚骚比兴的笔法，词的一开始便设想在横塘路上遇见了一位心所倾慕的美人。首句"横塘路"，乃就所在地言之；"凌波不过"，是望美人兮不来，大有一去无踪之慨。"但目送、芳尘去"，则徒生思慕之情。"芳尘"

犹言芳踪。彼美人既一去不来，故接下便但能猜想她的生活情状，而以“锦瑟华年谁与度”表示关怀她，以“月桥花院，琐窗朱户”想象她所居之处内外环境的美丽。这个地方，唯有“春”知其处，言下颇有怅然之意。作者在这里有怀念，却是停留在鲜明的记忆上；有伤怀，却是一种轻轻喟叹。

下半阕接写怅恨。“飞云冉冉蘅皋暮”，是由空阔荒寂的景象反透出“人去塘空”的惆怅。因此心中所涌起的，只有断肠之情了，所以紧接着说：“彩笔新题断肠句”（言为心声也），这时作者必是满怀惆怅，而惹起下文恰似“一川烟草，满城风絮，梅子黄时雨”的万般愁情；且先用“若问闲情都几许”轻轻一提问，更觉婉转而有深致。结尾以景结情，既回复篇首，又独成新意，殊为隽妙。罗大经《鹤林玉露》谓：“以此三者比愁之多，尤为新奇，兼兴中有比，意味更长。”

友人张梦机《词笺》云：“这首词情境非常恍惚迷离，起笔便如梦境，续笔再加上想象，写那女子的住处，便更加不可捉摸了。由时空的经纬来看，是由‘想象’与‘现实’的冲击构筑而成。在想象中，他怀念着一种‘月桥花院，琐窗朱户’的生活，而这种生活已遥不可得了；在现实中，他所感受到的却是另一种孤寂的生活。所以归结到最后，便只有一腔闲愁了。此词含有‘欲说还休’之态，恰如陈亦峰所说的：‘另有一种伤心说不出处。’正因为如此，所以情意不十分真切，在意境上总有语隔一层之感，若非结尾数句妙绝千古，此词便不足道了。”“结尾这几句词的好处便在一个‘浑’字。‘浑’便自然无迹，不显造作之态。所以浑成之句，你只知它好，至于如何好，便很难具体道出了。它不同于那种奇巧新异之句。李白的‘西风残照，汉家陵阙’是浑，张先的‘云破月来花弄影’便是巧了。浑句以气象取胜，它整个句子很均衡，没有奇巧之字，给读者一种平衡、自然、宽敞的感觉，如望千里平野；而巧句不是设想离奇，便是炼字突出，给读者的感受是新奇、跳脱、突然，如看穷山恶水中的一朵奇花异草。我们明白了浑的境界之后，再来看贺铸这几句词，便不难体会。‘烟草’、‘风絮’、‘梅雨’都是细碎杂乱之物，不恰似千头万绪的闲愁吗？而由整个景象看来，又恰好组成一幅幽凄迷茫的图画，不正是愁人那种迷离恍惚、茫然无措的心境吗？情与景配合得很自然，找不出一点痕迹来。再看他的用字造句，整个非常均衡，并没有特别新奇重要的关键字，但整段读下来，它的意味却足够品尝一番的。这便是浑成了。”

踏莎行 杨柳回塘/贺铸

杨柳回塘①，鸳鸯别浦②，绿萍涨断莲舟路。断无蜂蝶慕幽香③，红衣脱尽芳心苦④。　　返照迎潮，行云带雨，依依似与骚人语。当年不肯嫁春风⑤，无端却被秋风误。

校注 ①回塘：曲折的水塘。②别浦：江河支流的水口。③幽香：指荷花。④红衣句：是说秋天荷花落了，它结的莲子，心有苦味。红衣，指荷花，如姜白石《惜红衣》即是题咏荷花的。⑤嫁春风：张先《一丛花》："沉恨细思，不如桃杏，犹解嫁东风。"

析评 此篇是作者晚年退居苏州时抒怀之作。词中以春秋景物为对比，反衬出自己内心一片不得已的苦情。

据《宋史·文苑传》记载：贺铸为人，豪侠尚气，喜谈论当世事，可否不少假借。即使是当朝权贵，稍不中意则讥诋之。因为他这种不知收敛的个性，得罪了权要，由此不得美官，悒悒失志，而食宫祠禄（因他是孝惠皇后的族孙），退居吴下，往来于苏州常州间，远离世事，早年的英光豪气至此消磨殆尽。他一生渴望建立事功，隐退江湖本非所愿，此词正表现了他退隐后那种悒郁的心情。

起笔"杨柳回塘，鸳鸯别浦，绿萍涨断莲舟路"三句，是写苏常一带春日的美景：回塘边垂着杨柳，别浦上栖着鸳鸯，整个水塘涨满了绿萍，阻断了莲舟的去路，这不就是江南春的一幅风光图吗？这种风光是蜂蝶所向慕的，所以接着"断无蜂蝶慕幽香，红衣脱尽芳心苦"二句便借蜂蝶之不慕秋季的荷花莲子而向慕春天，说明自己所渴望的是建立事功而不是退隐江湖。

下半阕"返照迎潮，行云带雨，依依似与骚人语"三句，则将迎潮的"返照"和带雨的"行云"拟人化，说它似乎都在告诉自己："当年不肯嫁春风，无端却被秋风误。"现在自己之所以悒悒失志，完全是因为当年那种不能随俗媚世的个性所致。《宋史》说贺铸“晚岁退居，远离世故，英光豪气，收敛殆尽”，在这首词里，我们可以深切体会其一二了。

石州引 薄雨收寒/贺铸

薄雨收寒，斜照弄晴，春意空阔。长亭柳色才黄，远客一枝先折。烟横水际，映带几点归鸿，东风销尽龙沙[1]雪。还记出关来，恰而今时节。　将发。画楼芳酒，红泪清歌[2]，顿成[3]轻别。回首经年，杳杳音尘都绝。欲知方寸[4]，共有几许新愁？芭蕉不展丁香结[5]。枉望断天涯，两厌厌[6]风月。

校注　①龙沙：塞外之通称。一作“龙荒”。②红泪清歌：美人唱歌时眼泪沾了脸上的胭脂成为红色。③顿成：一作“便成”。④方寸：指心。⑤芭蕉句：芭蕉不展，比喻愁眉不展。丁香花蕾丛生，故以丁香结比喻愁结不解。李商隐《代赠》诗：“芭蕉不展丁香结，同向春风各自愁。”⑥厌厌：同“恹恹”，病态貌，愁苦貌。

析评　这首词的主题在叙写别离之情。据吴曾《能改斋漫录》说：“方回眷一姝，别久，姝寄诗云：‘独倚危栏泪满襟，小园春色懒追寻。深恩纵似丁香结，难展芭蕉一寸心。’贺因赋此词，先叙分别时景色，后用所寄诗语。”

上半阕自篇首直到“东风销尽龙沙雪”这一大段，皆极力铺写当前景物，笔端尽量放开，然后以“还记出关来，恰而今时节”两句作收，折入追忆。起笔“薄雨收寒”，粗看无甚新奇，仔细揣摩亦是妙句，因为时令是在初春，一雨则一添暖（若在初秋则反之），故此处所谓“收寒”，正意味着春意逐步浓盛。因此接着用“斜照弄晴”来点活明丽的春景。更由这两句所写的微雨初晴，引出了下文“春意空阔”来。又由于“春意”的空阔，才有底下“长亭柳色才黄”之语（长亭边杨柳染有鹅黄嫩绿之色，这是春的气息的象征）。更由长亭的杨柳联想到折柳赠别的事，故接着以“远客一枝先折”托出离别的题意来。底下三句，是推进一层的写法，再度刻画出一片空阔的春意：“烟横水际”是放远所见，“几点归鸿”是仰视所见，“龙沙雪销”是俯察所见，凡此皆为下文追忆往事作势。于是由“恰而今时节”想到前此之出关，景物恰恰相同，离别之感乃于无形中涌起了。同时“恰而今时节”亦暗示别离的时间最少已经过一年了，预为下半阕“回首经年”作一伏笔。

换头紧承前结“还记出关来”一句而出，追忆往事。首先用“将发”二字一提，写临出发前的情况。接着用“画楼芳酒，红泪清歌”追溯将发时事，柔情蜜意不知羡煞多少孤客。但续以“顿成轻别”四字，词意一转，使人不胜呜咽。“回首经年”以下，遂申说别情：“杳杳音尘都绝”是引发别情之恨；“欲知方寸，共有几许新愁”“芭蕉不展丁香结”，是用伊人所寄诗语以写自己愁结之深，取譬深远，有理而妙。结尾以“只有各自憔悴天涯，恹恹地辜负大好时光”写出远隔天涯、两地相思，使人有难以为怀之感。“枉望断天涯”是一人所独，“两厌厌风月”为两人所共。这一段写来，情思眷眷，把深挚的情感寄托在景色中，情味比前段更为浓烈，几有扪心悲唤之态。

友人张梦机《词笺》云：“纵观此词，章法很紧，上下片都以回叙笔法写成，中间以‘还记出关来’一句作为连锁之用，‘记’字是全篇之眼，点出此词系属回忆之作。这种有法可寻的作品，以功力见称，很值得初学者揣摩。”

伴云来 烟络横林/贺铸

烟络横林①，山沉远照，逦迤②黄昏钟鼓。烛映帘栊③，蛩催机杼④，共苦清秋风露。不眠思妇，齐应和、几声砧杵⑤。惊动天涯倦宦，骎骎岁华行暮⑥。　　当年酒狂自负，谓东君⑦、以春相付。流浪征骖⑧北道、客樯⑨南浦。幽恨无人晤语。赖明月、曾知旧游处，好伴云来，还将梦去。

校注　①烟络横林：烟雾笼罩着横亘的树林。②逦迤：音里乙，蜿蜒连续。③帘栊：窗牖曰栊。④蛩催机杼：蛩，音穷，即蟋蟀，又名促织。机杼，织布机与穿纬线的梭子。⑤砧杵：

皆捣衣用器，砧为板，杵为棍。⑥骎骎句：骎骎，马奔驰貌，喻时间迅速。岁华，青春年华。行，将也。⑦东君：春神。⑧征骖：征骑，征车。⑨客樯：客船。

析评 此为秋日抒怀之作。篇中借秋天景物的烘托，抒发作者尚气使酒，悒悒失志的幽恨。

起笔三句，泛写秋日黄昏之景："烟络横林，山沉远照"是所见，"逦迤钟鼓"是所闻，"黄昏"二字说明时间。这三句先由所见远景、所闻暮鼓之声，铺设一片萧索悲凉的气氛。接下"烛映帘栊，蛩催机杼，共苦清秋风露"三句，由远而近，写促织声来渲染秋之萧索，并由促织的惊动懒妇，表现出秋气的寒苦。底下"不眠思妇，齐应和、几声砧杵"，又继续由思妇夜里捣衣的声音，点缀秋的凄凉。最后"惊动天涯倦宦，骎骎岁华行暮"二句，再由砧声触起客思，联想到岁云暮矣，而自伤年华的消逝。

换头以后，感慨今昔。"当年酒狂自负，谓东君、以春相付"，是回想当年尚酒使气，只以为春神独宠自己。这里拈出"春"来与上文"秋"相较，感慨更觉深似一层。"流浪征骖北道，客樯南浦"是追忆往昔骑马乘舟、南北奔驰的豪迈生活。底下"幽恨无人晤语""赖明月、曾知旧游处"，词意一转，可惜壮志未酬、幽恨无人可诉，唯有明月方知其旧游之处。无限感慨潜藏在不言的孤寂中，更令人聆听到他的悲咽。结尾"好伴云来，还将梦去"，希望明月伴随彩云，带着自己重回旧梦的地方，以景为结，蕴藉空灵。

这首词，词情幽索悲壮，尤其后半阕，细味起来，潜伏着一股悲怆豪迈之气，所以朱孝臧手批《东山乐府》称道它是："横空盘硬语。"

六州歌头 少年侠气/贺铸

少年侠气，交结五都[①]雄。肝胆洞，毛发耸。立谈中，死生同。一诺千金重[②]。推翘勇，矜豪纵。轻盖拥，联飞鞚[③]，斗城东。轰饮酒垆[④]，春色浮寒瓮[⑤]，吸海垂虹[⑥]。闲呼鹰嗾犬[⑦]，白羽摘雕弓，狡穴俄空[⑧]。乐匆匆[⑨]。　似黄粱梦[⑩]。辞丹凤[⑪]，明月共，漾孤篷。官冗从[⑫]，怀倥偬[⑬]，落尘笼[⑭]。簿书丛，鹖弁[⑮]如云众，供粗用，忽奇功。笳鼓动，渔阳弄[⑯]，思悲翁。不请长缨[⑰]，系取天骄种[⑱]，剑吼西风。恨登山临水，手寄七弦桐[⑲]，目送归鸿[⑳]。

校注　①五都：汉代以洛阳、邯郸、临淄、宛、成都为五都；唐代以长安、洛阳、凤翔、江陵、太原为五都。这里是指宋代的各大都市。②一诺千金重：《史记·季布传》："得黄金百斤，不如得季布一诺。"③飞鞚：飞驰的马。有嚼口的马络头曰鞚。④轰饮酒垆：狂饮于酒店里。⑤春色浮寒瓮：酒瓮里浮现出诱人的春色。⑥吸海垂虹：比喻豪饮。⑦呼鹰嗾犬：嗾犬，使指猎犬。鹰犬都是打猎时用来寻找猎物的助手。⑧狡穴俄空：狡兽的巢穴很快就被猎取一空。⑨匆匆：

急遽貌。此处用来形容极一时之乐。⑩ 黄粱梦：《枕中记》叙道士吕翁行邯郸道中，见旅舍少年卢生自叹穷困，乃以枕授之，谓枕此当荣适如意。生即梦娶清河崔氏，累官至宰相，子孙满堂，年八十余而死。生至此乃醒，时旅舍主人蒸黄粱犹未熟。这个故事后人称为黄粱梦。⑪ 丹凤：唐时长安有丹凤门。后人遂借指京城。⑫ 冗从：侍卫之官。⑬ 倥偬：事情紧迫匆忙。⑭ 尘笼：世俗的束缚。指仕途。⑮ 鹖弁：武官的帽子。借指武官。⑯ 笳鼓动二句：原指安禄山据渔阳称兵叛变，这里是借称北宋时外族发动战事，因为安禄山是胡人。⑰ 请长缨：《汉书·终军传》载："军自请愿受长缨，必羁南越王而致之阙下。"后世遂称请求参军杀敌为请缨。缨，系帽之绳。⑱ 天骄种：指匈奴，外族。《汉书·匈奴传》："胡者，天之骄子也。"⑲ 七弦桐：即七弦琴。⑳ 目送归鸿：嵇康《赠秀才入军》诗："目送征鸿，手挥五弦。"方回盖用此语。

析评 此为作者言志的一首自叙词，词中表现了少年时不可一世的雄姿壮采，同时也充满了晚年英雄失意的无限哀感。

起首"少年侠气，交结五都雄"，写少年时期交结各大都市的英雄豪杰，充满一股侠义的气概。"肝胆洞，毛发耸"，是说当时肝胆相照，义气强烈。"立谈中，死生同""一诺千金重"，写其重然诺，轻生死。"推翘勇，矜豪纵""轻盖拥，联飞鞚，斗城东"，是说当时自己勇敢特出，以豪放不羁傲视于人，轻车飞马簇拥跟随，意气飞扬地驰骋于小城之东。底下"轰饮酒垆，春色浮寒瓮，吸海垂虹"三句，写他使酒任性、狂妄豪饮的形态。“闲呼鹰嗾犬，白羽摘雕弓，狡穴俄空”“乐匆匆”四句，叙述当时以骑射为乐，生活豪迈。

换头词意一转，“似黄粱梦”“辞丹凤，明月共，漾孤篷”，写他仕途失意离开京城后，先前那种豪迈的生活像梦一般地消逝了，乘坐孤舟在水里漂泊着，只有明月伴着自己。“官冗从，怀倥偬，落尘笼”“簿书丛”，写他在外担任卑微官职，忙于事情，受了一些烦琐官文书的束缚。“鹖弁如云众，供粗用，忽奇功”，是说许多武职人员，都只做些粗杂的事情，不重视建立功业，没有施展抱负的机会。底下“笳鼓动，渔阳弄，思悲翁”三句，转写外族入侵，战事爆发，而自己却已老迈了。接着“不请长缨，系取天骄种，剑吼西风”，是说自己不能请求参军杀敌，消灭胡虏，连宝剑都感觉不平，在西风里怒吼起来。结尾“恨登山临水，手寄七弦桐，目送归鸿”，抱恨于江湖高隐。

胡云翼《宋词选注》说：“前段写少年时期交结豪侠，重然诺，轻生死，意气飞扬，使酒任性，以骑射为乐，生活豪放不羁。后段写当年的欢乐和豪情一去不返，仕途失意，担任卑微的武职，忙于庸俗琐屑的工作，虽然壮志凌云，而请缨无路。通篇音调激昂，词情慷慨，反映了作者悲愤的爱国激情。”

余论 贺铸，字方回，卫州（今河南省卫辉市）人。他是孝惠后的族孙，本可富贵终身，但因他赋性耿介，尚气使酒，终不得美官，悒悒不得意。晚年退居吴下，自号庆湖遗老。今传《东山词》，一名《东山寓声乐府》。他的生活和性情有些近似晏几道。他的词在工丽、协律与锻炼方面，较秦观尤近周邦彦；但由于他那名士气和狂放气，使得作品中也时有苏轼的飘逸和高傲。所以张耒推崇他说："方回乐府，妙绝一世。盛丽如游金、张之堂，妖冶如揽嫱、施之袂；幽洁如屈、宋，悲壮如苏、李。"这几句正说明了贺铸词的丰富多彩。此外，善于炼字，喜用前人诗句入词，也是他的特点之一，温、李以及杜牧的诗，他吸收得最多，他自己说过："吾笔驱使李商隐、温庭筠，常奔命不暇。"至于他以诗句入词的方法，不外有二：其一为融化原句，隐括入词，如《青玉案》的"锦瑟华年谁与度"；其二为原句用之于词，如《石州引》的"芭蕉不展丁香结"。《东山词》中，除了部分作品是写春花秋月的闲愁外，多半都能表现出他的生活和人生观，对过去的事迹（不论是爱情或志业）深深地追恋，具有某种特定意义，王灼所说："贺方回语意精深，用心甚苦。"（《碧鸡漫志》）及陈廷焯："方回词，胸中眼中另有一种伤心说不出处。"（《白雨斋词话》）大约都是指着这点而言的。

卜算子 水是眼波横/王观

水是眼波[1]横，山是眉峰[2]聚。欲问行人去那边？眉眼盈盈[3]处。　　才始送春归，又送君归去。若到江南赶上春，千万和春住。

校注　①眼波：目光流盼有如水波，故云眼波。②眉峰：双眉攒聚有如山峰，故曰眉峰。③盈盈：端丽貌，美好貌。

析评　此篇原题“送鲍浩然之浙东”。鲍浩然，生平不详。浙东，即今浙江省东南部。是一首送别之作。

起首“水是眼波横，山是眉峰聚”二句，用“水”比喻别时的眼泪，用“山”比喻紧锁的愁眉。向来诗人把美人的眼比成水波，所以说“眼波”；把美人的眉比成山峰，所以说“眉峰”。作者在这里却反过来说，水是眼泪横流，山是愁眉攒聚，这是借景寓情的手法。底下“欲问行人去那边”“眉眼盈盈处”二句，承接上文而来，“眉眼盈盈处”一方面比喻山水秀丽的地方，一方面也把离情扩展到行人可及的去处了。因为浙东一带以山水秀丽著称，所以这里就顺着上两句借景寓情的手法，用“眉眼盈盈”来比喻它、形容它。

换头“才始送春归，又送君归去”二句，又拈出“春”来陪衬，把送人的感情与送春的心绪并提，加强送别的深情。结尾“若到江南赶上春，千万和春住”，承接上意，又把送友的感情和惜春的感情绾结在一起，寄望朋友去到江南能有一种春光似的美好生活。

此词写送友之情，纯用比兴的笔法，融景入情，写景既不板滞，抒情亦不太露。这种表现技巧，必须具有丰富的想象力与匠心独运的安排，否则容易弄巧成拙，画虎不成反类犬了。

卖花声 木叶下君山/张舜民

木叶下君山[1]，空水漫漫。十分斟酒敛芳颜[2]。不是渭城西去客，休唱《阳关》[3]。 醉袖抚危阑，天淡云闲。何人此路得生还？回首夕阳红尽处，应是长安。

校注 ①君山：在洞庭湖中。②敛芳颜：收敛笑容。③《阳关》：指根据王维《渭城曲》谱成的《阳关三叠》。王维《送元二使安西》诗："渭城朝雨浥轻尘，客舍青青柳色新。劝君更进一杯酒，西出阳关无故人。"张舜民这时羁旅南方，不是西行，故云"不是渭城西去客"。

析评 卖花声，即《浪淘沙》之别名。此词原注："题岳阳楼"，是作者贬官郴州（今湖南省郴州市），途经岳阳城时所作，由于登楼触景，引起了他去国怀乡之感。

起笔"木叶下君山，空水漫漫"二句，先描写当前所见的秋景：君山的树叶掉落了，长空与湖水看去都茫无边际。这两句构成了一片惨淡萧瑟的景象。接着"十分斟酒敛芳颜"一句，是写在这种抑郁悲凉的心情下借酒浇愁，脸上没有一丝笑容。底下“不是渭城西去客，休唱《阳关》”二句，写他心中满怀羁旅的哀愁，怕听离别的曲子。在这里作者反其意而言之，这种表达感情的方式委婉回环，使人从“不是离人休唱离歌”中深切了解到真正离人的苦痛。

换头“醉袖抚危阑”，由上文“斟酒”浇愁而来；“天淡云闲”，以景透情，写自己怅惘的心情。接着“何人此路得生还”，是由眺望中蓦然惊觉到贬至远方的不乐观的命运。结尾“回首夕阳红尽处，应是长安”，归结到对家乡故国的想望，这一“回首”，不仅暗示了所贬地方的僻远，同时流露出谪居中惆怅悲凉的感情，这种感情具有深沉的韵致，使人有一种悠悠不尽的回味。

卜算子 我住长江头/李之仪

我住长江头，君住长江尾。日日思君不见君，共饮长江水。　　此水几时休，此恨何时已。只愿君心似我心，定不负相思意。

析评　这是一首相思词，内容在写长江流域一带儿女情长的事情，词中明快地表达了一种眷恋的深情。

上半阕只写伊人所存在的思念，而起笔二句却将空间拉得那么大，第三句也将时间拉得那么长，最后才以“共饮长江水”撇开一切时间与空间的距离，把感情凝聚得那么深。

换头由上文“长江水”衍出，以水喻恨；江水悠悠，直是相思绵绵；“几时休”与“何时已”这种时间的无穷，更显示出相思的无限。结尾吐露了自己至诚的意愿——定不负相思意。这种感情是多么的坚贞不移！

江神子 杏花村馆酒旗风/谢逸

杏花村馆酒旗风，水溶溶，飏残红。野渡舟横[①]，杨柳绿阴浓。望断江南山色远，人不见，草连空。　夕阳楼外晚烟笼，粉香融，淡眉峰。记得年时，相见画屏中。只有关山今夜月，千里外，素光[②]同。

校注　①野渡舟横：韦应物《滁州西涧》诗：“春潮带雨晚来急，野渡无人舟自横。”②素光：洁白的光色。

析评　此词原注：“题黄州杏花村馆驿壁”，黄州即今湖北省黄冈市。这是作者经过黄州杏花村馆，题于驿站壁上的一首感兴词。上半阕充分描绘出杏花村馆的一幅画面之美。起笔五句，先摹写近处的景物：“杏花村馆”点明所在地；“酒旗风，水溶溶，飏残红”“杨柳绿阴浓”，活现自然地刻画出浓郁的春天景色。底下“望断江南山色远，人不见，草连空”，写远处所见，表现出一种超旷的意境，是词中罕有的胜境。

下半阕开始，“夕阳楼外晚烟笼，粉香融，淡眉峰”三句，继续描写杏花村馆的黄昏景色，把烟雾和远山都拟人化起来，不仅有一分轻烟淡雾的朦胧美，还使人感到有一股气味融和的芳香。接下二句“记得年时，相见画屏中”，是把杏花村馆的景色也感情化了，说它好像以前曾在画屏中见过一样。结尾“只有关山今夜月，千里外，素光同”，才流露出沦落他乡的游子内心共有的感慨，与东坡中秋月词“但愿人长久，千里共婵娟”的意境有异曲同工之妙。

《复斋漫录》说：“自谢逸题《江神子》于驿壁，过者索笔于馆卒，馆卒苦之，因以泥涂焉。”可见当年爱赏者之多。《四库提要》称谢逸词“淘炼清圆，点染工丽”，薛砺若《宋词通论》说他：“既具《花间》之浓艳，复得晏、欧之婉柔。”这些评论，用在本词，实在最确切不过了。

瑞龙吟　章台路/周邦彦

章台路[①]，还见褪粉梅梢，试花[②]桃树。愔愔坊陌[③]人家，定巢燕子，归来旧处。　　黯凝伫[④]，因念箇人痴小[⑤]，乍窥门户。侵晨浅约宫黄[⑥]，障风映袖，盈盈笑语。　　前度刘郎[⑦]重到，访邻寻里，同时歌舞，惟有旧家秋娘[⑧]，声价如故。吟笺赋笔，犹记燕台句[⑨]。知谁伴、名园露饮，东城闲步[⑩]？事与孤鸿去[⑪]。探春尽是，伤离意绪。官柳低金缕。归骑晚，纤纤池塘飞雨。断肠院落，一帘风絮。

校注 ①章台路：汉朝长安有章台街，是妓女居住的地方。后来章台便成为妓女住所的代称。②试花：花始开曰试花。③愔愔坊陌：愔愔，深静貌，安和貌。坊陌，又作坊曲，妓院所在。④黯凝伫：凝神伫立，神色沮丧。⑤箇人痴小：箇人是一种亲昵的称呼，指洛中里娘柳枝，当时年仅十七，故云痴小。⑥宫黄：古代女子化妆，有点黄色于面颊者，故云。⑦刘郎：刘禹锡《再游玄都观》诗："种桃道士归何处，前度刘郎今又来。"此处作者借以自称。⑧秋娘：唐代歌妓多以秋为名，如杜牧有《杜秋娘》诗，李德裕有《悼谢秋娘》词。⑨吟笺赋笔二句：李商隐有《燕台》诗春、夏、秋、冬四首，洛中里娘名柳枝者甚喜之，见李商隐《柳枝诗序》。作者借此以写自己。⑩ 名园露饮二句：暗用杜牧与张好好的故事。露饮，饮于露天中。⑪ 事与孤鸿去：杜牧诗："恨如春草多，事逐孤鸿去。"表示往事已逝，不留遗迹。

析评 这是一首感怀词，是作者抒写自己重返旧处的伤离意绪，篇中"探春尽是，伤离意绪"一语，即其主旨所在。周济说："此不过桃花人面，旧曲翻新耳。"

全词共分三叠（即三段）。第一叠述归来所见。入手先指明地点为"章台路"；接下"还见褪粉梅梢，试花桃树"，点出时令，并且有"桃花依旧笑春风"之意。"愔愔坊陌人家"，由首句衍生；下续"定巢燕子，归来旧处"，是物犹怀旧，不必说人，而意已反透出来了。

第二叠追念当年之事。"黯凝伫"一语，承上启下；接着用"因念"二字提举，追想当年情事，而"人面不知何处去"

之意，已蕴于其中。故底下用“箇人痴小”写前度所见的人儿，“乍窥门户”状初见时娇羞的神情，“侵晨浅约宫黄”写其装扮，“障风映袖，盈盈笑语”勾勒其举止风采。在此刻画得越逼真，越为后叠蓄势。

第三叠明言归来旧处，并详叙以往的韵事。“前度刘郎重到，访邻寻里，同时歌舞，惟有旧家秋娘，声价如故”，用侧笔反剔“箇人”之不见，然仍不肯说破。“吟笺赋笔，犹记燕台句”与“名园露饮，东城闲步”，是借用李义山和洛中里娘，以及杜牧和张好好的故事，来写自己的韵事：吟笺赋笔，我犹记得，而露饮闲步，谁更伴我？这几句用笔回环曲折，为“伤离”二字作顶上之盘旋。下句用“事与孤鸿去”一笔揭穿昔日的游冶吟咏已杳然逝去，今后不可再得。下面一句“探春尽是，伤离意绪”，落入本题，点出词意。“官柳低金缕”以下，说到归院所见所感。当他重寻旧路，颓然而归时，但见官柳低垂，细雨纤纤，院落寂静，风絮荡漾；飞雨中之风絮金缕，处处牵愁。在这里作者以风雨飞絮作结，寓情于景，备觉凄切黯然。

李攀龙谓：“此词负才抱志，不得于君，流落无聊，故括以自况。”

兰陵王 柳阴直/周邦彦

柳阴直，烟里丝丝弄碧[1]。隋堤[2]上、曾见几番，拂水飘绵送行色。登临望故国，谁识京华倦客[3]？长亭路，年去岁来，应折柔条过千尺。　　闲寻旧踪迹，又酒趁哀弦，灯照离席。梨花榆火催寒食[4]。愁一箭风快，半篙波暖[5]，回头迢递[6]便数驿，望人在天北。　　凄恻，恨堆积！渐别浦萦回[7]，津堠岑寂[8]，斜阳冉冉春无极[9]。念月榭携手，露桥闻笛[10]。沉思[11]前事，似梦里，泪暗滴。

校注　①弄碧：舞弄它嫩绿的姿色。②隋堤：指汴京附近汴河一带的堤，这条堤是隋朝开的，故云。③京华倦客：指作者自己。京华，京师的美称。④梨花榆火句：榆火，古代有清明取榆柳之火之俗。这句指明饯别的时令是在梨花盛开，将变国火的寒食节前。寒食节在清明前二日，有禁火的风俗，节后另取新火。⑤半篙波暖：半篙，指撑船竹竿没入水中的部分。时近暮春，天气渐暖，故云波暖。⑥迢递：远貌。⑦别浦萦回：江边上的水波回旋着。⑧津堠岑寂：码头上冷清寂静。津堠，码头上的守望台。⑨冉冉春无极：冉冉，缓缓移动貌。春无极，春色无边。⑩ 闻笛：一作“吹笛”。⑪ 沉思：一作“追思”。

析评　此词题作“柳”，实际是托柳起兴，在咏别离，作者借助送别（古人有折柳赠别的习俗）来表现自己久客思归的抑郁心情。

全词共分三叠。第一叠借折柳送别申述自己久事淹留之苦。起笔“柳阴直，烟里丝丝弄碧”二句，点题直起，先写柳姿。

柳荫缀成一直线，而丝丝弄碧，且在烟里，已含有依依惜别的意思了。接着“隋堤上、曾见几番，拂水飘绵送行色”，紧相呼应，以加强上文之意。曾见几番送行之色，则送行非一次可知。底下“登临望故国，谁识京华倦客”二句，由折柳送行归到自己身上。下接“长亭路，年去岁来，应折柔条过千尺”，因“几番”而发挥，充类至尽，足见其淹留之久。像这样饱经离索的人，哪能不感到倦意呢？况且这一倦客，既不在天涯，亦不在塞外，而偏是京师，那么其间久事淹留的苦情，自非外人所想象得知了。此叠从烟柳弄碧，透过故国心眼，再落到自己身上。

第二叠叙客中饯别的情景与感想。“闲寻旧踪迹”是由送别他人，登望故国，激起对往事的追忆。“酒趁哀弦，灯照离席”，刻画出饯别的情景，气氛惨然，无限哀戚。“梨花榆火催寒食”，点出当前的时令，且以“寒食”佳节倍增游子的归情，“催”字尤令人感到时光不留人。底下写送别的感想，由“愁”字领起，而以“一箭风快，半篙波暖”写船行之速，以“回头迢递便数驿”叙相望而不相见，都是想着此番别去的情形，令人为之怅然。周济说这是“客中送客，一‘愁’字代行者设想”。作者在此，只写送别的感想，不提别后的情愫，这是给下段留余地。

第三叠写别后的心情。“凄恻”二字，承上“愁”字而来，再用“恨堆积”加强其意，写别恨之深远。这时的心情已由“愁”转为凄苦了。故下文“渐别浦萦回，津堠岑寂，斜阳冉冉春无极”，乃写行人已去，江边空寂，唯有夕阳斜照着无边的春色，充分流露出满怀伤别的情绪。“念月榭携手，露桥闻笛”，是凝想往事旧欢。“月榭”“露桥”，皆指夜游的地方。结尾“沉思往事，似梦里，泪暗滴”，更进一层，只觉往事如梦，唯有暗洒清泪而已。才欲说破，便自咽住，其味正自无穷。

六丑 正单衣试酒/周邦彦

正单衣试酒，怅客里光阴虚掷。愿春暂留，春归如过翼[①]，一去无迹。为问花何在？夜来风雨，葬楚宫倾国[②]。钗钿堕处[③]遗香泽。乱点桃蹊，轻翻柳陌，多情为谁追惜？但蜂媒蝶使，时叩窗槅[④]。　东园岑寂，渐蒙笼暗碧[⑤]。静绕珍丛[⑥]底，成叹息。长条故惹行客。似牵衣待话，别情无极。残英小，强簪巾帻[⑦]；终不似、一朵钗头颤袅，向人欹侧[⑧]。漂流处，莫趁潮汐。恐断红尚有相思字[⑨]，何由见得。

校注　①过翼：飞鸟。②楚宫倾国：这里是以楚宫美人比喻蔷薇花。③钗钿堕处：这里也是把美人遗落的钗钿比喻落掉的花瓣。④窗槅：窗格子。⑤蒙笼暗碧：形容草木茂密，绿叶成荫。⑥珍丛：指花丛。⑦巾帻：头巾、布帽。⑧向人欹侧：有悦人媚人之意。欹侧，斜侧。⑨断红尚有相思字：暗用红叶题诗的故事。范摅《云溪友议》：“卢渥舍人，应举之岁，偶临御沟，见一红叶，命仆搴来，叶上乃有一绝句云：‘水流何太急，深宫竟日闲。殷勤谢红叶，好去到人间。’”

析评 此词原注：“蔷薇谢后作”，是一首追惜落花的咏物词。由落花而想到自己的羁旅，光阴的虚掷，更为花的零落不胜惆怅，且致以不能忘情的惋惜和关怀，是本词的主要内容。起首五句，感春归之速。“单衣试酒”是人事，也是天时，象征着天气已暖；“怅客里光阴虚掷”是作词的本意；“愿春暂留”是不忍虚掷；“春归如过翼”则竟成虚掷了。接下“为问花何在”“夜来风雨，葬楚宫倾国”，正写蔷薇花的凋谢；“钗钿堕处遗香泽”“乱点桃蹊，轻翻柳陌”，写蔷薇花的零落飞散。这几句都是以美人来比拟花。底下“多情为谁追惜”“但蜂媒蝶使，时叩窗槅”，写蔷薇花落，无人追惜，只有蜂蝶时时轻叩窗格，似乎在教人追惜，拍转到“怅”字上。

换头“东园岑寂，渐蒙笼暗碧”二句，是窗槅外的景象，是花落后的景象，也是春去无迹的实况。“静绕珍丛底，成叹息”，是多情的词人为岑寂的东园，为春花的凋零而叹息。接着“长条故惹行客”“似牵衣待话，别情无极”三句，写失掉花朵的枝条勾住行人的衣角，似有无限的别情，要向人们诉说。在此，无情之物又似有情，这是人心所造之境，极无中生有之妙。接下“残英小，强簪巾帻”“终不似、一朵钗头颤袅，向人欹侧”，是说作者拾起一朵残花，插在头巾上，这时心中感触到，终不似一朵未残的花在枝头上摇曳来得妩媚多姿。这是对花致以怜惜之意。结尾“漂流处，莫趁潮汐”“恐断红尚有相思字，何由见得”，是由落花联想到红叶题诗的故事以寄情，希望落花不要被潮水漂去，因为如果被漂去，那么若有相思之情未了，恐怕就永远不会被人发现了。这是对花致以关怀之情。

这首词，在运笔和设想上，都有它极出色的地方。全词转折操纵，不使用一直笔平笔，用笔极为矫变，设想也极新巧奇幻。周济说："不说人恋花，却说花恋人；不从无花惜春，却从有花惜春；不惜已簪之残英，偏惜欲去之断红。"（《宋四家词选》）凡此，皆具有吞吐含蓄之妙。美中不足的是它没有什么深刻的思想内容。

花犯 粉墙低/周邦彦

粉墙低，梅花照眼，依然旧风味。露痕轻缀。疑净洗铅华，无限佳丽。去年胜赏曾孤倚。冰盘同燕喜①。更可惜、雪中高树②，香篝薰素被③。　　今年对花最匆匆，相逢似有恨，依依愁悴。吟望久，青苔上、旋看飞坠。将相见、翠丸④荐酒，人正在、空江烟浪里。但梦想、一枝潇洒，黄昏斜照水。

校注　①冰盘同燕喜：指梅子荐酒。燕，通"宴"字。②雪中高树：谓梅花。③香篝句：篝，熏笼。全句是比喻梅花如篝雪如被。④翠丸：指梅子。一作"脆圆"。

析评 此词题作“梅花”，是作者借梅花来抒发他三年间的人生变幻。黄昇说：“此只咏梅花，而纡徐反复，道尽三年间事。”上半阕由目前的花开追溯到去年之事。起笔直起点题，“粉墙低”至“无限佳丽”六句，写眼前所见梅花的莹洁可爱。其中“依然旧风味”一句，唤起全篇，以下一切形态影像，都由此处产生。接下“去年胜赏曾孤倚”“冰盘同燕喜”，即由“旧风味”折入去年之事，这两句是写赏花对酒，以悦眼目。“更可惜、雪中高树，香篝薰素被”，是写寒雪封枝，惜无人共赏，以见上文“孤倚”之意。

换头由去年转入今年。“今年对花最匆匆，相逢似有恨，依依愁悴”，是触物荣思，撩起无限心事，括入悲欢离合的情怀。“吟望久，青苔上、旋看飞坠”，申说上文“最匆匆”，由花开说到花落。底下又由今年想到明年：“将相见、翠丸荐酒”是由今年之花想到明年之实；“人正在、空江烟浪里”，更由花想到自己。明年的我又在何处呢？既非去年之“孤倚”，又非今年之“吟望”，而是在“空江烟浪”里。结尾“但梦想、一枝潇洒，黄昏斜照水”，慨叹明年欲见梅花，恐怕只得在梦寐中想见了。结语不胜有沧桑之慨。

此词追溯去年，推想明年，写尽了依依之情。陈匪石说：“此词胜处全在有雄浑之笔力，而出之和婉之辞气，傥来倜往，如神龙夭矫，不可捉摸。而文之波澜，仍依时之次第，平庸者固望洋而叹，矜才使气者又不能如此之安详，真神品也。”

满庭芳 风老莺雏/周邦彦

风老莺雏[1]，雨肥梅子[2]，午阴嘉树清圆[3]。地卑山近，衣润费炉烟。人静乌鸢自乐，小桥外、新绿溅溅[4]。凭栏久，黄芦苦竹，疑泛九江船[5]。　　年年，如社燕[6]，飘流瀚海[7]，来寄修椽[8]。且莫思身外，长近尊前[9]。憔悴江南倦客，不堪听急管繁弦。歌筵畔，先安簟枕[10]，容我醉时眠。

校注　①风老莺雏：小莺儿在暖风里成长了。②雨肥梅子：梅子受到雨水的滋润，肥大起来。③嘉树清圆：树影既清晰又圆正。嘉树，一作“佳树”，一作“槐影”。④溅溅：形容水流的声音。读阴平声。⑤黄芦苦竹二句：白居易贬谪江州（即九江），作《琵琶行》：“住近湓江地低湿，黄芦苦竹绕宅生。”这里作者想追踪白居易，故以白居易贬谪九江时的处境和心情自比。⑥社燕：相传燕子于春天社日从南方飞来，秋天社日飞回去，故称社燕。社为农家祭土神的日子，立春后第五戊日为春社，立秋后第五戊日为秋社。⑦瀚海：古时称西北大沙漠为瀚海。这里借指荒远地区。⑧修椽：长椽。椽为架在梁上托住瓦片的木条，是燕子筑巢之所。⑨莫思身外二句：杜甫诗：“莫思身外无穷事，且尽生前有限杯。”作者盖用此意。⑩簟枕：竹席与枕头。

析评　此词原题：“夏日溧水无想山作”。溧水，今属江苏省南京市。作者在宋哲宗元祐八年（1093），移官溧水令。这首词是他在溧水令任内所写，词中反映了宦途失意的消沉思想。起笔“风老莺雏，雨肥梅子，午阴嘉树清圆”，由景入手，描写初夏的景色。接下“地卑山近，衣润费炉烟”，是说因为住处地低近山，容易受到湿气的浸润，必须费炉火来熏衣服。这两句表面是写当地的实况，实际暗示了他居处的偏僻荒凉。“人静乌鸢自乐，小桥外、新绿溅溅”，是由鸟的“自乐”，水的“溅溅”，反衬出人的安闲无事。结拍“凭栏久，黄芦苦竹，疑泛九江船”，是想追踪白居易贬谪九江时的处境与心情来自比。这一段所写的倦客之苦，皆在若隐若现之间。

换头以后，直抒胸臆。“年年，如社燕，飘流瀚海，来寄修椽”三句，以燕子的飞越荒远地区，寄身屋梁，比喻自己的谪居迁流，大有自叹流徙瀚海之意。接下“且莫思身外，长近尊前”，似解脱语，实为伤心语，表面看来好像真要把一切功名事业都视作身外之事，殊不知这正是一种无可奈何、难以排遣的心情。底下“憔悴江南倦客，不堪听急管繁弦”二句，写出他的失意与哀愁。结尾“歌筵畔，先安簟枕，容我醉时眠”，续承上文，表现出“倦”意，流露出消沉的思想。

这首词的优点，在于它有“声辞之美”与“跌宕之妙”。关于跌宕之妙，陈述叔曾指出：“方喜嘉树，旋苦地卑；正羡乌鸢，又怀芦竹。”（《海绡说词》引）曲尽人生苦乐哀悲的变化。关于声辞之美，则篇中几乎语语含情，将作者飘零的情怀，寄托在响弦之外，故《艺蘅馆词选》称道说：“最颓唐语，却最含蓄。”《白雨斋词话》说：“说得虽哀怨，却不激烈，沉郁顿挫中别有蕴藉。”

西河 佳丽地/周邦彦

佳丽地[①]，南朝盛事谁记？山围故国[②]绕清江，髻鬟对起[③]；怒涛寂寞打孤城，风樯[④]遥度天际。　断崖树，犹倒倚；莫愁[⑤]艇子曾系。空余[⑥]旧迹郁苍苍[⑦]，雾沉半垒[⑧]。夜深月过女墙[⑨]来，伤心东望淮水。　酒旗戏鼓甚处市？想依稀、王谢[⑩]邻里。燕子不知何世；入寻常巷陌人家[⑪]，相对如说兴亡，斜阳里。

校注　①佳丽地：指金陵。谢朓《入朝曲》：“江南佳丽地，金陵帝王州。”②山围故国：刘禹锡《石头城》诗：“山围故国周遭在，潮打空城寂寞回。淮水东边旧时月，夜深还过女墙来。”③髻鬟对起：形容青山对峙，如女人的髻鬟一般。④风樯：张着风帆的船。樯，桅杆。⑤莫愁：歌姬名。《莫愁乐》：“莫愁在何处？莫愁石城西。艇子打两桨，催送莫愁来。”⑥空余：一作“空遗”。⑦郁苍苍：树林阴森，一片浓郁苍翠。⑧雾沉半垒：雾气遮盖了半边的营垒。⑨女墙：城上的小墙。⑩ 王谢：东晋时的两大豪门望族，他们的宅第都在乌衣巷一带。⑪ 燕子二句：刘禹锡《乌衣巷》诗：“朱雀桥边野草花，乌衣巷口夕阳斜。旧时王谢堂前燕，飞入寻常百姓家。”

析评 此词题作“金陵”，词中表现出作者对兴亡盛衰的落寞之感。全词共分三段：

第一段着重于刻画金陵的形势和风物，而中间却蕴藏着无限沧桑之感。起首“佳丽地，南朝盛事谁记”二句，是说金陵的“佳丽”之称，虽给了人不可磨灭的印象，但南朝的繁华盛事，早已成了历史的陈迹，无人念及。“山围故国”以下，写金陵的形胜。尽管青山对峙，清江回绕，风樯掩映，形胜依然，可是如今给人的感受，只是怒涛的寂寞、孤城的荒凉，它已不是南朝昔日的盛况了。

第二段是对历史古迹的凭吊。“断崖树”至“雾沉半垒”六句，是写尽管这里水边的树木曾经系过莫愁的艇子，崖上也曾经筑过防卫的营垒，但现在树倒垒残，只留下旧迹，在苍郁的雾气中供人凭吊而已。接下“夜深月过女墙来，伤心东望淮水”，是说望着旧日游赏胜地的秦淮河，这时也只有从前映照过南朝繁华的明月，深夜依然越过孤城的小墙而来罢了。这一段由“断崖”的树，“淮水”的月，透出了深一层的吊古之情。

第三段总写人事的代谢，结束金陵的岑寂。“酒旗戏鼓甚处市”“想依稀、王谢邻里”，是说当年的酒楼戏馆等繁华场所，而今安在？昔日王谢豪族的门第，现在竟也依稀仿佛、不可辨认了。结尾“燕子不知何世”“入寻常巷陌人家，相对如说兴亡，斜阳里”，是说从前王谢堂前的燕子，不知人事沧桑，如今依旧秋去春来，栖宿在已变为平常巷道的老地方，在夕阳里喁喁私语，好像在诉说着历史的兴亡悲剧。

这首词主要是隐括刘禹锡的《石头城》与《乌衣巷》两首

诗而成。它的长处在于每段结尾总使词情、词意和词境，由浓至逐渐延伸到非常的淡远，使人读来，余味隽永。后人填词，好作尽头语，使读者一览无余，与此相较，便有天壤之别了。张炎《词源》说："清真最长处，在善融化诗句，如自己出。"本词就是最好的一例。

蝶恋花 月皎惊乌栖不定/周邦彦

月皎惊乌栖不定，更漏将残[①]，辘轳[②]牵金井。唤起两眸清炯炯[③]。泪花落枕红绵冷。　　执手霜风吹鬓影，去意徊徨，别语愁难听。楼上阑干横斗柄[④]，露寒人远鸡相应。

校注　①残：尽。②辘轳：井上汲水器。其制为井上立架置轴，贯以长绳，绳端系桶，人引长绳以汲水。③炯炯：明亮貌。④阑干横斗柄：北斗星位置偏斜，仿佛就在阑干的上头。一说：阑干，横斜貌，意谓北斗星斜挂楼头。

析评　此篇原题"早行"，是作者写秋天早晨送别爱人的情形。起笔"月皎惊乌栖不定，更漏将残，辘轳牵金井"三句，是说夜快过尽了，月亮皎洁，惊醒乌鸦飞噪不定，这时人家已经起来汲水，响起了辘轳声。这三句虽是平凡地在写侵晓的实景，但也暗示着离人的终夜不能成眠，反映出离情萦绕之苦。底下“唤起两眸清炯炯，泪花落枕红棉冷”，是因离别而伤心，泪水浸透了枕头。这是写一个快要分离的人内心的感情，显示出离别前难以割舍的情景。

换头“执手霜风吹鬓影，去意徊徨，别语愁难听”，续承前意，写别时情况的凄楚。临别依依，别语辛酸，教人心愁神伤。结尾“楼上阑干横斗柄，露寒人远鸡相应”，写行人远离了，只留下村鸡相应之声，北斗星斜挂楼头。这也正暗示出行人此去，路途遥远，会面难期，更觉凄婉了。

此词抒写离情。在静的意境中，作者能抓住几点动的景物，如“惊乌”“更漏”“辘轳”“鸡声”等，去表现离人起伏不定的心理，使离情更为突出，这是本词高于其他作品的地方。

少年游　并刀如水/周邦彦

并刀①如水，吴盐②胜雪，纤手破新橙。锦幄③初温，兽烟④不断，相对坐调笙。　　低声问：向谁行宿？城上已三更。马滑霜浓⑤，不如休去，直是少人行。

校注　①并刀：并州快剪刀。杜甫《戏题王宰画山水图歌》：“焉得并州快剪刀，剪取吴淞半江水。”并州，即今山西太原一带。
②吴盐：盐，作艳解。李白《梁园吟》：“玉盘杨梅为君设，

吴盐如花皎白雪。”③锦幄：锦绣帷帐。④兽烟：古时香炉多作兽形，香烟喷自兽口，故云兽烟。⑤马滑霜浓：是说地上霜很厚，路很滑。这里是隐括杜诗“只愁骑马滑”与“霜浓古木滑”的句子而成。

析评 此词题作“为道君李师师作”。据张端义《贵耳集》说：“道君（宋徽宗）幸李师师家，偶周邦彦先在焉，知道君至，遂匿于床下。道君自携新橙一颗，云江南初进来。遂与师师谑语。邦彦悉闻之，隐括成《少年游》云。”周密《浩然斋雅谈》亦载：“宋宣和中，李师师以能歌舞称，时周邦彦为太学生，每游其家。一夕，值祐陵临幸，仓卒隐去。既而赋小词，所谓‘并刀如水，吴盐胜雪’者，盖记此夕事也。”

上半阕写美人破新橙，而以“并刀”“吴盐”作陪衬；写相对坐调笙，而以“锦幄”“兽烟”作背景，增加情调和气氛，皆极丽极婉，故谭献《谭评词辨》云：“清真《少年游》词，丽极而清，清极而婉。”下半阕叙道君谑语，虽昵狎温柔，而曲折含蓄，不堕入柳永、黄庭坚猥亵的恶道，故周济《宋四家词选》称道说：“此亦本色佳制也。本色至此便足，再过一分，便入山谷恶道矣。”不过，尽管这首词写得多清丽深婉，曲折含蓄，但它所反映的仍旧是风月之情，冶荡之事，风格不高。

余论 周邦彦，字美成，自号清真居士，钱塘（今浙江省杭州市）

人。徽宗时提举大晟府，精通音律，能自度曲，在审订词调方面做了一些精密的工作，这是他对于词的音律上的伟大贡献。他的作品，字句与音律皆有法度与定型，成为后人的规范，故宋代词人方千里、杨泽民之流，作词悉以清真为准绳，不敢稍出其绳墨之外。今传有《片玉词》。《宋史本传》说他："疏隽少检，不为州里推重。"大约他亦如柳永一流，生活浪漫、纵情妓酒的风流才子，故其作品，自不离冶游艳情，步趋着柳永的后尘。张炎常说"周情柳思"，这话大致是不错的，因为喜用长调，长于铺叙，好写艳情，都是他们外表的相似处。但在其内部，在其艺术的表现上，他俩却有分明的界限，柳词是俚俗的、浪漫的，周词则是典雅的、唯美的。邦彦是北宋末年一大词家，词誉极高，陈郁《藏一话腴》称他："二百年来，以《乐府》独步。贵人、学士、市侩、妓女，皆知美成词为可爱。"张炎《词源》说："美成负一代词名，所作之词，浑厚和雅，善于融化诗句"，沈义父《乐府指迷》说："凡作词当以清真为主，盖清真最为知音，且无一点市井气，下字运意皆有法度，往往自唐宋诸贤诗句中来，而不用经史中生硬字面，此所以为冠绝也。"这里所指的一些优点，再加上陈振孙《直斋书录解题》说的"长调尤善铺叙，富艳精工"，以及强焕《题周美成词》说的"抚写物态，曲尽其妙"，无疑的都是周词在形式格律和艺术技巧方面的特征。这些"音律严整""词句工丽""曲尽物态"等特色，开了南宋姜夔、史达祖、吴文英、张炎一派，对后世词坛有巨大的影响。在内容题材方面，周词的主要内容是写男女相思之情，流连失意之作。本来，词至苏轼，已开拓了内涵，达到无事不可写、无情不可咏的境地，但在这一方面，周邦彦却不能继承，他的词都没有什么创新的意义，故王国维《人间词话》说他：“言情体物，穷极工巧，不失为第一流之作者。但恨创调之才多，创意之才少耳。”由于周词在思想情感方面是贫乏的，因而走到了写景与咏物方面去，他的词绝大部分都是即景抒情（所抒者不外男女艳情或失意之情），字句的精工固不待言，而结构的曲折和前后呼应，把许多层次组成一片，使全词具有完整性而又灵活自如，尤为他所擅长。所以后世的词家最喜欢谈他的篇章结构，最推崇他的词法；且这一类的词，也最得后人的重视和赞赏，而成为南宋格律词人的重要体裁和学习法门。

如梦令 常记溪亭日暮/李清照

常记溪亭①日暮，沉醉不知归路。兴尽晚回舟②，误入藕花③深处。争渡，争渡，惊起一滩④鸥鹭。

校注 ①常记溪亭：常记，一作“尝记”。溪亭，临水的亭台。②晚回舟：一作“欲回舟”。③藕花：荷花。④一滩：一作“一行”。

析评 此词旧题“酒兴”，是作者追忆她青春时期，在一处临水亭台宴游的一段甜美而富诗意的生活。在这首词里，我们可以看见她很生动地刻画了一对懂得享受大自然生活情趣的俪影，在美的世界里活跃的影像。

起笔提出“常记”二字，固然表示追忆，同时也指出这些记忆存于她心中印象的深刻，和她对那段生活的无限留恋。下续以“溪亭日暮”四字，是时地的介绍;“溪亭”上,“日暮”时，构成了一个美丽画面的背景。在这溪水静流、彩霞映照的美景中，只有多情的人儿两个，一边喝酒，一边观赏景色，自然地把一个少女的心给沉醉了，使她忘了归去，所以说:“沉醉不知归路。”也只有在心上人为伴之下，才能整日畅怀而游，等到夜幕四垂，才尽兴而归，因此底下接着说:“兴尽晚回舟。”然而因为太得意忘形了，却又“误入藕花深处”，至此又流动出另一种情节，它不但显示了深情的快乐，也点缀出另一个美的景象。试想:两人乘坐的小舟不自觉地驶入了荷花幽深的地方，不正就是无意中又跌入了一个空灵的静境，给人一种轻快舒畅的生活趣味吗？末尾“争渡，争渡，惊起一滩鸥鹭”，更激迸出一股活跃的“人与大自然凝结一体”的景象。想想:小舟争渡于落照间，鸥鹭惊飞于半空中，少女的笑脸与藕花的艳丽相映成趣，这些所交织而成的景象，是多么的生动美丽啊！

这首词，自始至终都在叙述事态的经过，但是透过作者艺术手腕的剪接，却变成了生活中一串甜美的意象，一种清幽的境界，而以动与静、情与景相交融的画面，呈现在我们眼前。

如梦令 昨夜雨疏风骤/李清照

昨夜雨疏风骤，浓睡不消残酒[①]。试问卷帘人[②]，却道“海棠依旧”。知否，知否？应是绿肥红瘦[③]！

校注 ①浓睡句：是说经过一番熟睡，残余的酒意仍然未消。②卷帘人：指侍女。③绿肥红瘦：绿叶肥大，红花瘦损。

析评 此篇旧题“春晚”或“暮春”，内容是写多情少妇一种伤春的情绪。篇中以寥寥数语的对话，曲折地表现出女主人惜花和惜春的心情，也活现了一位惜春女子心理意态的流动过程。

由于李清照丈夫的远游，不能陪伴她共度春日美景，使得她身上凝结着孤寂的阴影，心灵充满着空虚，在风雨夜晚中始终难以成眠，所以一起笔便拈出“雨疏”增加人的孤寂凄凉，“风骤”教人感到萧瑟凄切。在这种萧瑟凄凉的风雨夜里，寂寞孤单的人儿唯有借酒浇愁，依赖酒的麻醉将自己送入梦乡。但是次晨醒来，残余的酒意仍然未消，这种“浓睡不消残酒”的情形，令人想见她的愁思之深。醒后她的记忆里还留着昨夜风雨的景象，于是女主人那多情的心怀不觉又转念到庭院中的春花，不知它在昨夜雨疏风骤的侵袭下，有没有遭到摧残，所以紧接着“试问卷帘人”，问她花的状况如何了。在这里，作者移情于花，关怀花、怜惜花，也就是关怀自己、怜惜自己，无奈卷帘的侍女未能体会女主人惜春爱花的那种心情，只匆匆向外一瞥，就随便回一声说："海棠依旧。"女主人听了这话，似乎不以为然，因而纠正侍女说："知否，知否，应是绿肥红瘦。"这些话固然是作者在告诉卷帘人自然界可能的状况，同时也是她多情的触感，显示出她那种惜春惜花的情怀。

这首词中最突出的句子，该是"绿肥红瘦"了。"绿肥"与"雨疏"相承，"红瘦"与"风骤"相应；花被风吹，叶为雨润，所以一肥一瘦。"肥"字本是日常口语，容易用得庸俗，但作者用在这里，却只见其雅，不觉其俗；"瘦"字本是形容花的憔悴，但从诗人内心的深处一看，又不胜其凄婉了，原来这里的"瘦"字，不仅说花，且兼指人！短短一首小词，在她写来，偏有这么多的曲折，这么深的意趣，难怪黄蓼园要说她"自是圣于词者"了。

浣溪沙　绣幕芙蓉一笑开/李清照

绣幕芙蓉一笑开①，斜偎宝鸭②衬香腮，眼波才动被人猜。

一面风情深有韵，半笺娇恨寄幽怀，月移花影约重来。

校注　①绣幕句：绣幕，一作"绣面"。芙蓉，以花比喻女人；一说是芙蓉帐的简称。②宝鸭：铸成鸭形的香炉。

析评 此词旧题“闺情”，词中刻画出一位少女在青春期动人的艳情。起首“绣幕芙蓉一笑开”，就是说绣花的帷帐在自己愉悦的笑意下挑开来。这里头已隐隐地显露出少女微微地情动了。紧接着“斜偎宝鸭衬香腮”，写她斜斜地依倚着香炉，用手托着娇羞的脸庞。这时有一股深柔的情愫，酝酿在她的心中。于是下句“眼波才动被人猜”，很自然地眼睛里便流动着一缕柔光，闪耀出无限的深情和蜜意。

下半阕续承前意，“一面风情深有韵，半笺娇恨寄幽怀”，写她满脸飞扬着无限的情采和深切的韵致，情不自禁地借着笺纸寄付自己的娇恨幽怀。末尾“月移花影约重来”，表明了心事，盼望心上人儿不要寂寞了自己，不要辜负了美景良宵，在月移花影的时候，来与自己幽会。作者在这里想念情人所流露出来的情感和心理，充分显示了一位动情少女的大胆作风。

减字木兰花 卖花担上/李清照

卖花担上，买得一枝春欲放[1]。泪染轻匀[2]，犹带彤霞[3]晓露痕。　怕郎猜道，奴面不如花面好。云鬓斜簪，徒要教郎比并看。

校注 ①春欲放：指含苞待放的花朵。春，代表花，如陆凯《赠范晔诗》："聊赠一枝春。"②泪染轻匀：形容花上轻沾着露珠。③彤霞：红色的彩霞。形容花光。

析评 这首词是作者以花来比喻自己的容貌，显示她妩媚多姿的娇俏，以表现她们闺中生活的美趣。

上半阕先写花。"卖花担上，买得一枝春欲放"这一起笔，就给人一种美的感觉。在这里，她用"春欲放"三字来表示那有真实生命的花朵，就仿佛是清晨里摘下一朵含露的蓓蕾，令人感觉无限的清新。不但"春欲放"用得好，而"一枝"也用得很妙，一枝才不显得庸俗，也才更显出花的娇俏，同时买花的人不买一大把，而挑一枝，更可见出爱花人的心是懂得艺术，充满灵慧的。接下"泪染轻匀，犹带彤霞晓露痕"，刻画那枝花朵的形象。这两句表现出了那朵花微含露珠的可爱，展现着红彩的娇羞，令人看了打从心眼里怜惜它。

下半阕由花写到人。由于花的娇美可爱，于是立刻给主人兴起了一种属于女性争美争胜的嫉妒心理，这就是词中所说的"怕郎猜道，奴面不如花面好"了。这两句，将女性那种柔和甜蜜的酸意，毫无保留的表露出来了。然而在女主人的内心中，却有妾貌强似花的自信，所以紧接着说："云鬓斜簪，徒要教郎比并看。"她把花斜缀在云鬓上，要去让她的夫婿决定高下了。结尾这两句把女性的柔情蜜意、把作者娇媚的情形都表现出来了。

这一首词虽然前半写花，后半写人，但它的词意是一气贯穿的。通篇带着一缕纤微的柔情，穿游于人花之间，显露出一对恩爱夫妇生活的幸福和喜悦。

丑奴儿 晚来一阵风兼雨/李清照

晚来一阵风兼雨，洗尽炎光①。理罢笙簧②，却对菱花③淡淡妆。　绛绡④缕薄冰肌⑤莹，雪腻酥香⑥。笑语檀郎⑦：今夜纱厨枕簟⑧凉。

校注　①炎光：炽热的日光。②笙簧：笙之发声出于簧，故云笙簧。③菱花：指镜子。杨凌《明妃曲》："匣中纵有菱花镜，羞向单于照旧颜。"④绛绡：红色的薄绸。⑤冰肌：洁白的肌肤。⑥雪腻酥香：雪腻，像雪一般的柔滑。酥香，形容肌肤之润泽芳香。⑦檀郎：女子对情人或丈夫的亲昵称呼。⑧纱厨枕簟：纱纱帐。枕簟，枕头竹席。

析评　此词写出了作者伉俪间浓浓的生活情趣。"晚来一阵风兼雨，洗尽炎光"，这是一个清凉的黄昏，给人带来无限的清新和舒爽。在这时光里，"理罢笙簧，却对菱花淡淡妆"，一个生活美满幸福的少妇，让喜悦的心灵由笙簧的音符荡漾于这美的世界后，就对着菱花镜儿淡淡地妆饰自己，显得格调高雅而不庸俗。这是何等清丽和甜美的写照呀！接着"绛绡缕薄冰肌莹，雪腻酥香"，继续写这位少妇妆饰后在闺房中那种美得可人的形象。她身上披着红色薄纱，隐隐约约地显现出莹洁滑腻的肌肤，如雪一般的白，如花一般的香。凭这两句，已写出了这位少妇的娇美，呈现出她的魅力，而结尾“笑语檀郎：今夜纱厨枕簟凉”，更流露出一种俏媚的韵味，一股无限的柔情。

点绛唇 蹴罢秋千/李清照

蹴罢秋千①，起来慵整纤纤手②。露浓花瘦，薄汗轻衣透。　见客入来，袜刬金钗溜③。和羞走。倚门回首，却把青梅嗅。

校注　①蹴罢秋千：荡过了秋千。②慵整纤纤手：懒得擦拭细嫩柔美的手。③袜刬金钗溜：袜刬，把鞋提于手中，把袜子贴着地走。刬，音铲。金钗溜，头上的金钗也滑脱了。

析评　这首词显示了一位活泼的少女含情脉脉的娇羞情态。起首“蹴罢秋千，起来慵整纤纤手”二句，写她在庭院中荡完了秋千，情绪不是很高，懒得擦拭她那纤细的玉手。接着“露浓花瘦，薄汗轻衣透”二句，刻画她这时的形象：“露浓花瘦”是以花在浓雾中显得有些消瘦的样子，来形容她那苗条的身材。“薄汗”浸透了“轻衣”，更显出她的动人和可爱。

换头“见有人来，袜刬金钗溜”“和羞走”，写她看见有人来了害羞，匆匆忙忙躲避的样子。急忙中来不及穿鞋子，就脚着袜子慌张地走，头上的金钗冷不防也溜掉了。这几句一转换，立刻就呈现出一幅生动活泼的画面。结尾“倚门回首，却把青梅嗅”，写她一边躲避，一边却是有情，跑进了屋里，忍不住倚着门儿，回首看着有情的郎君，不自觉地在那儿嗅着青梅，显露出含情脉脉的样子。

这首词写得非常自然天真，刻画出一个少女怕羞的神情，以及那种动情的心理，含蓄而又生动，可与李后主写小周后的《菩萨蛮》相媲美。

点绛唇　寂寞深闺/李清照

寂寞深闺，柔肠一寸愁千缕。惜春春去，几点催花雨。

倚遍阑干，只是无情绪。人何处，连天芳草，望断归来路。

析评　此词旧题“闺思”或“闺怨”，是作者写她独守深闺的怀人之作。上半阕大意是说：她整日独守在冷清的深闺里，愁绪满怀，几乎一寸长的柔肠，担负着一千丝的愁绪。她原是深惜春光的，正当她在惆怅着春天溜去的时候，那无情的雨点又滴滴落在花朵上，催促着它的凋谢，此情此景，便更加深她的伤春情绪了。

下半阕承接前意，使主题渐次明朗。大意是说：在极度无聊的时候，她倚着阑干，凝神望远。可是阑干倚遍，那行人归来的路上，却只是连天衰草，带给自己的依旧只是失望，并没有他的踪影。这时不难想象到作者的心情，恐怕只有“相思如芳草，天涯无尽时”了。

醉花阴 薄雾浓云愁永昼/李清照

薄雾浓云愁永昼，瑞脑消金兽①。佳节又重阳，玉枕纱厨②，半夜凉初透。　　东篱③把酒黄昏后，有暗香④盈袖。莫道不消魂⑤，帘卷西风⑥，人比黄花⑦瘦。

校注　①瑞脑句：是说香炉里的香料渐渐烧完了。瑞脑，香料名，一名龙瑞脑。消，一作“喷”。金兽，兽形的铜香炉。②纱厨：纱帐。③东篱：种菊的地方。陶渊明《饮酒》诗：“采菊东篱下，悠然见南山。”④暗香：幽香。⑤消魂：因离别而引起的愁情，感触极深，若魂将离体，故云消魂。⑥帘卷西风：西风卷起帘子。⑦黄花：指菊花。

析评　此词旧题“重阳”，是作者在重阳节时深寄相思之情给她夫婿的一篇作品。易安闺房生活的寂寞以及思念夫婿的深情，都透过重阳节的景物表现出来了。

上半阕从“永昼”与“夜凉”两种时间的纯感觉来着笔。

起首二句，写炉里香消，天边云重，立即显示她在夫婿远出之后所感受到的寂寞。“薄雾浓云”是阴霾的天气，这种天气深深地影响了作者的情绪，而情绪的愁闷也影响了作者对客观季节的感受，所以不免使她感觉到白天显得那么长而“愁永昼”了。而“瑞脑消金兽”，表现她整日落寞无绪，只凝望着香炉里的香料渐次化成灰烬。这一落寞的情调，反透出多少冷清的心意！接着三句“佳节又重阳，玉枕纱厨，半夜凉初透”，写重阳时节夜半袭来的凉意。秋云惨重，已感萧索，况值重阳佳节，白玉枕上、薄纱帐中，孤单的身影辗转反侧，这一切都使作者在心境上越来越寂寞，越来越凄凉！

下半阕开始，暗用“重阳醉菊”的史实，来表达作者生活的寂寞和对远人的思念。“东篱把酒黄昏后，有暗香盈袖”，在最难将息的“黄昏”时候，“东篱把酒”借以消忧遣愁，而这时候幽香满怀，更能撩起一个孤单寂寞的离人的心魂，增加她的怀人之感。结尾“莫道不消魂，帘卷西风，人比黄花瘦”借纤弱的黄菊比况自己的消瘦。写尽了秋日无限的景色，道尽了深闺无限的离情。

本词的妙处，在于抓住了秋天最鲜明的具体景象，和离人主观的心情，经过诗人感情的冶化，使得景色不遗，深情脉脉，旖旎缠绵，却不浓艳。全篇由一个“愁”字冠起，而以一个“瘦”字收束，流露出人瘦于花之恨，可谓言尽而意永了。伊士珍《琅嬛记》曾载：“易安以《醉花阴》词函致赵明诚，明诚叹赏，自愧弗逮。务欲胜之，一切谢客，忌食忘寝者三日夜，得五十阕。杂易安作，以示友人陆德夫。德夫玩之再三，曰：‘只三句绝佳。’明诚诘之，答曰：‘莫道不消魂，帘卷西风，人比黄花瘦。’正易安作也。”可见李清照的艺术技巧确是高人一等。

一剪梅 红藕香残玉簟秋/李清照

红藕香残玉簟[1]秋。轻解罗裳，独上兰舟。云中谁寄锦书来[2]？雁字[3]回时，月满西楼。　　花自飘零水自流。一种相思，两处闲愁。此情无计可消除，才下眉头，却上心头。

校注　①玉簟：竹席子的美称。②云中句：云中，比喻远方。锦书，用锦帕写成的书信。③雁字：雁群飞行时，组成行列，形状如字，故云雁字。

析评　此词旧题“别愁”，是作者抒写离别之情的一首词。伊士珍《琅嬛记》说：“易安结缡未久，明诚即负笈远游。易安殊不忍别，觅锦帕书《一剪梅》词以送之。”

起笔“红藕香残玉簟秋”，以眼前景物点出夏末秋初的季节。“红藕香残”是说红色的荷花渐次凋谢了，这四字不仅绘出眼前的景象，而且形成一种凄美的意境；“玉簟秋”是说用竹席已有些嫌凉了，这三字不仅说明秋凉，而且也暗示着心境的凄清。接下“轻解罗裳，独上兰舟”，正写其万般无奈的寂寞心情。为了解脱自己的苦闷，她换了夏季的薄衫，穿上较厚的衣服，独自凄凄凉凉的去泛舟自遣。作者这样做，也许是想回味往日的欢乐时光，也许是愿乘此小舟去到爱人的身畔。所以紧接着底下三句，就意绵情柔地写出思慕爱人的意念："云中谁寄锦书来"，是由雁列的回飞而惊喜于爱人寄信来了；但"雁字回时，月满西楼"，雁列空回，而爱人并没有托鸿雁带来音信，只有月照楼头，使自己伫望惆怅。在这里，作者以景收束，字里行间不言空虚，而空虚之情宛然可见。

下半阕全用白描的手法，表现出深闺的幽恨，写得更活更妙。"花自飘零水自流"，以花和水来比喻彼此的处境；自己的容色为思君而愁损，正好像花的飘零一样；而郎君的一去不返，却如那流水一般，这些话中间实暗藏着幽邃绮怨的心声。所以接下以"一种相思，两处闲愁"点化出个中题意。结尾"此情无计可消除，才下眉头，却上心头"，承接上文，叙说这种相思的愁苦是没有法子能够排除的。这三句是从范仲淹词："都来此事，眉间心上，无计可回避"脱胎而来，但造语更工致，感情更细腻，无怪王世贞说："此非深于闺恨者不能道。"

读完这首词，我们立刻就会感受到字里行间充满了无限的愁苦，同时可以体会出作者在夫婿远游后的那种多情少妇的相思。

武陵春 风住尘香花已尽/李清照

风住尘香花已尽[1]，日晚[2]倦梳头。物是人非事事休，欲语泪先流。 闻说双溪[3]春尚好，也拟[4]泛轻舟。只恐双溪舴艋舟，载不动许多愁。

校注 ①风住句：风停了，花落得很多，尘土里有落花的香气。花，一作“春”。②日晚：日已高升。晚，一作“晓”。③双溪：在今浙江金华。作者晚年依弟寓居金华。④拟：打算。

析评 在这首词中，作者由“夫君的去世”“晚景的凄凉”“他乡的漂泊”几项不幸的遭遇，交织成一股浓浓的哀愁。

上半阕四句，情意一贯，而句句向前推展。首句“风住尘香花已尽”，写花事不可收拾，表面看来好像只在叙述景况，但已深深地隐含着无限的感伤。试想：春光凋残，委地生香，这与佳人的迟暮、空留下一些美好而甜蜜的回忆同样可悲，怎不教她联想到自己人生春天的逝去呢！所以次句“日晚倦梳头”，接着写她意绪萧索，虽然日已高升，也无心情去梳头理妆。这是一种渐进，形象地传出年事已如花事般不可收拾的抑郁心情。底下“物是人非事事休，欲语泪先流”二句，包含着极其深沉复杂的悲思：自己的丈夫已死了，许许多多的往事也都已不堪再提起了，心中的悲愁又能向谁去诉说呢，只有情不自禁地泪流潸潸了。在这里，“物是”是记忆的基础，“人非”是记忆之所向，而“泪先流”则为表达情意的形式，虽不说悲愁，而字字悲愁入骨。

下半阕开始，临空又把上文的意思转了过来。“闻说双溪春尚好，也拟泛轻舟”，这是想用想象中的春事来追怀自己生命的春天，安慰自己内心的悲愁，也是内心欢乐与悲伤、青春与迟暮的一种痛苦与挣扎。然而自己知道，那是不可能的，也改变不了的，所以结尾二句“只恐双溪舴艋舟，载不动许多愁”，便全部翻过来了，而一归于无可奈何的“愁”上，这种愁比李后主的“恰似一江春水向东流”更深更重。

在这首词中，作者柔婉含蓄地表达情感，充分将女性的柔弱缠绵的哀伤情怀表现出来了。古来的诗词中，写愁的作品很多，形容愁多的，如李后主的“问君能有几多愁？恰似一江春流向东流”，贺方回的“试问闲愁都几许？一川烟草，满城风絮，梅子黄时雨”；形容愁重的，如苏东坡的“无情汴水自东流，只载一船离恨向西州”和本词的结尾二句都工于写愁，但方回与易安的技巧精，后主与东坡的魄力大，实各擅胜场。

凤凰台上忆吹箫 香冷金猊/李清照

香冷金猊①，被翻红浪②，起来慵自梳头。任宝奁③尘满，日上帘钩。生怕离怀别苦，多少事、欲说还休。新来瘦，非干病酒[4]，不是悲秋。　　休休[5]！这回去也，千万遍《阳关》[6]，也则[7]难留。念武陵人远[8]，烟锁秦楼[9]。惟有楼前流水，应念我、终日凝眸[10]。凝眸处，从今又添，一段新愁。

校注　①金猊：狻猊形的铜香炉。狻猊就是狮子。②被翻红浪：红锦被乱摊在床上，皱叠得像一起一伏的波浪。③宝奁：珍贵的梳妆镜匣。④非干病酒：与病酒无关。非干，一作“非关”。⑤休休：即戏剧中“罢罢”的口吻。⑥《阳关》：即《阳关三叠》，王维作的送别曲。⑦也则：也便。⑧武陵人远：用《桃花源记》武陵渔人发现世外桃源的故事，比喻自己的爱人去到遥远的地方。⑨秦楼：秦穆公女弄玉的住所，这里借指自己所住的妆楼。⑩凝眸：凝神注视。

析评　胡云翼《宋词选注》说：“这是李清照早期写别情的词。她在《金石录·后序》里说赵明诚曾经屏居乡里十年，此词大约就在此期间内夫妇离别时写的。”

词的开始，先描写室内的萧条，人儿的无聊。“香冷金猊”是说香炉中已是香冷烟断，只有冷冷的一个铜炉为这室中增添一分凄凉的景气。“被翻红浪”表示女主人心情懒散，起身后无心整理锦被，让它乱摊在床铺上。所以紧接着说：“起来慵自梳头。”并且“任宝奁尘满，日上帘钩”。这些句子，都是加深“慵”字的补述语。底下“生怕离怀别苦，多少事、欲说还休”，写伤离意绪。“生怕”二字，点明了自己的慵懒全都受了离怀别苦的影响；“欲说还休”，则含蓄着无限的离情别恨。结拍“新来瘦，非干病酒，不是悲秋”，承“离怀别苦”而来，说明所以消瘦的根源。作者不明说自己为别后的相思而消瘦，而绕弯子说不关病酒，也不是悲秋，委曲婉转，含情无限。

换头“休休！这回去也，千万遍《阳关》，也则难留”，写人去难留的悲痛，细味起来，便可体会出一个女子在使尽千方百计都挽留不住爱人的情形下失望的神情。接下“念武陵人远，烟锁秦楼”，写大婿的远去和自己生活的孤独凄凉。在夫婿远行之后，只剩下自己孤独地住在这个被烟雾笼罩的妆楼中，终日盼望等待，所以下面紧接着写：“惟有楼前流水，应念我、终日凝眸。”点出作者的盼望和等待，在这里，作者托流水以寄相思。可是良人久去不归，空让自己在楼头凝眸远眺，平添无限愁绪，所以结尾说：“凝眸处，从今又添，一段新愁。”

李攀龙说：“写一腔临别心神，新瘦新愁，真如秦女楼头，声声有和鸣之奏。”

声声慢 寻寻觅觅/李清照

寻寻觅觅，冷冷清清，凄凄惨惨戚戚。乍暖还寒时候，最难将息[①]。三杯两盏淡酒，怎敌他晚来风急？雁过也，正伤心，却是旧时相识。　　满地黄花堆积，憔悴损，如今有谁堪摘？守着窗儿独自，怎生得黑[②]！梧桐更兼细雨，到黄昏、点点滴滴。这次第[3]，怎一个愁字了得！

校注　①将息：有调养、保重之意。在这里是指安排自己。②怎生得黑：怎样能挨到天黑！③这次第：犹言这情形或这光景。

析评　这首词反映了作者晚年寡居生活的凄苦情形。词中作者借秋日景物作衬，写其境况的凄凉和内心的愁情。

首句“寻寻觅觅”，是作者内心空虚的一种表现。因为一个人在百无聊赖的时候，往往东寻寻，西觅觅，茫然若有所失。她究竟在寻觅什么呢？自然是寻觅能弥补空虚的东西，寻觅精神上可以寄托的安慰。寻觅而不可得，感觉上便越“冷清”，冷清之后，还没有慰藉，必然继之以“凄惨”和“哀戚”了。因此接下二句“冷冷清清，凄凄惨惨戚戚”，是上句的必然结果。在此，“冷清”“凄惨”“哀戚”，逐步叙来，由浅入深，由轻入重，构成三个不同的层次，妙在能曲尽思妇的愁怀而无堆砌的感觉，这也就是向来许多人赞叹她叠字用得妙的原因。接着“乍暖还寒时候，最难将息”，叹孤寂中无法排遣时光。“三杯两盏淡酒，怎敌他晚来风急”，说明酒也不能解其孤寂愁闷。以前在“晚来一阵风兼雨”的时候，她的生活是“笑语檀郎：今夜纱厨枕簟凉”（见前《丑奴儿》），如今却是“最难将息”，不啻天壤之别。所以底下“雁过也，正伤心，却是旧时相识”，极言她无人闻问的苦况。雁是候鸟，春来秋回，如今丈夫已死，音书不传，不免见雁伤情，更何况雁儿又是旧时相识的！真是无限悲哀，溢于言外。

换头“满地黄花堆积，憔悴损，如今有谁堪摘”，抒写愁景愁情，人花双写。花凋谢了，人也衰老了，有谁堪摘呢？这几句词，反映她凄凉的晚景，含思凄婉，语意极为悲痛。“守着窗儿独自，怎生得黑”，写她整日愁惨，孤守窗儿，难耐到天黑。“梧桐更兼细雨”以下，写她纵使能熬到天黑，外加那梧桐细雨的冷清味儿的刺激，这种万汇凄心、万室秋声的感受，又岂是一个“愁”字所能包括得了啊！

本篇用铺叙的手法，叙说作者晚年可愁可伤的凄惨境况和心情。前半段写境况而兼及心情，后半段写心情而以景物作陪衬。由于笔法巧妙而自然，所以令人读后，唏嘘不已。

余论 李清照，号易安居士，今山东省济南市人。父亲李格非是一个能文的官吏，母亲是状元王拱辰的孙女，堪称诗书世家。她生活在一个学术文艺气息非常浓厚的家庭里，而且很认真地从事研究和创作。十八岁时嫁给太学生赵明诚，明诚亦能词，除了诗词唱和外，便是收集古代的金石古物，把整个生活都建筑在学术文艺的基础上。可是不久，国内起了重大的变乱，金人的笳鼓毁灭了她美满的生活。南渡之后，丈夫又病死。当敌军侵扰浙东的时候，颠沛流离中，她珍藏的金石书画丧失殆尽。若干年后，在旅居中寂寞愁苦地死去。作品散失很多，今传《漱玉词》一卷。她的作品，富于性情和生命的表现，因此她个人生活境遇的变化，在她作品中反映出明显的情调：早年的欢乐，中年的黯淡，晚年的哀苦，是她生活史上的幕景，同时也是她作品的界线。她的生活，可分为新婚的幸福、别离的轻愁、寡居流浪的悲苦三个阶段，她的作品也现出这三阶段的风格：第一期是热情浪漫、活泼天真，反映在作品上，有不少绮情之作；第二期是缠绵婉转，失去前期的香艳，而入于伤感，但多抒写离愁，而不作沉痛语；第三期是严肃与凄苦，而入于深沉的忧郁，多抒悲凄惨痛之情、今昔无常之感。李清照在创作上遵守旧的传统，以诗言志，以词抒情，她有不少词在渲染愁情上曲尽其能事。在技巧上，能不依傍古人，自出机杼，用白描的手法，浅俗清新的语句，描绘出鲜明动人的形象，这是可以比之李后主而毫无逊色的。所以沈谦说："男中李后主，女中李易安，极是当行本色。前此太白，故称'词家三李'。"(《词苑丛谈》引）薛砺若《宋词通论》说："清照词最能表现出女性美来，其幽媚、婉柔、流畅，机杼天成，远非时辈所能企及。"她的《漱玉词》，每一首都是冰莹玉润，令人不忍释手，徐釚《词苑丛谈》说她的词如"大珠小珠落玉盘"，这个比喻是很确切的。

南宋词

张元干／朱敦儒／张孝祥／陆游／辛弃疾／刘过／姜夔／史达祖
高观国／朱淑真／吴文英／蒋捷／周密／王沂孙／张炎

贺新郎 梦绕神州路/张元干

梦绕神州①路。怅秋风，连营画角②，故宫离黍③。底事昆仑倾砥柱④，九地黄流乱注⑤？聚万落千村狐兔。天意从来高难问，况人情，老易⑥悲难诉！更南浦⑦，送君去。　凉生岸柳催⑧残暑。耿斜河⑨、疏星淡月，断云微度⑩。万里江山知何处？回首对床夜语⑪。雁不到、书成谁与？目尽青天怀今古，肯儿曹恩怨相尔汝⑫？举大白，听《金缕》⑬。

校注　①神州：本指中国，此处借指中原沦陷地区。《世说新语·言语》："当共勠力王室，克复神州。"②连营画角：各个营垒响起了号角声。③故宫离黍：《诗经·王风·黍离》，写周室东迁，大夫行役于宗周，过故宗庙宫室，尽为禾黍，闵周室之颠覆，彷徨不忍去，而作是诗。后遂以为"伤时"之代称。④底事句：底事，何事。砥柱，山名，在黄河中。⑤九地句：九地，犹言九州。黄流乱注，比喻金人侵略所造成的灾难。⑥况人情二句：是说南渡后宋朝君臣逐渐丧失了抗敌的热情。⑦南浦：泛指送别之地。江淹《别赋》："送君南浦，伤如之何！"⑧催：一作"销"。⑨耿斜河：耿，明朗貌。斜河，天河。⑩断云微度：片段的云朵慢慢地飘浮着。⑪对床夜语：喻促膝谈心。⑫肯儿曹恩怨相尔汝：怎么肯像孩子们彼此之间专讲些恩怨私情呢？韩愈《听颖师弹琴》诗："昵昵儿女语，恩怨相尔汝。"⑬举大白二句：大白，酒杯名，见《文选·吴都赋》注。《金缕》，即《贺新郎》之别名。杨慎："张元干以送胡铨及寄李纲词坐罪，皆《金缕曲》也。"

析评 此词原题"送胡邦衡待制"。胡邦衡即胡铨，他在高宗绍兴八年，上书请斩秦桧、孙近、王伦三人，被除名，送新州（今广东省新兴县）管制，张元干在福州作了这首词给他送行。起首"梦绕神州路""怅秋风，连营画角，故宫离黍"数语，立即流露出对家国沦亡的悼念。一提起"神州"，使人不期然地联想到王导"当共戮力王室，克复神州，何至作楚囚相对"的悲壮气概；"连营画角"，正是四方多难，举步维艰的象征。接下三句，用"底事"二字一提，对当日时局表示无限愤慨之意："昆仑倾砥柱"指国家纲纪的败坏（一说指岳飞被杀）；"九地黄流乱注"写九州遍地都是金人侵略所造成的灾难；"聚万落千村狐兔"写无数的村落都被虏寇盘踞着。结拍四句，转入送别的主题："天意从来高难问"是对宋高宗信任权奸表示怀疑与不满，"况人情，老易悲难诉"是悲痛宋室南渡后，君臣上下逐渐老朽，丧失了抗敌的热情；"更南浦，送君去"，是一方面对忠贞敢言之士被贬谪远方感到悲痛，一方面对朝廷无人感到失望。这几句充分表现出作者把国事安危系于一身的沉重语意。

下半阕从别时的情景，设想到从此天各一方，音书难寄，倒不如趁此未别，开怀畅饮一番。“凉生岸柳催残暑”“耿斜河、疏星淡月，断云微度”，写送别时的情景。“凉生岸柳”呼应上文“秋风”。这四句由“残暑”“斜河”“疏星”“淡月”“断云”，组成一片惨淡的景色，以反衬出别离时的凄然之情；更由“斜河”“疏星”具体地刻画出黎明前的天空，点出送别的时间。“万里江山知何处？回首对床夜语”，设想今后天涯海角，会面难期，不禁留恋起从前的种种情谊。“雁不到、书成谁与”写关山阻隔，书信难通。因为北雁南来，止于衡阳，广东是雁所不到之处，所以有“书成谁与”之叹。底下忽然转入悠然淡远的心怀：“目尽青天怀今古，肯儿曹恩怨相尔汝？”是说放眼来看天下，怀想古往今来的历史事迹，怎么肯像儿女们一样，彼此专讲些恩怨私情呢？这也就说明了作者同情胡邦衡不是为了朋友私情。结尾“举大白，听《金缕》”，是在无奈的情况下，发作旷达语。意思是说：事既如此，倒不如喝酒听歌，摆脱人生的苦闷吧！

胡云翼说：“张元干写这首词是在绍兴十二年（1142），这时他已经是七十六岁的高龄，仍旧意态豪迈，坚持正义，不肯稍屈。《宋史·胡铨传》载诗人王庭珪作诗为胡铨送行，竟判了充军罪，可见当时对主战派表同情是朝廷所不许的。相传张元干也以此受到除名的处罚。《四库提要》称赞这两首送李纲（未选录）胡铨的词说：‘慷慨悲凉，数百年后，尚

想其抑塞磊落之气。’这确是张词压卷之作。”（《宋词选注》）

石州慢 雨急云飞/张元干

雨急云飞，惊散暮鸦，微弄凉月。谁家疏柳低迷[1]，几点流萤明灭。夜帆风驶，满湖烟水苍茫，菰蒲零乱秋声咽[2]。梦断酒醒时，倚危樯[3]清绝。　　心折[4]。长庚光怒[5]，群盗纵横，逆胡猖獗。欲挽天河，一洗中原膏血[6]。两宫[7]何处？塞垣只隔长江[8]，唾壶空击悲歌缺[9]。万里想龙沙[10]，泣孤臣吴越[11]。

校注　①低迷：迷蒙低垂。②秋声咽：西风的声音凄切。③樯：高耸的桅杆。④心折：衷心摧折。喻伤心之极。⑤长庚光怒：长庚，主兵戈之事。光怒，发出愤怒的光亮。⑥膏血：指敌人滥事屠杀的血腥。⑦两宫：指徽宗和钦宗。⑧塞垣句：塞垣，边境。这时南宋与金国只隔着长江一水，故云“塞垣只隔长江”。⑨唾壶句：《世说新语·豪爽》：“王处仲每酒后，辄咏‘老骥伏枥，志在千里。烈士暮年，壮心不已’，以如意打唾壶，壶口尽缺。”作者借用这个典故，表示自己不能杀敌雪耻的悲愤心情。⑩龙沙：本有两地，皆在西北塞外，后泛用为塞外之通称。这里是指徽钦二帝被掳北行后的所在地。⑪孤臣吴越：孤臣，作者自称。吴越，指今江苏浙江一带，这时是南宋政府的中心地区。

析评 此词题作“己酉秋，吴兴舟中作”。己酉是宋高宗建炎三年（1129），这年春天，金兵南侵，江北失守，长江以北的地方完全落入敌人手中，不由得这位老英雄（时年六十三岁），忠愤填膺，写下了这首悲愤的词。

上半阕就题写景，先铺设一片黯然凄绝的景象。起笔“雨急云飞，惊散暮鸦，微弄凉月”三句，先由天气的骤变写起。在吴兴舟中，急雨飞云蓦然涌现，惊散大地月光，这是国家突然发生剧变的一种象征。接下“谁家疏柳低迷，几点流萤明灭”“夜帆风驶，满湖烟水苍茫，菰蒲零乱秋声咽”五句，写飞云遮月后，当前所见的景象。这也就象征国家发生剧变后，到处呈现一片寥落凄清的情形。结拍“梦断酒醒时，倚危樯清绝”二句，写出作者面对着上述的景象，心中涌起了一股凄绝之感。

下半阕直抒胸臆，流露出国破家亡、逆胡猖獗的悲愤与哀痛。首先由“心折”二字承接前意。继以“长庚光怒，群盗纵横，逆胡猖獗”，说明所以心折之故。“欲挽天河，一洗中原膏血”，写其气概，表现他对群盗和逆胡的痛恨。底下“两宫何处？塞垣只隔长江，唾壶空击悲歌缺”三句，流露出他年老不能杀敌雪耻的悲愤心情。结尾“万里想龙沙，泣孤臣吴越”，表示他那心系北地二帝，身老江南的哀痛。

余论 张元干，字仲宗，自号芦川居士，芦川永福（今属福建省龙岩市）人。北宋末年以词著称于时，南渡后，秦桧当国，他不屑与奸佞同朝，飘然挂冠。平生忠义自矢，豪爽而有气节，故其词亦多忠义之气。有《芦川词》传世。张元干的词，长于悲愤，情感深厚，语意沉痛，他那以伤时愤世为主题的一类作品，给张孝祥、陆游、辛弃疾等爱国词人，铺出了一条康庄的创作道路。

鹧鸪天 我是清都山水郎/朱敦儒

我是清都山水郎①，天教分付与疏狂②。曾批给雨支风券，累上留云借月章③。　诗万首，酒千觞。几曾着眼看侯王？玉楼金阙慵归去，且插梅花醉洛阳。

校注　①清都山水郎：天上管理山水的郎官。清都，传说中天帝的宫阙。②疏狂：狂放不受拘束。③章：奏章。

析评　此词原题“西都作”。西都是指洛阳。据《宋史·文苑传》载：“靖康中召朱敦儒至京师，将处以学官。敦儒辞曰：‘麋鹿之性，自乐闲旷，爵禄非所愿也，固辞还山。’”这首词大约是南渡前，从汴京回洛阳后所作，词中充分表现出他那超脱不羁，无视权位的个性。

起笔“我是清都山水郎，天教分付与疏狂”二句，表示自己爱好山水出于天性，生来放浪不羁，不爱受礼法的拘束。接着“曾批给雨支风券，累上留云借月章”，承首句“清都山水郎”而来，说明自己管风露云月的生活，一切自然景物尽受我的支配。这两句设想奇幻，正表现出作者“疏狂”的个性。

换头“诗万首，酒千觞”，反映出他诗酒生活天地的宽阔和豪旷。因此，紧接着“几曾着眼看侯王”，显示公侯帝王，不放在他的眼里。结尾“玉楼金阙慵归去，且插梅花醉洛阳”，续承前意，表示他对富贵的冷淡，只愿从醉中脱离现实，过着消极的高蹈生活。

朱敦儒原是一位乐天自适的人，他的作品颇多尘外之想，也很有些清淡萧疏之致，本篇便是其例。

卜算子 旅雁向南飞/朱敦儒

旅雁①向南飞，风雨群相失。饥渴辛勤两翅垂，独下寒汀②立。　　鸥鹭苦难亲，矰缴③忧相逼。云海茫茫无处归，谁听哀鸣急！

校注　①旅雁：雁是迁徙的候鸟，春秋两季都在空中旅行，故云。②寒汀：水岸平处曰汀。汀，音听。③矰缴：弋鸟之具。矰，短矢。缴，所以系者。

析评　这首词所反映的是靖康之乱发生时，南逃的难民饥寒交迫，妻离子散，惨不忍睹的情状。

在这里，作者以雁群比喻难民。所谓“旅雁向南飞，风雨群相失”，是写向南逃生的难民群，在乱离中多与家人亲朋相失散。“饥渴辛勤两翅垂，独下寒汀立”，是写失群的难民，身心疲惫，饥渴交迫，行走不动的情形。“鸥鹭苦难亲，矰缴忧相逼”，写拥有大量交通工具的豪贵，既难攀援，而后面又有敌兵紧逼不舍。结尾“云海茫茫无处归，谁听哀鸣急”，流露出孤雁茫无所归，而又无人怜悯的哀苦心情。作者在大变乱时，身为难民群中的一员，备尝逃难的艰苦，所以在这首词里所反映的乱离惨状，也就特别的哀感动人。这首词也可以看成是作者以“孤雁”自况的一篇作品。

相见欢　金陵城上西楼/朱敦儒

金陵城上西楼，倚清秋[①]。万里夕阳垂地大江流。　　中原乱，簪缨散[②]，几时收[③]？试倩[④]悲风吹泪过扬州[⑤]。

校注　①倚清秋：凭楼远眺清秋的景色。②簪缨散：豪族士人都逃散了。簪缨，贵人的帽饰。③收：恢复。④倩：请托。⑤扬州：当时是南宋的前方。过扬州，即是到北方沦陷区去之意。

析评 这是作者在南渡后所作的一首悲愤词，词中寓有沉痛的家国沦亡之感。起首“金陵城上西楼，倚清秋”二句，写他在清秋的天气里，登临金陵城楼，凭眺故国山河。“万里夕阳垂地大江流”，承写所见故国山河的壮阔美丽。换头“中原乱，簪缨散，几时收”三句，转写凭眺山河引起的感触，感叹中原地区，士族逃散，不知几时再能收复。结尾“试倩悲风吹泪过扬州”，流露出作者对北方沦陷区人民的关怀和家国沦亡的悲痛。

好事近 摇首出红尘/朱敦儒

摇首出红尘[①]，醒醉更无时节。活计绿蓑青笠[②]，惯披霜冲雪。 晚来风定钓丝闲，上下是新月。千里水天一色，看孤鸿明灭[③]。

校注 ①红尘：尘世。这里是指官场。②活计句：活计，生计或生活之意。一作“生计”。绿蓑青笠，渔人的服装。张志和《渔歌子》：“青箬笠，绿蓑衣，斜风细雨不须归。”③明灭：忽隐忽现。

析评 朱敦儒晚年罢官后，长期寓居嘉禾（今浙江省嘉兴市），常放浪烟霞间，他前后曾用了“好事近”的词调，写出六首渔父词来歌咏自己漫游江海的闲适生活。此篇是其六首中的一首。

起句“摇首出红尘”，立刻表现了一个人不得已而退隐的衷曲。次句“醒醉更无时节”，表面看似乎是写词人生活的放浪不拘，实际却透露着他对现实的失望而寻求麻醉的痛楚。底下“活计绿蓑青笠，惯披霜冲雪”二句，写渔父的生涯，把原为痛楚异常的心情，转得极其淡远。但我们要知道：古代文士笔下的渔父生涯，往往不是真的足以超脱红尘的艺术生活，而是用它来作为一种消极反抗现实社会的象征，题名渔父，只是一种借托而已。

换头承前结，“晚来风定钓丝闲，上下是新月”，写渔父生活的平静、心境的恬适以及生活环境的清丽。结尾“千里水天一色，看孤鸿明灭”，又从无边的湖水与无际的天空，回漾出一片浩瀚之景。这又是一幅海阔天空的画面了。

这首词写出了作者不愿与浊世合污，而自愿过着渔父式生活的超然人生。《宋诗纪事》引《澄怀录》：“陆放翁云：‘朱希真居嘉禾，与朋侪诣之。闻笛声自烟波间起，顷之，棹小舟而至。则与俱归。室中悬琴筑、阮咸之类，檐间有珍禽，皆目所未睹。室中篮缸贮果实脯醢，客至，挑取以奉客。’”于此可见，作者这时候已经不是二十多年前南渡时哀鸣的孤雁，他似乎忘了人间的苦难，而安于世外桃源的生活了。（见胡云翼《宋词选注》）

余论 朱敦儒，字希真，洛阳（今河南省洛阳市）人。早年以清高自许，不愿做官。靖康之乱发生，他经过江西逃往两广，在岭南流落了一个时期。高宗绍兴二年（1132），应朝廷的征召，做过秘书省正字等职务，后以“专立异论，与李光交通”的罪名被劾，罢官（李光是指斥秦桧“怀奸误国”的名臣）。晚年长期隐居在江湖间，被称为“天资旷逸，有神仙之致”（黄升《花庵词选》语）。其词集名《樵歌》。敦儒一生，可分为三阶段，其词所表现者亦然：（一）南渡以前，他纵情诗酒，自乐闲旷。（二）南渡后，开始其流亡生涯，并在绍兴二年出山，原想干一番事业，结果权臣当国，无由一展其经世之才，上疏请归。在这时期写的词，唱出了不少悲凉的声音。（三）晚年闲居时期，阅世既深，对人生已然看透，既无早年的狂放，亦无中年的悲慨，所表现者为旷达与淡漠，渐渐地变成了一个逍遥自适的乐天安命者，在思想感情里已削去了“憎爱”，剩下的便只有“风月”了。如他的一首《西江月》：“世事短如春梦，人情薄似秋云。不须计较苦劳心，万事原来有命。幸遇三杯酒好，况逢一朵花新。片时欢笑且相亲，明日阴晴未定。”都是这种冲淡清远的情调。不过，就艺术表达的角度来说，语言清新晓畅，一扫萎靡的习气，“其清气自不可没”（宋汪莘语），这一特点是应当予以指出的。王鹏运《樵歌拾遗跋》说：“希真词清隽谐婉，犹是北宋风度。”大概就是指着这点而说的了。

六州歌头　长淮望断/张孝祥

长淮望断，关塞莽然[1]平。征尘暗，霜风劲，悄边声。黯销凝[2]。追想当年事[3]，殆天数，非人力；洙泗上，弦歌地，亦膻腥[4]。隔水毡乡[5]，落日牛羊下[6]，区脱[7]纵横。看名王[8]宵猎，骑火一川明，笳鼓悲鸣，遣人惊。　念腰间箭，匣中剑，空埃蠹[9]，竟何成！时易失，心徒壮，岁将零。渺神京[10]。干羽方怀远[11]，静烽燧[12]，且休兵。冠盖使[13]，纷驰骛，若为情！闻道中原遗老，常南望、翠葆霓旌[14]。使行人到此，忠愤气填膺[15]，有泪如倾。

校注　①莽然：草木深、密貌。②黯销凝：谓伤怀伤神。黯，精神颓丧貌。③当年事：指金人南侵，直捣杭州，高宗逃走海上事。④洙泗上三句，洙泗，二水名，流经山东曲阜，孔子设教讲学于此。弦歌，弹琴唱歌。膻腥，牛羊的腥臊气。膻指羊臭，腥指肉臭。⑤毡乡：金人以毡为卧具（或住在毡帐里），故称金人占据之地为毡乡。⑥牛羊下：《诗经·君子于役》："日之夕矣，羊牛下来。"⑦区脱：一种地堡似的土室，胡儿所做以探候汉人者。⑧名王：指金人之君王。有对宋朝朝廷讽刺之意。⑨空埃蠹：白白地被尘埃和蠹虫侵蚀坏了。⑩ 神京：指汴京。⑪ 干羽方怀远：干是盾牌，羽是装饰，皆舞者所执。全句是说朝廷正用礼乐文化怀柔远方。⑫ 静烽燧：平静无战事。烽燧，即烽火。⑬ 冠盖使：谓使臣。冠盖乃仕宦者的服装和车马。⑭ 翠葆霓旌：翠葆，翠羽为饰的车盖。霓旌，像虹霓似的五彩旌旗。皆古时帝王的仪仗除。此处用以指王师。⑮ 填膺：充满胸怀。

析评 这是一首感愤词，主要内容是写一个怀着满腔热血的爱国英雄，目睹辽阔的山河遭受异族铁蹄的蹂躏，无奈当国者妥协求和，使人徒有报国理想所发出的忠愤的呼声。

起笔“长淮望断，关塞莽然平”，是说远望江淮一带（当时的前线），莽草长得和关塞一样高。这两句是写望中所见的故国状况，刻画出山河今日的荒凉和两淮边备的废弛。接下“征尘暗，霜风劲，悄边声”“黯销凝”四句，是说飞尘阴暗，寒风猛烈，边境上一切都是静悄悄的，令人看了黯然神伤。这是由一个征人的感受，反映出边境的凄凉和沉寂。下面“追想当年事，殆天数，非人力”三句，似乎是一种宿命论的叹息，实则反映出诗人那“悠悠苍天，曷其有极”的悲愤。“洙泗上，弦歌地，亦膻腥”，写文明的圣地也被胡人的腥臊气玷污了。底下“隔水毡乡，落日牛羊下，区脱纵横”，是写对岸被金人侵占的国土上，牛羊成群的归牧，到处都布满了贼窟土室。“看名王宵猎，骑火一川明，笳鼓悲鸣，遣人惊”，是说到了夜里，金人的君王率队行猎，他们骑着马，燃起火把，照亮了整个原野，那胡笳羯鼓之声，悲壮凄凉，使人听了惊心动魄。这是写敌人的威势。

换头“念腰间箭，匣中剑，空埃蠹，竟何成”，是作者想到妖氛方盛而壮志未酬，徒让腰间之箭和匣中宝剑，白白地被尘埃和蠹虫侵蚀毁坏，而无所作为。“时易失，心徒壮，岁将零”，又想到时光易逝，年纪渐老，但是时机不遇，空怀壮心，言下含着无限的悲慨。底下“渺神京”“干羽方怀远，静烽燧，且休兵”，是说远望京师，朝廷正用礼乐文化怀柔远方，希望获得短暂的和平。这是对朝廷向敌人妥协求和，表示不满。“冠盖使，纷驰骛，若为情”，是写求和使者的奔走，穿梭似的往来南北各地，却不感到难为情！这是作者对通使议和之事，感到可耻而又可悲。“闻道中原遗老，常南望、翠葆霓旌”，是写中原父老念念不忘祖国，常常盼望王师北伐，表现出他对南渡君臣轻社稷的激愤。结尾“使行人到此，忠愤气填膺，有泪如倾”，又从行人着眼，写出了千千万万人心灵深处所蕴藏的忠愤，千千万万人所倾诉不尽的血泪！这些“忠愤”与“血泪”，也正是作者心中所充斥着的。

宋孝宗隆兴元年（1163），北伐军在符离溃败后，主和派得势，与金国通使议和。这时张孝祥在建康任留守，作此词。前段描写沦陷区的凄凉景象和敌人的骄纵横行；后段感叹自己报国的志愿不能实现，对渴望北伐的中原父老寄以深切的同情。全词忠愤填膺，一气呵成。据《朝野遗记》说，这是在一次宴会上作的，当时主战派的大将都督江淮兵马的张浚，读后深为感动，为之罢席而出。无怪陈廷焯《白雨斋词话》称赞这首词：“淋漓痛快，笔墨饱酣，读之令人起舞”了。（取材于《宋词选注》）

西江月 问讯湖边春色/张孝祥

问讯湖边春色，重来又是三年。东风吹我过湖船，杨柳丝丝拂面。　　世路如今已惯，此心到处悠然。寒光亭[1]下水连天，飞起沙鸥一片。

校注　①寒光亭：在安徽当涂县丹阳湖旁。

析评　此词旧题“丹阳湖”（亦有作“洞庭”或“题溧阳三塔寺”者），丹阳湖在今安徽当涂县。张孝祥的词虽然有不少具有爱国思想和富于历史意义的名篇，但因他曾与秦桧不合，几次被贬谪下狱，因此在他的思想中，也往往有消极和超世的一面，留下很多描绘山水风趣、抒写闲散性情的清丽作品，本首即是其中一例。

从他在本词中所流露的淡泊心志，可知他在宦海生涯里饱尝了多少辛酸和凄楚。起笔“问讯湖边春色，重来又是三年”这两句平平常常的话，中间不知包含着多少物是人非、时光易逝的慨叹。“东风吹我过湖船，杨柳丝丝拂面”，是从景物依旧多情中写出恬淡的心怀，但这种恬淡并不是平时悠然的抒情，而是深深地埋伏着诗人自身生活的坎坷与变化。

下半阕“世路如今已惯，此心到处悠然”，这是经过多年宦海风波，饱尝许多冷暖得失以后，带有几分消极的感慨语。结尾“寒光亭下水连天，飞起沙鸥一片”，以景结情，从一片沙鸥联想到自己悲欢离合的人生，反不如鸟儿来得自由。这两句反映出作者向往自然风趣的超世思想。

余论 张孝祥，字安国，乌江（今安徽省和县）人。宋高宗时考取进士第一，官中书舍人，领建康留守。他在建康留守任内，极力赞助张浚（当时一位主战大将）的北伐计划，主和派打击他，受到免职的处分。在当时，“先生文章翰墨，为当代独步”（谢尧仁语），除诗文外，有《于湖词》传世。张孝祥的词具有深厚的爱国思想内容，他和张元干可以说是南宋初期词坛上的双璧，是伟大词人辛弃疾的先行者。在他们的词里，或是暗伤，或是明骂，或为正义的呼号，艺术的作风虽有不同，心理的基础却是一致。他们的作品，很明显地反映出当日国难时代的愤世词人与爱国志士的民族意识。他们作词，极力追踪苏轼，胸次笔力，都相仿佛。陈应行《于湖先生雅词序》赞美他：“自在如神之笔，迈往凌云之气。”即表明他风格上的豪放特征。此外，应该指出的是：他们的世界观也和苏轼一样，有其消极与超世的一面，在他们的词集里，颇多精美的小令，他们同样不多写艳情，而随意抒写一点人生的感情与潇洒的情怀，有不少清疏飘逸的好作品。

钗头凤 红酥手/陆游

红酥手[①]，黄縢酒[②]。满城春色宫墙柳。东风恶，欢情薄。一怀愁绪，几年离索[③]。错，错，错。　春如旧，人空瘦。泪痕红浥鲛绡透[④]。桃花落，闲池阁。山盟虽在，锦书难托[⑤]。莫，莫，莫[⑥]！

校注 ①红酥手：红润而又细腻的手。②黄縢酒：酒名。③离索：离散分居。④泪痕句：浥音邑，润湿。鲛绡，又作蛟绡，是神话中的美人鱼在海底织的丝绸，这里借指擦拭眼泪的丝帕。女子脸上有胭脂，故云“红浥鲛绡”。⑤锦书难托：书信难寄。⑥莫：犹口语“罢了！罢了！”之意，表示绝望，只好作罢。

析评 根据周密《齐东野语》与陈鹄《耆旧续闻》等书的记载，陆游初娶表妹唐琬，伉俪相得，而弗获于其姑（指陆游母亲）。既出，而未忍绝之，则为之别馆，时时往焉。其姑知而掩之，虽先知挈去，然事不得隐，竟绝之。其后陆游另娶，而唐氏亦改嫁赵士程。有一次，陆游春日出游，相遇于绍兴禹迹寺南之沈氏园。唐以语赵，遣致酒肴。陆游怅然久之，为赋《钗头凤》一词，题园壁间。这首词所写的就是这一件爱情的悲剧。

起笔“红酥手，黄縢酒”，是说唐琬亲自送酒给陆游喝。这两句词，体现了唐氏给作者所最不能忘怀的深情蜜意。续以“满城春色宫墙柳”，写沈园春景，借以烘托上二句之情。胡云翼认为这里是以柳喻唐琬，她这时已嫁人，有如宫禁里的杨柳可望而不可即。接下“东风恶，欢情薄”，是对破坏美满姻缘的制度表示深切的痛恨，也对美满姻缘的不能久长表示深切的慨叹。“一怀愁绪，几年离索”，流露出作者与唐氏分离后，几年来的时光始终不能磨损对她的思念，尤可见其情致之深。所以才有结拍“错，错，错”这种无可奈何的懊恼与悔恨。

换头“春如旧，人空瘦”“泪痕红浥鲛绡透”，是写作者当日所见唐琬的形象：她的容貌仍然像以前一样美丽，只是人比以前瘦了；沾染着胭脂的眼泪，把手帕都湿透了。接着“桃花落，闲池阁”，写自从唐氏离开陆家，一切良辰美景都成了虚设。“山盟虽在，锦书难托”，是说两人虽有感情上的盟誓，但是唐氏已另有丈夫，就道义上说不能互通书信了。因此结尾才说：“莫，莫，莫！”这是表示作罢，同时也表示无限绝望的伤痛语。

这首词写出了作者怀念前妻的深挚感情，同时也反映出古代旧社会制度下婚姻不自由的悲惨现实。相传唐氏见了陆词后，有感于中，也和了一首，然后含泪而别，词曰：“世情薄，人情恶，雨送黄昏花易落。晓风干，泪痕残。欲笺心事，独语斜阑。难，难，难。　人成各，今非昨，病魂常似秋千索。角声寒，夜阑珊。怕人寻问，咽泪装欢。瞒，瞒，瞒！”

秋波媚 秋到边城角声哀/陆游

秋到边城角声哀，烽火照高台①。悲歌击筑②，凭高酹酒③，此兴悠哉！　　多情谁似南山月，特地暮云开。灞桥烟柳④，曲江⑤池馆，应待人来。

校注　①高台：指高兴亭，在汉中内城西北。②悲歌击筑：筑，古乐器。《史记·刺客列传》载：燕太子丹遣荆轲刺秦王，至易水上，既祖取道，高渐离击筑，荆轲和而歌。③酹酒：以酒洒地而祭。这里含有祷祝收复失地之意。④灞桥烟柳：灞桥在长安东面的灞水上，桥边柳树很多，古人多在此折柳送别。⑤曲江：池名，在长安东南，有许多胜迹。

析评　此词题作："七月十六晚登高兴亭望长安南山"。高兴亭在陕西汉中内城的西北。南山，即终南山，主峰在长安南面。本篇是作者四十八岁在川陕担任军职时，登汉中高兴亭而作，词中坚定了丑虏必败、失土必复的信念。

上半阕写他在前方戍守的生活情况。汉中这时临近宋金的分界线上，故称"边城"。"角声哀"固然令人感觉边塞生活的凄苦，"烽火照高台"固然显示当时局势的紧张，但"悲歌击筑，凭高酹酒，此兴悠哉"，却体现了军队里的壮阔生活以及将士们的豪迈情志。在这里，"悲歌击筑"含有同仇敌忾之意，"凭高酹酒"亦带着祷祝收复失地的意思，"此兴悠哉"是说这意兴多么深长！

下半阕由终南山明月的升空，更坚定了胜利的信心。“多情谁似南山月，特地暮云开”，这是以月亮的破云而出、照耀大地，象征国家前途的光明。“灞桥烟柳，曲江池馆，应待人来”，是说灞桥和曲江等这些长安的胜迹，都在等待宋军去光复它。这首词写出了作者经略中原，收复故土的热念和信心。

诉衷情 当年万里觅封侯/陆游

当年万里觅封侯①，匹马戍梁州②。关河梦断何处③，尘暗旧貂裘④。　胡未灭，鬓先秋⑤，泪空流。此生谁料，心在天山⑥，身老沧洲⑦。

校注 ①觅封侯：喻建立功业。《后汉书·班超传》：“少有大志，尝投笔叹曰：‘大丈夫无他志略，犹当效傅介子、张骞，立功异域，以取封侯，安能久事笔砚间乎？’”后来果在西域建立大功，封定远侯。②梁州：今陕西汉中一带地区，因梁山而得名。③关河句：关河梦断，谓边塞从军生活像梦一般消逝。何处，表示无迹可寻。④尘暗旧貂裘：所穿貂裘积满灰尘。表示没有机会建功立业。⑤鬓先秋：鬓发先白了。⑥天山：在新疆境内。这里借指边塞前方。⑦沧洲：水边地方。古时隐者常住之地。

析评 这首词是作者晚年对于敌人未灭，而自己纵有报国壮志，却老守山林，感到莫大的悲愤。

起首“当年万里觅封侯，匹马戍梁州”二句，是作者追述他壮年在前线所过一段豪壮的军旅生活。当年他单身匹马，远戍边塞，效班超投笔从戎的壮举，于此可以看出作者的感情与抱负了，这正是作者为国杀敌的英勇形象。然而，“关河梦断何处，尘暗旧貂裘”，不幸的是在南宋小朝廷的屈膝政策下，把半壁河山拱手送给了金人，遂使英雄无用武之地，长期赋闲，没有机会建功立业。结拍两句深叹当年为国抗敌的军旅生活已成过去的陈迹。

换头“胡未灭，鬓先秋，泪空流”，是作者眼见外族侵略势力未除，但自己已经老迈，不能再为祖国战斗，感到悲怆而洒下了热泪。末后“此生谁料”四字一振，更透出悲凉的伤心语；续以“心在天山，身老沧洲”二句，概括了作者晚年的爱国热忱和悲愤情绪。

陆游参加抗金的时日虽然不多，但他那片爱国的赤诚却是至死不渝。本词即写出了他衰老不堪的时候，那种为国远戍的梦想始终没有磨灭的爱国热情。词情悲壮苍凉，充满了“烈士暮年，壮心不已”的气概。

桃源忆故人 中原当日三川震/陆游

中原当日三川[1]震，关辅回头煨烬[2]。泪尽两河[3]征镇，日望中兴运。　　秋风霜满青青鬓[④]，老却新丰英俊[⑤]。云外华山千仞，依旧无人问。

校注 ①三川：指泾水、渭水、洛水。一作“山川”。②关辅句：关辅，关中与三辅，皆近京师之地。这里借指开封一带。煨烬，音威尽，化为灰烬之意。③两河：黄河南北两岸之地。④秋风句：谓鬓发在秋风里白了。⑤老却句：引用唐马周在新丰旅舍受人轻视的故事以自况。新丰，地名，在长安附近。《新唐书·马周传》：“周舍新丰逆旅，主人不之顾。命酒一斗八升，悠然独酌，群异之。”

析评 此词原注：“题华山图”。华山在今陕西省华阴市，当时为金人所侵占。作者借“题华山图”抒发他对沦陷土地的感情。上半阕句句流露出对山河沦变，国运衰颓的悲愤。起句用“中原三川震”唤起人们“当日”的记忆，就凭这一点，已足激起人们对国家的无限感情了。次句“关辅回头煨烬”，写金人摧毁中国，宏伟建筑化成了灰烬。这是一种超越个人的苦难而联系到全民族的浩叹，无疑道出了当时所有人的心声。接下“泪尽两河征镇”，表达了两河人民的哀恸；“日望中兴运”，道出了两河百姓的希望。这两句，作者对主和派之不顾中原父老、偏安苟活，作了极尖锐的讽刺。下半阕由自己年岁的衰老想到失土之未复，用意较上阕更深广，而措辞更为凄怆。“秋风霜满青青鬓，老却新丰英俊”，青青的鬓发在秋风里盖满了白霜，从前的英俊于今老大了！这两句自伤老大而壮志未酬，语意悲痛。“云外华山千仞，依旧无人问”，更愤慨更直接地指出雄伟的河山，沦落于异族，依旧无人问讯，这是多么沉痛的呼吁和控诉！我们对于南渡后当国者趋于苟安享乐，竟忘却了靖康大耻的那种偏安政局，在此也可见一斑了。

谢池春　壮岁从戎/陆游

壮岁从戎，曾是气吞残虏。阵云高、狼烽[①]夜举。朱颜青鬓[②]，拥雕戈西戍。笑儒冠[③]自来多误。　功名梦断[④]，却泛扁舟吴楚[⑤]。漫悲歌[⑥]、伤怀吊古。烟波无际，望秦关[⑦]何处？叹流年又成虚度。

校注　①狼烽：古时边塞上燃烧烽火，用狼粪作燃料，以其烟直上，风吹不散，故称狼烽。②朱颜青鬓：红润的脸，乌黑的头发。③儒冠：指读书人。杜甫诗：“儒冠多误身。”④功名梦断：功名事业落了空。⑤扁舟吴楚：扁舟，小舟。吴楚，泛指南方。⑥漫悲歌：徒然悲歌。⑦秦关：指函谷关，在河南灵宝县西南，战国时为秦所建，故称秦关。

析评　这首词写出了一位爱国老英雄壮志未酬的悲慨。上半阕追述他当年投笔从戎的壮举。起笔“壮岁从戎”，是指他四十八岁到汉中军幕时代。次句“曾是气吞残虏”，令人想见他当年的豪情壮志。接着“阵云高、狼烽夜举”“朱颜青鬓，拥雕戈西戍”四句，写他在异族逼境下，防守西方边地的英勇行为。结拍“笑儒冠自来多误”，表现出一种多么伟大、多么奔放的报效国家、建立英雄事业的气概。

下半阕转写他在当国者妥协苟安的政策下，事无可为，老却英雄的感慨。“功名梦断，却泛扁舟吴楚”，写他功名事业落了空，退隐赋闲于南方，真是事与愿违。因此，“漫悲歌、伤怀吊古”，意指徒有在悲歌中感伤国事。底下“烟波无际，望秦关何处”，写他不能到前线实际参加抗敌工作，心中无限的怅惘。结尾“叹流年又成虚度”，流露老守山林的慨叹。

鹧鸪天　家住苍烟落照间/陆游

家住苍烟落照间，丝毫尘事不相关。斟残玉瀣[①]行穿竹，卷罢黄庭[②]卧看山。　　贪啸傲[③]，任衰残，不妨随处一开颜。元知造物心肠别，老却英雄似等闲[④]。

校注　①斟残玉瀣：喝完了酒。玉瀣，美酒名。②黄庭：即《黄庭经》，是一部道家论养生的书。③啸傲：呼啸倨傲，言动不受拘束。④似等闲：好像不当一回事。

析评 此为作者隐居山乡之作。写出了诗人在赋闲生活中的乐观心情。起首“家住苍烟落照间，丝毫尘事不相关”二句，立即揭示这一主旨，说他住在风景美丽的乡下，远离尘俗，不关心世事。接着“斟残玉瀣行穿竹，卷罢黄庭卧看山”二句，写他生活的闲适自在，说他喝完了酒就到竹林里散步，看倦了书就躺下来欣赏山景。(“卷罢”是把书卷起来不看，所以有看倦之意)

换头“贪啸傲，任衰残，不妨随处一开颜”三句，续承前意，更见其放浪形骸，俯仰天地的自由生活。结尾“元知造物心肠别，老却英雄似等闲”，暗讽南宋当国者不图恢复，不用抗敌人才（“造物心肠别”即是此意），才使英雄老却山林。

点绛唇 采药归来/陆游

采药归来，独寻茅店沽新酿①。暮烟千嶂②，处处闻渔唱。

醉弄扁舟，不怕黏天浪③。江湖上，遮回疏放④，作个闲人样。

校注 ①沽新酿：买新上市的酒。②嶂：山峰如屏障者。③黏天浪：形容浪潮之高，几乎可以触及上天。④疏放：闲散不受拘束。

析评 此篇亦为退隐后抒写闲逸生活之作。上下两阕脉络相依，而各用新的境界表达出新的胸襟。起笔二句，“采药”并不一定是完全的真实，只不过借此渲染出隐居生活的清逸，构成一个俯仰自由的天地。加之以“茅店”“新酿”的点缀，更显出生活的静寂闲适。底下“暮烟”迷茫，“千嶂”峭拔，“渔歌”四起，是自然景物来与心会，表现此心对仕途的冷淡。

下半阕正蕴藏着这种不平。“扁舟”的生活，同样不必真有。“黏天”的巨浪却是真实的感慨。“疏放”于“江湖上”，本可以无所牵虑，然而外表是个“闲人”，其实不过是个“闲人样”而已。那么胸中蕴藏的是什么呢？读他的“僵卧孤村不自哀，尚思为国戍轮台。夜阑卧听风吹雨，铁马冰河入梦来”就可以想见其梗概了。（取鲁弓长说）

卜算子 驿外断桥边/陆游

驿外断桥边，寂寞开无主。已是黄昏独自愁，更着风和雨。　无意苦争春，一任群芳妒。零落成泥碾作尘，只有香如故。

析评 此词题作“咏梅”，实际上是通过咏梅来自述抱负。在这里，作者以梅花象征自己的孤高与劲节。

起笔“驿外断桥边，寂寞开无主”二句，先写梅花处地荒僻，孤寂地开放。因为她孤生于驿站外的“断桥边”，不生于名园里，所以说“无主”。接下“已是黄昏独自愁，更着风和雨”二句，正由“无主”而来，如此国色天香，黄昏独自愁，更承受着风雨的吹打，但她却仍旧屹立无恙，挺拔于天地间。以上全在写梅花的气节，借以表现自己的高尚节操。

换头以后，全是梅花的诉说。首先用“无意苦争春，一任群芳妒”来点明本意。梅花腊月绽放，其意本不与群花争春，但仍不免被群花所嫉妒，足见处境之难，尤显其孤芳高洁。故结尾说：“零落成泥碾作尘，只有香如故。”纵使碾碎为泥土，而她的幽丽清香也将永存勿失。

本词通篇句句言梅，同时也句句以梅自述，这就合乎后世常州派所说“非寄托不入，专寄托不出”的主张了。

余论 陆游，字务观，自号放翁，越州山阴（今属浙江省绍兴市）人。他始终坚持抗金主张，在仕途上不断受到当权派的排斥和打击。中年入蜀，在王炎川陕安抚使署里担任过军事属员。军中的生活丰富了他的文学内容，从此作品超然拔俗，吐露出万丈光芒。他一生的精力贯注在诗歌方面，成为南宋最杰出的诗人之一。词的质量不如诗篇那么巨大，今传有《放翁词》，一称《渭南词》。陆游的词和他的诗一样，随他一生的经历而有明显的演变：早年才情勃发，辞求工巧；中年入蜀，投效军旅，一面饱看雄山奇水，一面感慨时危世乱，常多悲怀国家之作，于是形成他豪宕奔放的诗风词格；晚年退隐江湖，吟啸山林，词多歌咏自然情趣，而入于闲适恬淡的境界，但于闲适恬淡中，却从不忘对社稷的关怀。故刘克庄《后村诗话》说：“放翁长短句，其激昂感慨者，稼轩不能过；飘逸高妙者，与陈简斋（与义）、朱希真相颉颃；流丽绵密者，欲出晏叔原、贺方回之上。”这里所说的“流丽绵密”者，大概是指他早年的才情词；“激昂感慨”者，大概是指他中年的悲愤词；“飘逸高妙”者，大概是指他晚年的闲适词。放翁毕生以中原未复为念，故其词同样贯穿了爱国主义精神，有力地反映了作者“气吞残虏”（《谢池春》）的雄心大志和“胡未灭，鬓先秋”（《诉衷情》）的感慨不平。他那怀念河山、抒发爱国激情之作，慷慨悲壮，不让于他的诗，自应同样受我们的重视。这点是最值得我们特别给予指出的。

永遇乐　千古江山/辛弃疾

千古江山，英雄无觅，孙仲谋处①。舞榭歌台②，风流总被，雨打风吹去。斜阳草树，寻常巷陌，人道寄奴③曾住。想当年，金戈铁马，气吞万里如虎。　元嘉草草，封狼居胥，赢得仓皇北顾④。四十三年，望中犹记，烽火扬州路。可堪回首，佛狸祠下，一片神鸦社鼓⑤。凭谁问：廉颇老矣，尚能饭否⑥？

校注 ①孙仲谋：即三国时的孙权。这里提到他，是由于他曾镇守京口，打垮了来自北方的侵略者曹操的军队，是位英雄人物。②舞榭歌台：木筑的叫做榭，土建的叫做台。这里的“台榭”是指人生的舞台，历史的舞台。③寄奴：南朝宋武帝刘裕的小名。这里提到他，是由于京口为他的发祥地。④元嘉草草三句：元嘉是南朝宋文帝年号。草草，草率之意。狼居胥，即狼山，在今内蒙古西北。《史记》载霍去病追击匈奴，至狼居胥，封山而还。这里“封狼居胥”是表示要北伐立功。仓皇，匆促惊慌的样子。北顾，形容兵败南逃时回头张望追兵的情形，不说南逃，而说北顾，一是协韵，一是刻画败兵的情态，曲折而有致。这三句是表示宋文帝在没有充分准备的情势下，却好大喜功，以致北伐惨败，落得如此结果，既讥刺他又悲哀他。⑤佛狸祠下二句：北魏太武帝，小字佛狸，他击败宋文帝的军队以后，追至长江北岸的瓜步山，在山上建立行宫，即后来的佛狸祠。稼轩既叹异族之主在我腹地建祠，遥想当日拜祭之时，群鸦（喻丑虏）乱舞，鼓声喧天，竟惊不醒南渡君臣的沉迷。⑥廉颇老矣二句：《史记·廉颇传》：“赵使者既见廉颇，廉颇为之一饭斗米，肉十斤，被甲上马，以示尚可用。赵使者还报王曰：‘廉将军虽老，尚善饭，然与臣坐顷之，三遗矢矣。’赵王以为老，遂不召。”这里是作者表示自己还和廉颇一样具有雄心，可是都没有人问的意思。

析评 此词原题：“京口北固亭怀古”。京口即今江苏省镇江市，北固亭在镇江东北北固山上，面临长江。这是作者以六十六岁的高龄，在镇江知府任上所作。通过怀古，体现了作者坚决主张抗金，而又反对冒进的正确思想，同时流露出他永远不能忘情于沦陷区的土地和人民，以及老当益壮的强烈战斗意志。（取材于《宋词选注》）

上半阕从历史的回顾着笔。劈头“千古江山”四字，立即就把人带入了古今兴亡的气氛中。接下更从江山联想到做过大事业的英雄人物，“英雄无觅，孙仲谋处”是说在这千古不变的山河里，再也无处可以寻觅到像孙权那样的英雄了。作者在这里所以盛赞孙权，乃在感慨南宋朝廷不能抗击金人，不能起用英雄名将，大有屈原的“国无人莫我知兮”之意。“舞榭歌台，风流总被，雨打风吹去”进一层的申述，是说不论什么了不起的人物和轰动一时的盛事，都被无情的岁月所吞没，令人对人事的变化有无限的悼念。底下由孙权转写到刘裕：“斜阳草树，寻常巷陌，人道寄奴曾住”，是说这儿现在虽是斜阳映照草树的冷落地方和平民的居处，但传说过去却曾出生过大英雄刘裕呢！这三句叙说刘裕的发祥地，并且点出登临的时间。接着“想当年，金戈铁马，气吞万里如虎”，渲染刘裕当年的神武情状。当年他统率强壮的部队，驰骋于中原万里之地，气吞胡虏，令人想望其不可一世的雄风。这一段罗列孙权和刘裕的事迹，写出作者英雄的心事。孙权能够抗拒北兵南侵，刘裕能起兵北伐，破灭南燕，具有武略，稼轩主张抗抵金人，恢复中原，故取以自况。

下半阕与上段有岭断云连之妙。开始“元嘉草草，封狼居胥，赢得仓皇北顾”三句，是写南朝宋文帝刘义隆，不能继承父亲刘裕的功业，徒然好大喜功，用王玄谟之议，出师北伐，兵力粮饷均无充分准备，终致惨遭败退。这是作者对于当政者韩侂（tuō）胄为逞个人野心，想把国家命运孤注一掷，提出严正的警告。因为南宋朝廷主和者泄沓，主战者鲁莽，稼轩隐忧国事，故叙元嘉往事，借古鉴今，以刘宋喻赵宋，讽刺当政者。底下“四十三年，望中犹记，烽火扬州路”三句，转写诗人的回忆，是个人的身世之感，也是整个历史的回溯。作者自二十三岁率义兵渡江南归，到目前已整整四十三年了，如今在北固亭上望着扬州，想起四十三年前金人南犯，扬州路上兵荒马乱，战火弥漫的景象，仿佛和目前的情形一样。接着用“可堪回首”唤起读者的想象，续以“佛狸祠下，一片神鸦社鼓”写出现在金人的猖獗，深寄无限感慨。在此，作者以乌鸦的叫声与祭神的鼓声响成一片暗指金朝宗庙正享受香火，余势未衰。结尾“凭谁问：廉颇老矣，尚能饭否”，借廉颇自况，以示可用之意，有自求一试而惜无人重视自己的悲慨，读了令人喟叹！

此词隽壮之中沉咽蕴藉。先迁甫《词洁》说：“发端便欲涕落。后段一气奔注，笔不得遏。廉颇自拟，慷慨壮怀，如闻其声。谓此词用人名多者，尚是不解词味。”

南乡子 何处望神州/辛弃疾

何处望神州[①]？满眼风光北固楼。千古兴亡多少事？悠悠，不尽长江滚滚流！　　年少万兜鍪[②]，坐断东南战未休[③]。天下英雄谁敌手？曹刘[④]。生子当如孙仲谋[⑤]！

校注　①神州：本指中国，此处借指中原沦陷地区。②年少句：年少，指孙权，他继承孙策为吴主时年仅十九岁。万兜鍪，是说他统率强大的军队。兜鍪即头盔，这里借指士兵。③坐断东南战未休：守住东南地区，不断地和敌人作战。④曹刘：曹操和刘备。⑤生子当如孙仲谋：《三国志·孙权传》引吴历的记载说，曹操见了东吴器仗，军伍整肃，喟然叹曰："生子当如孙仲谋，刘景升儿子（刘琮）若豚犬耳。"仲谋，孙权字。

析评　此词原题："登京口北固亭有怀"，和前篇《永遇乐》是同年同地，同为怀古之作，可以并读。

起首"何处望神州""满眼风光北固楼"二句，扣住题目"登北固亭"。接着"千古兴亡多少事""悠悠，不尽长江滚滚流"三句，扣住题目"有怀"二字。换头由怀古中拈出京口一带的英雄孙权来。"年少万兜鍪，坐断东南战未休"二句，写孙权继承先业，统率强大的军队，据守东南地区，不断地和敌人作战。结尾"天下英雄谁敌手？曹刘""生子当如孙仲谋"三句，极称孙权的英勇才略，只有曹操和刘备才是他的敌手。

胡云翼认为："这里把孙权作为杰出的英雄来歌颂，主要是认为他和不战而屈的刘琮不同，能抵抗并战胜侵略者，含有极其明显的借古讽今之意。通篇问答自如，风格明快，情调基本上乐观昂扬，给人以鼓舞的力量，和《永遇乐》的情调沉郁者又自不同。”（《宋词选注》）

水龙吟 楚天千里清秋/辛弃疾

楚天[①]千里清秋，水随天去秋无际。遥岑[②]远目，献愁供恨，玉簪螺髻[③]。落日楼头，断鸿[④]声里，江南游子[⑤]。把吴钩[⑥]看了，栏干拍遍，无人会、登临意。　休说鲈鱼堪脍，尽西风、季鹰归未[⑦]？求田问舍，怕应羞见，刘郎才气[⑧]。可惜流年，忧愁风雨[⑨]，树犹如此[⑩]！倩何人唤取，红巾翠袖[⑪]，揾[⑫]英雄泪！

校注　①楚天：指湖南、湖北、江苏、浙江等一带的天空，古为楚国的领土，故称楚天。②遥岑：远山。山小而高曰岑。③玉簪螺髻：形容尖形的山峰像美人插戴的玉簪，圆形的山峰像美人螺旋形的发髻。④断鸿：失群的孤鸿。⑤江南游子：指作者自己。⑥吴钩：《梦溪笔谈》：“唐人诗多有言吴钩者。吴钩，刀名也。”⑦休说鲈鱼三句：写自己不贪恋生活享受，不愿意学张季鹰那么忘情时事，弃官回乡。《晋书·张翰传》：“翰（字季鹰）在洛，因见秋风起，乃思吴中菰菜、莼羹、鲈鱼脍，曰：‘人生贵得适志，何能羁宦数千里，以要名爵乎？’遂命驾而归。”“脍”字意把鱼肉切细。尽，尽管也。⑧求田问舍三句：是说购田置屋会被贤者所耻笑。《三国志·吕布传》：“刘备谓许汜曰：‘君有国士之名，而求田问舍，言无可采。’”刘郎，指刘备。⑨忧愁风雨：指忧愁国势飘摇于风雨中。⑩ 树犹如此：《世说新语·言语》：“桓公（桓温）北征，经金城，见前为琅邪时种柳皆已十围，慨然曰：‘木犹如此，人何以堪！’攀枝折条，泫然流泪。”⑪ 红巾翠袖：代称美人。⑫ 揾：擦拭之意。

析评 此词原题：“登建康赏心亭”，是作者在建康任通判时的作品。稼轩原是一位意气风发的抗金战士，南渡以后一直未受到朝廷的重视，而这时又正是和议初成，使一些爱国志士气愤填膺，因此在这首词中所写忧怀国事的心情，也显得特别的激愤和悲怆。

起笔“楚天千里清秋，水随天去秋无际”二句，先描绘登临所望江南平芜一片辽阔的秋色，以唤起一种寥落的意绪。接着“遥岑远目，献愁供恨，玉簪螺髻”三句，续写远眺所见景物，以反映出作者内心的愁恨。意思是说：遥望那形状如玉簪和螺髻的远山，好像处处都呈现着忧愁与怨恨。这是一种移情作用。底下“落日楼头，断鸿声里，江南游子”三句，是说黄昏日落的时候，在楼头听到长空孤雁的凄唳声，更使江南游子增添不少愁恨。结拍“把吴钩看了，栏干拍遍，无人会、登临意”，是说在这苍凉的气氛里，看着腰间的宝剑，却无用武之地，拍遍了“栏干”，也无人能了解自己登楼远眺、顾恋河山的情意。此心之孤寂与苦闷，于此可以想见。

换头以后，曲折迂回地写出他的抑郁心情。“休说鲈鱼堪脍，尽西风、季鹰归未”，首先用晋朝张季鹰因秋风起而思家乡特产的故事，表示出不甘压抑的苦闷。“求田问舍，怕应羞见，刘郎才气”，又借许汜的事情，写出退归故里的羞耻，那将愧对古代那些有为的英雄人物。底下“可惜流年，忧愁风雨，树犹如此”三句，是为自己不能替国家出力，发出深深的叹息。“树犹如此”一语，是“树犹如此，人何以堪”的歇后语。结尾“倩何人唤取，红巾翠袖，揾英雄泪”，照应前结的“无人会、登临意”作收，写出英雄失意的深切苦痛。这是作者自伤抱负不能实现，得不到同情与慰藉所发出的英雄失意的感叹，隐隐有项羽“时不利兮可奈何，虞兮虞兮奈若何”的悲慨。

这首词前半段透过景物道出自己的悲怀壮志，后半段借历史人物来抒发英雄失意的悲哀苦痛，作者忧怀国事的深情，实可媲美于王粲的《登楼赋》。

摸鱼儿 更能消/辛弃疾

更能消[①]、几番风雨？匆匆春又归去。惜春长怕花开早，何况落红无数。春且住。见说道、天涯芳草无归路[②]。怨春不语。算只有殷勤，画檐蛛网，尽日惹飞絮。　　长门事[③]，准拟佳期又误。蛾眉曾有人妒。千金纵买[④]相如赋，脉脉此情谁诉？君莫舞，君不见、玉环飞燕[⑤]皆尘土！闲愁最苦。休去倚危栏，斜阳正在、烟柳断肠处[⑥]。

(校)(注) ①更能消：经不起再有。②无归路：是说春天已尽，不再回来。一作“迷归路”。③长门事：汉武帝陈皇后失宠，退居长门宫，愁闷悲思，闻司马相如工为文，奉黄金百斤，为相如文君取酒，因于解悲愁之辞，相如作《长门赋》以悟主上，皇后复得宠幸。④纵买：一作“曾买”，一作“莫买”。⑤玉环飞燕：玉环，杨贵妃的小名，唐玄宗最宠幸的妃子，安禄山叛变时，玄宗出奔，至马嵬坡，六军不发，赐死。飞燕，汉成帝宫人，初学歌舞，以体态轻盈，号曰飞燕，许后废，立为皇后，后来废为庶人，自杀。二人皆以善妒著名。⑥烟柳断肠处：烟幕笼罩着杨柳，使人愁苦的地方。

(析)(评) 此词原题：“淳熙己亥，自湖北漕移湖南，同官王正之置酒小山亭，为赋。”淳熙己亥，是宋孝宗淳熙六年（1179），辛弃疾四十岁，这时他正由湖北漕司（管钱粮的官）转调湖南，他的同僚王正之在官署里的小山亭为他饯行，因而写了这首词。稼轩一向就抱有报国的志愿，原想积极建立功业，被派到湖北去当漕司，已不合他的愿望，再调到湖南，还是担任漕司，更使这位报国心切的词人感到失望。他心里明白，朝廷的这种调动，主要是不让主战派抬头，一想到国家的前途，不免要发出无限感慨。此词便是他借晚春景物的衰残为烘托，抒发他对国势衰微的伤痛以及个人怀才不遇的愤懑。

上半阕全从景物上着笔，但在写景中却处处通过了情的安排。劈头“更能消、几番风雨？匆匆春又归去”，破空而来，将前阕之意悉归纳其中，已饱含着伤春的哀感。（也可说是伤痛南宋王室经过几次风雨后，国势衰微不堪。）接下“惜春长怕花开早，何况落红无数”，是由上文“春去”而产生惜春的心情。因惜春而怕花早开，痴情得妙，也转折得妙，这是一种感情上的矛盾。然而，万物消长，皆随天意，非由人力，所以用“何况”一转，续以“落红无数”四字，终于把春又归去的事实形象地点出来。（不欲春归，而却落红无数，岂不更可惋惜？所以这两句也可以说是对国势衰落表示深切的惋惜。）接着“春且住”“见说道、天涯芳草无归路”，是进一步的惜春之情。“春且住”一顿，把春感情化了；“见说道”三字，是悬测语；“天涯芳草无归路”，是春一去之后，便无路可归了。（这几句是对国势的无法挽回深致内心的凄苦。）底下“怨春不语”“算只有殷勤，画檐蛛网，尽日惹飞絮”数句，是由惜春而怨春。但怨春春又不能说话，所见到的却只有画檐上的蛛网，整日殷勤地沾惹飞絮而已。假如以“春”来比拟宋室，那么“画檐蛛网，尽日惹飞絮”，便如王闿运所说，指秦桧、张浚等一班人了，怎不令人对国家的前途感到担忧呢？

下半阕用含蓄吞吐的笔法抒写愤懑的心情。但抒情时却处处由当前的景物引起联想。在这里，作者用了三个女人的典故来比拟自己和别人。首先作者由“落花”联想到古时候那些薄命的红颜，又由“飞絮”联想到善作《霓裳羽衣舞》

的杨玉环与轻盈善舞的赵飞燕。“长门事”是用汉武帝陈皇后的故事，借以比拟自己的遭遇。“准拟佳期又误”是说朝廷这次没有重用他，准又使他错过了报国的机会，语含深怨。接下“蛾眉曾有人妒”“千金纵买相如赋，脉脉此情谁诉”，都从“怨”引申发挥。因为稼轩赋性刚直，畅论得失，殊不为众人所容，所以说“蛾眉曾有人妒”；又因为朝政昏庸，内心的情愫始终无法倾诉，所以说“千金纵买相如赋，脉脉此情谁诉”。这几句，感情都极为幽咽。底下“君莫舞，君不见、玉环飞燕皆尘土”，感情转为激扬，在这里，作者以“玉环”“飞燕”比拟朝廷上那班得意的小人，暗示人生荣辱终成泡影，像当年的杨玉环、赵飞燕，虽然宠极一时，结果也都化为尘土，没有什么好得意的。末后，以“闲愁最苦”一语总括全篇作意，收束了“落花”“飞絮”所引起的感情；续以“休去倚危栏，斜阳正在、烟柳断肠处”，以警惕语作结，余味无穷。假如以日喻君，以“斜阳”比拟宋室的国运，那么最末的“烟柳断肠处”，便是一片令人愁苦的凄惨景象了。

稼轩此词，摧刚为柔，缠绵悱恻。全篇怨而近怒，稍欠和平。特荡气回肠，极饶顿挫之致。

故陈廷焯《白雨斋词话》说：“‘更能消、几番风雨’一章，词意殊怨，然姿态飞动，极沉郁顿挫之致。”梁启超也说：“回肠荡气，至于此极，前无古人，后无来者。”（《艺蘅馆词选》引）

友人张梦机《词笺》云：“《摸鱼儿》是《稼轩词》中造境最美的一首词，通篇用含蓄的笔调，比兴的方法，来伤国事，抒壮怀，姿态飞动，极沉郁顿挫之致，不仅是豪壮的呼号，也不限于儿女的怨慕，可以说这是辛弃疾所独创的一种境界。”

贺新郎 绿树听鹈鴂/辛弃疾

绿树听鹈鴂[①]，更那堪、鹧鸪声住，杜鹃声切。啼到春归无寻处[②]，苦恨芳菲[③]都歇。算未抵、人间离别。马上琵琶关塞黑[④]，更长门翠辇辞金阙[⑤]。看燕燕，送归妾[⑥]。　　将军百战身名裂[⑦]。向河梁、回头万里，故人长绝[⑧]。易水萧萧西风冷，满座衣冠似雪。正壮士、悲歌未彻[⑨]。啼鸟还知如许恨，料不啼清泪长啼血。谁共我[⑩]，醉明月？

校注　①鹈鴂：鸟名，杜鹃之别种，常以春分鸣。②无寻处：一作“无啼处”。③芳菲：香花。④马上琵琶句：用昭君出塞事。是说马上弹着琵琶，向前面的关塞看去，只觉一片黑暗。石崇《明君辞序》：“昔公主嫁乌孙，令琵琶马上作乐，以慰其道路之思，其送明君亦必尔也。”⑤长门句：用汉武帝陈皇后被贬居长门宫事，详见前篇注解。翠辇，用翠羽为饰的宫车。金阙，皇帝的宫殿。⑥看燕燕，送归妾：《诗经·邶风·燕燕》，《毛传序》云：“卫庄姜送归妾也。”⑦将军百战句：用李陵降匈奴事。李陵率步卒五千，与匈奴苦战十余日，矢尽道穷，救援不至，力屈而降，遂致身败名裂。⑧向河梁二句：用李陵别苏武事。河梁，即桥，《文选》载李陵《与苏武》诗："携手上河梁，游子暮何之？"故人，指苏武。⑨易水萧萧三句：用荆轲去燕入秦事。燕太子丹使荆轲刺秦王，太子及宾客知其事者，皆白衣冠以送之，至易水之上，既祖取道，高渐离击筑，荆轲和而歌，士皆垂泪涕泣，又前而歌曰："风萧萧兮易水寒，壮士一去兮不复还！"于是荆轲就车而去，终已不复顾。未彻，未完。⑩谁共我：一作"谁伴我"。

析评 此篇题作："别茂嘉十二弟"，是一首送别之作。茂嘉为稼轩族弟，因事贬官桂林（今广西壮族自治区桂林市），作者对茂嘉受到贬谪感触很深，因此在这首词中，借残春的啼鸟作为衬托，通过古代许多英雄美人辞家去国的可歌可泣的史迹抒发自己的忧愤，并见手足的情殷。

首先他由当前景物叙起。"绿树听鹈鴂，更那堪、鹧鸪声住，杜鹃声切"，写正在送别时听着许多哀凄动人的鸟声，令人不忍卒听。"啼到春归无寻处，苦恨芳菲都歇""算未抵、人间离别"，是说这些哀戚的鸟啼声，即使啼到春暮芳歇，其苦恨情形也抵不上人间的离别之苦！底下数句，皆由"人间离别"生出，作者列举王昭君出塞，陈皇后辞金阙，卫庄姜送归妾等美人史迹，以发抒胸中伤感之情，这是一种"情伤"之别。这一段因芳菲的寥落，春鸟的悲啼，而触发人间的离别，皆以苍凉矫健之笔，写出别情的悲怆凄婉。

换头又列举李陵降匈奴、别苏武、易水送荆轲等英雄史迹，以抒发胸中悲愤之慨，这是一种“义愤”之别。接下用“啼鸟还知如许恨，料不啼清泪长啼血”，呼应篇首，并收束上文。鸟犹如此，人何以堪！用意更觉凄绝。结尾“谁共我，醉明月”，写出别后的无伴，流露出兄弟的手足情深。

稼轩因别茂嘉而广征古事，尽集许多怨事，透过怀古来写别词，内容便意味着不仅止于倾诉兄弟的私情，实寄托着自己壮怀不展的苦闷。因此，令人读来“沉郁苍凉，跳跃动荡”(《白雨斋词话》)，“如读文通《别赋》”(《词综偶评》)。王国维《人间词话》更推许为：“章法绝妙，且语语有境界，此能品而几于神者。然非有意为之，故后人不能学也。”王氏评价，虽未免过高，还是可以作为参考。

念奴娇 **野棠花落/辛弃疾**

野棠[1]花落，又匆匆过了，清明时节。刬地[2]东风欺客梦，一枕云屏[3]寒怯。曲岸持觞，垂杨系马，此地曾轻别。楼空人去，旧游飞燕能说[4]。　闻道绮陌[5]东头，行人长见，帘底纤纤月[6]。旧恨春江流不断，新恨云山千叠。料得明朝，尊前重见，镜里花难折。也应惊问：近来多少华发？

校注　①野棠：一作“野塘”。②刬地：有依然、无端、只是诸义。刬，音产。③一枕云屏：云屏本为云母石所做的屏风，此处乃指枕上所绣的云屏而言。一作“一夜银屏”。④楼空人去二句：有物是人非、空留遗恨之意。⑤绮陌：锦绣似的街道。⑥帘底纤纤月：谓门内美人之足。以其纤巧弯曲，恰似一弯新月，故以纤纤月喻之。

析评 此词题作“书东流村壁”。是作者在暮春季节感怀之作。东流今属安徽省池州市，邓广铭《稼轩词编年笺注》云：“东流村壁者，乃指东流县境内之某村，非村以东流名也。”

词的大意是说：当他有一天在东流村的时候，看见野棠花凋谢了，才惊觉到清明时节又已匆匆过去。正在惆怅之余，不觉恍然入梦，打算重寻旧日在此地的温情，可恨那东风又把他吹醒，孑然一身，不禁意怯心寒。想起当年在这里，垂杨系马，曲岸持觞，欢娱过后，曾与伊人悄然赋别。而今重到这里，谁料竟是人去楼空，旧日的游踪怕只有当年瞧见的飞燕才能呢喃倾诉吧！

换头以后更追进一层描写：当他上次在这里和伊人别去以后，听说在绮陌东头，行路人中，曾经在帘底见到过她。旧时的别恨已是江流不尽，而今竟又人去楼空，这新恨重重，真如千叠云山，无从排遣了。可是他聊自宽慰地想，将来总有一天樽前重见的时候，一定可以一倾离愫，借博欢心。但他随即又折回笔锋，写出他无奈何的心情：怕那时纵然见到，也成了镜中之花，又怎能折取呢？当他正感到对伊人的失望，却又带来对自己的感伤：也该自己惊心的问问，近来有多少白发了。（取卢元骏说）

汉宫春　亭上秋风/辛弃疾

亭上秋风，记去年袅袅[①]，曾到吾庐。山河举目虽异，风景非殊[②]。功成者去[③]，觉团扇、便与人疏[④]。吹不断，斜阳依旧，茫茫禹迹[⑤]都无。　　千古茂陵词在，甚风流章句[⑥]，解拟相如[⑦]。只今木落江冷，眇眇[⑧]愁余。故人书报，莫因循、忘却莼鲈[⑨]。谁念我，新凉灯火，一编太史公书[⑩]。

校注　①袅袅：风动貌，摇曳貌。《楚辞·九歌》："袅袅兮秋风，洞庭波兮木叶下。"②山河举目虽异二句：《世说新语·言语》："过江诸人，每至美日，辄相邀新亭饮宴，周侯中座而叹曰：'风景不殊，正自有山河之异。'"《稼轩词》由此脱化而来。③功成者去：指夏季已过。《战国策·秦策》："蔡泽谓应侯曰：'四时之序，成功者去。'"④团扇与人疏：班婕妤《怨歌行》："裁成合欢扇，团团似明月；常恐秋节至，凉飚夺炎热；弃捐箧笥中，恩情中道绝。"⑤禹迹：禹治洪水，足迹遍于九州，故称其所至为禹迹。《左传·襄公四年》："茫茫禹迹，画为九州。"《水经注》："会稽山上有禹庙，昔大禹东巡，崩于会稽，因葬其地。"亦可称为禹迹。⑥千古茂陵词在二句；茂陵词，指汉武帝《秋风辞》，武帝卒葬茂陵，故云。风流章句，指秋风辞中"兰有秀兮菊有芳，怀佳人兮不能忘"诸语。⑦相如：司马相如，以风流浪漫著称。⑧眇眇：好貌。《楚辞·九歌·湘夫人》："帝子降兮北渚，目眇眇兮愁予。"⑨忘却莼鲈：忘了回乡。用张季鹰故事，详见前《水龙吟》注。⑩新凉灯火二句：韩愈《符读书城南》诗："时秋积雨霁，新凉入郊墟。灯火稍可亲，简编可卷舒。"太史公书，指司马迁《史记》。

析评 此篇原题："会稽秋风亭观雨"，是一首即景感兴之作。郑骞先生《词选》云："《稼轩长短句》此词之前另有《汉宫春》一阕，题为'会稽蓬莱阁怀古'而词中全说观雨，此词为观雨而全说怀古，疑是此两字互讹。"

起首"亭上秋风，记得去年袅袅，曾到吾庐"三句，由眼前秋风叙起，令人感到有一股人事沧桑的感叹。作者于宋宁宗嘉泰三年（1203），知绍兴府，其前一年家居铅山，故有去年吾庐之语。"山河举目虽异，风景非殊"，写出故国沦落的悲恸，是由《世说新语》周顗叹曰"风景不殊，正自有山河之异"变化而出。"功成者去，觉团扇、便与人疏"，则以秋节至而团扇被弃置，暗示自己的投闲置散而不受重用。结拍"吹不断，斜阳依旧，禹迹茫茫都无"三句，又似有国君不断递嬗，而九州依旧沦陷未复之慨。

换头"千古茂陵词在，甚风流章句，解拟相如"三句，因秋风而联想到汉武帝《秋风辞》。意思是说：千百年流传至今的汉武帝《秋风辞》，现在所给予自己的感受，只有悲秋的意绪，哪里还有什么可与司马相如相比拟的风流章句呢？接下"只今木落江冷，眇眇愁余"二句，明写悲秋的愁绪。"故人书报，莫因循、忘却莼鲈"，写怀乡念旧的情意。结尾"谁念我，新凉灯火，一编太史公书"，流露出新秋孤寂，以读《史记》解闷的心情。

祝英台近 宝钗分/辛弃疾

宝钗分①，桃叶渡②，烟柳暗南浦③。怕上层楼，十日九风雨。断肠片片④飞红，都无人管，更谁劝啼莺声住⑤？　　鬓边觑⑥。试把⑦花卜心期，才簪又重数。罗帐灯昏，哽咽梦中语：是他春带愁来，春归何处？却不解带将愁去。

校注　①宝钗分：喻夫妇离别。邓广铭《稼轩词编年笺注》云："分钗赠别之制，南宋犹盛行。"②桃叶渡：在今南京秦淮河与青溪合流处。原为王献之与妾作别处，这里作为送别爱人的地方。《古今乐录》："王献之爱妾名桃叶，其妹曰桃根。献之尝临渡，歌以送之，（辞曰：桃叶复桃叶，渡江不用楫，但渡无所苦，我自迎接汝。）后人因名渡曰桃叶。"③南浦：泛指送别之地。"暗南浦"是说南浦水边绿柳成荫。④片片：一作"点点"。⑤更谁劝啼莺声住：一作"倩谁唤流莺声住"。⑥觑：斜视。⑦试把：一作"应把"。

析评　此篇题作"晚春"，是借晚春之景烘托怨别之情。张端义《贵耳集》云："吕正己为京畿漕，有女事辛幼安，因以微事触其怒，竟逐之。桃叶之词，即因此而作。"此说或疑其不可信。

起笔"宝钗分"，即表示离别。下接"桃叶渡，烟柳暗南浦"，写惜别时光景，渲染出一片黯然销魂的气氛。"怕上层楼，十日九风雨"，写别后的心理；"怕上层楼"即怕勾起愁情，

“十日九风雨”固然是春雨连绵的天气，但也是春愁长存的一种象征。底下“断肠片片飞红，都无人管，更谁劝啼莺声住”三句，又由任凭落花飘零，莺啼不住，反衬出伊人的毫无思绪与愁情之苦。在这里，作者用“风雨”“飞红”“啼莺”等词语，组成一种意境，由景入情，充分表现出抑郁寡欢的情绪，委婉凄苦，令人不忍卒读，无怪谭评《词辨》云：“‘断肠’三句，一波三折。”

换头以后，从送别而盼归期。“鬓边觑”“试把花卜心期，才簪又重数”，是数花瓣以定归期。其中发边之花，由上文“飞红”想出，而“觑”“卜”“才簪”“重数”诸语，反映辗转反侧之情，语极痴，情极挚。接下“罗帐灯昏，哽咽梦中语”二句，直道出相思的情境，且见归期仍是幻想，所觑所卜都无着落可寻，为下文“愁”字摩空作势。结尾“是他春带愁来，春归何处”“却不解带将愁去”，写春去愁留，而怨情自见。愁与春俱来，而不与春俱去。不恨留春不住，只恨春去愁留，言情极工，托兴深切，故张炎评曰：“景中带情，而存骚雅。”

稼轩此词，以健笔写柔情，妩媚清幽，篇中无论写景抒情，其细腻处均不在周、秦之下。沈谦《填词杂说》云：“‘宝钗分，桃叶渡’一曲，昵狎温柔，魂销意尽，才人伎俩，真不可测。”这正说明了辛词风格的多样化。

青玉案 东风夜放花千树/辛弃疾

东风夜放花千树[①]。更吹落，星如雨[②]。宝马雕车香满路。凤箫[③]声动，玉壶[④]光转，一夜鱼龙舞[⑤]。　蛾儿雪柳黄金缕[⑥]，笑语盈盈暗香[⑦]去。众里寻他千百度，蓦然回首，那人却在，灯火阑珊[⑧]处。

校注　①花千树：形容灯火之多若千树花开似的。②星如雨：此处星字亦比喻灯。③凤箫：箫之美称。相传萧史与弄玉善于吹箫，吹似凤声，凤凰止其屋，穆公为作凤凰台，故云。④玉壶：一种精美的灯。周密《武林旧事》："灯之品极多，每以'苏灯'为最，圈片大者径三四尺，皆五色琉璃所成……其后福州所进，则纯用白玉，晃耀夺目，如清冰玉壶，爽彻心目。"⑤鱼龙：指鱼形与龙形的灯。⑥蛾儿雪柳句：《武林旧事》："元夕节物，妇人皆戴珠翠、闹蛾、玉梅、雪柳……"黄金缕，指柳枝。李商隐《谑柳》诗："已带黄金缕，仍飞白玉花。"⑦暗香：此处借指美人。⑧阑珊：衰残。

析评　此词题作"元夕"。上半阕是写元宵节繁华热闹的情景，下半阕追慕一位幽娴不俗的美人。

起首"东风夜放花千树""更吹落，星如雨"二句，先描绘花灯之多。这里作者用"花千树""星如雨"来形容灯火之繁盛，都有它的根据。张鷟《朝野佥载》："唐睿宗先天二年，正月十五、十六、十七夜，于京师安福门外作灯轮，高二十丈，衣以锦绮，饰以金银，燃五万盏灯，簇之如花树。”吴牧《梦粱录》：“（元宵夜）诸营班院于法不得与夜游，各以竹竿出灯球于半空，远睹若飞星。”接着四句“宝马雕车香满路”“凤箫声动，玉壶光转，一夜鱼龙舞”，叙写元宵夜车马满路，笙箫吹奏，花灯游行的热闹场面。

换头“蛾儿雪柳黄金缕，笑语盈盈暗香去”，遥承上文“宝马雕车”而来，转写一位幽娴的美人。“蛾儿”“雪柳”“黄金缕”，皆是元夕妇人所戴的妆饰品，这是用侧笔来写女人之美；“笑语盈盈”则写美人含情脉脉的情态。结尾“众里寻他千百度，蓦然回首，那人却在，灯火阑珊处”，显示出伊人正是自己时时刻刻所追慕的对象，只可惜已远去而不可追了。

这首词，许多人都以为他“别有寄托”，胡云翼说：“作者追慕的是一个不同凡俗，自甘寂寞，而又有些迟暮之感的美人。这所反映的正是他自己在政治失意以后，宁愿闲居，不肯同流合污的品格。”（《宋词选注》）梁启超称道这首词：“自怜幽独，伤心人别有怀抱。”（《艺蘅馆词选》引）

一般说来，凡以节日为题的作品，都很难作得出色。原因是节日所见的景色，所知的典故，差不多是相同的，你说我也说，变成了滥调。稼轩这首词却不然，他把眼前所得的印象，通过思维，使之成为一种意境，而把读者引入这一境界里，与作者的精神一同结合在繁华热闹的元宵节中。试看作者所见的不外是火树银花，香车宝马，和观灯的仕女，但他得到这些印象之后，马上把这许多印象统一起来，形成一个动的境界，再以词句表达出来，于是就成为一首生动的好词了。

菩萨蛮 郁孤台下清江水/辛弃疾

郁孤台[①]下清江[②]水，中间多少行人泪。西北望长安，可怜无数山。　　青山遮不住，毕竟东流去。江晚正愁余，山深闻鹧鸪。

校注　①郁孤台：在今江西省赣县西南，为当时名胜地，赣江经过台下向北流去，隆阜郁然孤峙，故名。②清江：赣江与袁江合流处，旧称清江。此处清江当指赣江而言。

析评　此词原题："书江西造口壁"，是作者在造口怀古的词。造口在今江西省万安县西南六十里，有皂口（即造口）溪，水自此入赣江。据罗大经《鹤林玉露》说："南渡之初，虏人追隆裕太后御舟至造口，不及而还，幼安由此起兴。"按当时金兵南侵，分两路渡江：一路是主力军，直指临安（杭州），追宋高宗；另一路从湖北进军江西，追隆裕太后，太后由南昌仓促南逃，至赣州才获得安全。赣西一带，受到金兵的侵扰，劫掠杀戮很惨，所以此词开始两句说"郁孤台下清江水，中间多少行人泪"，情景兼写，其中包含多少历史上的伤心事。不直说自己落泪，而说台下江水不知有多少行人的泪，无限感伤蕴含词中。接着“西北望长安，可怜无数山”二句，是说朝西北方向瞭望中原故乡，可惜被无数的山峰所遮蔽。这是感叹中原沦陷已久，还没有恢复，用以加足上文的意思。

换头“青山遮不住，毕竟东流去”二句，是说青山虽然能遮断瞭望长安的视线，却遮不住赣江的水向前奔流。这是作者忠愤义气的勃然流露。结尾“江晚正愁余，山深闻鹧鸪”二句，是说在傍晚时分，听到深山里传来鹧鸪“行不得也”的叫声，使自己感到抑郁不舒。这是作者自伤恢复之志未能遂行。《鹤林玉露》说：“‘闻鹧鸪’之句，谓恢复之事行不得也。”恐误。

胡云翼《宋词选注》说：“这是宋孝宗淳熙三年（1176），作者任江西提点刑狱、驻节赣州时写的词。先从怀古开端，写四十多年前金兵侵略赣西地区，人民所遭受的苦难。接下去笔锋转移到当前中原还没有恢复的现实。后段即景抒情，一方面写江水冲破重叠山峰的阻碍，胜利地向前奔流，使人向往；另一方面又写鹧鸪‘行不得也’的鸣声，使人精神沮丧。这些都是借来反映自己羁留后方，壮志未酬的抑塞不舒的苦闷。”陈匪石《宋词举》说：“全词就造口之所闻所见，不加涂饰，而以动气达之，如生铁铸成，不可移动，似浅近，实深厚。”诚属一针见血之论。

鹧鸪天 壮岁旌旗拥万夫/辛弃疾

壮岁旌旗拥万夫[①]，锦襜突骑[②]渡江初。燕兵夜娖银胡䩮[③]，汉箭朝飞金仆姑[④]。　　追往事，叹今吾，春风不染白髭须。却将万字平戎策[⑤]，换得东家种树书[⑥]。

校注　①壮岁句：指作者领导义军抗金事。时年二十二岁左右，正是少壮时期，故云。②锦襜突骑：精锐的锦衣骑兵。衣蔽前曰襜，即蔽膝。③燕兵句：燕兵，借指金兵。娖，同"捉"字。银胡䩮，银色或镶银的箭袋。胡䩮，箭室也。④金仆姑：《左传·庄公十一年》："公以金仆姑射南宫长万。"杜注："金仆姑，矢名。"⑤平戎策：平定外族侵略者的策略。稼轩屡有奏疏论对金事，如美芹《十论》及《九议》等文，畅论理财治军，恢复中原之计，万字平戎策盖指此。⑥换得东家种树书：表示退休归耕。

析评　此词原题："有客慨然谈功名，因追忆少年时事，戏作"。虽然自称"戏作"，实在感慨很深。郑骞先生《词选》云："此追忆绍兴末，率数千人自山东渡江归宋事也。"可知此篇乃作者退闲时所作的一首感慨词。

起首"壮岁旌旗拥万夫，锦襜突骑渡江初"二句，追忆他南归以前，统率义军与敌人战斗。紧接着"燕兵夜娖银胡䩮，汉箭朝飞金仆姑"二句，承写他进入金营擒捉张安国之事。据《宋史本传》记载，绍兴三十二年（1162），耿京令辛弃疾奉表归宋，会张安国等杀耿京降金，弃疾还至海州，与众谋曰："我缘主帅令来归，不期事变，何以复命？"乃约统制王世隆及忠义之士，径趋金营。安国方与金将酣饮，即众缚之以归，金将追之不及，献俘行在，斩安国于市。换头"追往事，叹今吾，春风不染白髭须"三句，自叹年衰发白，不能再报效国家。结尾"却将万字平戎策，换得东家种树书"二句，对自己退休归耕流露出无限的悲慨。胡云翼说："把平戎策换得种树书，显然是由于朝廷排斥主战派，被迫出此，不能说这是反映作者的退隐思想。"（《宋词选注》）

丑奴儿 少年不知愁滋味/辛弃疾

少年不知愁滋味，爱上层楼[①]。爱上层楼，为赋新词强说愁[②]。　　而今识尽愁滋味，欲说还休。欲说还休，却道天凉好个秋。

校注　①层楼：高楼。②强说愁：没有愁而勉强说有愁。

析评　此首原题："书博山道中壁"。博山，今属江西省。作者闲居信州（今江西上饶）时，经常往来博山道中，本篇是他抒写秋天的愁思之作。

词的大意是说：当他是少年的时候，不识得什么是愁的滋味，只爱在高楼上，像一般文人墨客一样，作些新词吟愁说怨，没有愁而勉强说有愁。如今历尽沧桑，饱经忧患，把愁的滋味识尽了，应该痛快地把少年时所爱说的愁思倾诉出来才对，但奇怪的是：今天却偏偏欲说还休，不忍说出口了，只说着："啊！天气凉了，真是个好秋天！"结尾一语，含着无限清凄。

胡云翼说："这首词前后段里愁字的含义是有区别的：前者指的是春花秋月的闲愁，后者指的是关怀国事，怀才不遇所引起的哀愁。"（《宋词选注》）

西江月　万事云烟忽过/辛弃疾

万事云烟忽过，一身蒲柳先衰[①]。而今何事最相宜？宜醉宜游宜睡。　早趁催科了纳[②]，更量出入收支。乃翁依旧管些儿：管竹管山管水。

校注　①蒲柳先衰：《世说新语·言语》："顾悦与简文同年，而发早白。简文曰：'卿何以先白？'对曰：'蒲柳之姿，望秋而落；松柏之质，凌霜犹茂。'"蒲柳，即水杨。②催科了纳：科，指法律明定课征的赋役而言。了纳，纳清赋役。

析评　此词原题："示儿曹以家事付之"，是作者消极退隐之作，颇有英雄老去的感慨。

稼轩壮怀激烈，志在恢复，无奈仕途蹭蹬，事与愿违，如今身老意衰，万事都如云烟一般地过去了，所以他说："万事云烟忽过，一身蒲柳先衰。"他衡量自己目前最相宜的事，只不过"醉""游"和"睡"而已，因此他接着说："而今何事最相宜？宜醉宜游宜睡。"

下半阕是把家中事务交付儿曹去料理。"早趁催科了纳，更量出入收支"，是嘱咐儿曹依法按时纳清赋役，慎重量入为出。结尾"乃翁依旧管些儿：管竹管山管水"，是说孩儿们若能照着上面两点去做，自己便可了无牵挂，从此寄情于山水林间了。全词文字平浅，而笔意苍凉。

西江月　明月别枝惊鹊/辛弃疾

明月别枝惊鹊，清风半夜鸣蝉。稻花香里说丰年，听取蛙声一片。　　七八个星天外，两三点雨山前。旧时茅店社[①]林边，路转溪桥[②]忽见。

校注　①社：土地庙。②溪桥：一作"溪头"。

析评　此词原题："夜行黄沙道中"，黄沙即黄沙岭，在江西上饶西面。作者闲居上饶带湖的时候，常常经过这里，很欣赏这里的溪壑恬静之美。这首词是他写夏夜行经山径中幽美的景色。

上半阕写夜行时的一片宁静景象。大意是说：月亮升上树梢，惊起了睡在斜枝上的喜鹊；半夜里吹来凉爽的清风，这时蝉也随着歌唱起来；浓郁的稻花香味，洋溢着一片蛙声，想来今年必定是个收成大好的丰年（蛙鸣古时认为是丰年的象征）。像这样的意境，反映了一个夜行者轻松喜悦的心情。

下半阕写天色渐渐黎明，天空悬着几颗小星，山前洒了几点早雨；走过了小溪的桥，那片熟悉的茅店，就忽然在土地庙附近的树林边出现了。像这样的意境，反映了一个夜行者豁然开朗的一股惊喜之情。

这首词，全是通过景物来写作者自己一阵开朗、一阵喜悦的心情，若不是一个情真意挚的诗人，就不可能有这样的感受，也不可能写出这样的作品来。

西江月 醉里且贪欢笑/辛弃疾

醉里且贪欢笑，要愁那得工夫。近来始觉古人书，信着全无是处[①]。　　昨夜松边醉倒，问松：“我醉何如”。只疑松动要来扶，以手推松曰：“去！”

校注 ①信着全无是处：《孟子·尽心下》：“尽信书，则不如无书。”

析评 此词题作“遣兴”，是作者在某种不如意的情况下，用来排遣意兴的一篇作品。全词用平易的口语，表达内心的苦闷。值得我们注意的是：作者说古人书“全无是处”，意思并不是菲薄古人，否定一切古书的意义和价值，而是针对当时政治上没有是非，和古人至理名言都被抛弃的现状，发出的激愤之辞。后段写醉态、狂态，都是对政治现实不满的一种表示。

清平乐 连云松竹/辛弃疾

连云松竹，万事从今足。拄杖东家分社肉[①]，白酒床头初熟[②]。 西风梨枣山园，儿童偷把长竿。莫遣旁人惊去，老夫静处闲看。

校注 ①社肉：酬祭社神的牲肉。②白酒床头：把白酒放在坐榻边，为了便于取喝。苏轼《天门冬酒熟，予自漉之，且漉且尝，遂以大醉》诗中有“自拨床头一瓮云”之语。

析评 此词原题：“检校山园，书所见”。内容是写作者退休归耕时闲适生活的一面。检校，即巡视之意。

起笔“连云松竹，万事从今足”二句，立刻表现出他满足于山林生活的心境。接着“拄杖东家分社肉，白酒床头初熟”二句，加足上文之意，具体地写出村居生活的闲适实况。“东家分社肉，床头喝白酒”，充分显示了生活的逍遥自适。

换头以下，书写巡视山园所见的事情。作者看见了儿童持着长竿，偷摘枣梨，非但不加以吆喝斥逐，还能“静处闲看”，其心境之悠然，可以想见。

清平乐 茅檐低小/辛弃疾

茅檐低小，溪上青青草。醉里吴音[①]相媚好，白发谁家翁媪。　大儿锄豆溪东，中儿正织鸡笼。最喜小儿无赖[②]，溪头卧剥莲蓬[③]。

校注　①吴音：作者居住江西省上饶地区，旧属吴国，故称吴音。②无赖：无所聊赖，即无所事事之意。③卧剥莲蓬：莲蓬，即莲房，莲的花托上部延长而成倒圆锥形，有二三十小孔，每孔生一雌蕊，所结果实即藏于此。卧，一作“看”。

析评　此词题作“村居”，是作者闲居乡村，掇拾村民生活之作。

词中描绘出一幅清新活泼的乡村风情图。

起首“茅檐低小，溪上青青草”二句，先写村居环境。“醉里吴音相媚好，白发谁家翁媪”，转入人事，写村中老公老婆的自得其乐。换头以下，续承前意，写孩儿们的各尽其职，各安其分，形象逼真。胡云翼说：“这首词环境和人物的搭配，是一幅极匀称自然的画图。老和小写得最生动。‘卧剥莲蓬’正是‘无赖’的形象化。”（《宋词选注》）

水调歌头 带湖吾甚爱/辛弃疾

带湖[①]吾甚爱，千丈翠奁[②]开。先生杖屦[③]无事，一日走千回。凡我同盟鸥鹭，今日既盟之后，来往莫相猜。白鹤在何处？尝试与偕来。　破青萍，排翠藻，立苍苔[④]。窥鱼笑汝痴计，不解举吾杯。废沼荒丘畴昔[⑤]，明月清风此夜，人世几欢哀？东岸绿阴少，杨柳更须栽。

校注　①带湖：在今江西省上饶市，作者退休耕种于此。②翠奁：翠色的镜子。比喻湖水的碧绿。③杖屦：持着拐杖，穿着草鞋。④破青萍三句：有二解：一为写鱼在水中游息之乐；一为写作者站在长了青苔的水边，拨开萍藻看鱼。苍苔，即青苔。⑤废沼荒丘畴昔：畴昔，昔日。据洪迈《稼轩记》说，辛弃疾的带湖新居，原是一片荒地。故有此语。

析评 此篇题作“盟鸥”，当是作者隐居带湖之初所作。从这首词中，我们可以看出稼轩风格闲适的一面，也看出他作品的多样化。

起笔“带湖吾甚爱”，开门见山，揭示主旨。次句“千丈翠奁开”，写湖水的清澈可爱。“先生杖屦无事，一日走千回”，是首句甚爱带湖的实际写照。“凡我同盟鸥鹭，今日既盟之后，来往莫相猜”，扣住题目“盟鸥”，愿与鸟类友好，是从《左传·僖公九年》：“凡我同盟之人，既盟之后，言归于好”蜕化而来。结拍二句：“白鹤在何处？尝试与偕来”，见其盟约之广袤。

换头“破青萍，排翠藻，立苍苔”，写鱼儿在萍藻青苔间游息窥视。“窥鱼笑汝痴计，不解举吾杯”，是说鱼儿笑他痴计，不知与他举杯同盟。底下“废沼荒丘畴昔，明月清风此夜，人世几欢哀”三句，转念到人世的变化。意思是说：由往日的一片荒地，变成今夜的明月清风，其间不知经历了多少欢乐与悲哀。结尾“东岸绿阴少，杨柳更须栽”，勉励自己努力事耕种，莫管尘世事。

这首词清远旷逸，反映了作者追慕庄周、陶潜，歌颂寄情山水的闲适生活。

余论 辛弃疾，字幼安，号稼轩，济南（今山东省济南市）人。生性豪爽，崇尚气节，有燕赵侠义之风。他出生时，北方已沦陷于外族，目击国破家亡的苦境，幼时即有报国的志愿。二十来岁时，曾聚众二千，参加以耿京为领袖的抗金起义军。失败后，南渡归宋。历任湖北、湖南、江西安抚史，在政治和军事上都能采取积极的措施，以利国便民。朝廷当权者疑忌他，落职后长期没有得到任用，闲居信州（今江西上饶）几达二十年。到了晚年，朝廷又起用他，做过浙东安抚使和镇江知府。在镇江任内，他特别重视抗金的准备工作，可是朝廷对他不重视，不能久于其位。终于怀着规复中原的宏愿抑郁以殁。有《稼轩长短句》传世。继承苏轼之后，把词的豪放风格加以发扬光大，使之蔚成一大宗派，成为词坛的主流，应归功于辛弃疾。而这种豪放风格的形成，完全系于他的生性气节和时势环境，徐釚《词苑丛谈》引黄梨庄说："辛稼轩当弱宋末造，负管乐之才，不能尽展其用，一腔忠愤，无处发泄。观其与陈同父抵掌谈论，是何等人物！故其悲歌慷慨、抑郁无聊之气，一寄之于其词。"由于他一生都处在不得意的阴暗政治环境里，因此他的作品多"抚时感事"之作，交织着意气风发而又沉郁悲凉的复杂心情。我们读他的词，可以感受到下面几个特征：（一）在形式方面，有诗词散文合流的现象：辛弃疾继续发扬苏轼"以诗为词"的革新精神，进一步"以文为词"，吴衡照《莲子居词话》指出他所用的语文，涉及《论语》《孟子》《诗小序》《左氏春秋》《庄子》《离骚》《史记》《汉书》《世说新语》《文选》、李杜诗，等等。即此可见他不同于格律词人周邦彦辈只管"融化诗句"入词，而是广泛地从古人诗文里选择词语，大量使用散文化的句子入词。（二）内容方面，亦如苏轼一般，题材广泛，吊古、伤时、说哲理、谈政治、写山水、道爱情、发牢骚，无所不写，而且无论什么思想、什么情感、什么事件，都可以在词中自由表现出来，各有内容，各有生命，而无千篇一律之弊。《四库提要》说："其词慷慨纵横，有不可一世之概，于倚声家为变调。而异军特起，能于剪红刻翠之外，屹然别立一宗，迄今不废。"以辛词为变调，正如以苏轼为别格一样。（三）风格方面，以豪放雄奇为主，但不限于豪放雄奇。他偶写艳情，偶歌风月，但绝不作妮子态。故刘克庄《后村诗话》说："公所作，大声镗鞳，小声铿鍧，横绝六合，扫空万古。其秾纤绵密者，亦不在小晏秦郎之下。"邹祗谟《远志斋词衷》说："稼轩雄深雅健，自是本色……中调小令，亦间作妩媚语。"这都说明了辛词风格的多样化。要之，稼轩雄有万卷，笔无点尘，激昂排宕，不可一世，他的词常借历史上的陈迹或当前的景物，来抒情他内在的情绪。词到了稼轩，风格和意境两方面都大为解放。他以圆熟流走的笔锋，写出悲壮淋漓的歌声，替中国词坛上留下一个永久的纪念。他的河山之恸，故国之思，权奸当路愤，以及豪爽负气的个性，都从他那呜咽沉着、悲壮淋漓的歌声里一一发泻出来，如长江赴海，顿开千古壮观，读了令人生起无限的感慨。当然，有时发议论过多，使作品的韵味减少；有时用典过多，致有"掉书袋"之讥（刘克庄语），这都是不必为辛词讳言的缺点。

六州歌头 镇长淮/刘过

镇长淮，一都会，古扬州。升平日，朱帘十里春风、小红楼[①]。谁知艰难去，边尘暗，胡马扰[②]，笙歌散，衣冠渡[③]，使人愁。屈指细思，血战成何事，万户封侯[④]。但琼花无恙[⑤]，开落几经秋。故垒荒丘。似含羞。　　怅望金陵宅，丹阳郡[⑥]，山不断，郁绸缪[⑦]。兴亡梦，荣枯泪，水东流，甚时休？野灶炊烟里，依然是，宿貔貅[⑧]。叹灯火，今萧索，尚淹留。莫上醉翁亭[⑨]看，蒙蒙雨、杨柳丝柔。笑书生无用，富贵拙身谋[⑩]。骑鹤来游[⑪]。

校注　①朱帘十里二句：形容扬州的繁华。杜牧《赠别》诗："春风十里扬州路，卷上珠帘总不如。"②边尘暗，胡马扰：指金人南侵。③衣冠渡：指仕族南迁。④血战成何事二句：是说血战的结果只是给将军们取得封侯罢了。⑤琼花无恙：据《扬州府志》说，扬州后祠有一株琼花，是唐朝人种的，北宋时把它移植禁苑，过了一年便枯掉了。后来载还扬州，又复活起来。⑥丹阳郡：《丹徒县志》："唐天宝初，始以今京口为丹阳郡。"京口即今镇江。⑦山不断，郁绸缪：群山连绵不断。⑧貔貅：猛兽名，比喻军队。⑨醉翁亭：即平山堂，在扬州西北蜀冈上，欧阳修所建。堂前植柳一株，称欧公柳。⑩ 富贵拙身谋：不善于为自己谋取富贵。⑪ 骑鹤来游：《五朝小说大观》载殷芸《小说・吴蜀人》："有客相从，各言所志。或愿为扬州刺史，或愿多赀财，或愿骑鹤上升。其一人曰：‘腰缠十万贯，骑鹤上扬州。’欲兼三者。”

析评 这是刘过在扬州的感怀之作。前段极写扬州经过敌人侵扰后的萧条景象；后段扩大了视野，吊古伤今，交织着国事沧桑和个人身世飘零之感。（取胡云翼说）

起首“镇长淮，一都会，古扬州”三句，说明扬州原是古来屏障江淮一带河山的一个有名都会。“升平日，朱帘十里春风、小红楼”，续写扬州升平时日的繁华景象。底下“谁知艰难去”六句，转写今昔之感。接着“屈指细思，血战成何事，万户封侯”三句，指出当时一般官吏只知谋取富贵的误国果实，也说出了事态变迁的原因所在。结拍“但琼花无恙，开落几经秋”“故垒荒丘”“似含羞”，是对渡江逃亡者与万户封侯者的不齿，发出一种人不如物的感慨。

下半阕“怅望金陵宅”十一句，写远眺故国河山，群山连绵不断，触景伤情，心中交织着对国事沧桑的感慨。自“叹灯火”以下，写个人身世飘零之感。“叹灯火，今萧索，尚淹留”，是感叹今日扬州人烟稀少，市面萧条，而自己却还羁留在此。“莫上醉翁亭看，蒙蒙雨、杨柳丝柔”，是警惕自己不要登览四周景色，因为那样只有加深心中的感触。结尾“笑书生无用，富贵拙身谋”“骑鹤来游”，流露出怀才不遇的感慨。

唐多令 芦叶满汀洲/刘过

芦叶满汀洲[①]，寒沙带浅流。二十年重过南楼[②]。柳下系船犹未稳，能几日，又中秋。　　黄鹤断矶头[③]，故人今在不[④]？旧江山浑是新愁。欲买桂花同载酒，终不似，少年游。

校注　①汀洲：水岸平处曰汀。汀洲指水边小沙洲。②南楼：即黄鹤楼，在武昌市黄鹤山上。③黄鹤断矶头：黄鹤山西北有黄鹄矶，黄鹤楼在其上，面临大江。临江的山崖曰矶。④故人句：《太平寰宇记》里载、费文祎成仙后，曾骑黄鹤憩于黄鹤楼。

析评　此词旧题“重过武昌”，或作“安远楼小集，侑觞歌板之姬黄其姓者，乞词于龙洲道人，为赋此《唐多令》”。是作者怀着故国破碎的忧郁，重游二十年前的武昌，而生今昔之感所写出的一首感怀词。

上半阕主要是写个人对武昌的感觉。起笔“芦叶满汀洲，寒沙带浅流”二句，就地取景，写江边无限的秋意。“芦叶”的荒凉，“寒沙”的冷寂，怎能不使诗人心境上也感受到一股秋意？接着“二十年重过南楼”一句，承上启下，点明旧地重游。结拍“柳下系船犹未稳，能几日，又中秋”三句，感慨生活的漂泊和时光的易逝。

下半阕所写，则含有家国之感。“黄鹤断矶头，故人今在不”，用费文祎的故事：“故人”指费氏，其上用“今在不”

反诘，显示二十年来人事沧桑，其间该有多少变迁！“旧江山浑是新愁”，则教人感到有国破山河在的悲恸。李攀龙说：“因黄鹤楼再游而近忆故人不在，遂举目有江山之感，词意何等凄怆！”（《草堂诗余》隽）。结尾“欲买桂花同载酒，终不似，少年游”，强烈地传达出作者伤感的情怀。

按：宋当南渡之际，武昌系与敌纷争之地，重过不能无今昔之感。而这首词，在用语遣意上，亦搭配得当，发生作用，含蓄地表达出作者抑郁不舒的情怀。

西江月　堂上谋臣尊俎/刘过

堂上谋臣尊俎[①]，边头将士干戈。天时地利与人和，“燕可伐欤？”曰：“可[②]。”　今日楼台鼎鼐[③]，明年带砺山河[④]。大家齐唱《大风歌》[⑤]，不日四方来贺。

校注　①尊俎：盛酒食的器具。这里有运筹于庙堂之上的意思。刘向《新序》：“夫不出于尊俎之间，而知千里之外，其晏子之谓也。”②天时地利二句：均见于《孟子·公孙丑》篇。③楼台鼎鼐：楼台，指台省、相府。鼎鼐，喻相位。④带砺山河：古者分封功臣，必指山河以为信，封爵之誓：“使黄河如带，泰山若砺，国以永存，爰及苗裔。”故称分封爵位为“带砺山河”。砺，磨刀石。⑤《大风歌》：指胜利的凯歌。《史记·高祖本纪》："高祖还归，过沛，留。置酒沛宫，悉召故人父老子弟纵酒。发沛中儿，得百二十人，教之歌。酒酣，高祖击筑，自为歌诗曰：'大风起兮云飞扬，威加海内兮归故乡，安得猛士兮守四方。'令儿皆和习之。"

析评 此词题作"贺词"，是作者书贺当时执政权臣韩侂胄生日的一篇作品。词中的意义在于借贺生日预祝北伐的胜利成功。上半阕先叙说南宋已具备胜利的条件。所谓"堂上谋臣尊俎，边头将士干戈"，是说朝廷里有许多善于运筹决策的谋臣，边地上有执干戈以卫社稷的将士。"天时地利与人和，'燕可伐欤？'曰：'可'。"指出天时地利人和三项条件已具备，可以北伐金人。"燕"，在这里借指金人。

下半阕预祝北伐的胜利。"今日楼台鼎鼐，明年带砺山河"，是祝韩侂胄战胜敌寇，晋封更高的爵位。结尾"大家齐唱《大风歌》，不日四方来贺"，预祝明年凯旋。

余论 刘过，字改之，自号龙洲道人，吉州太和（今江西省泰和县）人。毛晋《龙洲词跋》引宋子虚称其："天下奇男子，平生以气义撼当世。"今传有《龙洲词》。他是地道的辛派词人，豪放是他的当行本色，只是有时写得粗犷了一点，所以冯煦《宋六十一家词选·例言》说："龙洲自是稼轩附庸，然得其豪放，未得其婉转。"刘过虽学稼轩作豪气词，但"狂逸之中，自饶俊致，虽沉着不及稼轩，足以自成一家"（刘熙载《艺概》语）。

扬州慢 淮左名都/姜夔

淮左名都，竹西佳处[①]，解鞍少驻初程[②]。过春风十里[③]，尽荠麦[④]青青。自胡马窥江去后，废池乔木，犹厌言兵。渐黄昏，清角吹寒[⑤]，都在空城[⑥]。　杜郎俊赏[⑦]，算而今、重到须惊。纵荳蔻词工[⑧]，青楼梦好[⑨]，难赋深情。二十四桥[⑩]仍在，波心荡，冷月无声。念桥边红药[⑪]，年年知为谁生！

校注　①淮左二句：均指扬州而言。杜牧《题扬州禅智寺》诗："谁知竹西路，歌吹是扬州。"扬州城东禅智寺侧有竹西亭。②初程：长途旅行中的第一阶段路程。③春风十里：写扬州路上的景象。杜牧《赠别》诗："春风十里扬州路，卷上珠帘总不如。"④荠麦：荠菜和麦子。⑤清角吹寒：凄清的号角吹来了寒意。⑥空城：指劫后的扬州城。一作"江城"。⑦杜郎俊赏：杜郎，指杜牧。俊赏，卓越的鉴赏力。⑧豆蔻词工：写豆蔻诗那样的才华。杜牧《赠别》诗："娉娉袅袅十三余，豆蔻梢头二月初。春风十里扬州路，卷上珠帘总不如。"⑨青楼梦好：是说像"青楼梦"诗作得那样好。杜牧《遣怀》诗："落魄江湖载酒行，楚腰纤细掌中轻。十年一觉扬州梦，赢得青楼薄幸名。"梦好，一作"句好"。⑩二十四桥：在扬州西郊，是当时的游宴胜地。杜牧《寄扬州韩绰判官》诗："二十四桥明月夜，玉人何处教吹箫。"⑪红药：红芍药花。

析评 这是一首哀时念乱之作。写的是扬州城遭受金兵劫掠后的萧条景象，并由此漾起慨感今昔的悲怆心情。作者自己在题下有小序云：“淳熙丙申（1176）至日，余过维扬（扬州），夜雪初霁，荠麦弥望。入其城，则四顾萧条，寒水自碧。暮色渐起，戍角悲吟。余怀怆然，感慨今昔，因自度此曲。千岩老人（指萧德藻，是姜白石的岳父）以为有黍离之悲也。”所谓“感慨今昔”“有黍离之悲”，即是本词的主要内容了。

起笔“淮左名都，竹西佳处，解鞍少驻初程”三句，由扬州说入，以应题名。这三句是写作者乘马旅行，抵达扬州稍事停留时，心中揣想扬州自古名都胜地，风景应佳。在此拈出“名都”“佳处”，以状其繁华，为下文“空城”作反衬。“过春风十里，尽荠麦青青”，是写一路上所见的景象。十里之遥，所见者尽是青青的野生荠菜和麦子，实暗寓人迹屋舍荡然无存之意。其所以然者，则是因为胡马窥江、兵连祸结所致，故下文点出扬州遭遇兵难后的一片萧条景象，即所谓“废池乔木，犹厌言兵”，这两句真可说是道尽了千千万万人的悲愤。陈廷焯说：“‘犹厌言兵’四字，包括无限伤乱语，他人累千万言，亦无此韵味。”（《白雨斋词话》）“渐黄昏，清角吹寒，都在空城”，又渲染了扬州城乱离后的一片荒凉。“空”字说尽了一切，简直是万般寂寥了。陈廷焯认为这一段：“写兵燹后情景逼真。”充分发挥了艺术的力量。

换头以后，转写作者对扬州城战乱后的凄凉感受，多融化杜牧的诗意。先由杜郎的“俊赏”想起。“杜郎俊赏，算而今、重到须惊”，是说今日的扬州已不是以前杜牧所歌咏的那般繁华景象了，倘或杜牧重到，触目瓦砾废井，也会感到惊讶不已。“纵豆蔻词工，青楼梦好，难赋深情”，是说纵使有杜牧那样的才华和好诗，也不易写出自己此时对扬州城那股悲怆的深情。“二十四桥仍在，波心荡，冷月无声”，是写昔日的扬州名胜区一片冷寂的气氛。往昔繁华的遗迹，消失殆尽，如今只有二十四桥下，一丸冷月，荡漾波心，不复再有箫声可闻了。结尾“念桥边红药，年年知为谁生”二句，写桥边红芍药花，自生自灭，无人欣赏；不说劫后荒凉，偏说红药为谁而生，抚今思昔，令人呜咽唏嘘。

这首词写兵燹后的惨景，直可与鲍照《芜城赋》、杜甫《春望》诗先后辉映。全词用典虽多，却都能融化无迹。在《白石词》中，这是一首反映现实状况比较深刻动人的作品，但这种作品在《白石词》中并不很多。从这首词里，我们可以想见作者面对破败的扬州城唱这词时的神色和心情，必与箕子对着王宫故址悲吟《麦秀歌》一样。如此感念国事的情怀，不禁跃然纸上。

暗香 旧时月色/姜夔

旧时月色，算几番照我，梅边吹笛？唤起玉人，不管清寒与攀摘[①]。何逊而今渐老，都忘却、春风词笔[②]。但怪得、竹外疏花，香冷入瑶席[3]。　　江国[4]，正寂寂。叹寄与路遥[5]，夜雪初积[6]。翠尊易泣，红萼无言耿相忆[7]。长记曾携手处，千树压、西湖寒碧[8]。又片片吹尽也，几时见得？

校注　①唤起玉人二句：贺铸《浣溪沙》词："玉人和月摘梅花。"②何逊而今渐老二句：何逊，南朝梁诗人，在扬州有咏早梅诗，即此处所谓"春风词笔"。在这里，作者以何逊自喻。③香冷入瑶席：香冷，寒梅的香气。瑶席，席座的美称。④江国：犹言江乡。⑤叹寄与路遥：表示音信隔绝。这里暗用陆凯寄梅与范晔事，详见秦观《踏莎行》注。⑥初积：一作"初霁"。⑦翠尊易泣二句：是写绿酒红梅都不能忘情于玉人。翠尊，绿色的酒杯，指酒。红萼，红花，指红梅。⑧千树压、西湖寒碧：写红梅碧水相映成趣的景色。

析评　此篇名曰"暗香"，语出林和靖《山园小梅》诗："疏影横斜水清浅，暗香浮动月黄昏。"至于作者写作本词的经过情形，题下小序有云："辛亥（1191）之冬，余载雪诣石湖（范成大字号）。止既月，授简索句，且征新声，作此两曲。石湖把玩不已，做工伎肄习之，音节谐婉，乃名之曰《暗香》《疏影》。"本首《暗香》的主题是通过咏梅来怀旧，但所怀的究竟是友人还是情人，就很难作出定论，或许是情人的成分比较大吧！

上半阕从过去的光景写到目前的梅花。起首"旧时月色，算几番照我，梅边吹笛”三句，回想以前梅花盛开时，在花边月下吹笛的光景。接着“唤起玉人，不管清寒与攀摘”二句，续写过去和玉人冒着清寒、攀摘梅花的韵事。以上五句，把过去的“月色”、过去的“我”和过去的“梅花”，融入今天的境界中，既写梅花的高洁，也写自己心境的清幽。底下“何逊而今渐老，都忘却、春风词笔”二句，转入现在的情形，写他自伤老大，已无过去吹笛赋诗的兴致。结拍“但怪得、竹外疏花，香冷入瑶席”，扣住题目“暗香”，并点明触起回忆和感伤的根源。后半节这五句，把现在的“我”、现在的“梅花”和前文对照，写梅花的孤高姿质，又渗透着词人自己对年华渐老的感叹和才情无处着落的心情。

下半阕从眼前的梅花写到今后的相思。“江国，正寂寂”，是由前结瑶席之“香冷”而来，写周遭寥落的景象。“叹寄与路遥，夜雪初积”，由上文“玉人”设想而出，一方面写自己的心情，一方面怜惜梅花在雪中的冷寂。“翠尊易泣，红萼无言耿相忆”，写花与人之相依恋，既说明对梅花的眷恋，也刻画出梅花的脉脉含情。先迁甫《词洁》说：“咏梅嫌纯是素色，故用‘红萼’字，此谓之破色笔；又恐突然，故先出‘翠尊’字配之。”底下“长记携手处，千树压、西湖寒碧”，追想旧时梅花繁盛的情境。“携手”是上文“玉人”联想的再现；“寒碧”是用来点染梅花姿质的美丽，而这美丽却是从碧绿的湖水中映照出来的。结尾“又片片吹尽也，几时见得”，惜其衰谢飘零。这时候不但竹外疏花不得看见，就是玉人攀折的事也无可奈何了。

这首词，运用梅花的盛衰开谢，反复叙论，遂把赏梅人的无限心事也寄寓其中；潜藏含蓄，而不见寄托痕迹。陈廷焯所说：“白石感慨，全在虚处，无迹可寻。”大概就是指此而言了。

疏影 苔枝缀玉/姜夔

苔枝缀玉[①]，有翠禽小小，枝上同宿。客里相逢，篱角黄昏，无言自倚修竹[②]。昭君不惯胡沙远[③]，但暗忆、江南江北。想佩环、月夜归来[④]，化作此花幽独。　　犹记深宫旧事，那人正睡里，飞近蛾绿[⑤]。莫似春风，不管盈盈[⑥]，早与安排金屋[⑦]。还教一片随波去，又却怨、玉龙哀曲[⑧]。等恁时、重觅幽香，已入小窗横幅。

校注　①苔枝缀玉：形容梅花像玉一般点缀在枝头上。梅的品种中有苔梅，故云苔枝。②无言自倚修竹：这是把梅花比成孤独高洁的美人。杜甫《佳人》诗：“天寒翠袖薄，日暮倚修竹。”③昭君不惯胡沙远：是说王昭君远嫁匈奴，不习惯住在沙漠地区。④想佩环、月夜归来：是说王昭君在匈奴思汉，不能回到故国，只有她的魂梦在月夜归来。佩环，女人用的装饰品，借指昭君。杜甫《咏怀古迹》（《题咏王昭君》）诗：“图画省识春风面，环佩空归月夜魂。”⑤犹记深宫事三句：《太平御览》引《杂五行书》："宋武帝女寿阳公主，人日卧于含章殿檐下，梅花落公主额上，成五出花，拂之不去。三日，洗之乃落。宫女奇其异，竟效之，今梅花妆是也。"蛾绿，指眉。⑥盈盈：仪态端丽貌。借指梅花。⑦安排金屋：《汉武故事》载，武帝小时对姑母说："若得阿娇作妇，当作金屋贮之。"这里用来表示惜花之意。⑧玉龙哀曲：玉龙，笛名。哀曲，指"梅花落"笛曲。

析评　疏影这首词的主题，完全是以美人的故事来形容梅花。词中写怜花惜花之情，怨深文绮，寄情遥远。故周济云："《暗香》《疏影》二词，寄意题外，包蕴无穷。"（《介存斋论词杂著》）起笔"苔枝缀玉，有翠禽小小，枝上同宿"三句，由瞥见梅枝上翠禽的同宿，反衬出词人做客异乡的感触。接着"客里相逢，篱角黄昏，无言自倚修竹"三句，把梅花比作孤独高洁的美人，而且把幽独的梅花看成是唯一的知己。底下"昭君不惯胡沙远，但暗忆、江南江北""想佩环、月夜归来，化作此花幽独"，是词人的遐想，由"倚修竹"的佳人联想到远嫁匈奴的王昭君，更由昭君的孤魂联想到梅花的"幽独"。大意是说：昭君绝代姿容，见弃汉宫，远嫁塞外，犹如高洁的梅花，被遗弃于篱角黄昏，倘使昭君魂梦月夜归来，那么梅花的"幽独"就是她的象征了。王建《塞上咏梅》诗："天山路旁一株梅，年年花发黄云下。昭君已没汉使回，前后征人谁系马。"白石词意，当本于此。

换头"犹记深宫旧事，那人正睡里，飞近蛾绿"三句，又由梅花联想到美人的梅花妆，以写梅花的零落。所以底下

“莫似春风，不管盈盈，早与安排金屋”三句，便写出不忍像春风似的听任梅花吹落，希冀有情郎君能早日“安排金屋”来保护她。“还教一片随波去，又却怨、玉龙哀曲”，是由惜花而转入感伤。意思是说：如果让梅花零落随波而去，那时只有怨恨“梅花落”的曲子了。在这里，作者又隐隐地呼应到前文“客里相逢”的苦况，并且有李白诗：“黄鹤楼中吹玉笛，江城五月落梅花。”那种流落异乡的感慨了。结尾“等恁时、重觅幽香，已入小窗横幅”，则从梅花的零落想到以后幽香的难寻。要寻觅，恐怕只有在图画上去找了。这是作者故作想象，以示对梅花的珍惜。

这首词写梅花的高洁和凄清，并融入了作者对梅花的幽微感情，深得风雅之旨。与前首《暗香》，向来被视为两首咏梅的名作，给予很高的评价。如张炎《词源》说：“词之赋梅，惟姜白石《暗香》《疏影》二曲，前无古人，后无来者，自立新意，真为绝唱。”许昂霄《词综偶评》说：“词如绛云在霄，舒卷自如；又如琪树玲珑，金芝布护。”

淡黄柳 空城晓角/姜夔

空城晓角[①]，吹入垂杨[②]陌。马上单衣寒恻恻[③]。看尽鹅黄嫩绿[④]，都是江南旧相识。正岑寂。明朝又寒食。强携酒，小桥宅[⑤]。怕梨花落尽成秋色。燕燕飞来，问春何在，唯有池塘自碧。

校注 ①晓角：清晓的号角声。②垂杨：一作“城南”。③恻恻：同“侧侧”，轻寒貌。韩偓《寒食夜》诗：“小梅飘雪杏方红，侧侧轻寒剪剪风。”④鹅黄嫩绿：嫩柳的颜色。⑤小桥宅：有两种说法，一以为或指题叙所云“赤阑桥之西”客居处；一以为小桥即小乔，谓合肥情侣。

析评 此为姜白石最得意的自度曲之一，所写主题，作者在小序中说得很明白，他说：“客居合肥南城赤阑桥之西，巷陌凄凉，与江左异，唯柳色夹道，依依可怜。因度此阕，以纾客怀。”词中充分流露出一个做客他乡的人，在寂寞中度过春天的凄凉情怀。

起笔“空城晓角，吹入垂杨陌”二句，写破晓的景象，已显示出四周的寥落，震撼着浪迹天涯的客子之心。紧接着“马上单衣寒恻恻”一句，写客子在垂杨陌上的凄凉之感。结拍“看尽鹅黄嫩绿，都是江南旧相识”二句，是由陌上的柳色触起游子的客怀：景物依旧，而人在异乡。在这里，作者已隐约地贯注了飘零的辛苦。

换头以后，全写此心之感受。既是巷陌凄凉、春寒衣单，自然有“岑寂”之感，何况又近“寒食”佳节，怎不唤起游子的愁情呢？就是携酒访艳，排遣岑寂，也还带着“勉强”之意，恐怕要变成像秋天那样萧条凄凉了，所以词里“强携酒，小桥宅”“怕梨花落尽成秋色”。结尾“燕燕飞来，问春何在，唯有池塘自碧”，由梨花句衍出，一问一答，颇有落寞无人之感，而一片凄凉的心情也就溢于言外了。

齐天乐 庾郎先自吟《愁赋》/姜夔

庾郎先自吟《愁赋》[1]，凄凄更闻私语。露湿铜铺[2]，苔侵石井，都是曾听伊处。哀音似诉。正思妇无眠，起寻机杼[3]。曲曲屏山[4]，夜凉独自甚情绪？　西窗又吹暗雨。为谁频断续，相和砧杵[5]？候馆迎秋[6]，离宫吊月[7]，别有伤心无数。豳诗漫与[8]。笑篱落呼灯，世间儿女。写入琴丝[9]，一声声更苦。

校注　①庾郎句：庾郎谓庾信。《愁赋》，指他的《哀江南赋》等一类哀愁凄怆的作品。②铜铺：铜制门上衔环的铺首。③起寻机杼：机杼为古时妇女织具，机以转轴，杼以持纬。俚语云："促织鸣，懒妇惊。"此用其意。④屏山：古代帷屏与榻相连，屏上多画金碧山水，容易触发思妇的离情。⑤砧杵：皆捣衣之具。⑥候馆迎秋：候馆，客馆。⑦离宫吊月：离宫，古时帝王的行宫。吊月，在月下凄鸣。⑧豳诗漫与：豳诗，指《诗经·豳风·七月》，其中写蟋蟀有"七月在野，八月在宇，九月在户，十月蟋蟀入我床下"之语。漫与，率意而作的意思，一作"漫谱"。⑨写入琴丝：作者自注："宣政间有大夫制《蟋蟀吟》。"

析评　这是作者"闻屋壁间蟋蟀有声"而作的一首咏蟋蟀词。但细审内容，则全篇只抒写一片难以指实的凄凉的怨情。胡云翼说："他把蟋蟀的哀音和听蟋蟀的骚人思妇的愁怀，层层夹写，织成一片怨情，这大约是自伤身世之感吧！"（《宋

词选注》)

起笔“庾郎先自吟《愁赋》”，先借庾信的吟愁作为怨情的引端。次句“凄凄更闻私语”，乃指明蟋蟀的幽鸣，与首句相应和，而以“私语”代拟鸣声，使人闻之而愁上加愁。这两句词，分别以“先自”“更闻”二语前后呼应，显示一种断肠之情。接下“露湿铜铺，苔侵石井，都是曾听伊处”三句，指出蟋蟀惯常所在之处：蟋蟀惯常鸣于门外边（露湿铜铺）、石井旁（苔侵石井）。底下以“哀音似诉”，写其凄切之音，而引出“思妇无眠，起寻机杼”的愁怀。俚语说：“促织鸣，懒妇惊。”此处即暗袭其意。结拍“曲曲屏山，夜凉独自甚情绪”，又由“思妇”生出，叙说一个人在寂寞无聊的环境中，唯有看取眼前景物，打发无聊时光。反映出一片凄苦的境况。

换头用“西窗又吹暗雨”助长凄凉的情调；用“为谁频断续，相和砧杵”掀起一片不胜呜咽的忧愁。因为在风晨雨夕，已觉冷落凄清，何况又是蟋蟀鸣声与砧杵之声频续地相应和，更将敲碎人们的心房！底下“候馆迎秋，离宫吊月，别有伤心无数”三句，另拓一笔，见伤心人正多。这里“迎秋”“吊月”二词，皆在形容蟋蟀的凄鸣。接着“豳诗漫与”一句，是说《诗经·七月》篇写蟋蟀的诗句太率意而作；“笑篱落呼灯，世间儿女”，是写孩子们夜里点灯到园地里篱笆边去捉蟋蟀的活动。这几句词主要的用意是要与结尾“写入琴丝，一声声更苦”二句相衬饰，写苦乐心情之不同。以世间儿女无知之乐，反衬出有心人听到蟋蟀凄厉声之苦。

许昂霄《词综偶评》说："将蟋蟀与听蟋蟀者层层夹写，如环无端，真化工之笔也。"贺裳《皱水轩词筌》说："蟋蟀无可言，而言听蟋蟀者，正姚叙所谓'赋水不当仅言水，而言水之前后左右也'。"陈廷焯《白雨斋词话》说："白石《齐天乐》一阕，全篇皆写怨情。后半独云'笑篱落呼灯，世间儿女'，以无知儿女之乐，反衬出有心人之苦，最为入妙。用笔亦别有神味，难以言传。"三位学者所论，都能指出这首词在写作上的特点。

念奴娇 闹红一舸/姜夔

闹红一舸[①]，记来时尝与鸳鸯为侣。三十六陂[②]人未到，水佩风裳[③]无数。翠叶吹凉，玉容销酒[④]，更洒菰蒲雨。嫣然摇动，冷香飞上诗句[⑤]。　　日暮青盖亭亭[⑥]，情人不见，争忍凌波去[⑦]。只恐舞衣[⑧]寒易落，愁入西风南浦。高柳垂阴，老鱼吹浪，留我花间住。田田[⑨]多少，几回沙际归路。

㊔㊟　①闹红一舸：在盛开的荷花丛里荡着一艘小船。②三十六陂：极言水塘之多。宋人诗词中常用此语，乃虚解，非实地，如王安石诗："三十六陂烟水，白头想见江南。"③水佩风裳：李贺《苏小小墓》诗："风为裳，水为珮。"本是写美人的妆饰，这里用来形容荷花荷叶。④玉容销酒：玉

容，指微红的荷花。销酒，像是带着才消的酒意。⑤飞上诗句：被写入诗里。⑥青盖亭亭：青盖，指翠绿的荷叶。亭亭，耸立貌。⑦争忍凌波去：这是用拟人的写法写荷花的凋谢。争，同“怎”字。凌波，形容美人轻盈的步履。⑧舞衣：指荷叶。⑨田田：鲜碧貌。《古乐府》：“江南可采莲，莲叶何田田。”

析评 这首词表现了作者沉浸于波光水色中的风雅生活。虽然它的主题偏重在写夜泛西湖的奇绝光景，但也融入了一种永不能忘怀的爱情的追忆。作者曾在题下自叙其写作缘起说：“余客武陵，湖北宪治在焉。古城野水，乔木参天。余与二三友日荡舟其间，薄荷花而饮，意象幽闲，不类人境。秋水且涸，荷叶出地寻丈，因列坐其下，上不见日，清风徐来，绿云自动。间于疏处窥见游人画船，亦一乐也。朅（音切，去也）来吴兴，数得相羊（徜徉）荷花中。又夜泛西湖，光景奇绝。故以此句写之。”

起笔“闹红一舸，记来时尝与鸳鸯为侣”二句，写他在盛开的荷花丛里荡舟，并融入了对爱情的眷恋，亦即对小序中所说“日荡舟其间，薄荷花而饮”那种享乐生活的追念。接着“三十六陂人未到，水佩风裳无数”二句，写泛舟处水叶风荷之盛，光景幽绝，人所未到。“翠叶吹凉，玉容销酒，更洒菰蒲雨。嫣然摇动，冷香飞上诗句”，是深一层的描写。大意是说：凉风吹过绿荷，微红的荷花有如酒意才消的美人的脸颊，花瓣上更缀满滴滴露珠，像洒过菰蒲雨似的；花儿嫣然摇动，幽香袭上心灵，化成了诗句。这是他对水叶风荷的俊赏。

换头以后，转写对荷花的怜惜和流连不忍遽去。首先拈出"日暮"二字，以作结句"归路"的伏案。接着"青盖亭亭，情人不见，争忍凌波去"三句，是对荷花的爱恋。在这里，作者不直说荷花凋谢，而说她怎忍心凌波而去，尤见婉转生动。"只恐舞衣寒易落，愁入西风南浦"，是对荷叶的怜惜。底下"高柳垂阴，老鱼吹浪，留我花间住""田田多少，几回沙际归路"五句，便写出了作者徘徊荷花中流连不忍离去的爱赏自然美景的深情。

唐五代词，但题词牌，不另加题目。至北宋，始于词牌下附加题目。到了姜白石所作，部分题目已扩充成一序文，或论音律，或叙作词之经过，俱极真切动人，文字清隽，几乎胜于原词。像本篇及《扬州慢》的序文即是如此。姜词的特征，大约以高雅而多情的性格为根基，沉郁的气魄为主干，工巧的辞句为枝叶，而辅以和谐的音律。本篇即是最具这种特征的代表作之一。

余论 姜夔，字尧章，号白石道人，饶州鄱阳（今江西省鄱阳县）人。少年时流寓两湖的汉阳、长沙一带；后来家居浙江吴兴，漫游苏、杭、扬、淮之间。他为人性情淡泊，气貌高雅，望之若神仙中人。在文学艺术上具有多种才能，能诗词，工翰墨，尤精鉴于音律古器，东南人士无不倾慕。以布衣游公卿间，当时范成大、杨万里等人都很激赏他的作品，而以词的成就为最高。今传有《白石道人歌曲》，其中十七首注明工尺谱，是研究宋词乐谱稀有的珍贵资料。在南宋，辛派词高举爱国主义旗帜，在词里形成一支波澜壮阔的主流。与此相反，代表南宋士大夫远离社会现实、倾向个人享乐思想，在词坛上形成另一支逆流的，便是以姜夔为代表的格律宗派。他们承袭周邦彦的词风，刻意追求形式，讲究词法、雕琢字面、推敲声韵；他们崇尚雅词，反对俚词，把词作为反映士大夫阶层闲逸风雅生活的工具，虽然偶有身世寥落之感，也不是很深刻。尤其姜氏喜爱风雅，怡情山水，经常沉浸于波光水色中，刻意寻求作诗填词的意趣。故其表现在作品里的特征是：音调谐婉，辞句精美，结构绵密。陈郁《藏一话腴》称他："襟怀洒落，如晋宋间人。意到语工，不期高远而自高远。"张炎《词源》说："白石词如野云孤飞，去留无迹；不惟清空，又且骚雅，读之使人神观飞越。"刘熙载《艺概》说："白石词幽韵冷香，令人挹之无尽。拟诸形容，在乐则琴，在花则梅也。"这些词话家所称许的姜词风格，显然是指姜氏那种孤芳自赏的雅人风度和他那沉醉于闲逸生涯的高远境界。至于姜词中抒写爱情部分的作品，也不同于柳、黄、秦、周，他的词和浮艳的情调完全绝缘，没有丝毫猥亵的成分，而是一种清幽的、永不能忘的情爱的追忆。清朝郭麐的评论，足以道出白石词的特色了，他说："姜张诸子，一洗华靡，独标清奇，如瘦石孤花，清笙幽磬，入其境者，疑有仙灵，闻其声者，人人自远。"(《灵芳馆词话》)

双双燕　过春社了/史达祖

过春社[①]了，度帘幕中间，去年尘冷[②]。差池欲住，试入旧巢相并。还相雕梁藻井[③]，又软语商量不定。飘然[④]快拂花梢，翠尾分开红影[⑤]。　　芳径，芹泥[⑥]雨润。爱贴地争飞，竞夸轻俊[⑦]。红楼[⑧]归晚，看足柳昏花暝[⑨]。应自栖香正稳，便忘了、天涯芳信[⑩]。愁损翠黛双蛾，日日画栏独凭。

校注　①春社：节日名，立春后五日为春社。相传燕子这时候从南方飞来。②尘冷：指去年废旧的燕巢。③还相雕梁藻井：相，读去声，细看之意。雕梁，雕花的屋梁。藻井，画有水草花纹的天花板。④飘然：轻疾貌。⑤红影：花影。⑥芹泥：芹草边的泥土。⑦轻俊：轻盈俊俏。⑧红楼：富贵人家的住所。此指燕子巢居的地方。⑨柳昏花暝：形容黄昏时柳下花间的景色。⑩便忘了、天涯芳信：《开元天宝遗事》有燕子为思妇传书的故事。芳信，嘉美的音信。

析评　此词题作“咏燕”，是透过春燕来写美人的愁情。通篇全就燕子点染，直至末尾咏完燕子后，突以“双蛾愁损、画栏独凭”作结，宕出远神，独饶思致。

起首“过春社了，度帘幕中间，去年尘冷”三句，写春燕飞来重寻旧巢的情事。春社过后，燕子初归，飞度于帘幕中间，寻觅着去年住过的巢，而巢里却满布了灰尘，怪冷清的。这三句虽是从正面描写燕子，但暗示出人事的冷落。

接着“差池欲住，试入旧巢相并”“还相雕梁藻井，又软语商量不定”四句，摹写燕子张开翼尾要飞入旧巢时怯生生的神情。结拍“飘然快拂花梢，翠尾分开红影”二句，写燕子待到完全安定下来之后，就还习惯地在花丛中穿飞，寻找快乐去了。这一段从燕子初来时的怀疑，然后试探性的飞入旧巢，写到安定后快拂花梢时的样子，刻画得栩栩如生。

换头“芳径，芹泥雨润”“爱贴地争飞，竞夸轻俊”四句，续承前意写春燕在雨后泥地上轻疾飞舞的情状。底下“红楼归晚，看足柳昏花暝”二句，是说春燕轻巧飞舞，直到天色晚了，看足了春天美丽的风光，才归来住处。“应自栖香正稳，便忘了、天涯芳信”，是致情春燕，说它安稳地在香巢中双栖下来，却忘了给闺中人传达远方的讯息。结尾“愁损翠黛双蛾，日日画栏独凭”，是说因为燕子忘了带来芳信，遂使美人整日凭栏发愁。表达出闺中人念远的愁情。

这首词描绘春燕，刻画精巧，运用生动；极妍尽态，几于形神俱似。卓人月云：“不写形而写神，不取事而取意，白描高手。”（《词统》）

绮罗香　做冷欺花/史达祖

做冷欺花[①]，将烟困柳[②]，千里偷催春暮[③]。尽日冥迷[④]，愁里欲飞还住。惊粉重[⑤]、蝶宿西园，喜泥润、燕归南浦。最妨它、佳约风流，钿车不到杜陵路[6]。　　沉沉江上望极[7]，还被春潮晚急，难寻官渡[8]。隐约遥峰，和泪谢娘眉妩[9]。临断岸、新绿生时，是落红、带愁流处。记当日、门掩梨花[10]，剪灯深夜语[11]。

校注　①做冷欺花：花需要温暖的天气，春雨添寒，有碍于花开或使花残，故云。②将烟困柳：是说春雨带来雾气，把柳树笼罩（困住）着。③千里偷催春暮：指雨催春暮。孟郊《喜雨》："朝见一片云，暮成千里雨。"④冥迷：朦胧不清。⑤惊粉重：蝴蝶身上有粉，春雨沾湿了它，便嫌重了。⑥钿车不到杜陵路：是说道路泥泞，车子不能驾到杜陵去赴约会处。钿车，以金花为饰的华丽车子。杜陵，即乐游原，在长安东南，为唐长安仕女郊游之所，汉宣帝陵墓在此，故称杜陵。⑦沉沉江上望极：极目远望，江上一片迷茫。⑧春潮晚急二句：韦应物《滁州西涧》诗："春潮带雨晚来急，野渡无人舟自横。"官渡，公家的渡船。⑨谢娘眉妩：像美人眉峰那样好看。谢娘，唐时歌妓，后世用来泛指歌女。⑩门掩梨花：表示春雨时梨花正开。李重元《忆王孙》词："雨打梨花深闭门。"⑪剪灯深夜语：比喻朋友间深厚的情谊。李商隐《夜雨寄北》诗："何日共剪西窗烛，却话巴山夜雨时。"

析评　此篇题作"春雨"，与《双双燕》同为史达祖的传世名作，而此阕尤具神韵。通篇找不出一个"雨"字，却没有一句不切题意；句句写春雨，却处处情景交融，直到最后才透过春雨流露出自己的一点愁怀。

起首“做冷欺花，将烟困柳”二句，曲写春雨，炼在“欺”字“困”字，孙月坡说：“只八字已将春雨画出。”（《词迳》）第三句“千里偷催春暮”，写雨催春暮，用“偷”字，有流年暗换之意。底下“尽日冥迷，愁里欲飞还住”二句，写春雨迷蒙，蝶燕息飞。紧接“惊粉重，蝶宿西园、喜泥润、燕归南浦”四句，加足上二句之意。这四句的语意原是：“蝶宿西园惊粉重，燕归南浦喜泥润。”此处倒装取劲，更显得跳动而不呆板；“粉重”“泥润”，也暗藏了雨意。结拍“最妨它、佳约风流，钿车不到杜陵路”，又写因春雨的连绵，耽误了多少淑偶佳期。深情婉转，愁绪又深一层。

换头“沉沉江上望极，还被春潮晚急，难寻官渡”三句，推进一层，拓为远景，写春雨的迷蒙，归路的难寻。接下“隐约遥峰，和泪谢娘眉妩”二句，写雨中遥望远山的景象；远山隐隐约约、像是美人含泪的眉峰一样。底下“临断岸、新绿生时，是落红、带愁流处”四句，写春雨后绿肥红瘦之景，妙在“新绿”“落红”，两相对照，一开一合，平易中自有句法。结尾“记当日、门掩梨花，剪灯深夜语”，由春雨回溯往事，流露出淡淡的愁怀。继昌说这两句：“就题烘衬推开去，亦是一法。”（《左庵词话》）

这首词在轻柔细美中透出淡雅凄幽的意境。是愁雨？是怨雨？句句清隽可思。

余论 史达祖，字邦卿，号梅溪，河南开封（今河南省开封市）人。他曾做过权奸韩侂胄的亲信堂吏，掌管文书，颇有权势，一时无廉耻的士大夫奔走于他门下的大有人在。韩败，史也受到黥刑，贬死于贫困之中。今传有《梅溪词》。虽然史达祖的人品不高，可是他在南宋的词坛上却有崇高的地位。其词风上承周邦彦，与姜白石相近。《梅溪词》的特征在于咏物，以描写见长，典雅工巧，清新俊逸。相伴而来的缺点是：用笔多涉尖巧，有时琢磨太过，令人感觉缺乏灵性与骨气。姜白石说："邦卿词，奇秀清逸，有李长吉之韵。盖能融情景于一家，会句意于两得。"（《梅溪词序》）周济说："梅溪甚有心思，而用笔多涉尖巧，非大方家数，所谓一'钩勒'即薄者。"（《介存斋论词杂著》）二人评论，最能道出史词的特色与缺点。

浪淘沙 啼魄一天涯/高观国

啼魄[①]一天涯。怨入芳华。可怜零血染烟霞[②]。记得西风秋露冷，曾浼司花[③]。　明月满窗纱。倦客思家。故宫春事与谁赊[④]。冉冉断魂招不得，翠冷红斜。

校注 ①啼魄：指杜鹃鸟。相传古蜀王杜宇，称号望帝，死，其魂化为鸟，名杜鹃，又称杜魄。左思《蜀都赋》："碧出苌弘之血，鸟生杜宇之魄。”②零血染烟霞：这是把杜鹃花看成是杜鹃啼血所染成。相传杜鹃啼叫，至血出乃止，寇准诗有“杜鹃啼时血成花”之语。③曾浼司花：浼，请托。司花，掌管花的使者。④故宫句：故宫，借指蜀帝杜宇。春事，指春天花开及鸟鸣，李商隐《锦瑟》诗：“庄生晓梦迷蝴蝶，望帝春心托杜鹃。”赊，长远也。

析评 此词虽题作“杜鹃花”，实则作者却由杜鹃的传说写起，寄寓自己的感情，所谓咏物而不限于物也。

起笔“啼魄一天涯”“怨入芳华”二句，写杜鹃啼声的凄怨。因为杜鹃悲啼，往往使浪迹天涯的游子，有着年华易逝的怨叹，故云“怨入芳华”。接下“可怜零血染烟霞”一句，是由杜鹃鸟写到杜鹃花。作者把杜鹃花想象成是杜鹃啼血所染成，故有“可怜”之语。结拍“记得西风秋露冷，曾浼司花”二句，是写杜鹃花在一年当中开花两次。意思是说：记得在西风起秋露冷的时节，掌管花事的使者也曾使它开放。在这一段里，所谓“啼魄”“天涯”“怨入”“可怜”“零血”等语所组成的意境，使人感到有一种凄厉的感情。

换头“明月满窗纱”“倦客思家”二句，承上文“天涯”而来，转写自己的做客他乡，望月思归。底下三句，由杜鹃花的零落反衬出自己漂泊天涯的苦况。其中“故宫春事与谁赊”，是说杜鹃花开不知与谁共长久？这里用“故宫春事”一语，仍扣住杜宇死魂化杜鹃的传说。“冉冉断魂招不得，翠冷红斜”，则写杜鹃花的摇落，用拟人化的写法，寓意实感悲凉。

生查子 去年元夜时/朱淑真*

去年元夜①时，花市②灯如昼。月上柳梢头，人约黄昏后。

今年元夜时，月与灯依旧。不见去年人，泪满春衫袖。

校注 ①元夜：元宵，即农历正月十五日夜。②花市：繁华的街市。花，通“华”字。

析评 此词题作“元夕”，写的是元宵节的今昔之感。上半阕借灯如昼的花市，柳梢头的明月，托出人约黄昏后的往事，使人体会到感情生活的幸福。下半阕以今年的元夜对比去年的元夜，月与灯虽然美好如昔，而人事变化了！回忆旧日情景，怎不教人伤心流泪？

谒金门 春已半/朱淑真

春已半，触目此情无限。十二阑干都倚遍，愁来天不管。

好是风和日暖，输与莺莺燕燕。满院落花帘不卷，断肠芳草远。

* 编者按：此词作者存疑。或作欧阳修，或作秦观，或作朱淑真。此处保留作者观点。

析评 此为抒写深闺春愁之作。春天，本来带有一种青春喜悦的气息，但对于一个深闺独处的女子来说，由眼前的景色触景生情，一种孤独之感笼罩心头，无法自遣。

起笔“春已半，触目此情无限”二句，写春天给人带来了烦恼，隐含着无限委屈和苦闷，大有春愈深而愁愈浓之慨。接着“十二阑干都倚遍，愁来天不管”二句，刻画她百无聊赖的心情，行也无聊，坐也无聊，彳亍徘徊，倚遍阑干，了无是处。

换头“好是风和日暖，输与莺莺燕燕”二句，更深一层铺叙，因为风和日暖，莺燕齐飞，本是一片快乐幸福的景色，但伤心人别有怀抱，外面的景色愈美好，而自身对照下愈感落寞，致有人不如物之感。结尾“满院落花帘不卷，断肠芳草远”二句，表现出她终日深锁香闺，过着孤寂凄苦的生活。“芳草”代表意中人，意中人远去未归，徒唤奈何，故有“断肠”之语。

余论 朱淑真，自号幽栖居士，钱塘（今浙江省杭州市）人。善读书，工绘画，晓音律。由于她所嫁非人，嫁给一个浪荡庸俗的“市井民”为妻（夫家姓氏失考），婚姻生活欠美满，就这样抑郁不乐地度过了一生。诗词多幽怨之作，意境凄厉，最能写出她不得意的心情和身世。有《断肠集》传世。陈霆《渚山堂词话》云：“闻之前辈，朱淑真才色冠于一时，然所适非偶，故形之篇章，往往多怨恨之句，世因题其稿曰《断肠集》。”朱淑真词，风格接近李易安，虽才力不逮易安，然规模唐五代，不失分寸，亦非泛泛者所能及。

唐多令 何处合成愁/吴文英

何处合成愁？离人心上秋[①]。纵芭蕉不雨也飕飕[②]。都道晚凉天气好；有明月、怕登楼。　　年事[③]梦中休，花空烟水流。燕辞归、客尚淹留[④]。垂柳不萦裙带[⑤]住，谩[⑥]长是、系行舟[⑦]。

校注 ①心上秋：这是把“愁”字分拆为“心”“秋”两字。实际上“心上秋”本身也有愁的意义。②飕飕：形容凄凉的风声。③年事：年岁。一作“前事”。④淹留：久留。⑤裙带：借指别去的女子。⑥谩：空，徒然。⑦行舟：归舟。

析评 此写客中羁愁之作。上半阕恨别，下半阕怀归。起首“何处合成愁？离人心上秋”二句，用反诘句法提出“愁”字，立即使离人的心上染有“恨别”的意味。接着“纵芭蕉不雨也飕飕”，是写离人心上的凄凉。纵使不下雨，芭蕉也飕飕作响，发出凄凉的声音，这完全是离人心中“愁绪”所引起的感觉。结拍“都道晚凉天气好”“有明月、怕登楼”，写出游子惧怕招惹愁思的心境。本来，晚凉好天气是朋友共乐的大好时光，但对客居他乡的游子来说，此时登楼更易撩起思乡念远的愁绪，因此才有这种“有明月、怕登楼”

的心境。

换头“年事梦中休，花空烟水流”二句，写时光之无情，年华之虚度，而其心中的羁愁隐然可见。“燕辞归、客尚淹留”，更进一层写羁旅的苦况，以燕与人对比，有人不如鸟之叹。结尾“垂柳不萦裙带住，谩长是、系行舟”，是说垂柳没有绾住裙带，却偏系住了自己的归舟。这是以伊人不可留，而自己又归去不得，来加深一片羁愁别绪。

这首词的优点在于“疏快”，而其缺点是“不质实”（张炎《词源》语）。

风入松 听风听雨过清明/吴文英

听风听雨过清明，愁草瘗花铭[①]。楼前绿暗分携路[②]，一丝柳，一寸柔情。料峭春寒中酒[③]，交加晓梦啼莺。　西园[④]日日扫林亭，依旧赏新晴。黄蜂频扑秋千索，有当时、纤手香凝。惆怅双鸳不到，幽阶一夜苔生。

校注　①愁草瘗花铭：含愁草拟《葬花词》。草，作动词用，草拟之意。瘗，音易，埋葬。瘗花铭，盖指本词而言。②绿暗分携路：指坟墓所在处。绿暗，浓绿成荫。分携，分离之意。③中酒：因饮酒过多而病曰中酒。中，读去声。④西园：指以前两人一起游赏的地方。

析评 这是一首悼亡词。由佳节的来临，晓莺的啼唤及眼前的旧景，使他脑海中萦回着伊人的丽影。陈洵以为这首词是："思去妾也。"（《海绡说词》）按作者早岁居苏州，壮年以后寓居杭州，曾纳苏杭二妾，一遣一死。陈说或然。

起首"听风听雨过清明，愁草瘗花铭"二句，由节令的提示，撩起了他的哀情。这种哀情，都在"听风听雨"中暗暗地显出来了；而其所以"草瘗花铭"，就是为了表达他深挚的哀情。接着"楼前绿暗分携路，一丝柳，一寸柔情"三句，写他对亡妾的萦思之深。他望着伊人安息的地方，触景伤怀，柔肠寸断。在这里，"一丝柳，一寸柔情"，即景生情，陈匪石誉之为"极悱恻缠绵之致，极伤离惜别之心"（《宋词举》）。结拍"料峭春寒中酒，交加晓梦啼莺"二句，是写春天的凄清；愁中病酒，莺啼惊梦，迷离中益增黯然神伤之情。

换头"西园日日扫林亭，依旧赏新晴"二句，是写他痴念痴想，希望伊人复现于昔日聚首之处。林亭"日日"而扫，其情思之深可见。接下"黄蜂频扑秋千索，有当时、纤手香凝"句，是由上文过分的痴想而引起了幻觉。于是见秋千仍在而思伊人纤手，见黄蜂频扑而疑余香尚凝。这纯是一种痴望的神情，是痴语，也是深语，虽无理却奇妙。最后，"惆怅双鸳不到"是由希冀鸳鸯成双的幻想破灭后，心中油然生起惆怅之情；"幽阶一夜苔生"是伊人踪迹全无的一种表现法。苔生非一夜可致，而曰一夜者，极言其迅速，此亦是无理而妙的句子。

《谭评词辨》说："此是梦窗极经意词，有五季遗响。"许昂霄《词综偶评》说："情深而语极纯雅，词中高境也。"

余论 吴文英，字君特，号梦窗，四明（今浙江省宁波市）人。他一生没有做过官，只在当时某些显贵官邸中做清客，他以清客的身份往来苏杭一带，故吟咏胜迹与唱酬之作甚多。其余的也大多不外以吟风弄月、感怀旧情为主题的作品。今传有《梦窗词》。吴文英作词，基本上是重形式格律而忽视思想内容的，这可从他对词的主张中看出，他说："盖音律欲其协，不协则成长短之诗；下字欲其雅，不雅则近乎缠令之体；用字不可太露，露则直突而无深长之味；发意不可太高，高则狂怪而失柔婉之意。思此则知所以为难。"（《乐府指迷》引）正因为如此，加上用事下语太晦，而炼字之功胜于周邦彦，因此他的长调作品，很多像七宝楼台那么一个美丽的空壳子，故张炎《词源》说："吴梦窗词，如七宝楼台，眩人眼目，碎拆下来，不成片段。"但无可否认，他的词也有不少具有上述主张强化后的特点，那就是：典雅协畅，含蓄委婉；用字绵密妍丽，锤锻精纯；章法起结适度，收纵自如。要之，《梦窗词》虽"过嗜饾饤，以此被议。若其虚实并到之作，虽清真不过也。"（周济《宋四家词选·序》）故《四库提要》说："词家之有文英，亦如诗家之有李商隐也。"

一剪梅　一片春愁待酒浇/蒋捷

一片春愁待[①]酒浇。江上舟摇，楼上帘招[②]。秋娘渡与泰娘桥[③]，风又飘飘，雨又萧萧。　何日归家洗客袍[④]？银字笙调[⑤]，心字香烧[⑥]。流光容易把人抛，红了樱桃，绿了芭蕉。

校注　①待：一作“带”。②帘招：酒楼的旗子在招引着。③秋娘渡句：秋娘渡、泰娘桥，皆吴江地名，妓院所在处。此句一作“秋娘度与泰娘娇”，意义反而晦涩。④归家洗客袍：一作“云帆卸浦桥”。⑤银字笙：即银笙。银字本乐器类名，《宋史·乐志》有“乐器独用银字”之语。⑥心字香：杨慎《词品》：“所谓心字香者，以香末萦篆成‘心’字也。”

析评　此词原题：“舟过吴江”。是作者客中遣怀之作。词中由春情与春愁中表现出苦乐的人生以及对爱情生活的向往。吴江，在苏州南、太湖东。

起首“一片春愁待酒浇”“江上舟摇，楼上帘招”三句，“春愁待酒浇”即充分表现了一种无法自遣之苦闷；“江上舟摇，楼上帘招”，则是舟中人因春愁不能解脱，将用岸上酒家来浇愁也。接下“秋娘渡与泰娘桥”一句，由“帘招”引出，点明浇愁之地；“秋娘”与“泰娘”并提，令人兴起无限绮情。续以“风又飘飘，雨又萧萧”二语，刻画春天的形神，使人在春愁中有一种浪漫疏快的感觉。

换头“何日归家洗客袍”“银字笙调，心字香烧”三句，“何日归家”是由前结景物中撩起思归的情绪；“银字笙调，心字香烧”，乃是对往昔爱情生活的追忆和渴望。接下“流光容易把人抛”一句，是由当前的景物中联想到芳华的虚度，并对过去的岁月表现出无限的留恋。收结“红了樱桃，绿了芭蕉”二语，以景透情，以“红”“绿”烘染春情，实有“又是一年春草绿，依然十里杏花红”那种鲜艳的意象，流动自然，耐人玩索。

余论 蒋捷，字胜欲，阳羡（今江苏省宜兴市）人。宋恭帝时进士。宋亡，隐居竹山，终身不仕，人称竹山先生。今传有《竹山词》。他的词，题材内容不限于一隅，写作方法和风格也是多样化，因此历代词话家对他的评论意见分歧颇大。誉之者说他“语语纤巧，字字妍倩”（毛晋《竹山词跋》）、“炼字精深，音调谐畅”（《四库提要》）、“洗练缜密，语多创获”（《艺概》）；毁之者说他“字雕句琢，荒艳炫目”（《蒿庵论词》）、“外强中干”“虽不论可也”（《白雨斋词话》）。

玉京秋 烟水阔/周密

烟水阔。高林弄残照，晚蜩[①]凄切。碧砧度韵[②]，银床[③]飘叶。衣湿桐阴露冷，采凉花，时赋秋雪[④]。叹轻别，一襟幽事[⑤]，砌蛩[⑥]能说。　　客思吟商[⑦]还怯。怨歌长、琼壶[⑧]暗缺。翠扇恩疏[9]，红衣香褪，翻成消歇。玉骨西风，恨最恨、闲却新凉时节。楚箫咽，谁倚西楼淡月。

校注 ①晚蜩：黄昏时的蝉声。蜩，蝉之别名。②碧砧度韵：捣衣石上传出带有节奏的捣衣声。③银床：指月光下的大地。④秋雪：《事物异名录》："秋深荻花如雪，故名秋雪。"⑤一襟幽事：一襟，满胸怀之意。幽事：一作"愁思"。⑥砌蛩：台阶下的秋虫。⑦吟商：吟出凄厉的秋声。商音凄厉，故为秋声之代表。⑧琼壶：玉壶，指精美的酒壶。⑨翠扇恩疏：谓绿叶凋残。李商隐诗有"荷翻翠扇水堂虚"之语。

析评 此为周密自度曲，题下原注云："长安独客，又见西风，素月丹枫，凄然其为秋也。因调夹钟羽一解。"因为本词是作者独客长安悲秋之作，故名《玉京秋》。

起首"烟水阔""高林弄残照，晚蜩凄切"三句，先叙日暮秋凉的景象。"烟水"二字已有暮霭横空、迷蒙不透之象，加一"阔"字更令人有无穷无尽之感。"残照"正说明傍晚时分，加一"弄"字，深示有留恋不忍遽去之情。而"晚蜩凄切"四字，尤加深秋之悲凉气氛。在此，"晚"承"残照"，"蜩"承"高林"，针缕绵密；"凄切"乃不得意之悲鸣，则又为由景物揣度到人事的一条搭线。接着"碧砧度韵，银床飘叶"二句，又进一层，就所见所闻加深其萧条寥落之感。晚来号角声、捣衣声与蝉声相应和，明月下飘落高林的枯叶，此景此情，何等萧索！此处，"碧砧"由上文"烟水”想出，“飘叶”由上文“高林”而来。底下“衣湿桐阴露冷，采凉花，时赋秋雪”三句，写其入夜萦思往事。“衣湿”“露冷”，为清秋入夜之征候；“采花”“赋雪”，是欲倾吐胸中蕴藏的心事。结拍三句，先用“叹轻别”点出心事，续以“一襟幽事，砌蛩能说”二语，则满怀心事都在不言中。这里把心事推脱到“砌蛩能说”，不仅有欲说还休之神态，更有一种如在眼前、追寻已远之意。

换头“客思吟商还怯”“怨歌长、琼壶暗缺”三句，是前意的延伸。“客思吟商”写闻秋声而悲怆，加上“还怯”二字，则有难以为怀之感。“怨长歌”三字是写秋声已不堪再闻，何况又值“琼壶暗缺”，杯中酒尽，愁何以解？接下“翠扇恩疏，红衣香褪，翻成消歇”三句，又以绿叶红花经秋零落，一切皆归于萧条岑寂，反衬出内心的悲愁。底下“玉骨西风，恨最恨、闲却新凉时节”三句，遂由悲愁转为怨恨，怨恨岁月蹉跎，生命虚度，无所作为，诚有“髀肉之叹”（谭献语）。结尾“楚箫咽，谁倚西楼淡月”二句，归结到秋夜，突然听到楚箫的悲咽声，反诘说是谁在月下倚楼吹奏？万感千愁立洒纸上，而独客寥落、凄然有感的心情，也就完全表现出来了。

这首词内容上虽没有什么新意，但在炼字琢句上却有它独到之处。陈廷焯《白雨斋词话》说：“此词精金百炼，既雄秀又婉雅，几欲空绝古今。”

一萼红 步深幽/周密

步深幽。正云黄天淡，雪意未全休。鉴曲[①]寒沙，茂林烟草，俯仰千古悠悠。岁华晚、飘零渐远，谁念我、同载五湖舟[②]？磴古[③]松斜，厓阴[④]苔老，一片清愁。　回首天涯归梦，几魂飞西浦，泪洒东州[⑤]。故国山川，故园心眼，还似王粲登楼[⑥]。最负他、秦鬟妆镜[⑦]，好江山、何事此时游！为唤狂吟老监[⑧]，共赋消忧。

校注　①鉴曲：鉴湖岸边。鉴湖即镜湖，在今浙江绍兴。②同载五湖舟：表示自己也如范蠡一样载舟远游。《国语・越语》载范蠡助越王灭吴，遂乘轻舟，以浮于五湖，莫知其所终。五湖，即太湖。③磴古：石级很古老。④厓阴：崖壁很幽暗。⑤几魂飞西浦二句：作者自注："阁在绍兴，西浦东州皆其地。"几，好几回的意思。⑥王粲登楼：王粲，汉末建安时期的诗赋家，避乱荆州时在当阳城楼写过一篇《登楼赋》，抒发自己对故乡和故国的愁思。⑦秦鬟妆镜：秦鬟，比喻山形像美女的发髻。妆镜，形容湖水清澄如镜。⑧狂吟老监：指唐诗人贺知章。因他曾做过秘书监，又自号四明狂客，故云。

析评　此词原题："登蓬莱阁有感"，是作者登蓬莱阁，见周围景物，感身世飘零、国土沦亡，抒写自己对故国和故园的隐痛之情。蓬莱阁，旧址在今浙江绍兴龙山下。

起笔“步深幽”三字，即指出登临蓬莱阁之意。续以“正云黄天淡，雪意未全休”二语，写登临时的天气，同时也暗示着心境的悲凉。接着“鉴曲寒沙，茂林烟草，俯仰千古悠悠”三句，从楼前即景，想到世事的变化无情。底下“岁华晚、飘零渐远”，是由岁暮而兴起漂泊天涯的太息；“谁念我、同载五湖舟”，乃暗示自己不得已而遁迹江湖的悲痛。结拍“磴古松斜，厓阴苔老，一片清愁”三句，将上文几组浓浓的感情淡化起来。这里作者把内心的感情寄托眼前的景物，更觉婉转有致。

换头“回首天涯归梦，几魂飞西浦，泪洒东州”三句，转写对故国的眷恋和悲悼。“西浦”“东州”，不一定实指何地，只是把“天涯归梦”具体化而已；“魂飞”“泪洒”，也都是内涵、情愫的表面化。接着“故国山川，故园心眼，还似王粲登楼”三句，又以王粲自拟，加足自己对故国故园沦亡的悲痛。底下“最负他、秦鬟妆镜，好江山、何事此时游”，是说大好的河山为什么偏偏在这个时候游历呢？对故国沦亡的悲痛心情至此更为凄咽。结尾“为唤狂吟老监，共赋消忧”二句，是在无可奈何的当儿，欲以吟啸来倾泻胸中的郁积。作者以贺知章来陪衬自己，最为适切。

此词情深语悲，意婉辞切，读之令人低回。陈廷焯《白雨斋词话》誉之为：“苍凉感慨，情见乎词，当为《草窗词》中压卷。虽使美成、白石为之，亦无以过。”

余论 周密，字公谨，号草窗，祖籍山东济南，流寓浙江吴兴。

生平以漫游吟咏为乐，宋亡不仕，以著述为事。词集名《蘋洲渔笛谱》，又称《草窗词》。他的词格律严谨，字句精美；刻意学清真，而“尽洗靡曼，独标清丽；有韶倩之色，有绵渺之思”（戈载《宋七家词选》）。因其身经亡国，故晚年之作颇多沉咽凄绝之音。清高士奇说：“公谨生于宋末，以博雅名东南，所作音节凄清，情寄深远，非徒以绮丽胜者。”（《绝妙好词·序》）

齐天乐　一襟余恨宫魂断/王沂孙

一襟余恨宫魂断①，年年翠阴庭树②。乍咽凉柯③，还移暗叶，重把离愁深诉④。西窗⑤过雨。怪瑶珮流空⑥，玉筝调柱⑦。镜暗妆残⑧，为谁娇鬓⑨尚如许。　铜仙铅泪似洗⑩，叹携盘去远，难贮零露⑪。病翼惊秋，枯形阅世⑫，消得⑬斜阳几度？余音更苦。甚独抱清高⑭，顿成凄楚？谩想熏风⑮，柳丝千万缕。

校注　①一襟余恨句：《中华古今注》：“昔齐后忿而死，尸变为蝉，登庭树嘒唳而鸣。王悔恨。故世名蝉为齐女焉。”这句是说齐后死而有余恨。因蝉是齐后魂魄所化，故称宫魂。②庭树：一作“庭宇”。③乍咽凉柯：刚刚在寒枝上悲鸣。因是秋天，故云凉柯。④深诉：一作“低诉”。⑤西窗：一作“西园”。⑥瑶珮流空：这是以玉珮的声音比喻蝉声。⑦玉筝调柱：是把筝声比喻蝉声。⑧镜暗妆残：表示女子的青春已经过去，借指秋蝉。镜暗，一作“镜掩”。⑨娇鬓：借喻蝉翼的娇美。昔魏文帝宫人莫琼树，制蝉鬓，缥缈如蝉，故云。⑩ 铜仙铅泪似洗：李贺《金铜仙人辞汉歌·序》：“魏明帝青龙元年八月，诏宫官牵车西取汉武帝捧露盘仙人，欲立置殿前。宫官既拆盘，仙人临行，乃潸然泪下。”似洗，形容泪水之多。⑪ 难贮零露：汉武帝建铜仙承露盘，以承云表之露，和玉屑而饮，以求仙道，今承露盘被移走，蝉的生活也就成了问题，因为蝉是饮露而不食的。⑫ 枯形阅世：枯槁了的形骸还留在世上经历人事的沧桑。阅，经历。⑬ 消得：禁得起。⑭ 清高：原为曲调名，借指凄怨的调子。⑮ 熏风：和风、南风，指春末夏初，是蝉的黄金时期。

析评 本词原题“蝉”，为一首咏蝉之作。内容在借秋蝉为况，以写其身世之感，并寄托着家国之恨、黍离之悲。

起笔“一襟余恨宫魂断，年年翠阴庭树”二句，引用齐后化蝉的故事，移写自己满怀的余恨。“宫魂”比喻国魂，齐后化蝉，固有余恨，而国魂荡然，志士豪杰亦有余恨也。用“年年”二字，更含有余恨不尽之意。接着“乍咽凉柯，还移暗叶，重把离愁深诉”三句，写蝉刚鸣于“凉柯”，随即又移“暗叶”，悲诉离愁；这虽是说蝉，亦是拟人，所谓慨政局之变迁是也。底下“西窗过雨”“怪瑶珮流空，玉筝调柱”三句，写雨过蝉鸣，以喻敌骑暂退、人间欢乐如故；着一“怪”字，实寓讽意。结拍“镜暗妆残，为谁娇鬓尚如许”二句，紧承上三句之意，写蝉之青春时期已过（蝉盛鸣于夏天，秋为蝉之末期），而修容饰貌，侧媚依然，以喻国土沦亡，而权奸们依旧粉饰太平。“娇鬓”二字承上文“瑶珮”而来。

换头“铜仙铅泪似洗，叹携盘去远，难贮零露”三句，又折回“宫魂断”之本意，铜仙一典影射亡国。这三句是写承露盘被移走，蝉的生活成了问题，比喻宗庙宝器被夺，人民也就无所依恃。接着“病翼惊秋，枯形阅世，消得斜阳几度”三句，紧承上文之意，以病蝉不能长久，比喻寄寓海隅，苟延残喘，终不能持久。“病翼”“枯形”，由“携盘去远，难贮零露”生出，形容秋蝉零落的情状及人到穷途末路，极为神似。底下“余音更苦”“甚独抱清高，顿成凄楚”三句，是以秋蝉残生的凄鸣，写遗臣的哀怨。意思是说：时势已去，无可挽回，自己只有孤怀耿耿，独自哀伤而已。结尾“谩想熏风，柳丝千万缕”二句，追念往昔繁盛时日，而有时不我予的凄楚之情。

南宋末期的咏物词，大都借物言志（因这时蒙古人已统治中国，在高压政策下有恨亦不敢明言），是一种艺术性较高的产物，无论欣赏或创作，都较困难。王沂孙生当朝代交替之际，对故国的忧思甚深，故以“蝉”为题，轻描淡写，只以唱叹出之，而无剑拔弩张之气。这种凄凉怨慕之音，字字凄断，感人最为深刻，与辛派词之发为悲歌慷慨，风格迥异。

眉妩 渐新痕悬柳/王沂孙

渐新痕[1]悬柳，淡彩穿花[2]，依约破初暝[3]。便有团圆意，深深拜，相逢谁在香径[4]。画眉未稳[5]。料素娥[6]、犹带离恨。最堪爱、一曲银钩小，宝帘挂秋冷[7]。　千古盈亏休问。叹慢磨玉斧，难补金镜[8]。太液池犹在，凄凉处、何人重赋清景[9]。故山夜永。试待他、窥户端正[10]。看云外山河，还老尽、桂花影[11]。

校注　①新痕：指刚刚露出一弯钩痕新月。②淡彩穿花：淡淡的月光透过花间。③初暝：初夜。④香径：花径。⑤画眉未稳：这里是以美人眉毛比喻新月。因为新月悬挂柳梢，部分被遮蔽，故云未稳。⑥素娥：月宫嫦娥。⑦一曲银钩小二句：是把新月挂在清冷的秋空里比作银钩挂在窗帘上。⑧慢磨玉斧二句：慢，空也，徒然也。传说月中有吴刚伐桂，斧一砍其树创口即合。金镜，指月亮。⑨太液池三句：太液池，汉唐宫中池名，借指宋朝的宫苑。宋太宗尝幸后池，对月置酒，卢多逊《咏月》诗云："太液池头月上时，晚风吹动万年枝。何人玉匣开金镜，露出清光些子儿。"这里是把北宋最盛时期的景象和亡国惨状作对比。⑩端正：谓月亮盈满。⑪还老尽、桂花影：表示沦陷地区仍旧一片黑暗。桂花影，即月影。

析评　此篇题作"新月"，是作者借月发抒其君国之忧的一篇作品。

由词的内容看来，写作的时间应该是南宋亡国的前夕。张惠言《词选》说："此喜君有恢复之志，而惜无贤臣也。"

起笔"渐新痕悬柳，淡彩穿花，依约破初暝"三句，由"渐"字领起，写新月初升，划破初夜，普照大地的情景。这是借新月闪出的一线清光，比喻国家有复苏的气象。接着"便有团圆意，深深拜，相逢谁在香径"三句，是由月亮逐渐有圆满的意象，庆幸国事也渐有转机的希望，并以无人在花径赏月，暗喻无人把握这个转机。底下"画眉未稳""料素娥、犹带离恨"三句，推开一笔，把月拟人化，赋予月亮以生命，由新月悬柳，光圈断缺，设想这是嫦娥表示她的离恨。此乃作者借月寄慨，抒发自己的幽恨。结拍"最堪爱、一曲银钩小，宝帘挂秋冷"三句，将情意一转，写他爱赏新月悬空的清辉，也就是他希望国事能有光明的转机。（如果把"爱"字作"怜"解释，那又是一片凄婉悲凉的心境了。）

换头"千古盈亏休问"，仍旧借月发挥，暗喻对历史兴亡的慨叹；"磨玉斧""补金镜"，寓有重整河山之意，但加上"叹慢""难补"，则又反透出一种无可奈何的情绪。底下"太液池犹在，凄凉处、何人重赋清景"三句，是以北宋最盛时期的景象和目前亡国的惨状作对比，深叹国事后继无人，空怀开国盛事，令人无限低回。紧接"故山夜永""试待他、窥户端正"，又以"故山"与"太液池"相对，不觉倍增萧索，实寓家国沉沦的感慨，并有以月圆而寄寓恢复故土的渴望。但是，如今已是新月，月将逐渐圆亮，而云外山河却仍未光复，故结尾说："看云外山河，还老尽、桂花影。"

这两句实有“山河长沦，而月空圆”之叹。

碧山此词，感时伤世，悲慨殊深，故陈廷焯《白雨斋词话》称其：“一片热肠，无穷哀感。”

余论 王沂孙，字圣与，号碧山，会稽（今浙江省绍兴市）人。今传有《碧山乐府》。他生于异族势力完全统治中国的时代，敢怒不敢言，故其作品往往于吟风弄月中带出一种亡国人的情绪，把故国之恸和身世之感以轻描淡写出之，哀婉绝伦。他工于体物，琢句峭拔，最多故国之感，怨慕幽思，而运以顿挫之姿，沉郁之笔，味最厚，意最深，故周济《宋四家词选·序》云：“碧山胸次恬淡，故黍离麦秀之感，只以唱叹出之，无剑拔弩张习气。”陈廷焯亦称他：“感时伤世之言，而出以缠绵忠爱，诗中之曹子建、杜子美也。”但由于他对新王朝不是抱着坚决反抗的态度，而只对现实状况采取消极的反映，所以字里行间流露出来的也大都是低沉哀伤的调子。

高阳台 接叶巢莺/张炎

接叶巢莺[①]，平波卷絮[②]，断桥[③]斜日归船。能几番游？看花又是明年。东风且伴蔷薇住，到蔷薇、春已堪怜。更凄然，万绿西泠[④]，一抹荒烟。　当年燕子知何处？但苔深韦曲[⑤]，草暗斜川[⑥]。见说新愁，如今也到鸥边[⑦]。无心再续笙歌梦，掩重门、浅醉闲眠。莫开帘，怕见飞花，怕听啼鹃。

校注 ①接叶巢莺：密接的叶子暗藏着莺儿。一作“暗柳藏鸦”。②平波卷絮：是说飞絮落在水波上，随风浮起。③断桥：在西湖孤山侧，里湖与外湖之间。西湖十景之一，所谓“断桥残雪”。④西泠：西湖桥名，介于后湖与里湖之间。⑤苔深韦曲：韦曲，在长安城南，为一游赏胜地，唐时韦氏世居于此，故名。这里是借它来写西湖苔深的晚春景象。⑥草暗斜川：斜川，在江西省，陶潜有《游斜川诗序》歌咏斜川的景色。这里是借它来写西湖草绿的晚春之景。⑦见说新愁二句：是说连最悠闲自在的鸥鸟如今也有愁了。

析评 此词原题“西湖春感”，是写暮春时游西湖的感触，借以抒发自己的悲愁。

起首“接叶巢莺，平波卷絮，断桥斜日归船”三句，由眼前的景物写起。莺藏絮卷，是暮春具体的象征；斜日归船，则指明游罢名胜归来。接着“能几番游”“看花又是明年”二句，乃感时乎不再，实含无限唏嘘。底下“东风且伴蔷薇住，到蔷薇、春已堪怜”三句，暂顿一笔，想紧紧把握住春天，可惜春已过半，蔷薇已近尾声了。结拍“更凄然，万绿西泠，一抹荒烟”三句，又转回过来，从“万绿”“荒烟”中，表现出连一点春的气息都没有了，怎不令人充满悲怨？

换头“当年燕子知何处”，是从上文“几番游”所引出；“但苔深韦曲，草暗斜川”，是前结“万绿”之意的延伸，此即所谓“过变不可断了曲意”（《词源》）。在“韦曲”及“斜川”等名胜之地，一则草暗，一则苔生，怎不令人凄然断肠？接下“见说新愁，如今也到鸥边”二句，不说自己愁，而说鸥鸟也有愁了，愁的普遍可想而知。底下“无心再续笙歌梦，掩重门、浅醉闲眠”三句，写他悲愁到无心赏景，无意俊游，唯有以“醉”“眠”自遣。结尾“莫开帘，怕见飞花，怕听啼鹃”三句，更入一层，就是飞花啼鹃也不忍再听、不忍再看了。词意悲怨，不禁呜咽欲绝。

解连环 楚江空晚/张炎

楚江空晚。怅离群万里，恍然[①]惊散。自顾影、欲下寒塘[②]，正沙净草枯，水平天远。写不成书，只寄得、相思一点[③]。料因循误了，残毡拥雪[④]，故人心眼。　谁怜旅愁荏苒[⑤]。谩长门夜悄[⑥]，锦筝弹怨[⑦]。想伴侣、犹宿芦花，也曾念春前，去程应转。暮雨相呼[⑧]，怕蓦地、玉关重见。未羞他、双燕归来，画帘半卷。

校注　①恍然：失意貌。②欲下寒塘：崔涂《孤雁》诗：“暮雨相呼急，寒塘欲下迟。”③写不成书二句：群雁飞行，队形如字，孤雁排不成字，故云“写不成书”。雁可传书，孤雁只有一点，故云。④残毡拥雪：用苏武事。《汉书》载：匈奴幽苏武，置大窖中，绝其饮食，天雨雪，武卧啮雪与毡毛并咽之。⑤荏苒：谓旅愁如日月之渐增。⑥长门夜悄：是用陈皇后被弃置长门宫的情形来渲染悲愁。⑦锦筝弹怨：是用筝声来渲染哀怨，筝有十三柱，斜列如雁字横空，哀怨如雁唳高寒，故云。⑧暮雨相呼：见注②。

析评 此篇题作“孤雁”，是作者用侧笔抒怀，以失群的孤雁自况，来写其旅愁。

起首“楚江空晚”“怅离群万里，恍然惊散”三句，表面上是正写孤雁，骨子里寓写其流落南方。“楚江”明示地点，作者流寓江南，故云。“晚”字增添愁氛。“怅离群”为全篇旨意所在。接着“自顾影、欲下寒塘”，是写惊散后的心情；“顾影”二字写孤字之神，并有对自己的孤独表示矜怜之意；“寒塘”为栖雁之处。“正沙净草枯，水平天远”，叙其处境。这两句摹绘塘畔宿雁处的秋景，意境苍茫旷远。底下“写不成书，只寄得、相思一点”，再极力摹绘“孤”字，以显示自己的孤零。由于上二句所写处境的旷远，此处对比更显自己的孤零。这两句就与雁有关的情事着笔，妙在有情，继莲畦评其“名目巧思，不落恒蹊”（《左庵词话》）。结拍“料因循误了，残毡拥雪，故人心眼”三句，又暗借苏武雁足系帛书的故事，写其离群流落，断了北方故人的音信。

换头“谁怜旅愁荏苒”“谩长门夜悄，锦筝弹怨”三句，点明“旅愁”，并以“长门”事、“锦筝”声，写其悲愁哀怨。

底下“想伴侣、犹宿芦花，也曾念春前，去程应转”四句，是企盼将来的重聚。在这里，作者设想伴侣辛苦等待自己回到旧处重聚，而自己也希望在来春之前，回转去程，飞返到北方去。紧接着“暮雨相呼，怕蓦地、玉关重见”二句，又设想在暮雨中相呼、玉关前重见时的惊喜之情。用“蓦地”二字，很能传出又惊又喜的心境。结尾“未羞他、双燕归来，画帘半卷”二句，是幻想重见以后，重圆旧梦，那时当着画帘半卷、燕子双双归来的情景，也不会自怜孤独了。这是作者衷心的寄望。

这首词优点在于体认细微，深情婉转；缺点则如雾中看花，终隔一层。由于作者在篇中用了“写不成书，只寄得、相思一点”这两个纤巧的句子，因此也赢得了“张孤雁”之名。

余论 张炎，字叔夏，号玉田，先世凤翔（今属陕西省）人，寓居临安（今浙江杭州）。他出身世家，宋亡后资产丧失，流落不偶。中年曾北游燕都，晚年在浙东、苏州一带漫游做客，以词著称。有《山中白云词》传世。《四库提要》说他：“当宋邦沦覆，年已三十有三，犹及见临安全盛之日，故所作往往苍凉激楚，即景抒情，备写其身世盛衰之感，非徒以剪红刻翠为工。”大约《玉田词》感伤时事，与碧山同一机杼，而沉郁微逊碧山。至其缺失，周济《介存斋论词杂著》说他：“只在字句上着功夫，不肯换意。”他是南宋殿后的大词家，所作可收南宋之终。

附录　常用词牌平仄谱

忆秦娥　箫声咽/李白

箫声咽均。秦娥梦断秦楼月叶。秦楼月叠三字。年年柳色句，灞桥
平(平)仄　　(平)平(仄)仄平平仄　　平平仄　　　(平)平(仄)仄　　仄平
伤别叶。
平仄

乐游原上清秋节叶，咸阳古道音尘绝叶，音尘绝叠三字，西风残照
(仄)平平仄平平仄　　(平)平(仄)仄平平仄　　平平仄　　　(平)平(平)仄
句，汉家陵阙叶。
仄平平仄

菩萨蛮　平林漠漠烟如织/李白

平林漠漠烟如织均，寒山一带伤心碧叶。暝色入高楼换平，有人

㊥平㊨仄平平仄　㊥平㊨仄平平仄　㊥仄仄平平　㊨平
楼上愁叶平。
㊥仄平

玉阶空伫立三换仄，宿鸟归飞急叶三仄，何处是归程四换平？长亭连
㊨平平仄仄　㊨仄㊥平仄　㊥仄仄平平　㊥平㊥
短亭叶四平！
仄平

渔歌子　西塞山前白鹭飞/张志和

西塞山前白鹭飞均，桃花流水鳜鱼肥叶。青箬笠句，绿蓑衣叶，
㊥㊨㊥㊥仄㊨平　㊥㊥平㊨仄㊥平　㊥㊨仄　仄平平
斜风细雨不须归叶。
㊥㊥㊨㊨仄㊥平

调笑令　胡马/韦应物

胡马均，胡马叠句，远放燕支山下叶。跑沙跑雪独嘶换平，东望西
平仄　平仄　仄㊨㊥平㊥仄　㊨平㊨仄㊨平　㊥仄㊥
望路迷叶平。迷路三换泽，迷路叠句，边草无穷日暮叶三仄。
仄仄平　平仄　平仄　㊥仄㊥平㊨仄

忆江南　江南好/白居易

江南好句，风景旧曾谙均。日出江花红胜火句，春来江水绿如蓝叶。
平(平)仄　(平)仄仄平平　(仄)仄(平)平平仄仄　(平)平(平)仄仄平平
能不忆江南叶？
(平)仄仄平平

长相思　汴水流/白居易

汴水流均，泗水流叶，流到瓜州古渡头叶。吴山点点愁叶。
(仄)(仄)平　(仄)(仄)平　(平)仄平平(仄)仄平　(平)平(仄)仄平
思悠悠叶，恨悠悠叶，恨到归时方始休叶。月明人倚楼叶。
(仄)(平)平　(仄)(平)平　(仄)仄平平(平)仄平　(仄)平(平)仄平

更漏子　玉炉香/温庭筠

玉炉香句，红蜡泪句，偏照画堂愁思叶。眉翠薄句，鬓云残换平，
仄平平　平仄仄　(平)仄(仄)平(平)仄　平仄仄　仄平平
夜长衾枕寒叶平。
(仄)平平仄平
梧桐树三换仄，三更雨叶三仄，不道离情正苦叶三仄。一叶叶句，一声

平㊥仄　㊥平仄　㊀仄㊥平仄　㊀仄仄　仄平

声四换平，空阶滴到明叶四平。

平　㊥平㊀仄平

忆仙姿　曾宴桃源深洞/后唐庄宗李存勖

曾宴桃源深洞均，一曲舞莺歌凤叶。长记别伊时句，和泪出门相

㊥仄㊥平平仄　㊀仄仄平平仄　㊥仄仄平平　㊥仄仄平平

送叶。

仄

如梦叶，如梦叠句，残月落花烟重叶。

平仄　平仄　㊥仄仄平平仄

荷叶杯　绝代佳人难得/韦庄

绝代佳人难得均，倾国叶，花下见无期换平。一双愁黛远山眉叶平，

㊀仄㊥平平仄　平仄　平仄仄平平　㊀平平仄仄平平

不忍更思惟叶平。

㊀仄仄平平

闲掩翠屏金凤三换仄，残梦叶三仄，罗幕画堂空四换平。碧天无路信

㊥仄㊀平平仄　平仄　平仄仄平平　㊀平平仄仄

难通叶四平，惆怅旧房栊叶四平。
平平 ㊣仄仄平平

生查子 春山烟欲收/牛希济

春山烟欲收句，天淡稀星小均。残月脸边明句，别泪临清晓叶。
㊣平平仄平 ㊣仄平平仄 ㊣仄仄平平 ㊀仄平平仄
语已多句，情未了叶，回首犹重道叶：“记得绿罗裙句，处处怜芳草叶。”
仄㊀平 平㊀仄 平仄平平仄 ㊀仄仄平平 ㊀㊀平平仄

江城子 晚日金陵岸草平/欧阳炯

晚日金陵岸草平均，落霞明叶，水无情叶。六代繁华豆，暗逐逝波声叶。空有姑苏台上月句，如西子镜句照江城叶。
仄仄平平仄仄平 仄平平 仄平平 仄仄平平 仄仄仄平平 平仄平平平仄仄 平平仄仄 仄平平

鹊踏枝 谁道闲情抛弃久/冯延巳

谁道闲情抛弃久均？每到春来句，惆怅还依旧叶。日日花前常病
㊥仄㊥平平仄仄　㊀仄平平　㊥仄平平仄　㊀仄㊥平平仄
酒叶，不辞镜裹朱颜瘦叶。
仄　㊀平㊀仄平平仄

河畔青芜堤上柳叶，为问新愁句，何事年年有叶？独立小桥风满
㊥仄㊥平平仄仄　㊀仄平平　㊥仄平平仄　㊀㊀㊀平平仄
袖叶，平林新月人归后叶。
仄　㊥平㊥仄平平仄

相见欢 林花谢了春红/李煜

林花谢了春红均，太匆匆叶。无奈朝来寒雨句晚来风叶。
㊥平㊀仄平平　仄平平　㊥仄㊥平平仄　仄平平
胭脂泪换仄，相留醉叶仄，几时重叶平？自是人生长恨句水长东叶平。
㊥㊥仄　㊥㊥仄　仄平平　㊀仄㊥平平仄　仄平平

虞美人 春花秋月何时了/李煜

春花秋月何时了均，往事知多少叶？小楼昨夜又东风换平，故国

㊣平㊣仄平平仄　㊀仄㊣平仄　㊀平㊀仄仄平平　㊀仄

不堪回首月明中叶平。

㊀平㊣仄仄平平

雕栏玉砌应犹在三换仄，只是朱颜改叶三仄。问君能有几多愁四换平，

㊣平㊀仄平平仄　㊀仄平平仄　㊀平㊣仄仄平平

恰似一江春水向东流叶四平。

㊀仄㊀平㊣仄仄平平

浪淘沙令　帘外雨潺潺/李煜

帘外雨潺潺均，春意阑珊叶。罗衾不耐五更寒叶。梦里不知身是

㊣仄仄平平　㊣仄平平　㊣平仄仄平平　㊀仄㊀平平仄

客句，一晌贪欢叶。

仄　㊀仄平平

独自莫凭栏叶，无限江山叶。别时容易见时难叶。流水落花春去

仄仄仄平平　平仄平平　㊀平㊣仄仄平平　㊣仄㊀平平仄

也句，天上人间叶。

仄　㊣仄平平

踏莎行 小径红稀/晏殊

小径红稀句，芳郊绿遍均，高台树色阴阴见叶。春风不解禁杨花句，
㊀仄平平 ㊁平㊀仄 ㊁平㊀仄平平仄 ㊁平㊀仄仄平平
濛濛乱扑行人面叶。
㊁平㊀仄平平仄

翠叶藏莺句，珠帘隔燕叶，炉香静逐游丝转叶。一场愁梦酒醒时句，
㊀仄平平 ㊁平㊀仄 ㊁平㊀仄平平仄 ㊀平㊁仄仄仄平
斜阳却照深深院叶。
㊁平㊀仄平平仄

浣溪沙 一曲新词酒一杯/晏殊

一曲新词酒一杯均，去年天气旧亭台叶。夕阳西下几时回叶？
㊀仄平平仄仄平 ㊀平㊁仄仄平平 ㊀平㊁仄仄平平
无可奈何花落去句，似曾相识燕归来叶。小园香径独徘徊叶。
㊁仄㊀平平仄仄 ㊀平㊁仄仄平平 ㊀平㊁仄仄平平

苏幕遮 碧云天/范仲淹

碧云天句，黄叶地均，秋色连波句，波上寒烟翠叶。山映斜阳天

仄平平　平仄仄　㊣仄平平　㊣仄平平仄　㊣仄平平平

接水叶，芳草无情句，更在斜阳外叶。

仄仄　㊣仄平平　仄仄平平仄

黯乡魂句，追旅思叶，夜夜除非句，好梦留人睡叶。明月楼高休

仄平平　平仄仄　㊀仄平平　㊀仄平平仄　㊣仄平平平

独倚叶。酒入愁肠句，化作相思泪叶。

仄仄　㊀仄平平　仄仄平平仄

采桑子　群芳过后西湖好/欧阳修

群芳过后西湖好句，狼藉春红均，飞絮濛濛叶，垂柳阑干尽日风叶。

㊣平㊀仄平平仄　㊣仄平平　㊣仄平平　㊣仄平平㊀仄平

笙歌散尽游人去句，始觉春空叶，垂下帘栊叶，双眼归来细雨中叶。

㊣平㊀仄平平仄　㊀仄平平　㊣仄平平　㊣仄平平㊀仄平

诉衷情　清晨帘幕卷轻霜/欧阳修

清晨帘幕卷轻霜均，呵手试梅妆叶。都缘自有离恨句，故画作豆

平平平仄仄平平　平仄仄平平　平平仄仄平仄　仄仄仄

远山长叶。

仄平平

思往事句，惜流芳叶，易成伤叶。拟歌先敛句，欲笑还颦句，最断
平仄仄　仄平平　仄平平　仄平平仄　仄仄平平　仄仄
人肠叶。
平平

天仙子　《水调》数声持酒听/张先

《水调》数声持酒听均，午睡醒来愁未醒叶。送春春去几时回句？
(仄)仄　(仄)平平仄仄　(仄)仄(仄)平平仄仄　(仄)平(平)仄仄平平
临晚镜叶，伤流景叶，往事后期空记省叶。
平仄仄　平(平)仄　(仄)仄(仄)平平仄仄
沙上并禽池上暝叶，云破月来花弄影叶。重重帘幕密遮灯句，风
(平)仄(仄)平平仄仄　(平)仄(仄)平平仄仄　(平)平(仄)仄仄平平　平
不定叶，人初静叶，明日落红应满径叶。
(仄)仄　(平)(平)仄　(平)仄(仄)平平仄仄

木兰花　东城渐觉风光好/宋祁

东城渐觉风光好均，縠皱波纹迎客棹叶。绿杨烟外晓寒轻句，红
(平)平(仄)仄平平仄　(平)仄(平)平平仄仄　(仄)平(平)仄仄平平　(平)
杏枝头春意闹叶。

仄㊣平平仄仄

　　浮生长恨欢娱少叶，肯爱千金轻一笑叶。为君持酒劝斜阳句，且

　　㊣平㊣仄平平仄　㊀仄㊣平平仄仄　㊀平㊣仄仄平平　㊀

向花间留晚照叶。

仄㊣平平仄仄

临江仙　梦后楼台高锁/晏几道

　　梦后楼台高锁句，酒醒帘幕低垂均。去年春恨却来时叶，落花人

　　㊀仄平㊣平仄　㊀仄㊣仄平平　㊀平㊣仄仄平平　㊀平平

独立句，微雨燕双飞叶。

仄仄　㊣仄仄平平

　　记得小蘋初见句，两重心字罗衣叶。琵琶弦上说相思叶，当时明

　　㊀仄仄平平仄　㊀平㊣仄平平　㊣平㊣仄仄平平　㊣平平

月在句，曾照彩云归叶。

仄仄　平仄仄平平

鹧鸪天　彩袖殷勤捧玉钟/晏几道

　　彩袖殷勤捧玉钟均，当年拚却醉颜红叶。舞低杨柳楼心月句，歌

　　㊀仄平平㊀仄平　㊣平㊀仄仄平平　㊀平㊣仄平平仄　㊣

尽桃花扇底风叶。

仄平平㊀仄平

从别后句，忆相逢叶，几回魂梦与君同叶？今宵剩把银釭照句，

平仄仄　仄平平　㊀平㊉仄仄平平　㊉平㊀仄平平仄

犹恐相逢是梦中叶。

㊉仄平平㊀仄平

八声甘州　对潇潇暮雨洒江天/柳永

对潇潇暮雨洒江天句，一番洗清秋均。渐霜风凄紧句，关河冷落句，

仄平平㊀仄仄平平　㊀平仄平平　仄平平㊉仄　平平㊀仄

残照当楼叶。是处红衰翠减句，苒苒物华休叶。唯有长江水句，

㊉仄平平　仄仄㊉平㊀仄　㊀仄仄平平　平仄㊉平仄

无语东流叶。

㊉仄平平

不忍登高临远句，望故乡渺邈句，归思难收叶。叹年来踪迹句，

仄仄㊉平㊉仄　仄㊀平㊀仄　㊉仄平平　仄㊉平㊉仄

何事苦淹留叶？想佳人豆妆楼颙望句，误几回豆、天际识归舟叶。争

㊉仄仄平平　仄平平　㊉平㊉仄　仄仄平　㊉仄仄平平　平

知我豆倚阑干处句，正恁凝眸叶！

平仄　㊀平平仄　㊀仄平平

水调歌头　明月几时有/苏轼

　　明月几时有句？把酒问青天均。不知天上宫阙句，今夕是何年叶？

　　(平)仄仄平仄　(仄)仄仄平平　(仄)平(平)仄(平)(仄)　(平)仄仄平平

我欲乘风归去句，又恐琼楼玉宇句，高处不胜寒叶。起舞弄清影句，

(仄)仄(平)平(平)仄　(仄)仄平平平仄　(平)仄仄平平　仄仄仄平仄

何似在人间叶！

(平)仄仄平平

　　转朱阁句，低绮户句，照无眠叶。不应有恨句，何事长向别时圆叶？

　　(仄)(平)(仄)　(平)(仄)仄　仄平平　(仄)平(仄)仄　(平)(仄)(平)仄仄平平

人有悲欢离合句，月有阴晴圆缺句，此事古难全叶。但愿人长久句，

(平)仄(平)平(平)仄　(仄)仄平平(平)仄　(仄)仄仄平平　(仄)仄(平)平仄

千里共婵娟叶。

(平)仄仄平平

贺新郎　乳燕飞华屋/苏轼

　　乳燕飞华屋均，悄无人豆、桐阴转午句，晚凉新浴叶。手弄生绡

　　(仄)仄平平仄　仄平平　(平)平仄仄　仄平平仄　(仄)仄(平)平

白团扇句，扇手一时似玉叶。渐困倚豆、孤眠清熟叶。帘外谁来推绣

平平仄　(仄)仄(仄)平仄仄　(仄)仄仄　平平平仄　(平)仄(平)平平仄

户句？枉教人豆梦断瑶台曲叶。又却是句、风敲竹叶。

仄　仄平平　(仄)仄平平仄　(仄)仄仄　(平)平仄

石榴半吐红巾蹙叶，待浮花浪蕊都尽句，伴君幽独叶。秾艳一枝
㊋平仄仄平平仄　仄平平仄仄平仄　仄平平仄　㊉仄㊋平
细看取句，芳心千重似束叶。又恐被豆、秋风惊绿叶。若待得君来向
仄仄仄　平㊋平平仄仄　㊋仄仄　平平平仄　㊋仄㊋平平㊋
此句，花前对酒不忍触叶。共粉泪句、两簌簌叶。（白作平，上簌字亦
仄　平平仄仄仄仄仄　仄仄仄　仄平仄
作平）

卜算子　缺月挂疏桐/苏轼

缺月挂疏桐句，漏断人初静均。时见幽人独往来句，缥缈孤鸿影叶。
㊋仄仄平平　㊋仄平平仄　㊉仄平平仄仄平　㊋仄平平仄
惊起却回头句，有恨无人省叶。拣尽寒枝不肯栖句，寂寞沙洲冷叶。
㊉仄仄平平　㊋仄平平仄　㊋仄平平仄仄平　㊋仄平平仄

清平乐　春归何处/黄庭坚

春归何处均？寂寞无行路叶。若有人知春去处叶，唤取归来同住叶。
㊉平㊉仄　㊋仄平平仄　㊋仄㊉平㊉㊋仄　㊋仄㊉平㊉仄
春无踪迹谁知换平？除非问取黄鹂叶平。百啭无人能解句，因风飞
㊉㊉㊉仄平平　㊉平㊋仄平平　㊋仄㊉平㊉仄　㊉平㊉

过蔷薇叶平。

仄平平

满庭芳　山抹微云/秦观

山抹微云句，天连衰草句，画角声断谯门均。暂停征棹句，聊共

㊥仄平平　平平㊥仄　仄㊀㊥仄平平　㊀平平仄　平仄

引离尊叶。多少蓬莱旧事句，空回首豆，烟霭纷纷叶。斜阳外句，寒鸦

仄平平　㊥仄平平仄仄　㊥㊥仄　㊥仄平平　平平仄　平平

万点句，流水绕孤村叶。

仄仄　㊥仄仄平平

销魂叶，当此际句，香囊暗解句，罗带轻分叶。谩赢得、青楼句薄

平平　平仄仄　平平仄仄　㊥仄平平　仄平仄　平平　㊀

幸名存叶。此去何时见也句，襟袖上豆、空惹啼痕叶。伤情处句，高城

仄平平　㊀仄平平仄仄　平㊀仄　㊥仄平平　平平仄　平平

望断句，灯火已黄昏叶。

仄仄　平仄仄平平

青玉案　凌波不过横塘路/贺铸

凌波不过横塘路均，但目送豆，芳尘去叶。锦瑟华所谁与度叶？

㊣平仄平平仄　　仄㊀仄　　平平仄　　㊀仄㊣平平仄仄

月桥花院句，琐窗朱户叶，惟有春知处叶。

㊀平平仄　　仄平平仄　　㊣仄平平仄

飞云冉冉蘅皋暮叶，彩笔新题断肠句叶。若问闲情都几许叶？一

㊀平仄仄平平仄　　仄仄平平仄平仄　　㊀仄㊣平平仄仄　　㊀

川烟草句，满城风絮叶，梅子黄时雨叶。

平平仄　　仄平平仄　　㊣仄平平仄

点绛唇　寂寞深闺/李清照

寂寞深闺句，柔肠一寸愁千缕均。惜春春去叶，几点催花雨叶。

㊀仄平平　　平平㊣仄平平仄　　仄平平仄　　㊀仄平平仄

倚遍阑干句，只是无情绪叶。人何处叶，连天芳草叶，望断归来

㊀仄平平　　㊀仄平平仄　　平平仄　　㊣平平仄　　㊀仄平平

路叶。

仄

好事近　摇首出红尘/朱敦儒

摇首出红尘句，醒醉更无时节均。活计绿蓑青笠句，惯披霜冲雪叶。

㊣仄仄平平　　㊀仄㊀平平仄　　㊣仄㊀平平仄　　仄㊣平平仄

晚来风定钓丝闲句，上下是新月叶。千里水天一色句，看孤鸿明
(仄)平(平)仄仄平平　(仄)(仄)仄平仄　(平)仄(仄)平(平)仄　仄(平)平平
灭叶。
仄

念奴娇　野棠花落/辛弃疾

野棠花落句，又匆匆过了，清明时节均。刬地东风欺客梦句，一
(仄)平(平)仄　(仄)平(平)(仄)仄　平平平仄　(仄)仄平平平仄仄　(仄)
枕云屏寒怯叶。曲岸持觞句，垂杨系马句，此地曾轻别叶。楼空人去句，
仄(平)平平仄　(仄)仄平平　(平)平(仄)仄　(仄)仄平平仄　(平)平(平)仄
旧游飞燕能说叶。
仄平平仄平仄

闻道绮陌东头句，行人长见句，帘底纤纤月叶。旧恨春江流不断
平仄仄仄平平　平平(平)仄　平仄平平仄　(仄)仄平平平仄仄
句，新恨云山千叠叶。料得明朝句，尊前重见句，镜里花难折叶。也应
(平)仄平平平仄　(仄)仄平平　(平)平(平)仄　(仄)仄平平仄　(仄)平
惊问句：近来多少华发叶。
平仄　仄平平仄平仄

西江月 万事云烟忽过/辛弃疾

万事云烟忽过句，一身蒲柳先衰均。而今何事最相宜叶？宜醉宜
㊀仄㊁平㊁仄 ㊀平㊁仄平平 ㊁平㊁仄仄平平 ㊁仄㊁
游宜睡换仄平。
平㊁仄

早趁催科了纳句，更量出入收支叶平。乃翁依旧管些儿叶平：管竹
㊀仄㊁平㊀仄 ㊀平㊁仄平平 ㊀平㊁仄仄平平 ㊀仄
管山管水换仄平。
㊀平㊀仄

扬州慢 淮左名都/姜夔

淮左名都句，竹西佳处句，解鞍少驻初程均。过春风十里句，尽
平仄平平 仄平平仄 仄平平仄平平 仄平平仄仄 仄
荠麦青青叶。自胡马都窥江去后句，废池乔木句，犹厌言兵叶。渐黄昏都，
仄仄平平 仄平仄 平平仄仄 仄平平仄 平仄平平 仄平平
清角吹寒句，都在空城叶。
平仄平平 平仄平平

杜郎俊赏句，算而今都、重到须惊叶。纵豆蔻词工句，青楼梦好句，
仄平仄仄 仄平平 平仄平平 仄仄仄平平 平平仄仄
难赋深情叶。二十四桥仍在句，波心荡都，冷月无声叶。念桥边红药句，
平仄平平 仄仄仄平平仄 平平仄 仄仄平平 仄平平平仄

年年知为谁生叶！

平平平仄平平

一剪梅　一片春愁待酒浇/蒋捷

一片春愁待酒浇均。江上舟摇叶，楼上帘招叶。秋娘度与泰娘娇叶，

㊣仄平平㊀仄平　㊣仄平平　㊣仄平平　㊣平㊀仄仄平平

风又飘飘叶，雨又萧萧叶。

㊣仄平平　㊀仄平平

何日归家洗客袍叶？银字笙调叶，心字香烧叶。流光容易把人抛叶，

㊣仄㊣平仄仄平　㊣㊀平平　㊣仄平平　㊣平㊣仄仄平平

红了樱桃叶，绿了芭蕉叶。

㊣仄平平　㊀仄平平